लपूझन्ना

(उपन्यास)

लपूझन्ना

अशोक पाण्डे

हिन्द युग्म

ISBN: 978-93-92820-20-5

प्रकाशक :
हिंद युग्म
सी-31, सेक्टर-20, नोएडा (उ.प्र.)-201301
फ़ोन- +91-120-4374046

मुद्रक : थॉमसन प्रेस
लेखक की तस्वीर : शेफाली फ्रॉस्ट
कला-निर्देशन : विजेन्द्र एस विज

पहला संस्करण : जनवरी 2022
दूसरा संस्करण : जनवरी 2022
सातवाँ संस्करण : मई 2025
मूल्य : ₹249

Lapoojhanna
A novel by *Ashok Pande*

Published By
Hind Yugm
C-31, Sector-20, Noida (UP)-201301
Phone- +91-120-4374046
Email- sampadak@hindyugm.com
Website- www.hindyugm.com

First Edition: Jan 2022
Second Edition: Jan 2022
Seventh Edition: May 2025
Price: ₹249

पप्पू, नब्बू, भैया, पप्पी, मोना, टिंकू, बेबी, मन्नू और सुन्नू के लिए,
जिनके बग़ैर कहीं कोई रामनगर न होता

जिसको ढूँढा था वो बच्चा अभी घर पहुँचा है
मेरे कासे में ख़ुदा रामनगर पहुँचा है

नौ-दस साल का एक बच्चा बस दो साल किसी क़स्बे में गुज़ारे और वो दो साल उस बच्चे की फ़िक्र, ज़ुबान और ज़िंदगी को इस तरह की मेराज तक ले चलें तो यह कोई ख़ूबसूरत तिलिस्म ही होगा। ये और बात कि इस उड़ान में जो क़िस्से हैं, जो इलाक़े हैं और सर्वोपरि जो लोग हैं वे सब हम सबकी तरह सच्चे सादिक़ हैं। ये भी और बात कि जो कुछ बताया गया वह कमोबेश वैसा ही हुआ। ये भी और बात कि जो आवाज़ें सदा दे रही हैं वे भी कमोबेश उन्हीं ज़ुबानों में उन्हीं सूरत उतरीं। फिर भी कह सकते हैं कि रामनगर कभी था ही नहीं - न वह कभी होगा।

रामनगर जैसा कोई दूसरा ठिकाना भी नहीं हुआ जबकि वह बच्चा आज भी उस मेराज पर है। उसे पता नहीं कि वह अब बूढ़ा हो चला और आसपास की ज़ुबानें बदल चुकीं। उसे पता नहीं कि वे सारी बातें किताबों की दुनिया से दूर की थीं और किसी किताब में वे समा नहीं सकतीं। उन दो सालों के बाद उसे बहुत सी बातें पता चलीं जो उसे आज भी पता नहीं।

उन दो सालों में उसे यक़ीन हो चला था कि रामनगर न सिर्फ़ दुनिया का सबसे बड़ा शहर है बल्कि शेष संसार में भाषा, कला, प्रतिभा और जीवन दृष्टि फैलाने वाला गहवारा भी है। दुनिया के सबसे बड़े खिलाड़ी, सबसे नामी कनकौआबाज़, सबसे पहुंचे गवैए और सबसे तैयार उचक्के रामनगर में ही पैदा हुए और फिर कहीं नहीं गए। यहीं बसअड्डे के पास जू-ए-इक्सीर की खीर बिकती थी जो एक दिन हव्वा ने आदम को खिलाई फिर रिज़वान ने यह राज़ भी मख़्लूक़ पे अश्कारा किया कि जन्नत में पेट के कीड़ों की दवा भी मिलती है। इसी शहर में इस बात की खोज भी हुई कि कछुए के पेट में उंगल करने से

जीव जगत के रहस्य खुलते हैं। ये और बात कि उस मजलूम कछुए में न फिर डार्विन की कोई दिलचस्पी रही न रामनगर के लौंडों की।

रामनगर के पुत्तकालय में ही वह प्राचीन ग्रन्थ धरा है जिसके पैले पेज पै चेतावनी चिल्लाए है कि लौंडियों से चक्कर चलाना कोई कुच्चू-गमलू का खेल नहीं। फिर दूसरे पन्ने पै जे बी लिखा हैगा कि चक्कर उसी का चल्ता जो इस चेतावनी को नईं मान्ता। फिर पूरन परेम तो एक बमपकौड़ा है जो अपने सगुण स्वरुप में सिर्फ़ रामनगर में रक़्म किया जा सकता है। इसी पुत्तकालय की तिजोरी में अतीक बढ़ई और जब्बार कबाड़ी की सच्ची अफ़वाहों के तुलनात्मक अध्ययन की पाण्डुलिपि सुरक्षित है। यहीं ऑस्ट्रेलिया के राष्ट्राध्यक्ष की खटिया बनाने का प्रमाणिक टेंडर महफ़ूज़ है। मुकेस के सभी गाने और उनका अखंड पलीता करने वाले अदम्य गवैयों का फोटू संग्रह भी यहां के हर इसटूडियो में मिलेगा।

और सबसे बड़ी बात यह कि जो मिठाइयां-कचौड़ियां रामनगर के हलवाई बनाते हैंगे वो अल्मोड़े से इंदौर तक कईं नईं मिल्तीं। रामनगर के हलवाइयों की दुकानें किसी पराचीन पुत्तकालय से ज़्यादा ऊंचे दर्ज़े के ज्ञानमंदिर ठैरे। एक से एक दुर्लभ पाण्डुलिपियां वहां रोज़ तैयार होती हैं और खाई जाती हैं। इधर-उधर बिखरे पन्ने खाकर यहां के कुत्ते भी मुश्टण्डे बिरमग्यानी हुए ठैरे। कोई शक हो तौ कबू इनसे पंगा लै के देखिओ। टेसन और बसअड्डे के दरम्यान जो आकाशगंगा रात भर जगरमगर करै हुआं भी उच्च कोटि के कोई बीस पुत्तकालय रातभर साहित्य परेमियों की सेवादारी करें। रात तीन बजे भी जगह-जगह सप्तर्सियों की तरह बैठे बिरमग्यानी कुत्ते सास्त्रार्थ और लोकल पालटिक्स का निपटारा करें दगड़े-दगड़े।

फिर एक दिन पंडत लम्बे रुट लिकल्लिया। दिन पर दिन बीत गए और तजुर्बात-ओ-हवादिस की उस ताबिश में न लफत्तू लफत्तू रहा न असोक असोक। पर बच्चा तो बच्चा ही रह गया और उसका रामनगर उसका गहवारा। उसने दुनिया देखी। लम्बी समुद्री यात्राओं में उसने सोमेसर, बिन्सर, जाग्सर, बाग्सर और मुंश्यार जैसे बड़े-बड़े महानगरों और लमगड़े जैसे संसार के सबसे बड़े बंदरगाह को देखा। वह तरह-तरह के जहाज़ियों के साथ गोताख़ोरियां करता रहा लेकिन फिर उसे वह कछुआ कहीं नहीं मिला। एक दिन लौंडों को

भी बड़ा होना ठैरा। कड़ी ज़िंदगी का नागड़ादंगल शुरू हो चुका था। उसका अक़ीदा टूटा, ईमान टूटा, वह असल जीव जगत से दो-चार हुआ लेकिन उन दो सालों का औसान उसके एक कंधे पर बैठा रहा।

रामनगर की कथाओं में लपूझन्ना कोई चरित्र नहीं मिलेगा। समाधि लगाकर देखिए तो लपूझन्ना कैवल्य भाव है।

सैर में सैर है छोटा सा एक रामनगर
और टेसन पै टिकस दिल के बराबर हैगा
क़ौम-ए-आदम के लफंटर जो हिंयां रैते हैं
उनके इंसान में इंसान का ग्लैमर हैगा

- **संजय चतुर्वेदी**

दिल्ली, 26/11/2021

उन्हीं मंज़रों में था जो शहर बसा

बाबू का ट्रांसफ़र पहली दफ़ा प्लेन्स में होने पर हम लोग रामनगर आए। उसके पहले हम पहाड़ यानी अल्मोड़ा में रहते थे। खताड़ी नाम के मोहल्ले में हमें जो मकान किराए पर मिला, वह रामनगर के भीतर बसने वाले दो मुल्कों के ऐन बॉर्डर पर था। आज़ाद भारत के हर सभ्य नगर की तरह रामनगर के भी अपने-अपने हिंदुस्तान और पाकिस्तान थे।

घर के पीछे नज़दीक ही एक मंदिर था। लाउडस्पीकर पर सुबह-शाम भजनों का एक घिसा हुआ रिकॉर्ड बजता। रिकॉर्ड की सुई चार या पाँच जगह अटक जाती थी। ऐसा होने पर उसमें से 'चचचचचच' या 'गगगगगग' पर ठहरी हुई आवाज़ तब तक आती रहती जब तक कि कोई धर्मात्मा सुई को उठाकर आगे-पीछे न रख देता। सामने वाली खिड़की से बाईं तरफ़ देखने पर तीसेक मीटर दूर मस्जिद की चमकीली मीनार दिखाई देती जहाँ से दिन में पाँच बार अज़ान आती थी। रामनगर आने से पहले मैं इन धार्मिक आवाज़ों से अनभिज्ञ था।

"रामनगर में शोर बहुत होता है!" दफ़्तर से आने के बाद बाबू अक्सर कहते।

मस्जिद के सामने ख़लील सब्ज़ीवाले की दुकान थी। घर की सब्ज़ी वहीं से आती। सब्ज़ी लेने माँ वहाँ जाती तो किसी पड़ोसन को साथ ले जाती। लौटती तो मुसलमानों के बारे में कुछ-न-कुछ ज़रूर कहती।

मुसलमानों और अन्य नए विषयों से संबंधित मेरा सामान्य ज्ञान, रामनगर में बने मेरे पहले दोस्त लफत्तू की दी हुई सूचनाओं से हर रोज़ समृद्ध होता था। एक नंबर का चोर माना जाने वाला लफत्तू तोतला और पढ़ने में बेहद कमज़ोर था। उसके घरवाले उसे बौड़म कहकर बुलाया करते थे।

कभी-कभी जब माँ को रसोई में ज़्यादा काम होता तो धनिया-पोदीना जैसी छोटी चीज़ें लाने मैं ही जाया करता।

"ख़लील से कहना पैसे कल देंगे। और लफत्तू को ले जाना साथ में!" बुरादे की अँगीठी के सामने बैठी माँ हिदायत देती तो मन में एक अजीब-सी हुड़क उठती। थोड़ा डर भी लगता।

मस्जिद से लगे पटरों पर बच्चा दुकानें सजी होती थीं। 'सफ़री पाँच की दो', 'कटारी पाँच की दो' की हाँक लगाते टोकरियों में माल सजाए बैठे बच्चे छोटे-मोटे व्यापार करते थे। रामनगर में अमरूद को सफ़री और इमली को कटारी कहा जाता था।

दुश्मन मोहल्ले में घुसते ही बच्चा दुकानदार हमेशा की तरह कुछ-न-कुछ अंटशंट कहकर डराने की कोशिश किया करते लेकिन मैं उनकी तरफ़ देखता भी नहीं था। ख़लील के यहाँ से चुपचाप सब्ज़ी ख़रीदता और घर का रास्ता नापता। हाँ लफत्तू साथ होता तो हिम्मत बनी रहती थी। दुकान में बैठा ख़लील उन बच्चों पर दुनियाभर की लानतें भेजा करता था।

उस दिन पोदीने की गड्डी लिए लफत्तू और मैं वापस लौट रहे थे जब मैंने एक पल को पटरे पर लगी दुकानों की तरफ़ आँख उठाई।

"हे भगवान!" मेरा दिल तिड़क गया।

छह-सात साल की एक लड़की छोटे-छोटे कुल्हड़ों में खीर बेच रही थी- "खील ले लेयो, खील ले लेयो!" उसकी आँखें मुझ पर लगी हुई थीं। मेरा पेट फूलकर गले में अटक गया। पहली इच्छा मन में यह आई कि उसकी सारी खीर ख़रीद लूँ लेकिन तुरंत ख़याल आया कि जेब में धेला भी नहीं था।

"खील खागा?" उसने वहीं से चिल्लाकर मुझसे पूछा। अमरूद, इमली बेच रहे बाक़ी बच्चों ने भी कुछ ज़रूर कहा होगा, लेकिन पता नहीं किस तरह से हिम्मत करता हुआ मैं उसके सामने खड़ा हो गया।

"कित्ते की है?" मैंने पूछा।

"तू हिंदू हैगा। तेरे लिए फिरी!" उसने एक कुल्हड़ मेरी तरफ़ बढ़ाया और फुसफुसाकर बोली, "सकीना हैगा मेरा नाम। सादी करेगा मुस्से?"

याद नहीं कब-कैसे घर आए। रात खाना खाने के बहुत देर तक नींद नहीं आई। चमचम दाँतों वाली सकीना की मुस्कराती सूरत मन से हटने का नाम नहीं

ले रही थी। उसका 'सादी करेगा मुस्से?' कोहराम मचाए हुए था।

"जल्दी सोता क्यों नहीं!" माँ ने झिड़की लगाई। उसे क्या पता मुझे सकीना से मुहब्बत हो गई थी और मुहब्बत में नींद कहाँ आती है।

कुछ दिन पहले बाबू के साथ हमने एक पिक्चर देखी थी जिसके अंत में हीरोइन ने हीरा चाटकर ख़ुदकशी कर ली थी। मरी हुई हीरोइन का हाथ थामे हीरो रोता जाता था, "तुमने ऐसा क्यों किया मीना? क्यों किया ऐसा?"

नींद उड़ी हुई थी और पिक्चर का वही आख़िरी सीन ज़ेहन में चिपक गया था। पहली मुहब्बत ने मेरी कल्पना को पागल बना दिया था। घरवालों ने सकीना के साथ मेरी शादी कराने से इनकार कर दिया। 'मुसलमान की बेटी को घर लाएगा!' 'पैदा होते ही मर क्यों नहीं गया!' जैसे डायलॉग भीतर गूँज रहे थे। ऐसे में मैंने ख़ुदकशी कर ली। माँ-बाबू-भाई-बहन सारे बुरी तरह रो रहे थे।

सकीना की एंट्री हुई- "तुमने ऐसा क्यों किया! क्यों किया! अशोक!" सकीना रोती जा रही थी। मैं बड़ी मुश्किल से रुलाई रोके हुए था। सकीना के विलाप के बाद मैं तकिए के नीचे सिर दबाए सचमुच रोने लगा।

बत्ती बंद की जा चुकी थी। मैंने बाबू का अपने सिरहाने तक आना सुना। उन्होंने हौले से पुकारा तो मैंने गहरी नींद का बहाना बना लिया।

"इतवार को सारे बच्चों को डाक्टर के पास कीड़ों की दवा खिलाने ले जाना पड़ेगा। प्लेन्स का पानी ठीक नहीं होता।" वह धीमी आवाज़ में माँ को बता रहे थे।

बागड़बिल्ले का टौंचा

मुझसे थोड़ा बड़े यानी बारह-तेरह साल के लड़के गुल्ली-डंडा और कंचे खेला करते थे। लफत्तू मेरी उम्र का था लेकिन चोर के रूप में उसकी ख्याति होने के कारण ये बड़े लड़के उसे अपने साथ खेलने देते थे। उसका नया दोस्त होने के नाते मुझे खेलने को तो कम मिलता था लेकिन बिना गाली खाए उनके कर्मक्षेत्र के आस-पास बने रह सकने की इजाज़त होती थी। गुल्ली-डंडा खेलते वक़्त वे मुझे अक्सर पदाया करते थे लेकिन उनके साथ हो पाने को मैं एक उपलब्धि मानता था, सो ख़ुशी-ख़ुशी पदा करता।

कभी-कभी, ख़ासतौर पर जब लफत्तू अपने पापा के बटुए से पैसे चुराकर लाया होता था, ये लड़के घुच्ची खेलते थे। घुच्ची के खेल में कंचों के बदले पाँच पैसे के सिक्कों का इस्तेमाल हुआ करता था। पाँच पैसे में बहुत सारी चीज़ें आ जाती थीं। इस खेल में लफत्तू अक्सर हार जाता क्योंकि उसका निशाना कमज़ोर था। वह अमूमन अठन्नी या एक रुपया चुराता था। बड़े नोट न चुराने के पीछे उसकी दलील यह होती थी कि उन्हें तुड़वाने में जोखिम होता है।

घुच्ची में एक, दो और पाँच पैसे के सिक्के चाहिए होते थे। चुराई गई अठन्नी-चवन्नी के बदले इन सिक्कों को हासिल करने के लिए उसे चाय की दुकान वाले शेरदा या जब्बार कबाड़ी के पास जाना होता था। एक बार वह पूरे पाँच का नोट चुरा लाया जिसे तुड़ाने के लिए वह मुझे अपने साथ लक्ष्मी बुक डिपो लेकर गया। वहाँ जाने से पहले उसने मुझे नोट थमाया और कहा कि मैं अपने लिए कोई मैगज़ीन ख़रीद लूँ। वह मुझे अपने साथ इसलिए लेकर गया था कि बक़ौल उसके मुझे होशियार माना जाता था। ऐसे बच्चों पर कोई शक नहीं करता।

कृतज्ञ होकर मैंने बच्चों वाली एक मैगज़ीन ख़रीद ली। सत्तर पैसे की थी। नोट मेरे हाथ से लेते हुए लक्ष्मी बुक डिपो वाले लाला ने एक नज़र उत्तेजना से

लाल पड़ गए मेरे चेहरे पर डाली लेकिन कहा कुछ नहीं। गल्ले से पैसे निकालते हुए तनिक तिरस्कार के साथ लफत्तू की तरफ़ देखते हुए मुझसे ही पूछा, "इस लौंडे का भाई लौट के आया कि ना?"

सारा शहर जानता था कि लफत्तू का बड़ा भाई पेतू हाईस्कूल में तीसरी दफ़ा फ़ेल हो जाने के बाद घर से भाग गया था।

"पैते काटो अंकलजी औल अपना काम कलो।" लफत्तू ने हिक़ारत और आत्मविश्वास का प्रदर्शन करते हुए अपनी आँखें फेर लीं।

"आजकल के लौंडे..." कहते हुए लाला ने मेरे हाथ में पैसे थमाए। लफत्तू की हिम्मत पर मैं फ़िदा तो था ही अब उसका मुरीद बन गया कि उसे बदतमीज़ बड़ों से ज़रा भी भय नहीं लगता।

हम देर शाम तक मटरगश्ती करते रहे थे। बादशाहों की तरह मौज करने के बावजूद दो का नोट बचा हुआ था। अब घुच्ची के अड्डे पर जाना था। बदक़िस्मती से उस दिन शेरदा की दुकान बंद थी और जब्बार कबाड़ी भी कहीं गया हुआ था। नोट के छुट्टे कराने के लिए लफत्तू को साह जी की चक्की पर जाना पड़ा। साह जी ने लफत्तू को टूटे पैसे तो नहीं दिए, उसके पापा को बता देने की धमकी ज़रूर दी। सिक्के नहीं मिले। घुच्ची कार्यक्रम रद्द करना पड़ा। इस हादसे के बाद मैगज़ीन घर ले जाने की मेरी हिम्मत नहीं थी। मैं उसे रास्ते में गिरा आया। अगले दिन मालूम पड़ा साह जी ने वाक़ई चुगलख़ोरी की जिसके बाद लफत्तू के पापा ने उसे नंगा करके बेल्ट से थूरा। तब से लफत्तू ने अठन्नी, चवन्नी या हद से हद एक के नोट की लिमिट बाँध ली।

घुच्ची खेलने में बागड़बिल्ला के नाम से मशहूर एक उस्ताद लड़का था। उसकी एक आँख में कुछ दोष था और ग़ौर से देखने पर मालूम पड़ता था कि पाँच के सिक्के पर निशाना लगाने के वास्ते भगवान ने उसे आँखों की रेडीमेड जोड़ी बख़्शी थी। छोटी वाली आँख की पुतली का आकार भी एक पैसे के सिक्के जितना हो चुका था। बागड़बिल्ला नित नए और वयस्क मुहावरे बोला करता। उन अश्लील मुहावरों को मैं अक्सर पाख़ाने में धीरे-धीरे बोलने का अभ्यास किया करता। उस वक़्त ऐसी झुरझुरी होती थी जैसी कई सालों बाद पहली बार सार्वजनिक रूप से बड़ी गाली देते हुए भी नहीं उठी।

रामनगरी ज़बान में निशाने को टौंचा कहा जाता था। टौंचे का असली ख़लीफ़ा अलबत्ता हमारे शहर और जीवन से कई प्रकाशवर्ष दूर बम्बई में रहता था। जिस दिन कोई दूसरा लड़का जीत रहा होता, बागड़बिल्ला उसकी दाद देता हुआ हिंदी पिक्चरों के एक विख्यात चरित्र अभिनेता को रामनगर के इतिहास में स्वणार्क्षरों में अंकित करता अपना फ़ेवरिट जुमला उछालता, “आत्तो मदनपुरी के माफिक चल्लिया घनसियाम का टौंचा!”

बौने का बम पकौड़ा

लफत्तू के साथ दोस्ती बनाए रखने में कई सारे जोखिम थे। सबसे पहला यह कि इंटर में पढ़ने वाला मेरा भाई जब भी मुझे उसके साथ देखता, मुझे बाक़ायदा हिदायत मिलती कि उस टाइप के लौंडों से हाथभर दूरी बनाकर रहना ही ठीक होता है। दूसरा यह कि लफत्तू की उस रात वाली धुनाई के बाद मुझे लगता था किसी दिन उसके चक्कर में मैं ख़ुद फँसूँगा और भाई या पिताजी के हाथों पिटूँगा। उससे भी बड़ा ख़तरा यह था कि उसके साथ लगातार देखे जाने से मेरी इज़्ज़त ख़तरे में पड़ सकती थी और मैं होशियार के बजाय बदमाश के तौर पर बदनाम हो सकता था। इसके बावजूद इस दोस्ती को बनाए रखने से दुस्साहस का जो स्वाद मिलता था उसके लालच में मुझसे लफत्तू की संगत नहीं छूटती थी।

एक बार वह अपने पिताजी के दफ़्तर से पीतल का बड़ा-सा ताला पार कर लाया था। उसकी माँ ने किसी ज़रूरी काम से वहाँ भेजा था। लापरवाही में चपरासी ने मय चाबी के ताला बाहर रखी बेंच पर छोड़ दिया था। दोपहर बीत जाने के बाद भी उस पर किसी की निगाह नहीं पड़ी थी।

हमारे घर के सामने प्राइवेट बस अड्डा था, फिर उससे लगा हुआ खेल मैदान। मैदान के एक तरफ़ हिमालय टॉकीज़ था और दूसरी तरफ़ गाड़ी मिस्त्रियों की कालिखभरी दुकानों की क़तार। मैं कुछ बच्चों के साथ बस अड्डे पर खड़ा था। काशीपुर और मुरादाबाद रूट की बसें यहीं से चलती थीं। दिनभर के काम के बाद सारी गाड़ियाँ शाम के पाँच बजे अड्डे पर लग जातीं और क्लीनर उनमें झाड़ू लगाकर सारा कचरा बाहर किया करते थे। यह कचरा हमारे लिए ख़ज़ाने की तरह हुआ करता था। हम ने माचिस की डब्बियों के लेबल इकट्ठा करने का नया शौक़ पाल रखा था। इसके चलते क्लीनरों के झाड़ू लगाते समय अड्डे पर हमारी उपस्थिति अपरिहार्य होती थी। झाड़ू लगाते

क्लीनर हमें भद्दी गालियाँ दिया करते। कई बार किसी नए लेबल को लेकर हम में सरफुटव्वल तक हो जाता था लेकिन शौक़ शौक़ होता है।

हम डुप्लीकेट लेबलों की अदला-बदली कर रहे थे जब लफत्तू हाँफता हुआ मेरे पास आया। उसने हिक़ारत की एक निगाह पहले मुझ पर डाली फिर बाक़ी बच्चों पर। "बलबाद हो जागा इन थालों के चक्कल में बेते!" कहते हुए उसने मुझे अपने पीछे आने का इशारा किया और दूधिए वाली सँकरी गली में घुस गया। उस्ताद के आदेश की बेक़द्री नहीं की जा सकती थी। मैं बेमन से उसके पीछे चल दिया। एक जगह थोड़ी-सी तन्हाई मिली तो उसने जेब से एक-एक के नोटों की पतली गड्डी बाहर निकाली और पूरे सात गिनाए। "चल बमपकौला खा के आते ऐं।" उसने आँख मारते हुए मेरे कंधे पर हाथ रखा।

पापा के दफ़्तर से ताला चुराने की दास्तान उसने सुना तो दी लेकिन मेरी समझ में नहीं आया कि वह सात रुपये कहाँ से चुराकर लाया। "अले याल बेच दिया थाले को!" उसने एक गाड़ी मिस्त्री को ताला बेच दिया था। "इत्ता बला ताला था बेते... इत्ता बला!" कहकर उसने ताले की नाप बढ़ा-चढ़ाकर बताते हुए हाथ फैलाए। "मैंने दथ माँगे थाले थे। उतके पास थात ई थे।" हम लोग उसी गाड़ी मिस्त्री की दुकान के आगे से निकल रहे थे। "वो ऐ उतकी दुकान।" लफत्तू ने इशारा किया। उस तरफ़ देखने की मेरी हिम्मत नहीं हुई।

मिस्त्री की दुकान से बीस-तीस क़दम चलने के बाद ही मैं निगाह ऊपर कर सका। तब तक मंज़िले-मक़सूद भी आ पहुँची थी। हिमालय टॉकीज़ सड़क से सटा हुआ था। उसके प्रवेशद्वार से लगाकर खड़े किए गए एक ठेलानुमा खोखे में रामनगर का मशहूर बमपकौड़ा मिलता था। एक कलूटा और गंजा बौना इस खोखे का संचालक था। खोखा बंद रहता तो वह साइकिल पर सारे शहर का चक्कर लगाता दिखता था। बौना होने के बावजूद वह हमेशा बड़ों की साइकिल चलाता था। गद्दी पर नहीं बैठ पाता था इसलिए सामर्थ्य भर तेज़-तेज़ कैंची चलाया करता। बाद के दिनों में उसने गद्दी हटवा ही दी। साइकिल के कैरियर पर कभी आलू की बोरी लदी होती, तो कभी उसी के जैसे उसके दो बच्चे बैठे होते।

क्रिकेट की बॉल जितना होता था मसालेदार आलू और बेसन से बनाया जाने वाला बौने का बमपकौड़ा- दुनिया का सबसे लज़ीज़ व्यंजन! बौना एक दूसरा

व्यापार भी चलाता था। लकड़ी से बना हिमालय टॉकीज़ का चौड़ा प्रवेशद्वार ज़मीन पर पहुँचने के क़रीब एक इंच पहले ख़त्म हो जाता था। नतीजतन फ़र्श और गेट के बीच एक झिरी थी। अपना गाल फ़र्श से चिपकाकर श्रमपूर्वक उस पर आँख लगाने से पूरा पर्दा नज़र आता था। बौना स्कूल गोल करके आए बच्चों और स्कूल न जाने वाले पिक्चरप्रेमी बच्चों को पाँच पैसे प्रति पंद्रह मिनट के हिसाब से इस झिरी के रास्ते पिक्चर देखने देता था। एक बार में पाँच बच्चे इसका मज़ा लूट सकते थे। दर्शक को एक बमपकौड़ा भी ख़रीदना होता था।

मशहूर था कि यह सब करने से बौना लखपति बन चुका था यानी उसके पास हमारे पिताओं से ज़्यादा संपत्ति थी। बताते थे पीरूमदारा में उसका एक बहुत बड़ा मकान था लेकिन उसके मैले-कुचैले बच्चों की बहती नाक और ख़ुद उसकी भूरी पड़ चुकी छींट की धोती और खद्दर के फटे कुरते को देखकर इस बात पर मुझे कभी-कभी शक होता था।

हमने दो-दो बमपकौड़े टिकाए और झिरी पर आँख लगाए एक बच्चे को दिलचस्पी के साथ देखना शुरू किया। तीन से छह वाला शो चल रहा था। इस शो में बौने का साइड बिजनेस मंदा पड़ जाता था। लफत्तू ने पिक्चर देखने का आमंत्रण दिया। 'हिन्दुस्तान की क़सम' लगी हुई थी।

जब मैं शाम को घर पहुँचा तो मेरी सफ़ेद क़मीज़ बुरी तरह भूरी पड़ चुकी थी। माँ ने पूछा तो मैंने कहा कि ऐसे ही गिर पड़ा था। अगले पूरे हफ़्ते मैं रोज़ गिरता रहा। फिर पिक्चर बदल गई। "नया खेल लगा है बाबूजी, देख लो। आप दोनों के लिए जगह छोड़ रखी है मैंने।" बौना, चोट्टे लफत्तू को बहुत अमीर समझने लगा था और चमचागीरी करता उसे बाबूजी कहकर पुकारने लगा था।

चालीस साल बीतने को आए, 'हिन्दुस्तान की क़सम' आज तक पूरी नहीं देख पाया।

कर्नल रंजीत और विज्ञान के पहले सबक़

दुर्गादत्त मास्साब कर्नल रंजीत के जासूसी उपन्यासों के सबसे बड़े पाठक थे। उन्हें हर सुबह एस.पी. इंटर कॉलेज के परिसर में आलसभरी चाल के साथ प्रवेश करते देखा जाता था। असेंबली ख़त्म होने को होती थी जब उनकी विशाल देह प्रवेशद्वार पर नमूदार होती। भीतर घुसते ही उन्हें ठिठककर थम जाना पड़ता था क्योंकि राष्ट्रगान शुरू हो चुका होता। वे इत्मीनान से आँखें बंद कर राष्ट्रगान के ख़त्म होने का इंतज़ार करते।

असेंबली के विसर्जन के समय प्रिंसिपल साब एक खीझभरी निगाह दुर्गादत्त मास्साब पर डालते थे लेकिन उस निगाह से बेज़ार मास्साब स्टाफ़रूम की तरफ़ घिसटते जाते थे। उनके अगल-बग़ल से क़रीब तीन हज़ार बच्चे हल्ला करते, धूल उड़ाते अपनी-अपनी कक्षाओं की तरफ़ जा रहे होते थे। पहली क्लास दस बजे से होती थी। उसके लिए बच्चों के पास पाँच मिनट का समय होता था। असेंबली मैदान उन पाँच मिनटों में धूल के विशाल बवंडर में तब्दील हो जाया करता।

स्टाफ़ रूम की बड़ी खिड़की से सटाकर लगाई गई, अपने आकार के हिसाब से अतिसूक्ष्म कुर्सी में वे किसी तरह अट जाते थे। खिड़की से बाहर बाज़ार का विहंगम दृश्य देखा जा सकता था। वे साथी अध्यापकों से बात नहीं करते थे। दुर्गादत्त मास्साब प्रिंसिपल के रिश्ते के मामा लगते थे इस वजह से उनसे बात करने की स्टाफ़ तो दूर ख़ुद प्रिंसिपल साहब की भी हिम्मत नहीं होती थी। उन्हें पहला पीरियड भी नहीं पढ़ाना होता था। अल्मारियों से अटेंडेंस रजिस्टर, किताबें, चॉक और डस्टर आदि जल्दी-जल्दी निकालने में व्यस्त अध्यापकों की तरफ़ उकताई-सी निगाह डालकर मास्साब उपन्यास में डूब जाते।

दुर्गादत्त मास्साब विज्ञान के मेरे पहले टीचर थे। कक्षा छह (अ) में क़रीब

दो सौ बच्चे थे। क्लासरूम की दीवारें बहुत मैली थीं और टीन की उसकी छत तनिक नीची थी। ब्लैकबोर्ड के कोनों पर चिड़ियों की बीट के पुरातन डिज़ाइन उकेरे गए से लगते थे। बच्चे फ़र्श पर चीथड़ा दरियों पर बैठते थे। सामने डेस्क होती थी और डेस्क के एक कोने पर पीतल से बनी छोटी-सी दवात। हर सुबह कोई इन दवातों में स्याही भर जाता था। हमने काग़ज़ की गेंदें स्याही में डुबोकर एक-दूसरे पर फेंकने का खेल खेलना सीख लिया। छुट्टी के बाद जब घरों को जाते तो हमारी सफ़ेद क़मीज़ों पर बड़े-बड़े नीले धब्बे पड़े होते।

एस.पी. यानी सीताराम पूरणमल इंटर कॉलेज में मेरा पहला दिन था। होशियारी के चलते मैं चौथी से सीधा छठी में पहुँच गया था। पहली क्लास अँग्रेज़ी की थी। अटेंडेंस ली ही गई थी कि अँग्रेज़ी मास्साब को किसी ने बाहर बुला लिया। हमारी तरफ़ एक पल को भी देखे बग़ैर वह पूरे पीरियड भर अपने परिचित से बातें करते रहे। फिर घंटा बज गया। भीतर आकर अँग्रेज़ी मास्साब ने एक बार भी हमारी तरफ़ नहीं देखा और उपस्थिति रजिस्टर लेकर निकल गए। हम अगले मास्साब का इंतज़ार कर रहे थे।

लाल सिंह हमारी क्लास की सबसे विलक्षण चीज़ था। पाँच या छह साल फ़ेल हो चुकने के बाद वह तक़रीबन अठारह का हो चुका था। उसकी मूँछें भी थीं। मेरे बड़े भाई जितना लंबा और अपनी तरह से प्यारा था। लंबाई और क्लास के हिसाब से अनफिट मूँछों पर आने वाली शर्म को छिपाने का प्रयास करता वह हमें तमाम मास्टरों के मज़ेदार क़िस्से और लतीफ़े सुनाता था। उसने बताया कि अपनी अस्तित्वहीन गरदन के कारण अँग्रेज़ी मास्साब को टोड कहा जाता था और पिचकी नाक वाले वाणिज्य मास्साब को पिच्चू। मैं पहले ही दिन से लाल सिंह को अपना सबसे पक्का दोस्त बनाने का मन बना चुका था।

"आ गया, आ गया! भैंसा आ गया!" लाल सिंह की चेतावनी सुनते ही सबकी आँखें दरवाज़े पर लग गईं। दुर्गादत्त मास्साब बिना किसी तरह की हड़बड़ी के क्लास में घुसे। उन्होंने लाल सिंह पर एक परिचित निगाह डाली।

कक्षा शांत हो गई। दुर्गादत्त मास्साब का आकार ही हमें डरा देने को पर्याप्त था। मिनट भर पहले लाल सिंह हमें उनके ग़ुस्से के एक-दो क़िस्से सुना चुका था। वह तुरंत खड़ा हुआ और मास्साब के हाथ से रजिस्टर लेकर अटेंडेंस लेने लगा। मास्साब ने बेरुख़ी से हमारी ओर एक बार देखा और कोट की जेब में

हाथ डालकर एक किताब बाहर निकाल ली।

किताब का चमकीला कवर बहुत आकर्षक था। क़द में छोटा होने के कारण मैं सबसे आगे की क़तार में बैठता था और उस जादुई किताब को साफ़-साफ़ देख सकता था। चेहरा एक तरफ़ को थोड़ा-सा झुकाए कर्नल रंजीत की आँखें मुझ पर लगी थीं। उसने काले ओवरकोट के साथ काली हैट पहन रखी थी। तीखी मूँछें ऊपर की तरफ़ खिंची हुई थीं और कर्नल की निगाहों में सवाल था। उसके एक हाथ में छोटा-सा रिवॉल्वर था। दूसरा हाथ एक अधनंगी लड़की की कमर पर था जो कर्नल से चिपकने का प्रयास कर रही थी। पृष्ठभूमि में लपटें उठ रही थीं। कवर के निचले हिस्से में एक लाश पड़ी थी और लाश की बग़ल में ख़ून से सना चाक़ू।

कर्नल रंजीत के पास कोई दिव्य ताक़त थी कि वह एक साथ लड़की, लाश और मुझको पैनी निगाहों से देख सकता था। यह बेहद आकर्षक था। मैं सर्वशक्तिमान कर्नल रंजीत के कारनामों के बारे में कल्पनाएँ कर रहा था जब दुर्गादत्त मास्साब ने बोलना शुरू किया। अगले आदेश की प्रतीक्षा में लाल सिंह अब भी उनकी बग़ल में खड़ा था।

"मैं तुम लोगों को बिग्यान पढ़ाया करूँगा।"

सबने विज्ञान की किताब निकाल ली। हमारी साँसें थमी हुई थीं। मास्साब ने पूछा, "कछुआ कितने बच्चों ने देखा है?"

कुछ हाथ हवा में उठे। किताब थामे हुए मास्साब सीट से उठे और अपना मैला कोट एक बार हल्के से झाड़ा। मेरी आँखें अब भी कवर से चिपकी हुई थीं।

"तेरा नाम क्या है, बच्चे?" वे मेरी तरफ़ देख रहे थे।

चोरी पकड़े जाने के भय से मैं थप्पड़ का इंतज़ार करने लगा। नीची निगाहों से डेस्क को देखता हुआ मैं उठा, "मास्साब... मैं..."

"मास्साब मैं नाम हैगा तेरा?"

जीभ पत्थर की हो गई थी। मैं रोने-रोने को हो गया। उनका बड़ा-सा हाथ मेरे कंधे पर था, "तू वो खताड़ी वाले पाण्डेजी का लड़का है ना?"

मैंने हाँ में सिर हिलाया।

"सुना है कि तू भौत होशियार है। अब जे बता, तैने कछुआ देखा है कभी-

असली वाला जिंदा कछुआ?"

"नईं मास्साब।"

"बढ़िया। कोई बात नहीं। आज सारे बच्चे असली का कछुआ देखेंगे।"

अपने कोट की बड़ी-सी जेब में हाथ डालकर उन्होंने पत्थर जैसी कोई गोल चीज़ बाहर निकाली।

"ये रहा कछुआ। असली जिंदा कछुआ। लो पाण्डेजी पकड़ो इसे।" मास्साब द्वारा पाण्डेजी कहे जाने पर मुझे शर्म आई। काँपते हाथों से मैंने उस कड़ी चीज़ को पकड़ा।

"अभी कछुआ सोया हुआ है। अगर उसे आराम से खुजाओगे तो ये तुम्हें अपनी शकल दिखाएगा। लाल सिंह, चलो पाण्डेजी की मदद करो।"

ज़रा भी देर किए बिना लाल सिंह ने मेरे हाथों से कछुआ थाम लिया। उसने एक अनुभवी उँगली को कछुए के किसी हिस्से में खुभाया तो कछुआ खोल से बाहर निकल आया। यह चमत्कार था। आगे की सीटों वाले बच्चे लाल सिंह के गिर्द इकट्ठा होने लगे थे।

"एक-एक करके लाल सिंह!" मास्साब वापस अपनी सीट पर जा चुके थे। उपन्यास पढ़ने में उन्हें किसी तरह का व्यवधान नहीं चाहिए था।

लाल सिंह ने डपटकर सारे बच्चों को सीट पर बिठा दिया और कछुआ मुझे थमाया। कछुआ वापस खोल में घुस चुका था। मैंने भी लाल सिंह की तरह उँगली घुसाने की कोशिश की पर कुछ नहीं हुआ।

"अब तेरी बारी है।" कहकर लाल सिंह ने कछुआ मेरे साथ वाले बच्चे को पकड़ा दिया। शोर बढ़ता जा रहा था। पीछे की सीटों के बच्चे अधीर होकर बेक़ाबू हो गए थे। कछुआ उनकी पहुँच से दूर था सो उन्होंने आइस-पाइस खेलना चालू कर दिया। जब तक कि अगली क़तार के सारे बच्चों को कछुआ देख पाने का अवसर मिलता, घंटा फिर से बज गया। कछुआ मास्साब के सुपुर्द कर दिया गया।

कुर्सी से सश्रम उठते हुए मास्साब ने हमारी तरफ़ देखकर कहना चालू किया, "जिनका नंबर आज नहीं आया वो बच्चे कल कछुआ देखेंगे।" कक्षा से बाहर जाते हुए उन्होंने कुछ अस्पष्ट शब्द बुदबुदाए जो पिछली क़तारों के असंतुष्ट बच्चों के कोलाहल में डूब गए। आगे वाले वाले बच्चों के चेहरों पर

गर्व था।

विज्ञान की कक्षा में अगले पंद्रह दिन तक लाल सिंह के कुशल निर्देशन में सारे बच्चे कछुआ देखते रहे। लाल सिंह का इकलौता काम यह होता था कि मास्साब और कर्नल रंजीत के दरम्यान कम-से-कम बाधा पड़े।

हम शायद अनंत काल तक कछुआ देखते रहते लेकिन अनेक बार देख चुकने के बाद बच्चे उससे उकता चुके थे। एक दुर्भाग्यपूर्ण क्षण में कुछ बच्चों ने कछुए के साथ 'कैच-कैच' खेलना शुरू किया तो दुर्गादत्त मास्साब ने अपने ऐतिहासिक ग़ुस्से से हमारा पहला परिचय कराया। जब तक कुछ समझ पाते लाल सिंह पता नहीं कहाँ से डंडा लाकर मास्साब को थमा चुका था। बच्चों को साले, हरामज़ादे, ख़ब्बीस, बदमाश, ससुरे, सूअर इत्यादि तमाम उपाधियाँ नवाज़ते मास्साब के भीतर जैसे किसी चैंपियन एथलीट का भूत घुस गया। लॉन्ग जंप, हाई जंप, भालाफेंक, गोलाफेंक और अन्य खेलों में अपना कौशल दिखाते मास्साब डंडे, रजिस्टर और चॉक के टुकड़ों की मदद से किसी बेरहम यमराज की तरह क़त्लो-ग़ारत पर उतर आए थे। सामने जो भी पड़ा, उसकी शामत आई। बच्चे एक डेस्क से दूसरी पर कूदते अपनी जान बचा रहे थे। जो ज़्यादा चालाक थे खिड़की फाँदकर बाहर भाग गए।

आठ-दस मिनट तक ख़ून-खच्चर करने के बाद मास्साब फिर से किताब में डूब गए। ज़्यादातर बच्चे सुबक रहे थे। इस ग़ुस्से को कई दफ़ा देख चुका लाल सिंह एक कोने में खड़ा बेमन से कछुए के उसी गुप्त हिस्से में उँगली घुसा रहा था।

कछुए में हमारी सारी दिलचस्पी अब ख़त्म हो चुकी थी। घंटा बजा तो मास्साब इस तरह उठे जैसे कुछ हुआ ही न हो। हमारी ज़िंदगानियाँ लुट चुकी थीं, कछुआ वापस उनकी जेब में जा चुका था। लाल सिंह की तरफ़ देखते हुए उन्होंने क्लास को संबोधित किया, "कल हम देखेंगे कि बीकर कैसा होता है और लकड़ी के बुरादे की मदद से बीकर में चने कैसे उगते हैं।"

उनका हाथ आदतन जेब में गया। उनकी उँगलियों ने कछुआ छुआ तो उन्हें कुछ याद आया। बाहर निकलते एक पल को थमते हुए उन्होंने पूछा, "सारे बच्चों ने कछुआ देख लिया कि नहीं?"

टाँडा फिटबाल किलब और पेले का बड़ा भाई

हिमालय टॉकीज़ से लगे खेल मैदान में हम किराए की साइकिलें चलाया करते थे। मैदान ख़ासा बड़ा था और शाम चार बजे से उसमें छोटे-बड़े बच्चों के बारह-पंद्रह समूह अलग-अलग घेरों में क्रिकेट खेला करते थे। मैदान का एक ख़ास कोना बच्चों के लिए निषिद्ध था। इस कोने में रामनगर फ़ुटबॉल क्लब के खिलाड़ी प्रैक्टिस किया करते थे।

फ़ुटबॉल के लिए रामनगर जैसे छोटे क़स्बे में पाया जाने वाला जुनून बेमिसाल था। साल में दो दफ़ा राष्ट्रीय स्तर का टूर्नामेंट हुआ करता। हमारी छत से मैदान साफ़ दिखता था जिसके चारों ओर की दीवारों को खेलप्रेमी मैच के काफ़ी पहले से घेरकर रखते थे। इस भीड़ के चलते घरवालों पर दबाव रहता था कि हम छत से ही मैच देखें।

रामनगर की टीम बढ़िया खेलती थी। साल के बाक़ी दिनों में उसके सितारे फल-सब्ज़ी बेचने या पुराने कनस्तरों में ढक्कन लगाने जैसे काम करते दिखाई देते थे लेकिन टूर्नामेंट के समय समूचा शहर उन्हें पलकों पर सजा लेता। रामलीला समिति इन खिलाड़ियों की ख़ूबसूरत पोशाकें स्पॉन्सर किया करती थी। कत्थई-पीले रंग की पट्टियों वाली पोशाकें, फ़ुटबाल शूज़ और स्टाकिंग्स में सुसज्जित ये खिलाड़ी टूर्नामेंट के दौरान नगर की शान हुआ करते। सब्ज़ी आढ़त में कुलीगीरी करने वाला शिब्बन रामनगर का गोलकीपर था। और क्या शानदार गोलकीपर था! उसकी किक लगने पर गेंद विपक्षी टीम की डी तक पहुँच जाती थी। देखने वाले पगला जाते और 'शिब्बन! शिब्बन! शिब्बन!' की आवाज़ों से मैदान गूँजने लगता।

टूर्नामेंट में दिल्ली, नैनीताल, लखनऊ और बरेली जैसे शहरों की टीमें आती थीं लेकिन हर बार टाँडा की टीम चैंपियन बनती। माइक पर रनिंग कमेंट्री होती थी और टाँडा की इस ख़लीफ़ा टीम का स्वागत करते हुए चौहान मास्साब की

ज़बान पर सरस्वती बैठ जाती थी। वे इतनी मीठी उर्दू बोलते थे। उफ़्फ़!

टाँडा फिटबाल किलब के सारे सदस्यों की अफ़ग़ानी दाढ़ियाँ होती थीं। सब एक ही रंग का पठान सूट पहनकर खेलते थे। पाजामों के पाँयचे घुटने तलक उठाए, नंगे पैर खेलने वाले इन लंबे-तड़ंगे जाँबाज़ खिलाड़ियों को कोई भी नहीं हरा पाता था। ऐसी चैंपियन टीम मैंने फिर कभी नहीं देखी।

एक साल टूर्नामेंट के दो माह पहले से यह अफ़वाह उड़ी थी कि टाँडा वालों को हराने के लिए दिल्ली से इंडियन एयरलाइंस की टीम बुलाई जाने वाली है। इंडियन एयरलाइंस की टीम आई और यही दो टीमें फ़ाइनल में पहुँचीं भी।

फ़ाइनल मैच से पहले चौहान मास्साब की आवाज़ बुरी तरह काँप रही थी। लोग कह रहे थे रामनगर के इतिहास में पहली बार ख़ासतौर पर मैच देखने को मुरादाबाद, ठाकुरद्वारा और बरेली तक से लोग आए थे।

पहले हाफ़ में दिल्ली की टीम ने टाँडा फिटबाल किलब के छक्के छुड़ा दिए। दर्शक पहली बार हर बरस चैंपियन बनने वाली टीम की बेबसी देख रहे थे। हाफ़ टाइम से ज़रा पहले इंडियन एयरलाइंस ने पहला गोल ठोका तो सारा मैदान सन्नाटे में डूब गया।

हाफ़ टाइम के दौरान इंडियन एयरलाइंस की टीम का कोच हाथ हिला-हिलाकर खिलाड़ियों को निर्देश दे रहा था। पस्त पड़े हुए टाँडा के खिलाड़ी यहाँ-वहाँ बैठे-लेटे थे। इस ऐतिहासिक मैच के लिए मुझे भाई के साथ मैदान पर जाने की विशेष इजाज़त दी गई। मैंने आस-पास निगाह डाली और पाया कि आमतौर पर एक ख़ास कोने में बैठे-खड़े रहने और ख़ूब शोर-शराबा करने वाले वाले लोगों को साँप सूँघ गया था। सब की निगाह काले ख़ान पर थी। काले ख़ान टाँडा फिटबाल किलब का कप्तान था। पहलवान क़द-काठी का मालिक काले ख़ान मेरे जीवन का पहला सुपरस्टार था। इस महानायक को मैदान के बीच पस्त और विचारमग्न बैठे घास का तिनका चबाते देखा मेरा दिल टूट गया।

क्या दिल्ली के लौंडे आज काले ख़ान की टीम को धो देंगे?

हाफ़ टाइम के बाद एयरलाइंस ने खेल की रफ़्तार कम कर दी। वे पासिंग में समय काटने की नीति अपना रहे थे। इस तरह की निर्जीव फ़ुटबॉल रामनगर में पहली बार देख रहे दर्शकों ने जैसे-जैसे एयरलाइंस की हूटिंग करना शुरू किया, टाँडा के खिलाड़ी अपनी नैसर्गिक लय में आने लगे। हिमालय टॉकीज़

वाले छोर से धीरे-धीरे 'काले भाई! काले भाई!' का नारा उठना शुरू हुआ। काले ख़ान के कुरते पर कोयले से दस लिखा रहता था। कुछ देर बाद इधर बस अड्डे वाले छोर से 'दस नंबरी! दस नंबरी!' की गूँज शुरू हुई।

काले ख़ान फिर उसी चैंपियन में तब्दील हो गया। हाफ़ फ़ील्ड से मारी गई उसकी किक जब इंडियन एयरलाइंस के गोल में घुसी तो क़रीब सौ लड़के मैदान में घुस गए और उन्होंने काले को कंधों पर उठा लिया। खेल दुबारा शुरू हुआ तो इंडियन एयरलाइंस ने आक्रमण करना शुरू किया लेकिन लंबे समय तक स्कोर बराबरी पर रहा। फिर बिजली की-सी फुर्ती से काले ख़ान अचानक इंडियन एयरलाइंस की डी में घुसा। उसे लँगड़ी मारकर गिरा दिया गया। रेफरी ने पूरी पेनाल्टी देने के बजाय कॉर्नर दिया। लोग पगला गए थे। जो लोग पिछले साल तक टाँडा के खिलाड़ियों के लँगड़ा हो जाने की बद्दुआ दिए करते थे आज 'काले भाई! काले भाई!' का नारा बुलंद किए हुए थे।

टाँडा की तरफ़ से कॉर्नर किक लेने हमेशा अधपकी दाढ़ी वाला एक प्रौढ़ बैकी आता था। वही आया। किक हुई, डी में पहुँची और बहुत देर तक कुछ समझ में नहीं आया। जैसी अफ़रा-तफ़री डी में मची हुई थी उससे ज़्यादा मैदान के बाहर दर्शकों के बीच थी। फिर अचानक गोल की लंबी सीटी बजी। मैं इंडियन एयरलाइंस के खिलाड़ियों को हाथों में सिर थामे देख पा रहा था। बेशुमार लोग मैदान में घुस गए। भीड़ और असमंजस को चीरती अगले ही क्षण मैच ख़त्म होने की सीटी बजी।

देर रात तक रामनगर के लोगों ने बैंड और ढोल-बाजों के साथ टाँडा के खिलाड़ियों को कंधों पर बिठाकर पूरे शहर के दो चक्कर काटे। रामनगर की टीम के सबसे पुराने खिलाड़ी दलपत हलवाई उर्फ़ दलपत सिपले ने अपनी सारी दुकान एक ठेले पर लाद दी थी और वह रोता हुआ मिठाई बाँट रहा था।

जुलूस के सबसे आगे चल रहे, रामनगर की टीम की शान माने जाने वाले शिब्बन गोलकीपर ने शाम से देर रात तक काले को अपने कंधों पर उठाए रखा।

रामनगर छोड़ने के कुछ साल बाद तक यह विश्वास करने में मुझे बहुत समय लगा कि विश्व का सबसे बड़ा खिलाड़ी पेले टाँडा छोड़कर ही ब्राजील नहीं पहुँचा था और काले ख़ान का छोटा भाई नहीं था।

रक्षाबंधन, मोबीन भाई और अताउल्ला पेलवान

रक्षाबंधन के दिनों में बस एक रोज़ के लिए मोबीन भाई और अताउल्ला पेलवान रामनगर आया करते थे। उनके आने की तारीख़ मौखिक सूचनाओं के माध्यम से शहरभर में पहुँच जाती। आमतौर पर वे रक्षाबंधन के एक दिन पहले आया करते थे। कोई नहीं जानता था कि वे कहाँ से आते थे। कोई कहता मोबीन भाई ठाकुरद्वारे के थे और अताउल्ला पेलवान कालाढूंगी के। कुछ लोगों का कयास था कि दोनों असल में चचेरे भाई थे और काठगोदाम के नज़दीक चोरगलिया के रहने वाले थे। जो भी हो उनका शहर में आना किसी लाटसाहब के दौरे से कम न होता।

मोबीन भाई तनिक लंबे क़द के थे। छरहरी देह, काजल लगी आँखें और मुँह में हमेशा पान की गिलौरी। लफत्तू को मोबीन भाई दुनिया के सबसे स्मार्ट आदमी लगते थे। उसका तो यह भी कहना था कि मोबीन भाई बम्बई चले जाएँ तो अमीताच्चन की दुकान बंद हो जाए। बेहद संजीदा दिखाई देने वाले मोबीन भाई हमेशा काली बेलबॉटम और काली शर्ट पहनते थे।

नाम से ज़ाहिर अताउल्ला पेलवान पहलवानी क़द-काठी के मालिक थे। चारख़ाने की लुंगी और ढीला कुरता पहनने वाले पेलवान के गले में तमाम गंडे-ताबीज़ लटके रहते। मोबीन भाई से उमर में बड़े अताउल्ला पेलवान की कनपटियों पर उम्र की चाँदी नज़र आती थी।

दोनों तूफ़ान की तरह आते थे और वैसी ही शिताबी से रुख़सत होते। रामनगर के बाद उन्हें कहीं और जाना होता था, अलबत्ता रक्षाबंधन का पूरा दिन वे पीरूमदारे में गुज़ारते थे जहाँ दोनों की बहनें रहती थीं।

मोबीन भाई और अताउल्ला पेलवान की पतंगबाज़ी देखने को खेल का मैदान ठसाठस भरा होता था। छोकरे सुबह से ही माँझा, सद्दी, गुल्ली, चरखी और घिर्री के चक्करों में लगे रहते थे। मैदान में लाउडस्पीकर पर सुबह से

'मैं अपने ख़्वाज़ा की दुल्हनिया' जैसी क़व्वालियाँ बजने लगती थीं। मौक़े का फ़ायदा उठाकर चाट, पकौड़ी, खीर और अमरूद वाले अपने ठेले ले आया करते थे। इस ख़ास अवसर पर बमपकौड़े वाला बौना जलेबियाँ भी बनाता था।

फिर किसी एक पल दोनों ख़लीफ़ा धीरे-धीरे आपस में बतियाते मैदान पहुँचते। उनके गिर्द बच्चों की भीड़ जुट जाती। बुज़ुर्ग, बच्चों को डपटकर भगाने की कोशिश करना शुरू करते और दोनों उस्तादों के स्वागत में लाउडस्पीकर पर तक़रीर होने लगती। यह तक़रीर आमतौर पर चौहान मास्साब किया करते थे। एक साल जब मास्साब का बेटा नहर में डूब गया था, यह तक़रीर पालीवाल वैद्यजी ने की थी। वैद्यजी ने महोदय, महोदय कहकर देर तक बोर किया तो भीड़ ने उन्हें हूट करना चालू कर दिया था।

शुरुआती शिष्टाचार निबटाने के उपरांत दोनों पतंगबाज़ अपने-अपने कोनों पर चले जाते थे। बीच में पूरे मैदान का फ़ासला होता। दोनों के गिर्द उनके चेले और प्रशंसक खड़े रहते थे। पहले दोनों अपने-अपने कुशलतम स्थानीय शागिर्द को पतंग उड़ाने को कहते थे। दस-पाँच पतंगें आज़माने के बाद ये शागिर्द सबसे अच्छी पतंग को काफ़ी लंबी उड़ान दे चुकने और अपने-अपने हुनर के हिसाब से दर्शकों का मनोरंजन कर चुकने के बाद उस्तादों की स्वीकृति की बाट देखते थे।

मोबीन भाई अपनी पतंग पहले सँभालते थे। उसके बाद वे कनखियों से अताउल्ला पेलवान की तरफ़ एक निगाह करते थे। पेलवान सहमति में सिर झुकाते और एक हाथ ज़रा-सा उठाकर मोबीन भाई को आशीर्वाद देते। दोनों के पेंच शुरू होते और तमाशबीनों के बीच उत्तेजना फैल जाती।

पतंगबाज़ी चलती रहती। मोबीन भाई और अताउल्ला पेलवान के पेंच देखता दर्शक-समूह जब-तब अश-अश कर उठता था। तमाम तरह के दाँव दिखाने के बाद आख़िर जब किसी एक की पतंग कट जाती, दोनों ख़लीफ़ा खेल को इस वैराग्य के साथ छोड़ देते मानो कोई ग़मी हो गई हो।

एक-दूसरे से बातें करते मोबीन भाई और अताउल्ला पेलवान खेल के मैदान के बाहर आ जाते थे। लड़कों का जुलूस उनके पीछे होता। फिर यूँ होता कि खताड़ी का मोड़ पर आते-आते दोनों कहीं गुम हो जाते। उसी पल से उनके अगले आगमन के लिए समूचा रामनगर सालभर का इंतज़ार करना शुरू कर देता।

नौ फ़ुट की खाट और ऑस्ट्रेलिया के राष्ट्रपति का आगमन

जिम कॉर्बेट पार्क रामनगर से बहुत दूर नहीं है। वहाँ जब-तब बड़े लोगों की आमद होती रहती थी। जब भी बड़े लोग आते, कॉलेज के सारे जूनियर बच्चों को झंडे-पट्टियाँ वग़ैरह पकड़ा दी जातीं और सड़क पर क़तार में खड़ा होने को कहा जाता। पोस्ट ऑफ़िस से शुरू होने वाली यह क़तार पेट्रोल पंप से आगे तक चली जाती थी। फिर हम बड़े लोगों की गाड़ियों के क़ाफ़िले का इंतज़ार करते रहते। प्रतीक्षा के उन पलों में प्यास बहुत लगा करती थी।

भवानीगंज के मोड़ पर पहली गाड़ी दिखते ही चौहान मास्साब इशारा करते थे और बच्चे 'आपका सुवागत है सिरिमान' गाना चालू कर देते थे। पोस्ट ऑफ़िस से पंप तक की दूरी अच्छी-ख़ासी थी और गाने के अलग-अलग बोल एक बेसुरे कोरस की शक्ल में हवा में धूल की तरह तैरने लगते। बच्चों में अचानक उत्साह भर आता और वे गाते हुए झंडे-पट्टियों को तेज़-तेज़ हिलाते। धारीवाल मास्साब के घर के पास एक या दो गाड़ियाँ रुकतीं। प्रिंसिपल साब उनकी तरफ़ बदहवास भागते दिखाई देते थे। गाड़ियों का शीशा कभी खुलता, कभी नहीं। हमारे कुछ समझ पाने से पहले ही हॉर्न-साइरन इत्यादि बजाता गाड़ियों का कारवाँ आँखों से ओझल हो जाता था। बमुश्किल दो या तीन मिनट चलने वाले इस मुख्य कार्यक्रम भर के लिए कभी-कभी हमें स्कूल खुलने से लेकर दोपहर तक बिना खाए-पिए सड़क पर मक्खियाँ मारने के लिए छोड़ दिया जाता। क़तार टूटने की सूरत में दुर्गादत्त मास्साब के नेतृत्व में तमाम अध्यापकों के डंडे हमारे शरीरों पर गिरने को हर पल तत्पर रहते थे।

इन आयोजनों के तीन मज़े भी होते थे। एक तो दिनभर पढ़ाई नहीं होती थी। दूसरे, गाड़ियों के गुज़र जाने के बाद समोसा और लड्डू मिलते थे। तीसरा और सबसे बढ़िया काम यह होता था कि अगले दिन छुट्टी हो जाती थी।

कुछ दिनों से चर्चा में था कि ऑस्ट्रेलिया के राष्ट्रपति का जिम कॉर्बेट पार्क आने का कार्यक्रम है। ऑस्ट्रेलिया के बारे में हमारा ज्ञान रेडियो में आने वाली क्रिकेट कमेंट्री तक सीमित था। हमने चैपल भाइयों के नाम सुन रखे थे और लिली-थॉमसन के भी। ये नाम इतने ज़्यादा सुने हुए थे कि हमारे मोहल्ले में सबसे तेज़ बॉलिंग करने वाले नवीन जोशी को थॉमसन के नाम से ही पुकारा जाता था।

वैसे सबसे ज़्यादा लोकप्रिय वेस्टइंडीज़ के खिलाड़ी थे। कमेंट्री बताती थी कि हमारे बॉलर तेज़ नहीं फेंक पाते थे। मरियल रफ़्तार से गेंद डालने वाले बेदी, चंद्रशेखर, प्रसन्ना और वेंकट राघवन लगातार पिटते चले जाते थे। ग्रीनिज, फ्रेडरिक्स, लॉयड, रिचर्ड्स और कालीचरण वेस्टइंडीज़ के लिए धुआँधार बल्लेबाज़ी कर हज़ारों रनों का अंबार लगा देते। भारतीय खिलाड़ियों में हमारा लगाव बस गावस्कर और विश्वनाथ नाम के दो छोटू खिलाड़ियों से था जिनकी वजह से कभी-कभार ख़ुश हो जाने के मौक़े मिल जाते।

चैपल और लिली-थॉमसन के देश के राष्ट्रपति का रामनगर-आगमन मेरे और मेरे हमउम्र बच्चों के लिए तब तक की सबसे महान और ऐतिहासिक घटना थी। जैसी कि शहर की फ़ितरत थी अफ़वाहों से आसमान पट गया। किसी ने कहा कि ऑस्ट्रेलिया के राष्ट्रपति को ख़ास सैर-सपाटे के वास्ते इंद्रा गांधी ने बुलाया है। किसी ने कहा कि उसका ज़ीनत अमान से चक्कर चल रहा है। इस दूसरी अफ़वाह को इस तर्क द्वारा तुरंत ख़ारिज़ किया गया कि ज़ीनत अमान को अँग्रेज़ों जितनी तेज़ अँग्रेज़ी बोलनी आ ही नहीं सकती।

सबसे महत्त्वपूर्ण अफ़वाह राष्ट्रपति के क़द को लेकर फैली। रामनगर में सब जानते थे कि अँग्रेज़ बहुत ज़्यादा लंबे होते हैं। क़द को लेकर अफ़वाह फ़ैलाए जाने का सिलसिला इस अफ़वाह के बाद निकला कि ऑस्ट्रेलिया के राष्ट्रपति ने एक रात जंगलात के रामनगर स्थित डाकबंगले में रुकना है।

जब्बार कबाड़ी का मानना था कि ये बेसिर-पैर बातें उसका पड़ोसी और भवानीगंज में बढ़ईगीरी करने वाला अतीक फैला रहा था। पहले कहा गया कि राष्ट्रपति मैल्कम फ्रेज़र, जिनका नाम हमें इतिहास की कक्षा में रटा दिया गया था, के रहने लायक़ इकलौता कमरा जंगलात के डाकबंगले में है। जिस खाट पर एक ज़माने के कुमाऊँ कमिश्नर हैनरी रैमज़े साहब सोते थे, अतीक बढ़ई

उसी खाट को दुरुस्त कराने का ठेका हासिल कर चुका है। जब्बार कबाड़ी का कहना था कि ऐसी कोई खाट डाकबंगले में नहीं बची थी क्योंकि कुछ साल पहले हुई सरकारी नीलामी में उसने डाकबंगले का कोना-कोना देख रखा था।

मैल्कम फ्रेज़र का क़द लगातार बढ़ता जा रहा था। साढ़े छह फ़ुट से शुरू होकर वह सवा सात तक पहुँच चुका था। बच्चों में भी यदा-कदा इस मुद्दे पर चिंताग्रस्त वार्तालाप हुआ करते थे। मसलन इतनी बड़ी खाट आएगी कहाँ से। सारे रामनगर में इतना लंबा कोई न था। पुराने ज़माने के रायबहादुर साहब भी साढ़े छह फ़ुट के ही थे। मान लिया वह अपनी खाट एक रात को उधार पर देने को तैयार हो भी गए तो मैल्कम फ्रेज़र को कितना बुरा लगेगा- एक तो अँग्रेज़, दूसरे राष्ट्रपति और तीसरे खाट भी छोटी।

"इन्द्‌ला गांधी बलबाद हो जागी बेते।" अपने ब्रह्मवाक्यों से हमें आतंकित करने की अपनी पुरानी आदत से मजबूर लफत्तू ने मामले पर यह महान टिप्पणी की।

मैल्कम फ्रेज़र का क़द नौ फ़ुट हो गया। खाट की बात अब पुरानी हो गई थी क्योंकि रामनगर के किसी बढ़ई की औक़ात न थी कि ऑस्ट्रेलिया के राष्ट्रपति के लिए खाट बना सके। जब्बार कबाड़ी ने इस ऐतिहासिक तथ्य को फैलाया कि मैलकम फ्रेज़र की खाट ऑस्ट्रेलिया से ही आने वाली है और भारत की वायु सेना का ख़ास जहाज़ उसे रामनगर लाने वाला है।

स्कूल में हफ़्ते भर की छुट्टी हो गई। बच्चों को फ्रेज़र साब के आने के दिन खेल मैदान से दूर रहने की कड़ी हिदायत दे दी गई। प्रिंसिपल साहब ने छुट्टी घोषित करने से पहले 'प्यारे बच्चो, विदेशी मेहमानों की इज़्ज़त करने की हमारी पुरानी परंपरा रही है' विषय पर उबाऊ भाषण दिया।

राष्ट्रपति के आगमन वाले दिन खेल मैदान पर जाने की किसी को इजाज़त नहीं थी। हमारे घर की छत से साफ़ नज़र आ रहा था कि सारे मैदान पर पुलिस वालों की भीड़ थी। हमारी छत की लोकेशन बहुत महत्त्वपूर्ण थी इसलिए वहाँ अड़ोस-पड़ोस के क़रीब सौ लोग जमा थे। मैदान की तरफ़ जितने भी मकान थे, सब की छतें लोगों से अटी पड़ी थीं।

हमारी छत पर एक और आकर्षण भी था। डिग्री कालेज में अँग्रेज़ी पढ़ाने वाली मैडम का भाई नैनीताल से आया था। उसके रंगीन और फ़ैशनेबल काट

के कपड़े हमें हमेशा तुच्छता-बोध से भर दिया करते थे। वह साल में दो दफ़ा रामनगर आता और नैनीताल को हमारे लिए किसी तिलिस्मी जगह की तरह स्थापित कर जाता। हम जानते थे लाल बेलबॉटम पहनने वाला मैडम का भाई हम रामनगर के पिछड़े बच्चों को कुत्तों से भी बदतर समझता था। इस वजह से हमारे दिल में उसके लिए बहुत इज़्ज़त थी। फ़िलहाल बात यह थी कि राष्ट्रपति के आगमन वाले दिन वह भी रामनगर में था और सुबह से ही छत की एक ख़ास जगह पर क़ब्ज़ा किए था। उसके पास दूरबीन भी थी। ऑस्ट्रेलिया से आने वाले हेलीकॉप्टर को देखने का आकर्षण तो था ही, दूरबीन को देखकर भी लार गिर रही थी। एक बार उसने तरस खाकर मुझे अपने पास बुलाया और मेरी आँखों पर दूरबीन लगाई भी। मुझे कुछ चेहरे बहुत नज़दीक देखने की स्मृति भर है। क़रीब पाँच सेकेंड तक मुझे यह मज़ा मिल पाया।

आसमान पर हेलीकॉप्टर के घरघराने की आवाज़ पास आती जा रही थी। छत पर उत्तेजना का माहौल बनने लगा था। फिर अराजकता-सी फैल गई। मुझे कहीं कुछ नज़र नहीं आ रहा था। क़द में बहुत छोटा होने के कारण मुझे आगे-पीछे बस लोगों की टाँगें दिख रही थीं। एक पल को कुचले जाने का भय हुआ।

घरघराहट की आवाज़ बढ़ती गई। अचानक मैंने देखा आसमान पर धूल का विशाल ग़ुबार उठना चालू हुआ। हेलीकॉप्टर के उतरने से मैदान की मिट्टी उड़ रही थी और लोगों के चीख़ने-चिल्लाने से ज़ाहिर होता था कि उन्हें भी कुछ नहीं दिख रहा था। घरघर की आवाज़ थोड़ी देर को थमी लेकिन तुरंत फिर से आने लगी और दूर जाती लगी।

मैंने आसमान की तरफ़ निगाह उठाई। हेलीकॉप्टर जिस दिशा से आया था उसी तरफ़ लौट रहा था। छत पर अफ़रा-तफ़री और बढ़ गई थी। धूल का ग़ुबार कुछ देर घना हुआ फिर छँटने लगा। हवा साफ़ हुई तो लोगों के मुँह से कराह निकली जैसे कि आशियाना लुट गया हो।

"धत्तेरे की!" कहता हुआ मैडम का भाई मुंडेर से नीचे उतर आया। उसकी दूरबीन जेब के भीतर घुस चुकी थी।

"क्या हुआ?" मैडम उससे पूछ रही थीं।

"होना क्या था! साला आया और जहाज़ से उतर के सीधे गाड़ी में बैठ के निकल गया।"

माँ रसोई की तरफ़ जाने लगी। नीचे सड़क से लफत्तू मुझे इशारा करके बुला रहा था। मेरी बहुत इच्छा थी कि मैडम के भाई से कम-से-कम ऑस्ट्रेलिया के राष्ट्रपति के क़द के बारे में पूछूँ लेकिन वह नैनीताल से आया था और मैं उसके सामने अपने आप को छोटा क़स्बाई लौंडा हर्गिज़ साबित नहीं करना चाहता था।

एक क़स्बे का जुगराफ़िया वाया थ्योरी मास्साब

एस.पी. इंटर कॉलेज में सबसे ज़्यादा ख़ौफ़ तिवारी मास्साब का था। प्रागैतिहासिक समय से उन्हें थ्योरी मास्साब कहा जाता था। कोयले की रंगत वाले थ्योरी मास्साब हमें चित्रकला यानी आल्ट के अलावा भूगोल यानी भिगोल भी पढ़ाते थे।

शुरू में उनकी ज़बान मेरी समझ में ही नहीं आती थी। फिर एक दफ़ा लफत्तू ने बताया कि वे दरअसल हमें गालियाँ देते थे। मैं उनसे और ज़्यादा ख़ौफ़ खाने लगा। सुतरे यानी ससुरे उनका प्रिय संबोधन था। उन्हीं दिनों रिलीज़ हुई 'शोले' में जेलर बने असरानी की अदा के साथ उन्होंने पहली बार क्लास में एंट्री ली, "अँग्रेज़ों के टैम का मास्टर हूँ सुतरो! बड़े-बड़े दादाओं का पेस्साब लिकला करे मुझे देख के। मेरी क्लास में पढ़ाई में धियान ना लगाया तो मार-मार के हौलीकैप्टर बना दूँवाँ सबका!"

मास्साब के पास तेल पिलाया हुआ एक पुराना डंडा था। गंगाराम नामक यह ऐतिहासिक डंडा उनकी बाँह में इतनी सफ़ाई के साथ छुपा रहता था कि जब पहली बार क्लास के पीछे के बच्चों को उसका लुत्फ़ मिला तब मेरी समझ ही में नहीं आया कि मास्साब को वह डंडा मिला कैसे। उन दिनों घुँघराले झब्बा बालों वाले एक विख्यात बाबा ने हवा से घड़ियाँ और भभूत पैदा करने की परंपरा चालू की थी- मुझे लगा हो न हो मास्साब को वैसी ही कोई दैवी शक्ति हासिल है। लेकिन जल्द ही लाल सिंह ने हमें गंगाराम की जुड़ी अनेक महागाथाएँ सुनाईं।

मास्साब का एक बेटा इंग्लैंड में रहता था क्योंकि वे हर हफ़्ते किसी होशियार बच्चे को नज़दीक के पोस्ट ऑफ़िस भेजकर विदेशी लिफ़ाफ़ा मँगवाते थे। इंटरवल के समय उन्हें कॉलेज से लगे तलवार रेस्टोरेंट में तन्मय होकर चिट्ठी लिखते देखा जाता था। उनकी एक बेटी भी थी जो तीसरी या चौथी

क्लास में रामनगर के ही किसी स्कूल में पढ़ती थी। उसे किसी ने देखा नहीं था लेकिन उसकी तक़दीर पर हमें अक्सर दया आती थी। तिवारी मास्साब अपने हर दूसरे क़िस्से में उसे पीटने का ज़िक्र किया करते थे। 'जल्लाद है थ्योरी बुड्ढा, एकदम जल्लाद!' हमारे सीनियर बताते थे।

ख़ैर। आर्ट की शुरुआती कक्षाओं में हमें ऑस्टवाल्ड का रंगचक्र बनाकर लाने को कहा गया। बाहर से बहुत आसान दिखने वाला यह चक्र बनाने में बहुत मुश्किल होता था। एक तो उसे बनाने की जल्दी, फिर उसे सुखाने की बेचैनी। रंगों का आपस में मिल जाना और एक-दूसरे में बह जाना आम हुआ करता।

हमारे पड़ोस में एक मोटा-सा आदमी रहता था जिसके गोदामनुमा कमरे की हर चीज़ मुझे जादुई लगा करती थी। अजीब-अजीब गंधों और विचित्र क़िस्म के डिब्बों, बोरियों और कट्टों से अटा हुआ उसका कमरा मेरे लिए साइंस की सबसे बड़ी प्रयोगशाला था। उसी की मदद से मैंने सेल से चलने वाला पंखा बनाया और उसी कमरे में रेडियो की बैटरी को पंखे के रेगूलेटर से जोड़ने का महावैज्ञानिकी कारनामा अंजाम दिया। जब मैं ऑस्टवाल्ड के रंग चक्र से बुरी तरह ऊब गया तो गोदाम वाले सज्जन ने ऑस्टवाल्ड में दिलचस्पी लेनी शुरू की। मेरी ड्रॉइंग ख़राब नहीं थी लेकिन मुझे ऑस्टवाल्ड में मज़ा आना बंद हो गया था।

मैं गोदाम के कबाड़ में डूबा रहता और वे बहुत ध्यान लगाकर मेरा आर्ट का होमवर्क किया करते थे। रंग को सुखाने की उनकी बेचैनी मुझसे भी ज़्यादा होती थी। एक बार इस बेचैनी में उन्होंने कॉपी को पंप वाले स्टोव के ऊपर अधिक देर तक थामे रखा। कॉपी तबाह हो गई। इस हादसे के बावजूद मुझे गंगाराम का स्वाद नहीं मिला क्योंकि मैं क्लास में होशियार माना जाता था।

क़रीब महीनेभर तक ऑस्टवाल्ड के रंग चक्र से जूझने के बाद तिवारी मास्साब को हम पर रहम आया और हम ने चिड़िया बनाना सीखना शुरू किया। मास्साब सधे हुए हाथों से ब्लैकबोर्ड पर बिना टहनी वाले पेड़ पर एक बेडौल-सी चिड़िया बना देते थे। हम सब ने उसकी नक़ल बनानी होती थी। मेरी ड्रॉइंग बुरी नहीं थी सो मैंने नक़ल सबसे पहले बना ली। मास्साब बाहर मैदान में पतंगबाज़ी देखने में मसरूफ़ थे। उन्हें अपनी कॉपी दिखाई तो उन्होंने सर से पाँव तक मुझे देखकर कहा, "भौत स्याना बन्निया सुतरे! इसमें रंग तेरा

बाप भरैगा!"

इसके पहले कि चिड़िया की रँगाई के बारे में मैं उनसे कुछ पूछता, मास्साब ने ख़ुद ही मेरी उलझन साफ़ कर दी, "अब घर जा कै इसमें गुलाबी रंग भर के लाइयो।"

इस अपमान का जवाब मैंने अपनी कलाप्रतिभा द्वारा देने का फ़ैसला कर लिया था। घर पर सारे लोगों ने उस बेडौल चिड़िया का मज़ाक़ बनाया लेकिन मुझे उसी चिड़िया को रँगकर तिवारी मास्साब की दाद चाहिए थी। उल्लू, गौरैया और ऑस्ट्रिच में मेलजोल से बनी चिड़िया का पेट ज़रूरत से ज़्यादा स्थूल था। उसकी आँख आँख की जगह पर न होकर गरदन के बीचोबीच थी। अपने आप को वाक़ई सयाना बनते हुए मैंने चिड़िया की आँख को अपने हिसाब से सही जगह पर बना दिया था। उस का रंग गुलाबी था।

सुबह क्लास का हर बच्चा वैसी ही दयनीय गुलाबी चिड़िया बनाकर लाया था। मास्साब को चिड़िया दिखाने का पहला नंबर मेरा था। मास्साब ने किसी सधे हुए कलापारखी की तरह मेरी कॉपी को आड़ा-तिरछा करके देखा, "जरा पेल्सिन लाइयो।"

मैंने उन्हें पेंसिल दी तो उन्होंने चिड़िया की गरदन के बीचोबीच पेंसिल से एक गोला बनाकर कहा, "सुतरे, ह्याँ हुआ करै आँख! पैले वाली मेट के नई वाली में रंग के लाइयो कल कू।"

मैं पलटकर अपनी सीट पर जा रहा था कि उन्होंने मुझे फिर से बुलाया, "जब आल्ट पूरी हो जा तो नीचे के सैड पे लिख दीजो– तोता।"

एक दिन अचानक पता चला कि थ्योरी बुड्ढा हमें भूगोल भी पढ़ाया करेगा। इस के बाद मेरे मन से उसके लिए सारी इज़्ज़त ख़त्म हो गई थी।

अँग्रेज़ों के ज़माने वाला मास्टर और दादाओं के पेशाब और मार-मार के हेलीकॉप्टर वाली प्रारंभिक स्पीच के उपरांत मास्साब ने गंगाराम चालीसा का पाठ किया। इस औपचारिक वार्ता के बाद वे गंभीर मुखमुद्रा बनाकर बोले, "कल से सारे सुतरों को मैं भिगोल पढ़ाया करूँगा। भिगोल के बारे में कौन जाना करै है?"

हमने भूगोल का नाम सुना था भिगोल का नहीं। यह सोचकर कि शायद कोई नया विषय हो, सारे बच्चे चुप रहे। गंगाराम का भय भी था।

"भिगोल माने हमारा इलाका। पैले हमारा कालिज, बा कै बाद पिच्चर हाल, बा कै बाद ह्याँ कू तलवार का होटल और व्हाँ कू प्रिंसपल साब का घर।"

मास्साब की आवाज़ को काटती हुई लफत्तू की आवाज़ आई, "मात्ताब, आपका घल कित्तलप कू हैगा?"

बित्ते भर के सुतरे से मास्साब को ऐसी हिमाकत की उम्मीद न थी।

"कुत्ते की औलाद, खबीस, सुतरे!" कहते हुए मास्साब ने गंगाराम बाहर निकाला और लफत्तू की क़तार में बैठे सारे बच्चों को मार-मारकर नीमबेहोश बना डाला।

तिवारी मास्साब ग़ुस्से में काँप रहे थे। अपनी कर्री आवाज़ में उन्होंने भिगोल की क्लास के अनुशासन के नियम गिनाए, "जिन सुतरों को पढ़ना हुआ करे, बो ह्याँ पे आवें वरना धाम पे कू लिकल जाया करें। और रामनगर के चार धाम सुन लो हरामजादो! इस तरफ़ कू खताड़ी और उस तरफ़ कू लखुवा। तीसरा धाम हैगा भवानीगंज और सबसे बड़ा हैगा कोसी डाम।"

लखनपुर नाम का मोहल्ला लखुवा कहे जाने पर ही रामनगर का हिस्सा लगता था। लखनपुर कहने से उसके किसी संभ्रांत बसाहट होने का भ्रम होता था। कोसी नदी पर बने बाँध को डाम कहते थे जिस पर टहलना रामनगर में किया जा सकने वाला सबसे बड़ा अय्याश काम होता था।

आँखें लाल बनाते हुए थ्योरी मास्साब गुर्राते, "और जो सुतरा इन चार जगहों पर तिवारी मास्साब की नजर में आ गया, उसको व्हईं सड़क पे जिंदा गाड़ के रास्ता हुवाँ से बना दूँवाँ।"

बच्चों की चड्ढी और होस्यार सुतरा

गुलाबी रंग का तोता बनाते हमें क़रीब दो महीने बीते। पहले छमाही इम्तहान होने को थे। आर्ट की क्लास के चलते चित्र बनाने में मेरी दिलचस्पी समाप्त होने लगी थी। उसके अलावा मुझे जिन दो विषयों से ऊब-सी होने लगी थी वे थे वाणिज्य और सिलाई-कढ़ाई। वाणिज्य तो तब भी ठीक था पर सिलाई की क्लास का कोई मतलब समझ में नहीं आता था। तीनों विषय आठवीं तक यानी पूरे तीन साल तक खेंचे जाने थे।

सिलाई की क्लास श्रीवास्तव मास्साब लेते थे जो किसी भी कोण से दर्ज़ी नहीं दिखते थे। सिलाई की पहली क्लास के बाद जब मैं आवश्यक चीज़ों की लिस्ट लेकर घर पहुँचा तो भाई-बहनों द्वारा मेरे नए स्कूल और वहाँ पढ़ाए जाने वाले विषयों को लेकर मज़ाक़ किए गए। अच्छा नहीं लगा पर मजबूरी थी। प्लास्टिक का अंगुस्ताना, धागे की रील, कैंची इत्यादि लेकर रोज़ स्कूल जाने की ज़लालत भी वही समझ सकता है जिसे साइंस की क्लास में पंद्रह दिन तक कछुआ देखना पड़े या दो माह तक गुलाबी तोता बनाना पड़े।

श्रीवास्तव मास्साब ने शुरू में हमें एक सफ़ेद कपड़े पर सुई-धागे की मदद से कई कारनामे करने सिखाए। इन कारनामों में मुझे तुरपाई के काम में मज़ा आने लगा था। बहनों के लतीफ़ों के बावजूद मुझे अपनी पुरानी पतलूनों और घुटनों की मोहरियों की तुरपाई उखाड़ना और नए सिरे से उसे करना अच्छा लगता था। एकाध माह तक हमें फंदों की बारीकियाँ सिखाई गईं। अंगुस्ताना काफ़ी आकर्षित करने लगा था। श्रीवास्तव मास्साब ने क्लास में उसके इस्तेमाल का तरीक़ा सिखा दिया था सो मैं जान-बूझकर तुरपाई करने में सुई को अंगुस्ताने से लैस अपनी उँगली में खुभाने का वीरतापूर्ण कार्य किया करता था। पड़ोस में रहने वाली सिलाई बहन जी के नाम से विख्यात एक आंटी तक मेरी इस प्रतिभा की क़ायल हो गई थीं।

एक रोज़ हमसे सिलाई की अगली क्लास के लिए पुराने अख़बार लाने को कहा गया। लफत्तू तब तक महाचोर के रूप में इस क़दर विख्यात हो चुका था कि अपने घर से उसे एक पुराना अख़बार तक लाने नहीं दिया जाता था। जब वह एक बार ड्रेस पहनकर रेडी हो जाता तो उसके पिताजी उसे दुबारा पूरी तरह नंगा करते और बस्ता ख़ाली करवाकर जामातलाशी लेते थे। उसके लिए भी अख़बार मैं ही ले गया।

सिलाई की पहली क्लास में हमें बच्चों की चड्ढी बनाना सिखाया गया।

पहले नीली चॉक से अख़बार पर बच्चों की चड्ढी की नाप बनानी होती थी। मास्साब ज़ोर-ज़ोर से बोलते हुए हमें नाप लिखाया करते थे- "एक से दो पूरी लंबाई तीस सेंटीमीटर। दो से तीन मुड्ढे की लंबाई दस सेंटीमीटर इत्यादि।" उसके बाद बनी हुई चड्ढी को काटना होता था और अख़बार पर ही सुई से लंबे टाँके मारकर उसे सिला जाता। बच्चों की चड्ढी भी हमने क़रीब महीने भर बनाई।

छमाही इम्तहान घोषित कर दिए गए थे और पहला परचा भिगोल का था। इम्तहान से पहले तिवारी मास्साब ने पाँच सवाल लिखा दिए और 'जेई पूछे जांगे इम्त्यान में सुतरो' कहकर हमें उनके जवाबों का घोटा लगाने का आदेश दे दिया। घोटा अच्छे से लगाया जाना था क्योंकि फ़ेल होने की सूरत में सबको गंगाराम की मदद से हेलीकॉप्टर बनाए जाने की चेतावनी भी मिल गई थी।

इम्तहान निबट चुके थे। हम दिसंबर की एक सुबह बाहर धूप में लगी भिगोल की क्लास पढ़ रहे थे, लाल सिंह कहीं से हमारी कॉपियाँ थामे पहुँचा और तिवारी मास्साब की बग़ल में खड़ा हो गया।

"जिन सुतरों के नंबर आठ से कम होवें बो क्लास छोड़कर धाम कू लिकल जावें और जिनके चार से कम होवें बो अपने चूतड़ों की मालिश कल्लें।" गंगाराम को बाहर निकालते हुए तिवारी मास्साब ने धमकाया।

कुल बीस नंबर का परचा था और ज़्यादातर के आठ या बारह नंबर आए थे। लफत्तू तक आठ नंबर ले आया था।

"जे असोक पांड़े कौन हैगा बे?" मास्साब दहाड़ रहे थे।

मुझे तुरंत लगा कि मैं फ़ेल हो गया हूँ। मुझे घर की याद आने लगी और मैं आसन्न पिटाई के भय में रोने-रोने को हो गया। काँपता हुआ खड़ा हुआ तो

मुझे ऊपर से नीचे देखकर मास्साब बोले, "क्यों बे सुतरे, नकल की थी तैने?"

काटो तो ख़ून नहीं। इसके पहले कि मैं रोने लगता, लफत्तू ने मित्रधर्म का निर्वाह किया और अपनी जगह पे खड़ा हो गया।

"क्या है बे चोट्टे?" तिवारी मास्साब भी लफत्तू की ख्याति से अनजान नहीं थे।

"मात्ताब मेले पलोस में रैता हैगा असोक और भौत होत्यार है।"

"होस्यार है तो बैठ जा। बीस में बीस लाया है सुतरा!"

अइयइया सुकू सुकू और पटवारी का लौंडा

छमाही इम्तहान के तुरंत बाद खेल मैदान और बस अड्डे से लगे सारे इलाक़े में नुमाइश और उर्स की तैयारियाँ शुरू हो गईं। नुमाइश में बिजली का झूला लगता था, बुढ़िया के बाल खाने को मिलते थे, जलेबी-समोसे और अन्य लोकप्रिय व्यंजनों के असंख्य स्टॉल लगते थे। रामनगर की जगत-विख्यात सिंघाड़े की कचरी और बाबाजी की टिक्की जैसी चीज़ें बौने के बमपकौड़ों से टक्कर लेने लगतीं। खेल मैदान में बच्चों की भीड़ रहती जबकि बस अड्डे से लगा इलाक़ा केवल वयस्कों के लिए एक तरह का क्षेत्र बन जाता था।

वयस्क इलाक़े में नौटंकी चला करती थी और अजीब-अजीब गाने बजा करते थे। ये गाने फ़िल्मी गानों जैसे नहीं होते थे, न ही इनकी धुनें रामलीला के गीतात्मक वार्तालापों से मिलती थीं। ये गाने बेहद कैची होते थे और पहले ही दिन इनमें से एक मेरी ज़ुबान पर चढ़ गया–

मैं हूँ नागिन तू है सपेरा, सपेरा बजाए बीन
लौंडा पटवारी का बड़ा नमकीन...

एक बार मैं इसे घर में गुनगुनाने की जुर्रत कर बैठा तो बढ़िया धुनाई हुई। शुरू में लगा मुझे पड़ोस में रहने वाले पटवारी जी का अपमान न करने की नसीहत दी गई है लेकिन लफत्तू ने मेरे ज्ञानचक्षु खोलते हुए बताया कि नौटंकी एडल्ट चीज़ होती है और उसमें लड़कियों का डांस होता है।

एकाध दिन नौटंकी को लेकर मन में ढेरों बातें उबलीं लेकिन खेल मैदान में चल रहे एक दूसरे शानदार तमाशे ने बचपन के एक पूरे हिस्से पर क़ब्ज़ा कर लिया।

मुरादाबाद से आने वाले एक साहब गोल-गोल घेरे में सात दिन तक लगातार साइकिल चलाया करते थे। दिन के वक़्त कभी-कभी वे साइकिल पर कई तरह के करतब दिखाते थे। कभी गद्दी पर चढ़ जाते, कभी हैंडल छोड़ देते। कभी अपने एक सहायक की मदद से साइकिल पर बैठे-बैठे ज़ंग खाए तसले में भरे पानी से नहाते और कपड़े बदलते।

शाम से उनके चारों तरफ़ लोगों की भीड़ जमा हो जाती और उनके प्रशंसक उन्हें अठन्नी-रुपये का इनाम दे जाते। मैं अपनी छत से देखता था, दिन के समय वे अक्सर अकेले होते थे और धीमी रफ़्तार से साइकिल चलाते रहते। उनका सहायक एक कोने में खाना पका रहा होता था।

सहायक को एक और काम करना होता था। लाउडस्पीकर में बजाने के लिए उनके पास बस एक ही रिकॉर्ड था। 'जंगली' फ़िल्म का वह रिकॉर्ड दिनभर बजता था। एक बार रिकॉर्ड की दोनों साइड चल जाने के बाद सहायक मशीन को बंद कर देता और उसे पंद्रह मिनट का आराम देता।

कुछ देर बाद लाउडस्पीकर पर मोहम्मद रफ़ी फिर से गाने लगते- 'अइयइया सुकू सुकू...' मैंने तब तक सिर्फ़ चार पिक्चरें देखी थीं- 'हाथी मेरे साथी', 'बनफूल', 'मंगू' और 'दोस्ती'। 'अइयइया सुकू सुकू' सुनते हुए लगता था जैसे कोई खिलंदड़ा पक्षी किसी पेड़ की ऊँची डालों पर फुदकता-बैठता बहुत ख़ुश होकर गा रहा हो। 'जंगली' के गानों ने अगले कई दशकों तक मुझे नुमाइश में साइकिल चलाने वाले उन्हीं साहब की याद कराई। दो-तीन दिन में वे हमारे नायक बन गए। हमें साइकिल को कैंची चलाने में दिक़्क़त होती थी जबकि वे सारे काम साइकिल पर किया करते थे।

लफत्तू के ख़याल से एक काम साइकिल पर बैठकर कभी नहीं किया जा सकता था, "थाकिल में बैथ के कोई तत्ती कैते कल पाएगा बेते!"

ब्रेस, ब्रेस, ब्रेसू टी
यानी जो दल ग्या वो मल ग्या

किराए के जिस दुमंज़िला मकान के कोने वाले सैट में हम रहते थे वह तीन बराबर हिस्सों में बँटा हुआ था यानी तीन मकान मालिक भाइयों के तीन हिस्से। हमारे और हमसे बग़ल वाले सैट के मालिक पास ही एक गाँव में रहते थे। दूसरे कोने वाले ही रामनगर में रहते थे। उनका बेटा बंटू मेरा हमउम्र था और दोस्त बन गया था। कभी-कभी हम लोग छत पर खेलते थे। छत के एक हिस्से के भी तीन बराबर हिस्से थे जिन्हें दो-ढाई फ़ीट की दीवारें उठाकर चिह्नित किया गया था। ये दीवारें बैडमिंटन खेलते समय काम आती थीं, जिनके होने से खिलाड़ियों के लिए पाले जैसे बन गए थे। ज़रूरत पड़ने पर बीच की छत कॉमन बनाकर दो मैच एक साथ खेले जा सकते थे।

शाम को बंटू की मम्मी, मेरी बहनें और पड़ोस में रहने वाली कुछ लड़कियाँ छत पर इकट्ठा होतीं और हमसे रैकेट लेकर आपस में खेलतीं। चिड़िया को रैकेट से जैसे-तैसे मार पाने की कोशिश करती इन उत्साही खिलाड़िनों को देखकर लगता जैसे तनिक ऊँचे तार पर सुखाने के लिए उचककर बरसात में भीग गया गद्दा या गलीचा फैलाने का जतन कर रही हों। उन्हें खेलते देखकर ऊब हो जाती तो हम लोग क्रिकेट खेलने लगते थे।

छत के इस तीन-पाला हिस्से के बाद तीनों सैटों के, तीन तरफ़ से खुले हुए बड़े-बड़े रोशनदान थे। रोशनदानों के बाद पानी की तीन ऊँची-ऊँची टंकियाँ थीं जिनके आगे क़रीब चार फ़ुट चौड़ा और काफ़ी लंबा हिस्सा था जो क्रिकेट खेलने के लिए बहुत मुफ़ीद था। यानी पिच इतनी लंबी थी कि बक़ौल लफत्तू वहाँ वेस्टइंडीज के काले गेंदबाज़ों जैसी बॉलिंग भी की जा सकती थी। हमारी रसोई की चिमनी विकेट बनती। बंटू वाली चिमनी से गेंदबाज़ी होती।

अमूमन आउटडोर गतिविधियाँ पसंद करने वाला लफत्तू सिर्फ़ मेरी दोस्ती के कारण हमारी छत पर आ जाया करता। उसे मालूम था मेरा भाई उसे नापसंद करता था सो वह हरिया हकले की छत वाले शॉर्टकट से होकर आता।

हमारी छत से इस वाली तरफ़ ढाबू की छत थी। उसके आगे एक तरफ़ हरिया हकले की और एक तरफ़ साईंबाबा की छत थी। 'साईंबाबा' लंबे घुँघराले बालों वाला एक वरिष्ठ लफंटर था जो हर समय काली बेलबॉटम और खरगोश कॉलर वाली क़मीज़ पहने रहता। मेरे भाई से चार-पाँच साल बड़े साईंबाबा को लेकर अफ़वाह चलती थी कि एक बार प्रेमप्रसंग में असफल हो जाने पर उसने नींद की गोलियाँ खाकर आत्महत्या करने की कोशिश की थी। फ़िलहाल भवानीगंज में रहनेवाले एक सिख परिवार की कन्या से उसका चक्कर चल रहा बताया जाता था। जब भी वह सामने से आता दिखाई देता, लफत्तू मेरे कान में फुसुफुसाता, "बला लौंदियाबाज है थाला!"

लफत्तू को क्रिकेट और बैडमिंटन खेलना पसंद नहीं था। अपनी उपस्थिति को न्यायोचित ठहराने के लिए वह अम्पायर बनता था। एक उँगली उठाकर आउट देता और दो उँगलियाँ उठाकर नॉट आउट। पहली बॉल ट्राई होती थी। ट्राई बॉल पर बनाए गए रन स्कोर में नहीं गिने जाते थे अलबत्ता उस पर कैच हो जाने की सूरत में आप आउट माने जाते थे। खेल शुरू होने से पहले वह एक छोटे गोल पत्थर के एक तरफ़ थूककर टॉस करता था जिसके नीचे गिरने पर आने वाले 'गील' या 'सूख' के हिसाब से पहले बल्लेबाज़ी करने वाला तय होता था।

क्रिकेट शुरू हुए ज़्यादा समय नहीं बीता होता जब छत के महिला खेल-मैदान वाले हिस्से से लफत्तू को पुकार लग जाती। चिड़िया कभी सड़क पर जाती थी कभी किसी रोशनदान में घुस गई होती। 'अभी लाया आंतीजी' कहकर लफत्तू फ़ुर्ती से पहले हमारी गेंद अपने क़ब्ज़े में लेता और जल्दी-जल्दी सीढ़ियाँ उतरकर चिड़िया ले आता। गेंद अपने साथ ले जाने के पीछे उसका तर्क होता था कि वह अम्पायर है। उसके लौटने तक हम खीझते रहते। वह लौटकर अदा दिखाता हुआ अपनी आधिकारिक पोज़ीशन लेता और और गेंद थमाकर 'दुबाला इस्टाट!' का आदेश देता।

गेंद साथ ले जाने की उसकी आदत के चलते हमारा बहुत समय बर्बाद

होता था। इस बाबत हमने एकाध बार उसके साथ बात करने की कोशिश की तो उसने 'बेता, लूल तो लूल होता है' कहकर हमें चुप करा दिया। उसकी धौंस सहनी पड़ती थी कि वही हमारा इकलौता फ़ील्डर भी था।

लेग साइड के शॉट तो टंकियों की दीवारों से टकराकर वापस पिच पर आ जाते थे पर ऑफ़ साइड वाले अक्सर उछलकर अगली छतों तक पहुँच जाते। गेंद वापस लाने गया हुआ लफत्तू कभी हरिया हकले की छत के कोने पर जाकर कहता कि गेंद नीचे सड़क से होती हुई दूधिये वाली गली के गोबर में जा गिरी है। बंटू और मैं परेशान होकर उसके पास पहुँचते तो वह कुछ देर सस्पेंस बनाने के बाद अपनी निक्कर के गुप्त हिस्से से गेंद बाहर निकालकर दाँत निपोरता, आँख मारता और ठठाकर हँसता, "तूतिया बना दिया थालों को... तूतिया बना दिया थालों को..."

असल परेशानी शॉर्ट पिच गेंदों पर होती थी। बैटिंग वाली चिमनी के पीछे ईंटों के खड़ंजे वाली दूधिये की बेहद सँकरी गली थी। इस गली में स्थित पप्पी मांटेसरी पब्लिक स्कूल हमारे विकेट के ठीक पीछे पड़ता था। स्कूल क्या था एक घर था जिसके पिछवाड़े हिस्से में चार-पाँच कमरे निकालकर कुछ बच्चों के बैठने की जगह बनाई गई थी। मकान के दूर वाले हिस्से में एक सिख परिवार रहता था। इस परिवार में आधा-पौन दर्जन सुंदर लड़कियाँ थीं। सबसे छोटी क़रीब पंद्रह की रही होगी जबकि कॉलेज पास कर चुकी सबसे बड़ी पप्पी मांटेसरी पब्लिक स्कूल की प्रिंसिपल थी। ये सारी लड़कियाँ कम-से-कम एक बार घर से भाग चुकी थीं और रामनगर में यही इस परिवार का यूएसपी था। घर-पड़ोस की औरतें इस घर की तारीफ़ में इतने क़सीदे काढ़ चुकी थीं कि उनसे कोई मेज़पोश बनाता तो सारे रामनगर के आसमान को उससे ढका जा सकता था। लफत्तू उस घर के आगे से गुज़रता तो मुँह में दो उँगली घुसाकर सीटी बजाता और उन दिनों रामनगर में लोकप्रिय हुए लफ़ाड़ी-गान 'बीयोओओई' को ऊँचे स्वर में गाया करता। उसे किसी का ख़ौफ़ नहीं था। "जो दल ग्या बेते वो मल ग्या," यह जुमला उसने इधर ही 'शोले' पिक्चर का चर्चा फैलने के बाद से अपना अस्थायी तकिया कलाम बना छोड़ा था।

पप्पी मांटेसरी पब्लिक स्कूल वाली इमारत को हम सरदारनी का घर कहते थे। इस एकमंज़िला मकान की छत पर बहुत बड़ा रोशनदान था। हमारी छत से

उस रोशनदान के भीतर देखा जा सकता था। स्कूल में पढ़ने वाले तीस-चालीस बच्चों की वहाँ असेंबली लगती थी। असेंबली के बाद मधुबाला जैसी दिखने वाली एक सुंदर मास्टरनी बच्चों को अँग्रेज़ी की कविताएँ रटाती थी। शाम को यही सब बच्चे ट्यूशन पढ़ने वहाँ आते और मधुबाला द्वारा कविता घोटाए जाने का कार्य पुनः संपन्न किया जाता। बहती नाकों वाले, अलग-अलग तरीक़ों से रोने वाले ये बच्चे सरदारनी के रोशनदान के रास्ते से आसमान गुँजाने का सामूहिक काम किया करते-

ब्रेस, ब्रेस, ब्रेसू टी
ब्रेसू अब्री डे
फ़ादर मदर ब्रादर सिस्टर
ब्रेसू अब्री डे

भात, भात, भातू आल
भातू अब्री डे
फ़ादर मदर ब्रादर सिस्टर
भातू अब्री डे...

इन महाकाव्यात्मक पंक्तियों में एक संस्कारी परिवार के समस्त संस्कारी सदस्यों से आयु-लिंग इत्यादि का भेद भुलाते हुए दंतमंजन तथा स्नान में नित्य रत रहने का आह्वान किया जाता था।

मधुबाला को देखने के बाद मेरे मन से सकीना से मोहब्बत और शादी के विचार हवा हो चुके थे। अब मैं मधुबाला से आशिक़ी कर रहा था।

बल्ला लगे न लगे, उठती हुई शॉर्ट पिच गेंद सीधे सरदारनी के रोशनदान में घुस जाती थी। इन गेंदों को वापस ला सकना असंभव था। नई गेंदों के लिए बड़ों की चिरौरी करनी होती थी। बड़ों द्वारा गेंद के लिए दस पैसे देने से इनकार कर दिए जाने की सूरत में मैं और बंटू ग़मी के मोड में आ जाते लेकिन लफत्तू का जैसे दिन बन जाता। वह गाने लगता। उसका तोतला गान 'ताए कोई मुजे दंगली कए' से उठता हुआ 'दे दी हमें आदादी बिना लोती बिना दाल' जैसी पैरोडियों

से होता नौटंकियों से सीखे 'लौंदा पतवारी का' जैसे वयस्क गानों तक पहुँचता। इस परफ़ॉरमेंस का चरम, विकेटरूपी चिमनी से सटकर लफत्तू के खड़े हो जाने पर आता था। मैं और बंटू पीछे दुबक जाते। वहाँ पर खड़ा लफत्तू सरदारनी के घर की तरफ़ देखता हुआ बेशर्मी से ज़ोर-ज़ोर से गाता-

खेल, खेल, खेलू बाल
खेलू अब्री डे
फ़ादल मदल ब्लादल सिस्टल
खेलू अब्री डे...

अगले अंतरे में वह खेल के 'ख' को 'भ' में बदल देता। कुमाऊनी में इससे बनने वाले शब्द से अभिप्राय मनुष्य देह के पृष्ठभाग में अवस्थित उस क्षेत्रविशेष से है जिस पर अक्सर लातें पड़ती हैं।

इसी को गाता-गुनगुनाता वह हमसे विदा लेता। वह जानता था सरदारनी उसके पापा से उसकी शिकायत कर चुकी होगी। घर जाने से पहले हमारी तरफ़ आँख मारकर लफत्तू कहता, "जो दल ग्या बेते वो मल ग्या!"

दड़ी का छेत्रफल, परसुराम और माँबदौतल

हरेमोहन बंसल मास्साब हमारे गणित के गुरुजी थे। स्कूल के गेट से कोई बीस मीटर दूर उनकी परचूने की दुकान थी। दुकान पर उनके वयोवृद्ध पिताजी बैठते थे जिन्हें गालियाँ बकने में पीएचडी की डिग्री हासिल थी। हरेमोहन बंसल मास्साब अटक-अटककर इस तरह बोलते थे कि लगता उनकी साँस अब रुकी, तब रुकी।

उनका एक बेहद मोटा बेटा था जो दुकान के वास्ते थोक ख़रीदारी के सिलसिले में क्लास में उनसे पैसे लेने आता था। मास्साब उसके साथ हमेशा बड़ी हिक़ारत से पेश आते और उसे एक-एक नोट गिनकर थमाते। अपनी धारीदार पाजामानुमा पतलून की जेब में हाथ डाले डोलता हुआ वह मुँह झुकाए सुनता रहता। उसका आना हमारे लिए छोटा-मोटा इंटरवल बन जाता क्योंकि मास्साब के हाथ से नोट लेकर वह देर तक सवालिया निगाहों से उन्हें देखता रहता। फूँ-फूँ करते मास्साब तनिक आगबबूला होकर उसे क्लास से बाहर सड़क पर ले जाते और समझ में न आने वाली अपनी ज़ुबान में उसे हिसाब समझाते। गुरुपुत्र नोटों को दो-तीन बार जेब के अंदर-बाहर करता। पंद्रह-बीस मिनट चलने वाले इस कार्यक्रम के दौरान लाल सिंह हमें मास्साब की दुकान की अद्‌भुत कथाएँ सुनाया करता।

खुराफ़ाती लोग दुकान में जाकर मास्साब के पिताजी को ख़ूब सारे सामान की लिस्ट लिखवाते। सामान तौला जाना शुरू होता तो वे कहते, "दो रुपये की लाल मूँग की टाटरी भी डाल दीयो लाला।" इस अबूझ पदार्थ का नाम लेते ही दुकान में बुढ़ऊ का पारा चढ़ जाता और वे लाठी-करछुल-तराज़ू-बाट उठाकर गालियाँ बकना शुरू कर देते। खी-खी करती नक़ली ग्राहकों की टोली जान बचाकर भागती। कभी-कभी यूँ भी होता कि दुकान से 'अपनी माँ से माँग लाल मूँग की टाटरी' का घोष बुलंद होता और मास्साब क्लास छोड़कर पिता की

सेवा करने लपक लेते थे। लाल सिंह हमें इस जुमले का कोई साफ़ अर्थ नहीं बता पाया। न लफत्तू। दोनों को रामनगर की सारी वयस्क गालियाँ आती थीं पर लाल मूँग की टाटरी के बारे में कोई कुछ नहीं बता सका।

मास्साब ने हमें सबसे पहले वर्ग, आयत, त्रिकोण आदि के फ़ॉर्मूले रटाए और उसके बाद इन पर आधारित सवाल करना सिखाया। वे सवाल लिखाना शुरू करते और हमारी हँसी छूट जाती, "चौबीस बर्ग फ़ुट के छेत्रफल की एक दड़ी की लंबाई छै फ़ुट है। तो दड़ी की चौड़ाई बताइए।" दरी को दड़ी कहने के कारण उन्हें दड़ी मास्साब के नाम से जाना जाता था। वे भी डंडा लेकर आते थे पर इस्तेमाल बहुत कम करते थे इसलिए तिवारी मास्साब के मुक़ाबले बहुत शरीफ़ लगते थे। डंडे का इस्तेमाल करने की नौबत गणित की किताब से सवाल लिखाते ही आई। इसमें दड़ी के बदले खस की टट्टी की लंबाई-चौड़ाई के बाबत सवालात थे। मास्साब के मुखारविंद से इस द्विअर्थी 'टट्टी' शब्द का निकलना, हमारा हँसते हुए दोहरा होना और डंडे पड़ते ही तिहरा होना एक साथ घटा।

थ्योरी मास्साब और दुर्गादत्त मास्साब के अलावा गाली बकने का काम आधिकारिक रूप से एक और मास्साब के पास था। इन मास्साब को कभी कुछ पढ़ाते हमने कभी नहीं देखा। स्कूल परिसर में आवारा टहल रहे बच्चों के साथ पिता और जीजा का मौखिक रिश्ता बनाते रहने वाले ये मास्साब भी रिश्ते में प्रिंसिपल साहब के मामा और दुर्गादत्त मास्साब के चचेरे-ममेरे भाई थे। पंद्रह अगस्त को उन्होंने हारमोनियम लेकर 'दे दी हमें आज़ादी बिना खड्ग बिना ढाल' और 'इंसाफ़ की डगर पे बच्चो दिखाओ चलके' वाले गीत गाकर सुनाए। उसी शाम तक लफत्तू ने इन गीतों के 'दे दी हमें आजादी बिना रोटी बिना दाल' और 'बौने का बमपकौड़ा, बच्चो दिखाओ चख के' संस्करण रच दिए थे। उसका कहना था कि अक्सर लौंडों जैसी पोशाक पहनने वाले और एक तरफ़ को सतत ढुलकने को तैयार बालों का झब्बा धारण करने वाले ये वाले मास्साब हारमोनियम बजाते हुए अपने को राजेश खन्ना-देवानंद का बाप समझते थे। दुर्गादत्त मास्साब का भाई होने के कारण उन्हें मुर्गादत्त मास्साब की उपाधि प्रदत्त की गई थी।

मुर्गादत्त मास्साब रामलीला में परसुराम का रोल खेलते थे। रामनगर की पैंठपड़ाव में लगे विशाल शामियाने में रामलीला देखना कलाजगत से मेरा पहला गंभीर साक्षात्कार था। हम मोहल्ले के बच्चे रात को किसी एक बड़े के निर्देशन में वहाँ पहुँचकर आगे की दरियों पर अपनी जगहें बना लेते। घर से थोड़ा-बहुत पैसा मिलता था सो बौने के बमपकौड़ों, सिंघाड़े की कचरी, जलेबी और काले नमक के साथ गरम मूँगफली की बहार रहती। रामलीला देखते-देखते हमें 'मैं तो ताड़िका हूँ, ताड़-तड़-तड़-ताड़ करती हूँ' और 'रे सठ बालक, ताड़िका मारी!' बहुत आकर्षक डायलॉग लगे और हम अगले कई दिन तक लकड़ी की तलवारें बनाकर एक-दूसरे पर इनका अभ्यास करते रहे।

दिवाली की छुट्टियों के दिनों हम ढाबू की छत पर रामलीला वाला खेल खेलते थे। बंटू परसुराम बनता था और साईंबाबा का छोटा भाई सत्तू अंगद। इनकी डायलॉगबाज़ी के उपरांत रावण का दरबार लगता। एक पिचके कनस्तर पर जाँघ पर जाँघ चढ़ाए बैठा, रावण बना लफत्तू बड़ी अदा से कहता था, "नातने वाली को पेत किया दाए।"

एकाध उपस्थित लड़कियाँ थोड़ा झेंप और नानुकर के बाद नाचने वाली के रोल के लिए ख़ुद को तैयार करने लगतीं। 'केवल पुरुषों के लिए' वाले रामलीला-संस्करण में अभिनेता कम होने की सूरत में बंटू और सत्तू नाचने वालियों की भूमिकाओं के लिए ख़ुशी-ख़ुशी तैयार हो जाते।

वे ठुमके लगा रहे होते और प्लास्टिक के एक पुराने टूटे मग में हवारूपी शराब भरे रावण का मंत्री बना मैं तत्पर खड़ा रहता।

पहले लफत्तू 'मुग़ल-ए-आज़म' से सीखा हुआ एक संवाद फेंकता, "माँबदौतल अब आलाम कलेंगे।" इसके बाद वह जाँघों को बदलकर हाथ से नृत्य चालू करने का इशारा करके मुझे आँख मारता और आदेश देता, "मंतली मदला लाओ।"

बिग्यान का दूसरा सबक और टेस्टूप

पंद्रह दिन कछुआ देखने के बाद हुई सामूहिक धुनाई के अगले दिन दुर्गादत्त मास्साब लाल सिंह के साथ क्लास में घुसे। लाल सिंह अँग्रेज़ी की क्लास में अनुपस्थित था। असेंबली के बाद हमने टोड मास्साब और दुर्गादत्त मास्साब को कुछ बातचीत करते देखा। फिर उन्होंने लाल सिंह को बुलाया जो उनकी बात सुनकर तेज़ी से कॉलेज गेट से बाहर चला गया था। लाल सिंह मास्साब के साथ लौट आया था और उसके हाथ में गाँठ लगा गांधी आश्रम वाला थैला था। मास्साब आते ही कर्नल रंजीत में डूब गए। लाल सिंह ने अटेंडेंस ली। पिछले दिन की ख़ौफ़नाक याद के कारण सारे बच्चे चुपचाप थे। हमने दो कक्षाओं के बीच पड़ने वाले अंतराल में स्याही में डुबोई काग़ज़ की गेंदें फेंकने वाला खेल भी नहीं खेला।

अटेंडेंस हो गई तो मास्साब ने उपन्यास नीचे रखा और नाटकीय अंदाज़ में बोले, “कल तक हमने जीव बिग्यान याने कि जूलाजी के बारे में जाना। आज से हम बनस्पत बिग्यान माने बाटनी की पढ़ाई करेंगे।”

तब तक लाल सिंह मैले थैले से काग़ज़ में लिपटी कोई गोल गिलासनुमा चीज़, एक पुड़िया और पानी से भरा हुआ शेर छाप मसालेदार क्वॉर्टर सजा चुका था। लफत्तू ने मुझे क्वॉर्टर, अद्धे और बोतल का अंतर पहले से ही बता रखा था। उसके पापा इन सब में भरे मटेरियल का नियमित सेवन करते थे। लफत्तू चोरी से चख भी चुका था। मुँह बिचकाता हुआ कहता, “थाली बली थुकैन होती ऐ मगल मजा भौत आता ऐ।”

मास्साब ने और भी नाटकीय अदाओं के साथ मेज़ पर रखी इन वैज्ञानिक वस्तुओं को उद्घाटित किया। काँच के गिलास जैसा दिख रहे बरतन के ऊपर पतली स्याही से नियत दूरी पर लंबवत लकीरें बनी हुई थीं। मास्साब ने उसके भीतर ग़ैरमौजूद धूल को एक अतिशयोक्त फूँक मारकर दूर किया, उँगली को

टेढ़ा कर उसमें दो-चार नाज़ुक-सी कटकट की और ऊँचा उठाकर बोले, "देखो बच्चो ये है बीकर। आज साम को सारे बच्चे लच्छमी पुस्तक भंडार पे जा के इसे खरीद लावें। डेड़-दो रुपे का मिलेगा। घरवालों से कह दीजो मास्साब ने मँगवाया है।"

पुड़िया खोलकर उन्होंने उसके भीतर से लकड़ी का थोड़ा-सा बुरादा निकालकर दिखाते हुए कहा, "जिस बच्चे के घर पे बुरादे की अँगीठी ना हो बो भवानीगंज जा के अतीक भड़ई के ह्याँ से ले आवे। अतीक कुछ कये तो उससे कैना दुर्गा मास्साब ने मँगाया है।"

क्वॉर्टर खोलकर उन्होंने हमें पानी दिखाया और पहली बार कोई मज़ाक़िया बात बोली, "और जे हैगा दारू का पव्वा। दारू पीने से आदमी का बिग्यान बिगड़ जाया करे है। दारू तो नहीं पीता है ना कोई बच्चा?" सहमे हुए बच्चों ने खीसें निपोरीं।

"कल को सारे बच्चे बिग्यान की बड़ी कापी में बीकर का चित्र बना के लावें। और अब देखो बनस्पत बिग्यान का कमाल।" उन्होंने कोट की विशाल जेब में हाथ डाला और मुट्ठी बंद करके बाहर निकाली।" हम जानते थे उसमें चने के दाने होंगे क्योंकि हमारी ठुकाई करने के बाद क्लास से बाहर जाते हुए वे बता चुके थे।

"ये हैंगे चने के दाने। इस संसार में जो है बच्चो, सब कुछ बिग्यान हुआ करे है। जैसे ये दाने भी बिग्यान हैंगे। अब हम लोग देखेंगे बनस्पत बिग्यान का जादू।" उन्होंने बीकर में चने के दाने डाले और उन्हें सूखे बुरादे से ढक दिया। बीकर में आधा बुरादा डाल चुकने के बाद उन्होंने आधा क्वॉर्टर पानी उड़ेला।

"अब इसमें से चने उगेंगे!"

लाल सिंह को बीकर थमाते हुए उन्होंने उसके साथ कछुए वाला व्यवहार करने का आदेश दिया और उपन्यास में डूब गए। लाल सिंह ने बीकर दिखाना शुरू किया ही था कि पीरियड ख़त्म हो गया। लाल सिंह के हाथ से बीकर लेते हुए मास्साब ने पलटकर कहा, "सारे बच्चे आज साम को बाजार से बीकर लेकर आवें और घर पर ऐसा ही परजोग करें। कल सबको चने वाले बीकर लाने हैं।"

घर पर हमेशा की तरह साइंस के इस प्रयोग की सामूहिक हँसी उड़ाई गई।

लफत्तू के घरवालों ने उसे बीकर के पैसे देने से मना कर दिया था सो मैंने माँ से यह झूठ बोलकर दो बीकर ख़रीदे कि सबको दो-दो बीकर लाने को कहा गया है।

अगले दिन असेंबली में कक्षा छह (अ) के हर बच्चे के हाथ में बीकर था। बहुत से सीनियर छात्रों ने बीकरों को देखकर हमारी खिल्ली उड़ाई।

अटेंडेंस के बाद मास्साब ने लाल सिंह से हर बच्चे का बीकर जाँचने को कहा। जाँच के बाद ख़ास हमारे लिए बनाई गईं काग़ज़ की छोटी पर्चियाँ जेब से निकालकर मास्साब ने हमसे उन पर अपना-अपना नाम लिखने और प्रयोगशाला से लाल सिंह द्वारा लाई गई आटे की लेई से उन्हें अपने बीकरों पर चिपकाने को कहा। "जब चिप्पियाँ लग जावें तो सारे बच्चे बारी-बारी से नलके पे जाके हाथ धोवें और सूखे हाथों से बीकरों को परजोगसाला में रख के आवें।" घड़ी की तरफ़ एक बार देखकर मास्साब ने एक उचाट निगाह डाली।

सीताराम पूरणमल इंटर कॉलेज की प्रयोगशाला एक अजूबा निकली। एक बड़ा-सा हॉल था, जिसमें घुसते ही क़रीब सौ टूटी कुर्सियाँ और मेज़ें औंधी पड़ी थीं। उनके बीच से रास्ता बनाते हुए आगे जाने पर एक तरफ़ को बड़ी-बड़ी मेज़ें थीं- एक पर शादी का खाना बनाने में काम आने वाले बड़े डेग, कड़ाहियाँ, चिमटे, परातें वग़ैरह बेतरतीब बिखरे हुए थे। एक ख़ाली मेज़ पर हमें रोल नंबर के हिसाब से अपने बीकर रखने थे। वह दुर्गादत्त मास्साब की मेज़ थी। मेज़ के ऊपर कर्नल रंजीत वाली एक फटी किताब धूल खा रही थी। दूर से ताड़कर मैंने लफत्तू से कहा कि मुझे वह किताब चाहिए। मेरे लालचभरे इसरार पर लफत्तू लपककर गया और चोरी में अपनी महारत का प्रदर्शन करते हुए किसी और बच्चे के मेज़ तक पहुँचने से पहले ही उसने किताब क़मीज़ के नीचे अड़ाई और मुझे आँख मारी। मैंने नज़र फेर ली। दूसरी तरफ़ जहाँ-तहाँ टूटे काँच वाली कुछ अल्मारियाँ थीं जिनकी बग़ल में खड़ा चेतराम नामक लैब असिस्टेंट ऊँची आवाज़ में हमसे जल्दी फूटने को कह रहा था। इतनी सारी व्यस्तताओं और हड़बड़ी के बावजूद मुझे इन अल्मारियों के भीतर भुस भरे हुए कुछ पशु-पक्षी दिख गए। ताला लगी एक सँकरी अल्मारी के भीतर खड़ा एक कंकाल भी था जो कर्नल रंजीत के साथ अगले कई महीनों तक मेरे सपनों में आया।

मास्साब ने अगले पंद्रह-बीस दिनों के लिए विज्ञान की क्लास का रूटीन तय

कर दिया। अँग्रेज़ी की क्लास के तुरंत बाद हमें अटेंडेंस देनी थी, प्रयोगशाला जाकर अपने-अपने बीकरों में पानी देना था, सँभालकर उन्हें क्लास में लाना था और सामने डेस्क पर रखकर दिनभर की उसकी प्रगति को ध्यान लगाकर देखना था। मास्साब के घड़ी देखकर बताने के बाद घंटा बजने से दस मिनट पहले इन बीकरों को वापस प्रयोगशाला जाकर रखना था।

पहले तीन-चार दिन तो मुझे लगा वह भी मास्साब की कोई तरकीब थी जिससे उबाने के बाद वे पुनः मार-मारकर बतौर तिवारी मास्साब हमारा हौलीकैप्टर बनाने की प्रस्तावना बाँध रहे थे। पाँचवें दिन चने के दानों से कल्ले फूट पड़े। बीकर को नीचे से देखने पर वे शानदार नज़र आते थे। दुर्गादत्त मास्साब ख़ुद इस घटना से इतना प्रभावित हुए कि उन्होंने उपन्यास नीचे रखा और बनस्पत बिग्यान बनाने वाले भगवान की माया पर हमें एक लैक्चर पिलाया।

प्रयोगशाला पहुँचकर मैं सबसे पहले पानी न देकर कंकाल को देखता और उसे छूने की कल्पना करता। चोरी-छिपे ढाबू की छत के एक निर्जन कोने में कर्नल रंजीत के फटे उपन्यास के सारे पन्ने कई बार पढ़ लिए थे। मास्साब के उपन्यासों के कवर देखते हुए अब मुझे कुछ-कुछ बातें समझ में आने लगी थीं और कर्नल का इंद्रजाल सरीखा रहस्यलोक परिचित क़िस्म की सनसनी जैसा लगने लगा था।

दस-बारह दिन बाद बुरादे की परत फ़ोड़कर नन्हे पौधे वाक़ई बाहर निकल आए। जब चने के पौधे दो-तीन सेंटीमीटर लंबे हो गए तब बुरादे से बदबू आने लगी। किसी-किसी बीकर के भीतर फफूँद भी उग गई थी।

एक दिन उचित अवसर देखकर मास्साब क्लास से मुख़ातिब हुए, "चने का झाड़ कितने बच्चों ने देखा है?" उत्साहजनक उत्तर न मिलने पर उन्होंने लाल सिंह से अगले दिन किसी खेत से चने का झाड़ लेकर आने को कहा और भाषण चालू रखा, "चने का झाड़ बड़े काम का हुआ करे। पहले उसमें हौले लगे हैं फिर चने और चने को खाकर जो है कि सारे बच्चे सक्तिसाली बन जाएँ हैं। सूखे चने को पीसकर बेसन बनता हैगा जिसकी मदद से तलवार अपने होटल में स्वादिस्ट पकौड़ी बनाया करे है।" पकौड़ी का नाम आने पर उन्होंने थूक गटका, "सारे बच्चों के पौधे भी एक दिन चने के बड़े-बड़े झाड़ों में बदल जावेंगे। तो आज हम ऑडिटोरियम के एक साइड में इन पौधों का खेत

तैयार करेंगे। जब ख़ूब सारे चने उगेंगे तो हम उन चनों को बंसल मास्साब की दुकान पे बेच आवेंगे और उससे जो पैसा मिलेगा, उससे सारे बच्चे कोसी डाम पे जाके पिकनिक करेंगे।"

पौधों को रोपने के उद्देश्य से लाल सिंह हमें ऑडिटोरियम के नज़दीक ले गया और भद्दी-सी गाली देकर बोला, "मास्साब भी ना!"

हमारे उत्साह में क़तई कमी नहीं आई और आस-पास पड़े लकड़ी-पत्थर की मदद से ज़मीन खोदने, खेत बनाने और चनारोपण जैसे कार्य संपन्न किए। हम अपने-अपने बीकर साफ़ करने के उपरांत उन्हें अपने बस्तों में महफ़ूज़ कर चुके थे।

छुट्टी के वक़्त स्कूल से लौटते हुए कुछ बच्चे सद्यःनिर्मित खेत के निरीक्षण कार्य हेतु गए। बीच में बरसात की बौछार पड़ चुकी थी। लफत्तू भागता हुआ मेरे पास आया, "लालथिंग थई कैलिया था बेते। भैंते मात्तर ने तूतिया कात दिया। थाले तने बलथात में बै गए। अब बेतो तने औल कल्लो दाम पे पुकनिक।" वहाँ जाने की मेरी हिम्मत नहीं हुई।

तीन हफ़्ते की मेहनत का यूँ पानी में बह जाना बहुत बड़ा हादसा था। इस त्रासदी से असंपृक्त दुर्गादत्त मास्साब ने अगले रोज़ न लाल सिंह से चने के झाड़ के बाबत सवाल किए, जिसे लाना वह भूल गया था, न चनोत्पादन की महत्त्वाकांक्षी खेती-परियोजना का ज़िक्र किया। अपनी जेब से कर्नल की चमचमाती नई किताब के साथ उन्होंने जेब से परखनली निकाली और आँखें छोटी बनाते हुए पूछा, "इसका नाम कौन बच्चा जानता है?" लाल सिंह ने बिग्यान की इस तीसरी क्लास के बारे में हमें पूर्वसूचित कर रखा था।

"परखनाली मास्साब!" उत्तर में एक कोरस उठा।

"परखनाली नहीं सूअरो! परखनली कहा जावे है इसे! और कल हर बच्चा बाजार से दो-दो परखनलियाँ ले के आवेगा। कल से हम बास्पीकरण के बारे में सीखेंगे। आज साम को सारे बच्चे लच्छमी पुस्तक भंडार पे जा के खरीद लावें। आठ-बारह आने में आ जावेंगी।"

लाल सिंह की गुस्ताख़ी का उन्हें भान हो गया होगा। पहली बार उसकी तरफ़ तिरस्कार से देखते हुए उन्होंने क़रीब-क़रीब थूकने के अंदाज़ में हमसे कहा, "इंग्लिस में टेस्टूप कहलाती है परखनली। आई समझ में हरामियो?"

इंग्लित मात्तर का बेता हो के लोता है बेते!

लफत्तू, मैं और क़रीब बीसेक बच्चे मांटेसरी स्कूल या शिशु मंदिर से आए थे जहाँ पहली कक्षा से अँग्रेज़ी सिखाई जाती थी। टोड मास्साब की क्लास ज़्यादातर बच्चों की समझ में नहीं आती थी क्योंकि बाक़ी के बच्चे नॉर्मल स्कूल या बम्बाघेर नंबर दो के सरकारी प्राइमरी स्कूल से पढ़कर आए थे जहाँ अँग्रेज़ी होती ही नहीं थी।

मास्साब ने चार लाइन वाली कॉपी में एबीसीडी लिखवाने से शुरुआत कराई। बम्बाघेर नंबर दो से पढ़कर आया टोड मास्साब का लड़का गोलू भी हमारे साथ पढ़ता था। ज़ाहिर है गोलू को भी एबीसीडी नहीं आती थी। यह बात अक्सर टोड मास्साब के गुस्से और झेंप की वजह बनती।

गोलू को पहली बार देखते ही लफत्तू को उससे इसलिए सहानुभूति हो गई कि गोलू हकलाता था। जिस दिन कक्षा में सबके सामने पहली बार पिता द्वारा पीटे और ज़लील किए जाने के बाद गोलू इंटरवल में रो रहा था, लफत्तू मुझे बौने का बमपकौड़ा खिलाने ले जा रहा था। उसकी निगाह रोते हुए गोलू पर पड़ी तो उसके कंधे पर हाथ रखकर बोला, "इंग्लित मात्तर का बेता हो के लोता है बेते। तल!" मुहब्बतभरी डाँट पिलाते हुए उसने गोलू को भी उस दिन के बमपकौड़ा आयोजन का हिस्सा बना लिया, "मेले पापा तो मुजे लोज मालते हैं, मैं तो कबी नईं लोता! गब्बल कैता ऐ कि जो दल ग्या बेते वो मल ग्या।"

किंचित सहमा हुआ, लार टपकाता गोलू कभी लफत्तू के आत्मविश्वास को देखता कभी हरे पत्ते में सजाकर परोसे गए दुनिया के स्वादिष्टतम बमपकौड़े को। डर लगता तो उसकी निगाह स्कूल की तरफ़ उठ जाती।

"ततनी दालियो हली वाली औल लाल मिल्चा बी।" कहकर उसने अपना पत्तल बौने के आगे बढ़ाया।

"अभी लेओ बाबूजी।" बौना सदा की तरह तत्परता से बोला।

लफत्तू की ख़ास अदा थी जब वह मिर्चा खा-पचा पाने की अपनी क्षमता से सामने वाले को आतंकित किया करता। उसकी तनिक पिचकी नाक से एक अजस्र धारा बहने लगती पर वह बौने से कहता, "औल दो!"

गोलू के हावभाव बता रहे थे कि वह पहली बार इस प्रकार के कार्यक्रम में हिस्सेदारी कर रहा था। पिता की झाड़ और संटी की मार भूलकर वह पकौड़ा निबटाने में लगा था। मैं और गोलू नई पिक्चर के पोस्टर देखने में मशगूल थे।

"नया खेल लगा है बाबूजी! आज ही शुरू हुआ है।" सुतली से कलाई में लपेटी गई, धुएँ से धुँधलाए शीशे और डायल वाली घड़ी पर निगाह मारते बौने ने प्रस्तावना बाँधना चालू किया, "हैलन का डांस हैगा इसमें। देखोगे बाबूजी?" ग्राहक फँसाने की चालाकी से उसने जोड़ा, "नए वाले बाबूजी से क्या पैसा लेना!"

लफत्तू ने जेब से दो का नोट निकाला और जब तक वह गोलू को पिक्चर देखने का तरीक़ा बताता, मेरी निगाह काफ़ी दूर नज़र आ रही अपनी छत पर गई। कपड़े सुखाने डाल चुकने के बाद माँ बाहर देख रही थी। मैं घबरा गया और बिना कुछ कहे जल्दी-जल्दी क्लास की दिशा में भाग चला। इस हड़बड़ी में कक्षा के दरवाज़े पर मैं सीधा अपने बड़े भाई से टकरा गया जो मुझे इंटरवल के बाद घर बुलाने आया था। मैं भूल गया था कि उस दिन हमें माँ-बाबू के साथ गर्जिया मंदिर जाना था। सामने से सिलाई वाले सिरीवास्तव मास्साब आते दिखे तो भाई ने उन्हें एक काग़ज़ दिखाया। उनके मुंडी हिलाने पर हम घर की दिशा में चल पड़े।

गर्जिया के पूरे रास्तेभर मैं कल्पना करता रहा कि मेरे जाने के बाद लफत्तू और गोलू ने क्या-क्या मौज की होगी।

हम शाम को घर लौटे। कुछ देर बाद दरवाज़े पर लफत्तू के पापा मौजूद थे। मैं डर गया लेकिन वे मेरे लिए जोकर के मुँह वाला मीठी सौंफ़ का डिब्बा लाए थे। डिब्बा लेकर मैं बंटू के साथ क्रिकेट खेलने छत पर चला गया। बंटू नई गेंद लाया था। लफत्तू हरिया हकले की छत फाँदता आ रहा था।

उसने बहुत बेपरवाही से मुझसे पूछा, "क्या कैले थे मेले पापा?" मैंने कंधे उचकाए तो उसने बंटू से गेंद ली और 'खेल इस्टाट' का आदेश दिया। मैं बैटिंग

तो कर रहा था पर मन यह सोचकर व्याकुल था कि लफत्तू के पापा मेरे बाबू से क्या बात कर रहे होंगे।

मैं पहली बॉल पर आउट होता रहा और बंटू ख़ुशी-ख़ुशी मेरी गेंदों की धुनाई करता रहा। काफ़ी देर से शुरू हुआ हमारा खेल जल्दी निबट गया। घर जाने से पहले लफत्तू ने अपनी क़मीज़ ऊपर की और पीठ पर पड़े नीले निशान दिखाते हुए बताया कि बौने के ठेले पर पिक्चर देखते हुए रंगे हाथों थामे जाने के बाद टोड मास्साब ने उसकी और गोलू की संटी मार-मारकर खाल उधेड़ डाली थी। फिर लफत्तू के पापा को स्कूल बुलाया गया। लफत्तू ने यह भी कहा कि उसके पापा ने उससे कुछ नहीं कहा बल्कि उसे भी जोकर के मुँह वाला मीठी सौंफ़ का डिब्बा दिया।

अगले दिन और उसके बाद के कई दिन तक न टोड मास्साब स्कूल आए न गोलू। कोई कहता था लफत्तू के पापा ने टोड मास्साब को जेल भिजवा दिया था जबकि गोलू को मलेरिया हो गया। जो भी हुआ हो, लफत्तू की और मेरी अपनी दिनचर्या में एक परिवर्तन यह आया कि लफत्तू के पापा ने हर सुबह छह बजे हम दोनों को अँग्रेज़ी पढ़ानी चालू कर दी। यह उनके मेरे घर आने के अगले दिन से शुरू हुआ।

मेरी ही तरह लफत्तू के भी बहुत सारे भाई-बहन थे जो इस कक्षा के दौरान परदों के पीछे से हमारी हालत पर हँसते नज़र आ जाते थे। इस दौरान उसकी बड़ी बहन हमें दूध-बिस्कुट परोस जाती। पहले ही दिन मैंने ताड़ लिया कि लफत्तू के पापा की ख़ुद की अँग्रेज़ी कोई बहुत अच्छी नहीं थी। वे कुमाऊँनी लहजे वाली हिंदी में हमें इंग्लिश पढ़ाते थे और 'वी' को 'भी' कहते थे। लेकिन लफत्तू की दोस्ती के कारण मुझे इस कार्यक्रम में बेमन से हिस्सा लेना पड़ता था।

इस कारण बस अड्डे से माचिस की डिब्बियों के लेबल खोजने का प्रात:कालीन आयोजन बाधित हो गया जिसके बाद हम कभी-कभार घुच्ची खेलने भी निकल जाया करते थे। इन कक्षाओं को क़रीब एक हफ़्ता हुआ होगा जब एक सुबह दूध-बिस्कुट आते ही लफत्तू ने कॉपी बंद की, एक साँस में दूध गटका, जेब में चार बिस्कुट अड़ाए और कॉपी को ज़मीन पर पटककर बस अड्डे और उससे भी आगे भाग जाने से पहले अपने पापा से बोला, "वल्ब को तो भल्ब कैते हो आप! क्या खाक इंग्लित पलाओगे पापा?"

फुच्ची कप्तान की आसिकी

लफत्तू और मैं पढ़ाई-लिखाई के बारे में कभी बात नहीं करते थे। घर से बीकर या ऐसी ही कोई-कोई चीज़ स्कूल लेकर जानी होती तो लफत्तू के लिए वे चीज़ें मैं लेकर जाया करता। हमारी आपसी समझ बन गई थी कि लफत्तू की चीज़ें ख़रीदने के लिए मैं माँ से झूठ बोल लेता था और बौने के ठेले पर होने वाले हमारे आयोजनों में अपने पापा की जेब से चुराए पैसों से लफत्तू पेमेंट किया करता।

टौंचा-उस्ताद बागड़बिल्ले का कार्यक्षेत्र खताड़ी से आगे भवानीगंज तक पसर चुका था। उसके कुशल नेतृत्व और निर्देशन में वरिष्ठ-कनिष्ठ दोनों प्रकार के लफ़ंडर लौंडे घुच्ची के खेल को रामनगर की गली-गली में फैला देने के महती अनुष्ठान में जान दे देने के हौसले, तन-मन और पाँच पैसे के सिक्कों के साथ जुट चुके थे। बड़े भाइयों-चाचाओं-मामाओं इत्यादि द्वारा कभी किसी लड़के के साथ सार्वजनिक मारपीटीकरण और अपमानीकरण किया जाता तो उस ख़बर को अफ़वाहों की चटनी में लपेटकर इंटरवल-सम्मेलनों का विषय बनाया जाता। इन बातों से उदासीन रहने वाले, अभूतपूर्व जिजीविषा से लबालब बागड़बिल्ले के ये जाँबाज़ अनुयायी जिस खेल पर अपना सर्वस्व न्योछावर करने का क़ौल उठा चुके थे, उससे उन्हें परमपिता भी विरत नहीं कर सकता था।

यही दिन थे जब अपने अनुभव-जगत की विस्तृतता के कारण लफत्तू मुझे, मेरा हमउम्र होने के बावजूद, बहुत-बहुत बड़ा और वयस्क लगने लगा था। उसने नियमित रूप से क्लास गोल करने का रिवाज़ चलाया जो घुच्चीप्रेरित बच्चों में जल्दी लोकप्रिय हो गया। लफत्तू बागड़बिल्ले का अच्छा दोस्त था जिसका मानना था कि आत्मविश्वास और तोतले किंतु प्रभावकारी वाक्चातुर्य के धनी लफत्तू की उपस्थिति की दरकार क्लास में बास्पीकरण सीखने से अधिक घुच्ची-

अभियान के प्रचार-प्रसार में होती थी।

छत पर क्रिकेट खेलते हुए लफत्तू की उपस्थिति लगातार कम होती जा रही थी जिसके कारण हमें उसमें मज़ा आना क़रीब-क़रीब बंद हो गया। कभी-कभी मैं और बंटू बैट-बल्ला छोड़ छत की मुंडेर से लगकर भावपूर्ण मुद्रा में खेल मैदान को देखा करते और फिर किसी क्षण नीचे सड़क पर आकर घासमंडी का रुख़ करते। बंटू के पापा ने शाम के समय घूमने के लिए घर से थोड़ा दूर अवस्थित घासमंडी को हमारी सीमा तय कर रखा था। हम घासमंडी की सरहद पर मरियल कुत्तों की तरह खड़े रहते। वहाँ से हमें अशफ़ाक़ डेरी सेंटर के सामने वाली गली दिखाई दे जाती थी। उसी गली में लफत्तू नए बच्चों को घुच्ची का प्रशिक्षण दिया करता था। कभी लफत्तू की झलक देखने को मिल जाती तो अजीब लगने लगता। हमारी मानसिक हालत किसी असहाय, विवश ग़ुलाम की-सी हो जाती और कुछ देर वैसे ही खड़े रहने के बाद हम बहुत मनहूस चेहरे लिए, क़रीब-क़रीब रोते हुए वापस लौटते।

फिर जिस दिन हमारे लिए ख़ास फ़ुरसत निकालकर लफत्तू क्रिकेट खेलने आता, उसके पास हमें बताने को बेतहाशा क़िस्से होते। खताड़ी फ़तह करने के बाद उसने कैसे भवानीगंज में अपना सिक्का जमा लिया था, यह हमारे लिए ईर्ष्या का विषय होता। उसके साथ उसके चमत्कार-लोक में प्रवेश कर पाने की हमारी आकुलता और बढ़ जाती।

लफत्तू की अंतरंग मित्रमंडली का भी विस्तार हो चुका था। फुच्ची कप्तान नामक रामनगर में नए आए एक लड़के का उसके जीवन पर बहुत प्रभाव दिखाई देता था।

रेडीमेड कपड़ों और प्लास्टिक के जूतों की रेहड़ी लगाते फुच्ची के पापा शहर-दर-शहर बसा करते थे। उसी क्रम में वे कुछ समय पहले रामनगर आए थे। उनकी भाषा बहुत ज़्यादा देसी थी। फुच्ची हमसे तीन-चार साल बड़ा था। पिता के साथ शहर-शहर, नगर-नगर घूम चुकने के बाद उसका अनुभव-जगत बहुत संपन्न हो चुका था जिससे हमें स्पृहा होती थी। छठी फ़ेल फुच्ची बहुत साँवला था और बात-बात पर 'मने, मने' किया करता था।

उसका नाम फुच्ची धरे जाने का क़िस्सा लफत्तू ने हमें मौज लेकर सुनाया था। किसी गली में घुच्ची खेल रहे लौंड-समूह के पास जाकर उसने पूछा, "मने

इस खेल की नाम बतइए तनिक!" नाम बताए जाने पर उसने किसी ख़लीफ़ा की तरह जेब से पाँच के सिक्के निकालते हुए कहा, "हम भी खेलेंगे फुच्ची!"

"अबे फुच्ची नहीं घुच्ची! घुच्ची... घुच्ची!" लौंड-समूह के अंतरंगतापूर्ण सामूहिक अट्टहास में इस देसी लड़के को फुच्ची नाम से आत्मसात कर लिया गया।

फुच्ची के साथ 'कप्तान' की पदवी दिए जाने का कारण स्वयं फुच्ची की एक आदत में निहित था। अपनी वाकपटुता के कारण वह हर जगह दिखाई देने लगा था। बच्चे जहाँ कहीं कुछ भी खेल रहे होते थे, वह वहाँ पहुँच जाता और फट से दो टीमों का निर्माण कर देता। "अपनी टीम के कप्तान हम बन गए, बाक़ी वाले अपना छाँट लें!" उसका यह तकिया कलाम था जो अंततः उसके नाम के साथ नेमेसिस की तरह जुड़ गया।

इतने समय से खेलते हुए हमें कभी कप्तानी जैसे विषय पर सोचने की नहीं सूझी थी लेकिन फुच्ची ने आते ही ख़ुद को शहर के आधे बच्चों का कप्तान बना लिया था। कप्तानी के साथ फुच्ची ऑब्सेशन की हद तक जुड़ा हुआ था। हरिया हकले के मकान से होते हुए हमारी छत तक पहुँचने का रास्ता उसे लफत्तू बता चुका था। एकाध बार उसने मेरे साथ बैडमिंटन भी खेला। छत पर हम दो ही थे। उसने कहा, "इधर वाले के कप्तान हम। और उधर वाले का मने आप ख़ुद छाँट लें!" मेरा मन कुढ़न और खीझ से भर गया पर मुझे चुप रहना पड़ा क्योंकि फुच्ची उन दिनों मेरे उस्ताद का उस्ताद बना हुआ था।

एक बार देर शाम को लफत्तू ने घर के बाहर 'बीयोओओई' का लफ़ाड़ी-संकेत किया तो मैं डरते-सहमते ज़ीना उतरकर बाहर निकला। हाँफते हुए लफत्तू ने मुझे काग़ज़ का एक पर्चा थमाया और वापस भागता हुआ बोला, "इतको थीक कल देना याल। कल थुबै फुत्ती को देना ऐ!"

मैंने वापस आकर होमवर्क में मुब्तिला होने का बहाना बनाया और पर्चा किताब के बीच छिपा लिया। पर्चा खोला। लफत्तू की अद्वितीय हैंडराइटिंग सामने थी।

बचा-खुचा ज़रा-सा भात आवारा बिल्लियों के लिए धूप में रखे जाने और न खाए जाने पर टेढ़े-मेढ़े कणों में बदल जाता है। ठीक वैसी ही टेढ़ी-मेढ़ी हैंडराइटिंग में लफत्तू ने फुच्ची के बदले लिखा था-

'मेरी चीटडी पड के नराज न होना। मे तुमरा आसिक हु। सादी कर। तुमरा फुच्चि।'

उफ़! लवलैटर! मेरे सामने जीवन का पहला प्रेमपत्र पड़ा हुआ था। क्या हुआ जो उसे किसी ने किसी और की तरफ़ से किसी और के लिए लिखा था। महत्त्वपूर्ण यह था कि उसे ठीक किए जाने के लिए मुझे चुना गया था।

मैंने लफत्तू के प्रति कृतज्ञता का भाव महसूस किया और उस बदनसीब पर्चे को अपना लिखा पहला प्रेमपत्र बनाने के प्रयासों में जुट गया। मैंने अपने मन में तब तक देखी गई सारी फ़िल्मों और सुने गए सारे गानों की फ़ेहरिस्त बनाई और रात को ज़्यादा होमवर्क मिले होने का झूठ बोलते हुए अंततः एक आलीशान इज़हार-ए-मुहब्बत लिख दिया।

शुरू में मैंने सकीना को संबोधित किया, पर उसके बहुत छोटी होने के कारण मेरी कल्पना को सीमित हो जाना पड़ रहा था इसलिए चिट्ठी का बाद का हिस्सा मेरी नई प्रेमिका मधुबाला मास्टरनी से मुख़ातिब था। अंत में 'आपका अपना फुच्ची' लिखने से पहले मैंने चाँद-तारे तोड़ लाने जैसा कोई वादा किया।

सुबह स्कूल जाते हुए काँपते हाथों से मैंने लफत्तू को उसकी चीटडी थमाई। उसने मुझे एक मिनट रुकने को कहा। वह भागता हुआ घासमंडी की तरफ़ गया और मिनट से पहले वापस आ गया। वापस आकर उसने आँख मारकर कहा कि काम बन गया, चिट्ठी फुच्ची को डिलीवर हो गई।

साँस लेने के बाद उसने दार्शनिक मुद्रा अपना ली। बोला, "बले आतिक बन लए फुत्ती कप्तान! लौंदियाबाज थाले! चित्ती के लिए बोल्ला ता तो मैंने कै दिया अतोक लिक देगा।" उसने एहसानमंद होते हुए मेरा हाथ दबाया।

स्कूल आने पर उसने हाथी जैसा चेहरा बनाते हुए, ब्रह्मवाक्य जारी किया, "बलबाद हो जागा फुत्ती!"

असेंबली के बाद इंटरवल तक के चार पीरियड काटना युग बिताने जैसा हुआ। कोई लड़की है जो फुच्ची को भा गई है। फुच्ची कप्तान का प्यार में गिर पड़ना मेरे लिए अविश्वसनीय था। मैं सोचता रहा कौन-कैसी होगी फुच्ची की वह प्रेमिका!

ऐसा तो नहीं कि फुच्ची मेरा पत्ता काटकर मधुबाला को चिट्ठी दे आने की फ़िराक़ में हो। बैडमिंटन खेलने वह तभी आता है जब मास्टरनी ट्यूशन पढ़ा

रही होती है। और मधुबाला क्या जाने कि चिट्ठी फुच्ची ने नहीं मैंने लिखी है।

पिक्चरों की वजह से पछाड़ें मारती, बेक़ाबू रोती, गिरती-पड़ती, आत्महत्या का ठोस फ़ैसला ले चुकी हीरोइन का बिंब मेरे मन में प्यार-मोहब्बत की ठोस इमेज के रूप में स्थापित हो चुका था। क्या मधुबाला वैसा कुछ करेगी? अगर मधुबाला तक वाक़ई फुच्ची ने चिट्ठी पहुँचा दी और उसने ज़हर खा लिया तो लफत्तू की क्या प्रतिक्रिया होगी?

मेरा मन फुच्ची की शकल नोंच लेने का होने लगा।

इंटरवल का घंटा बजते ही लफत्तू मुझे घसीटकर बौने के ठेले पर ले गया जहाँ फुच्ची प्रतीक्षारत मिला। बिना किसी दुआ-सलाम के लफत्तू ज़ोर से बोला, "आद के पैते फुत्ती देगा!" बौना पत्तल बनाने लगा और हमारा अधिवेशन शुरू हुआ।

"दखिए, एतना तो हम समझ लिए कि आपको अच्छा लिखना आता है। मगर आप मने ये क्या आपका अपना ढिम्मक ढमकणा लिखे! अरे जिंदगानी का बात है। हम तो फैसला किए हैं आज चिट्ठी और कल सादी... मने कोई तनी सेर-ऊर तो लिखिए न! सायरी-दोहा वगेरा..."

उसने जेब से सलीके से मोड़ा हुआ पर्चा निकाला और वहीं नीचे बैठकर अपनी जाँघ पर फैला लिया।

मेरे लिखे पत्र में यह सुधार किया गया था कि सबसे ऊपर पानपत्रद्धय अंकित कर दिए गए थे- एक के भीतर 'डी' लिखा था दूसरे के भीतर 'टी'। एक टेढ़ा तीर दोनों पत्रों को जोड़ रहा था और 'टी' वाले जोड़बिंदु से दो बूँदें टपक रही थीं। इन विवरणों को मैंने एक निगाह में ताड़ लिया और मन टनों बोझ उतर जाने जितना हल्का हो गया। 'डी' माने द्वारकाप्रसाद उर्फ़ फुच्ची। और 'टी' माने कोई भी। मधुबाला नहीं।

"याल बलिया थायली लिक कोई फुत्ती भाई की तलप छे। भाबी खुत हो जाए कैते बी! क्यों फुत्ती बाई?" लफत्तू टी को भाभी कह रहा था। मामला संजीदा था।

फुच्ची की लाई लाल क़लम थामकर मैं भी संजीदा हो गया। 'आपका अपना फुच्ची' के नीचे 'दोहा' लिखकर मैंने अंडरलाइन कर दिया। मैं मधुबाला की याद और प्रेरणा की प्रतीक्षा कर रहा था। लफत्तू और फुच्ची झल्लाहट, उम्मीद

और बेकरारी से मेरा मुँह ताक रहे थे। आख़िरकार वह क्षण आ ही गया। दोहा लिखने के बाद प्रसन्नता के अतिरेक में काँपते सद्यः प्रेमग्रस्त फुच्ची ने हमें एक-एक बमपकौड़ा और टिकवाया। दोहा था-

अजीरो ठकर अब काँ जाइएगा
जाँ जाइएगा मुजे पाइएगा

बास्पीकरण और तत्तान के पीते थुपा धलमेंदल

पिक्चर में हैलन का डांस देखने और बमपकौड़े का लुत्फ़ उठाने के ऐवज़ में गोलू और लफत्तू की बच्चा पीठों को गोलू के पापा यानी टोड मास्साब के संटी-प्रहार झेलने पड़े थे। इस सनसनीख़ेज़ घटना के उपरांत दोनों बाप-बेटे कई दिनों तक स्कूल नहीं आए।

इस वजह से अँग्रेज़ी की कक्षाएँ बंद हो गईं। अँग्रेज़ी पीरियड में सीनियर बच्चों को पढ़ाने वाले एक बहुत बूढ़े मास्साब बतौर अरेंजमेंट तशरीफ़ लाने लगे। वे बहुत शरीफ़ और मीठे थे। वे एक प्रागैतिहासिक चश्मा पहनते थे जिसकी एक डंडी थी ही नहीं। डंडी के बदले उन्होंने एक सुतलीनुमा मोटा धागा बाँध रखा था जो उनके एक कान के ऊपर से होकर खोपड़ी के पीछे से होता हुआ दूसरे कान पर सुसज्जित डंडी के छोर पर किसी जुगाड़ से फँसाया जाता था। चश्मे के शीशे बहुत मोटे थे जिन्हें देखकर लगता था शेर सिंह की दुकान वाले चाय के गिलासों की पेंदियों को लेंस की जगह हेतु फ़िट किया गया हो। उनके पास 'गंगाजी का बखान' नामक एक कल्याणनुमा किताब हमेशा रहती थी। किताब के लेखक का नाम गंगाप्रसाद 'गंगापुत्र' अंकित था। वे उसी को सस्वर पढ़ते और भावातिरेक में आने पर अजीब-सी आवाज़ें निकालकर गाने लगते।

लाल सिंह के सौजन्य से यह रहस्य कोई एक हफ़्ते बाद हम पर उजागर हुआ कि गंगाप्रसाद 'गंगापुत्र' कोई और नहीं स्वयं यही बूढ़े मास्साब हैं। मास्साब का शहर में यूँ भी जलवा था कि 'गंगोत्री चिकित्सालय' नाम से वे एक आयुर्वेदिक, यूनानी दवाख़ाना चलाते थे। गंगाप्रसाद 'गंगापुत्र' आकंठ गंगाग्रस्त थे और हर पीरियड में अपने महाग्रंथ से हमारी ऐसी-तैसी किया करते। वे थोड़ा तुतलाते थे और संस्कृतनिष्ठ हिंदी में लिखी अपनी रचनाओं को सुनाने के उपरांत उनकी संदर्भरहित व्याख्या किया करते, "कवि कैता है कि प्याली गंगे,

मैं तो तेला बच्चा हूँ! और गंगामाता कवि से कैती है कि मेरे बच्चे मैं तो तेली माँ हूँ! फिर कवि कैता है कि प्याली गंगे, हमने तुज पे कित्ते अत्याचाल किए..."

एक साइड से लफत्तू की दबी आवाज़ आती, "जितका बत्ता इत्ता बुड्डा है वो गंगा कित्ती बुड्डी ओदी बेते! पूतो तो जला प्याली मात्तल ते!" गंगाप्रसाद 'गंगापुत्र' के कानों पर जूँ भी नहीं रेंगती। वे गंग पुराण ठेलते जाते। मास्साब को दिखाई-सुनाई भी बहुत कम देता था। लफत्तू ने गंगाप्रसाद 'गंगापुत्र' का नामकरण 'प्याली मात्तर' कर दिया था और यह नाम सीनियर्स तक में चर्चा का और जूनियर्स में लफत्तू-केंद्रित ईर्ष्या का विषय बन गया।

कुछ व्यक्तिगत कारणों से दुर्गादत्त मास्साब भी लंबे अवकाश पर चले गए। टोड मास्साब की क्लास के तुरंत बाद पड़ने वाले उनके विज्ञान वाले पीरियड में भी यदा-कदा प्याली मात्तर हमारी हर-हर गंगे करने लगे। लफत्तू लगातार बोलता रहता था और पिक्चरों की कहानी सुनाना सीख चुकने के अपने नवीन टेलेंट पर हाथ साफ़ किया करता, "उतके बाद बेते, हौलीकौप्तल थे धलमेंदल भाल आया और उतने अदीत थे तहा- तुम थब को तालों तलप छे पुलित ने घेल लिया ऐ, अपनी पित्तौल नीचे गेल दो... उतके बाद अदीत एक तत्तान के पीते छुप के धलमेंदल थे कैता है- मुजे मालने थे पैले अपनी अम्मा की लाथ ले जा इन्पैत्तल! धलमेंदल कैता है कुत्ते थाले, मैं तेला थून पी जाऊँदा।"

एक तरफ़ से तोतली हर-हर गंगे, दूसरी तरफ़ से धरमेंदर और अजीत के क्लाइमैक्स वाले तोतले ही डायलॉग्स और बाक़ी दिशाओं से स्याही में डूबी नन्ही गेंदों का फेंका जाना- नित्य बन गया यह दृश्य जब एक दिन हमारी कक्षा के पास से टहलते जा रहे प्रिंसिपल साहब ने देखा तो वे पीतल के मूठवाली अपनी संटी लेकर हम पर पिल पड़े। जब तीन-चार बच्चों ने दहाड़ें मार-मारकर रोना चालू किया, तब जाकर प्याली मात्तर ने गंग पुराण बंद किया और आँखें उठाकर नवागंतुक प्रिंसिपल साहब की आकृति को श्रमपूर्वक पहचाना। औपचारिक बातचीत के बाद दोनों गुरुवर कुछ गहन विचार-विमर्श करते हुए कक्षा के बाहर दरवाज़े पर खड़े हो गए। इतने में प्रिंसिपल साहब के भाई यानी मुर्गादत्त मास्साब उर्फ़ परसुराम वहाँ से पान चबाते निकले। क्लास के बाहर खड़े प्रिंसिपल साहब और प्याली मात्तर को वार्तालापमग्न देख उन्होंने पीक थूकी और उक्त सम्मेलन में भागीदार बनने की नीयत से वहीं आ गए।

दरवाज़े पर मुर्गादत्त मास्साब ने 'प्रणाम कक्का' कहते हुए प्याली मात्तर के पैर इस शैली में छुए मानो उनकी जेब काट रहे हों या होली के टाइम किया जाने वाला आकस्मिक मज़ाक़ कर रहे हों। प्रिंसिपल साहब की तरफ़ उन्होंने एक बार को भी नहीं देखा और आधे मिनट से कम समय में सारी बात समझकर प्रिंसिपल साहब के हाथ से संटी छीनी और 'अभी देखिए कक्का' कहते हुए हम पर दुबारा हाथ साफ़ किया।

"अपनी माँ-भैंनो से पूछना हरामजादो मैं तुम्हारे साथ क्या-क्या कर सकूँ हूँ। और खबरदार जो साला एक भी भूतनी का रोया तो!" एक हाथ से संटी को मेज़ पर पटकते और दूसरे से अपने देवानंद-स्टाइल केशझब्ब को सँभालते उन्होंने इतनी तेज़ आवाज़ निकाली कि अगल-बग़ल की सारी क्लासों के अध्यापक बाहर आकर कक्षा छह (अ) की दिशा में देखने लगे।

घंटा बजने के बाद मास्टरों के तिगड्डे के लिए हम जैसे मर गए। वे ख़रामा-ख़रामा मुर्गादत्त मास्साब का अनुसरण करते किसी दिशा में निकल पड़े। "थाला हलामी लाजेथ खन्ना ता बाप!" औरों को बचाने के चक्कर में अपने पृष्ठक्षेत्र पर असंख्य संटियाँ खा चुके लफत्तू ने ज़मीन पर थूका। "इतते तो दुल्गादत्त मात्तर थई ऐ याल!"

लफत्तू की दुआ सुनी गई और अगले रोज़ प्याली मात्तर के बदले अपने धूल खाए पुरातन कोट और हाथों में सतत विराजमान कर्नल रंजीत समेत दुर्गादत्त मास्साब सशरीर उपस्थित थे।

"टेस्टूपें कल ले आबें सारे बच्चे! और दद्दस पैसे भी!" अटेंडेंस के उपरांत यह कहकर वे उपन्यास पढ़ने ही वाले थे कि उन्हें पता नहीं क्या सूझा। उपन्यास जेब के हवाले कर वे कुर्सी पर लधर गए। "मैं जो है मुर्दाबाद गया था बच्चो! मुर्दाबाद भौत बड़ा सहर है। और उसमें आप समल्लें हमाये रामनगर जैसे सौ सहर आ जावेंगे।"

मुरादाबाद में दुर्गादत्त मास्साब की ससुराल थी जहाँ उनके ससुर दारोगा थे। इतनी-सी बात बताने में उन्होंने बहुत ज़्यादा फ़ुटेज खाई और हमें छोटे क़स्बे का निवासी होने के अपराधभाव से लबरेज़ कर दिया। आख़िर में उन्होंने एक क़िस्सा सुनाया, "परसों मैं और मेरे साले साब जंगल कू गए सिकार पे। तो सिकार पे क्या देखा तीन बब्बर सेर रस्ता घेर के खड़े हैं। जब तक कुछ समजते

तो देखा कि दो बब्बर सेर पीछे से गुर्राने लगे। हमाये साले साब तो, आप समल्लें, व्हईं पे बेहोस हो गए। मैंने सोची कि दुर्गा आत्तो तेरी मौत हो गई। मुझे तुम सब बच्चों की याद भी आई। मैंने सोची अगर मैं मर गया तो तुमें बिग्यान कौन पढ़ाएगा और टेस्टूपें भी बेकार जावेंगी। मैंने दो क़दम आगे बढ़ाए तो सबसे बड़ा सेर बोला- 'मास्साब आप जाओ! हम तो सुल्ताना डाकू का रस्ता देख रये हैं।' मेरी जान में जान आई मगर साले साब तो गिरे पड़े थे। तब उसी बड़े सेर ने हमाये पीछे खड़े एक सेर से कई कि दुर्गा मास्साब के साले साब को अपनी पीठ पे बिठा के जंगल के कोने तक छोड़ आवे। तो आप समल्लें कि जंगल का छोर आने को था कि साले साब को होस आ गया। सेर मेरे पीछे ऐसे चल रहा था जैसे कोई पालतू कुत्ता होवे। जब ख़ुद को सेर की पीठ पे देखा साले ने साब तो उनकी घिग्घी बँध गई..."

क़िस्सा ख़त्म होने से पहले ही क्लास ख़त्म हो गई। मास्साब ने उठते हुए बताया कैसे साले साहब की जान बचाने की वजह से वे मुरादाबाद में रामनगर का झंडा फहराकर लौटे हैं। सारे बच्चे नक़ली ठहाके लगाकर ताली पीटने लगे। उनका क़िस्सा कोरी गप्प था पर दुर्गादत्त मास्साब जैसे ज़ालिम के मुँह से उसे सुनना राहत देने वाला था। इस पूरे पीरियड में मास्साब के नए जुमले 'आप समल्लें' को पकड़ने वाला पहला बच्चा लफत्तू था, "आप थमल्लें मात्ताब थमज लये हम थब तूतियम थल्फेत ऐं।"

तूतियम थल्फेत यानी चूतियम सल्फ़ेट अंग्रज़ों के रास्ते हमारे जीवन में पहुँची पहली केमिकल गाली थी। अगले दिन पता चला कि दुर्गादत्त मास्साब भी इस गाली से परिचित थे।

अटेंडेंस दुर्गादत्त मास्साब ने ली। इस दौरान लाल सिंह ने सारे बच्चों से दस-दस के सिक्के इकट्ठे किए, जल्दी-जल्दी बाहर निकला और बंसल मास्साब की दुकान से दो थैलियाँ लेकर वापस लौटा। एक थैली में चीनी थी और दूसरी में नमक।

परखनलियों की अपनी-अपनी जोड़ियाँ थामे क़तार बनाकर सारे बच्चे मास्साब के पीछे-पीछे प्रयोगशाला की ओर रवाना हुए। प्रयोगशाला-सहायक चेतराम ने मास्साब को नमस्ते किया और हिक़ारत से हमें देखा। हलवाई के उपकरणों, भूतपूर्व बुरादा-बीकरों वाली मेज़ों और कंकाल वाली अल्मारियों के

आगे एक बड़ा दरवाज़ा था। इसी के अंदर थी प्रयोगशाला की रसायन विज्ञान इकाई। विचित्रतम गंधों से भरपूर इस कमरे में तमाम शीशियों में पीले, हरे, नीले, लाल, बैंगनी द्रव भरे हुए थे। बीकरों, परखनलियों और आकर्षक आकारों वाले काँच के अन्य उपकरणों की उपस्थिति में वह सचमुच विज्ञान सीखने वाली जगह लग रही थी।

मास्साब एक तनिक ऊँचे प्लेटफ़ॉर्म पर खड़े हुए। लाल सिंह के हाथ से चीनी-नमक लेकर उसे चेतराम को थमाकर मास्साब ने गला खंखार कर कहना शुरू किया, "बच्चो, आज से हम बास्पीकरण सीखेंगे। चाय बनाते हुए जब पानी गरम किया जावे है तो उसमें से भाप लिकलती है। इसी भाप को साइंस में बास्प कहा जावे है। और अँग्रेज़ी में आप समल्लें इसका नाम इस्टीम होता है। चाय की गरम पानी को कटोरी से ढक दिया जावै तो भाप बाहर नईं आ सकती और कटोरी गीली हो जावे है। और जो चीज गीली होवै उसे द्रब कहा जावे। द्रब से भाप बने तो बिग्यान में उसे बास्पीकरण कैते हैं और जब भाप से द्रब बने तो द्रबीकरण। आज हम परजोग करेंगे बास्पीकरण का।"

चेतराम चीनी और नमक को अलग-अलग ढक्कन कटे गैलनों में पानी में घोल चुका था और मास्साब को देख रहा था। "अब सारे बच्चे अपनी टेस्टूपों में अलग-अलग नमक और चीनी का घोला ले लेवें और चेतराम जी से सामान इसू करा लें।"

चेतराम ने हर बच्चे को परखनली पकड़ने वाला एक चिमटा और एक स्पिरिट लैम्प इश्यू किया। इन उपकरणों की मदद से दोनों परखनलियों के घोल को सुखाया जाना था। स्पिरिट लैम्प की नीली लौ पर टेस्टूप में खदबदाते पानी को देखना मंत्रमुग्ध करने वाला था। मास्साब बता चुके थे कि प्रयोग की कक्षा दो पीरियड्स तक चलनी थी। लफत्तू जैसा बेचैन शख़्स भी मन लगाकर परखनली पर निगाहें टिकाए था।

कुछ देर बाद सारा पानी सूख गया और दोनों परखनलियों के पेंदों में सफ़ेद तलछट बची। यह नमक और चीनी था जिसे हमने बरास्ता बास्पीकरण नमक और चीनी से ही बनाया था। दूसरा घंटा बजने में बहुत देर थी और स्पिरिट लैम्पों के साथ कुछ और करने की इच्छा बहुत बलवती हो रही थी। शुरुआत लफत्तू ने की और रंगीन शीशियों में से दो रंगों के द्रव मिलाकर परखनली में गरम करना

शुरू किया। लफत्तू की देखादेखी एक-एक कर सारे बच्चों ने अलग-अलग रसायनों का निर्माण करना शुरू कर दिया। हवा में अजीबोग़रीब गंधें और तरह-तरह के धुएँ फैलना शुरू हुए। पहला क्लाइमैक्स फ़टाक की आवाज़ के साथ एक मुन्ना टाइप बच्चे की परखनली के फूटने के साथ हुआ।

सुनते ही दुर्गादत्त मास्साब ने 'हरामजादो!' कहते हुए उपन्यास छोड़ दिया। डर के मारे सारे बच्चों ने स्पिरिट लैम्पों से हटाकर परखनलियों को लकड़ी के स्टैंडों में धँसा दिया। लाल आँखों के साथ एक-एक बच्चे को घूरते दुर्गादत्त मास्साब सारी क्लास से कुछ कहने को जैसे ही लफत्तू के पास ठिठके, लफत्तू के बनाए रसायन वाली परखनली से तेज़-तेज़ धुआँ निकलना शुरू हो गया। उस तरफ़ मास्साब की पीठ थी। घबराया हुआ लफत्तू प्रयोगशाला के पिछले द्वार तक लपक चुका था। उसकी परखनली अचानक और भी तेज़ फ़टाक के साथ चूर-चूर हो गई। मास्साब घबराकर हवा में ज़रा-सा उछले। पलटकर उन्होंने 'साले चूतियम सल्फेट! इधर आ हरामी!' कहकर लफत्तू को मारने को अपना हाथ उठाया पर लफत्तू तब तक संभवतः बौने के ठेले तक पहुँच चुका था।

"आगे से जिस साले ने मुझसे पूछे बिना एक भी सीसी छुई तो सारी सीसियाँ उसकी पिछाड़ी में घुसा दूँगा। अब चलो फील्ड पे..."

लतियाते-फटकारते हमें खेल मैदान ले जाया गया जहाँ तेज़ धूप में मुर्ग़ा बनाकर हमारे भीतर की बची-खुची वैज्ञानिक-आत्मा के बास्पीकरण का सफल परजोग संपन्न हुआ।

लाल बेलबॉटम और सूकड़ू का ठूकड़ू

दिसंबर-जनवरी के दिन थे। दो हफ़्ते की सर्दियों की छुट्टियाँ हुईं। लाल बेलबॉटम पहनने वाला, अँग्रेज़ी पढ़ाने वाली पड़ोसी मैडम का भाई इस बार नैनीताल से गिटार लेकर आया था। मैं उसका प्रशंसक था जबकि लफत्तू को उससे नफ़रत थी। बातचीत में उसका ज़िक्र आते ही लफत्तू गालीज्ञान का निर्बाध प्रदर्शन करने लगता था।

छुट्टियों के कारण लफत्तू द्वारा संचालित होने वाला घुच्ची प्रशिक्षण कुछ दिन ठंडा पड़ गया और बहुत समय बाद हमारी छत बंटू, लफत्तू, सत्तू और यदा-कदा फुच्ची की संगत में क्रिकेट के लंबे-लंबे सेशनों से आबाद रहने लगी।

एक रात लाल बेलबॉटम के घर बढ़िया भीड़ जुटी। डिग्री कॉलेज के मास्टरों से लेकर जंगलात के बड़े अफ़सर इस भीड़ का हिस्सा थे। इस बेहद संभ्रांत आयोजन में किसी भी पड़ोसी को नहीं बुलाया गया। अगले रोज़ पता चला कि अँग्रेज़ी मैडम के यहाँ नये साल की पार्टी हुई। अँग्रेज़ी गानों के रिकॉर्ड बजे, केक खाया गया और शराब पी गई। अँग्रेज़ी मैडम ने भी पी।

पार्टी में भाग ले चुके भाग्यशाली लोगों के साथ जिस किसी का भी कैसा ही कोई संबंध था, वह अपने-अपने आत्मविश्वास के हिसाब से इस बात को जल्दी-जल्दी समूचे रामनगर में फैला देना चाहता था कि शहर तरक़्क़ी की राह पर है। होली-दिवाली तक ठीक से न मना पाने वाले लोगों से आबाद रामनगर में दारू पी रही एक स्त्री की उपस्थिति में गमगमाए किसी घर से गिटार के सुरों के साथ हैप्पी न्यू ईयर की आवाज़ आने को परंपरावादी, आधुनिकतावादी और उत्तर आधुनिकतावादी- तमाम कोणों से परखे जाने का सिलसिला चल निकला।

लाल बेलबॉटम गिटार लेकर अपनी छत पर झमझम करता रहता और नाक तक बह आए चश्मे को अदा के तौर पर अपनी सबसे छोटी उँगली से ऊपर करता। लफत्तू ने उन दिनों अपनी चाल में इस फ़ैशनेबल संगीतकार लौंडे की

पैरोडी जोड़ ली थी और हमें देखते ही वह दाएँ हाथ के अँगूठे और पहली उँगली को जोड़कर दूसरी बाँह को सीधा कर उसे हवाई गिटार बनाकर बजाता हुआ 'झाँय झप्पा, झाँय झप्पा... हब्बा हब्बा हब्बा हब्बा...' गाना चालू कर देता। हम हँसते-हँसते दोहरे हो जाते जब वह चश्मा ऊपर खिसकाने की एक्टिंग करता और आँख मारकर कहता, "हैप्पी नूई!"

हम क्रिकेट खेल रहे थे जब एक दिन लाल बेलबॉटम हमारी छत पर जाने कहाँ से अवतरित हो गया। उसने 'हैलो' कहा। नाक पोंछते, हकबकाए हुए हमने पहले एक-दूसरे को देखा, फिर उसे और उसके बाद उसके गिटार को।

"मैं आप लोगों का खेल डिस्टर्ब नहीं करूँगा। दीदी की छत पर कुछ काम चल रहा है। शोर की वजह से मैं वहाँ प्रैक्टिस नहीं कर सकता- अगले हफ़्ते मेरा म्यूज़िक का एग्ज़ाम है। आप खेलते रहिए, मैं एक कोने पर प्रैक्टिस करता रहूँगा।"

"इतते कै दो धाबू की थत पे कल्ले जो कन्ना ऐ।" अम्पायर लफत्तू ने कर्री आवाज़ में आदेश जारी किया।

उसे ढाबू की छत का रास्ता दिखा दिया गया। अपने से दो-चार साल बड़ा यह नैनीताली लौंडा मुझे उतना ख़राब नहीं लगा, जैसा उसके बारे में उड़ाई जा रही अफ़वाहें बताती थीं। मुझे अचरज हुआ कि बाजे वग़ैरह की कोई परीक्षा भी होती है।

क़रीब तीन मिनट तक पड़े इस व्यवधान के दौरान केवल लफत्तू ही अपना आत्मविश्वास बचाए रख सका। लाल बेलबॉटम की संभ्रांतता ने हमारी हवा निकाल दी थी। उसका चमचमाता गिटार, पीतल की चेन लगी तीस इंची मोहरी वाली लाल बेलबॉटम हमारी कल्पना से कहीं आगे की चीज़ें थीं।

"अब तलो बेते! इस्टाट!" कहते हुए खीझे-भुनभुनाए लफत्तू ने खेल शुरू कराया। पर खेल में मन किसका लगना था।

"रुक ना एक मिनट! भइया का गिटार देख!" यह बहुत कम बोलने वाला बंटू था जिसकी पूरे रामनगर में साख केवल इस वजह से थी कि उसके पापा मोटरसाइकिल चलाते थे और जाड़े-गर्मी-बरसात सारे मौसमों में बाक़ायदा काला चश्मा पहनकर निकलते थे।

लफत्तू ने अपमानित महसूस किया। मुझसे बोला, "बंतू आउत! अब तेली

बाली!"

मैंने बैट सँभाला पर बॉलिंग कौन करता। बंटू ढाबू की छत पर पहुँचकर अपने नए-नए बने भइया को देखता मंत्रमुग्ध खड़ा था।

एक नाटकीय फ़ैसला लेते हुए लफत्तू ने कहा, "तू थेल, मेली बौलिंग।"

मुझे याद नहीं उससे पहले लफत्तू ने कभी खेल में हिस्सा लिया हो।

"दलना मत बेते, फात्त नईं कलूँगा। इतपिन कलाऊँगा।"

लफत्तू ने बहुत अदाएँ झाड़ते हुए रबड़ की गेंद पर थूक लगाया, फिर उसे हवा में चूमा और 'दै माता दी' कहते हुए रन-अप चालू किया। आड़ी-तिरछी लय में हौले-हौले चलता, मस्ती में गाता हुआ वह मेरी तरफ़ बढ़ रहा था, "बेल बातम... बेल बातम... भेल फातम... भेल फातम..."

"...ल्ले बेते!" ये कहकर उसने गेंद फेंकी जो मेरे बैट से टकराई और लप्पा कैच बनकर हवा में ऊँची उठी।

उधर लाल बेलबॉटम का झाँय झप्पा चालू था, इधर कैच लेने को नाचने की मुद्रा में बढ़ते लफत्तू का नया गाना- 'बेल बातम... बेल बातम... भेल फातम... भेल फातम...'

"आउत है इम्पायल!" कहकर उसने अनुपस्थित अम्पायर की तरफ़ अपील की, ख़ुद ही वापस बॉलिंग-एंड पर जाकर अम्पायर बना और उँगली उठाकर आउट दे दिया।

"देखी मेली इछपिन! तल पिड्डू ले ले दुबाला खेल्ले बेते!"

आउट हो जाने के बाद कमज़ोर खिलाड़ी को दिया जाने वाला एक्स्ट्रा चांस पिड्डू कहलाता था।

लफत्तू की स्पिन, उसके गीत और लाल बेलबॉटम की झाँय झप्पा से मेरा मन उखड़ गया। कुछ बहाना बनाकर मैं नीचे घर चला गया। पाँच मिनट बाद छत पर पहुँचा तो लफत्तू और बेलबॉटम वाकयुद्ध में लीन थे। बंटू घबराया हुआ दिख रहा था।

मसला यूँ हुआ था कि मेरी अनुपस्थिति में लफत्तू के 'भेल फातम' गायन के चरम पर पहुँचने के बाद बेलबॉटम समझ गया कि दो कौड़ी का एक गँवार छोकरा उसका मज़ाक़ उड़ा रहा है।

"मुजे पागल थमल्लिया! तू झाँय झप्पा कल्ला था तो मैंने कुत का तुत्ते? मेला

गाना ऐ, मुदे लोकने वाला तू कौन ओता ऐ! तूतियम थल्फेत! बीयोओओई!"

लफत्तू ने मुझे देखा तो उसका हौसला बढ़ा। उसने गाते हुए, नाचना चालू कर दिया, "बेल बातम... बेल बातम... भेल फातम... भेल फातम..."

लाल बेलबॉटम खीझकर बोला, "ईडियट्स!" और गिटार को खोल में डालने लगा।

"ईदियत कितको बोल्लिया बे? इंग्लित मुजे बी आती ऐ! मैं ईदियत तो तू बिलैदी बाथकेत!"

'इनके मुँह कौन लगे' की मुद्रा बनाकर नैनीताल का हीरो जाने लगा तो लफत्तू ज़ोर से बोला, "लाल मूँग की तातली खागा बे... बिलैदी हुत्त!"

लफत्तू के पापा यदा-कदा अँग्रेज़ी में उसे 'ब्लेडी बास्केट' और 'ब्लेडी हुस्स' कहकर दुत्कारते थे। विरासत में अर्जित उसी अँग्रेज़ी ज्ञान की बदौलत उसने हमारी लाज बचाई। मैडम द्वारा शिकायत किए जाने की सूरत में घरवालों द्वारा मारे-पीटे जाने का हमें थोड़ा ख़ौफ़ हुआ लेकिन लाल बेलबॉटम उसके बाद मोहल्ले में कभी नज़र नहीं आया।

बहुत समय नहीं बीता था जब अँग्रेज़ी मैडम की न्यू ईयर पार्टी के बाद लफत्तू के पापा ने अपने घर पर गीतों की संध्या जैसा कोई आयोजन रखा। मेरे घर से मेरे पापा और मैंने शिरकत की।

बाहर वाले कमरे की सारी कुर्सी-मेज़ें बाहर सड़क पर रख दी गई थीं। भीतर गद्दों-दरियों पर महफ़िल जमी थी। हमने प्रवेश किया तो संगीत संध्या शुरू हो गई थी। हारमोनियम की पेंपें और तबले की भद्द-भद्द के ऊपर एक अंकल जी 'जै माँ सारदे' गा रहे थे।

लफत्तू ने मुझे अंदर बुलाकर परदे से लगाकर रखे एक स्टूल पर अपने साथ बिठा लिया। भीतर रसोई में औरतें और बरतन खटपट कर रहे थे। पके हुए भोजन की ख़ुशबू तैर रही थी। लफत्तू के पापा के दफ़्तर में काम करने वाले चंदू भइया नामक चपरासी विशेष ड्यूटी पर लगाए गए थे और वे बड़ों के कमरों में काँच के गिलास, पानी, पकौड़ी इत्यादि की सप्लाई में व्यस्त थे।

पेंपें और भद्द-भद्द की आवाज़ों के ऊपर उठने की कोशिश में लगे गायन के बोल समझ में नहीं आ रहे थे क्योंकि भीतर हर कोई कुछ बोल रहा था। अचानक सब चुप हो गए और लफत्तू के पिता ने अपनी जगह से अधलेटे कहा,

“अरे आइए-आइए मास्साब आइए!”

मुर्गादत्त मास्साब भीतर आए। उनके साथ दो लोग थे।

मुर्गादत्त मास्साब को आया देखकर मुझे लगा लफत्तू के पापा बहुत बड़े आदमी हैं। उनका ऐसा ख़ौफ़ था कि मुझे लगता था वे सोते में भी संटी बग़ल में रखे रहते होंगे। यहाँ तो वे कुर्ता-पाजामा पहनकर आए थे और चंदू भैया द्वारा प्रस्तुत किए गए पदार्थ को स्वीकार भी कर रहे थे।

तबले-हारमोनियम की आवाज़ें कुछ देर ठहर गईं। साथ आए दो लोगों में से एक जो सारस जैसा दिख रहा था उसका परिचय मुर्गादत्त मास्साब ने कराया, “पंडित रामलायक निर्जन। और पंडिज्जी प्रिंसिपल साब की बुआ के बेटे हैं। छुट्टी के बाद यहाँ अपने कालिज में बच्चों को संस्कृत सिखलावेंगे। महात्मा आदमी हैं। पंडिज्जी भतेरे गाने जानते हैं और सायरी बनाते हैं जभी तो उपनाम धरा है निर्जन।” दूसरा आदमी पशु अस्पताल का डाक्टर निकला। वह लफत्तू के परिवार का पूर्वपरिचित था और पिछले ही हफ़्ते तबादले पर रामनगर आया था।

अपनी तारीफ़ सुनते ही पंडिज्जी के चेहरे पर वाक़ई निर्जनता छा गई। चंदू गिलास ले आया था जिसे उन्होंने एक घूँट में ख़ाली किया और नक़ली गंभीरता ओढ़ ली।

कुछ देर में उन्होंने हारमोनियम-तबले वालों से इशारों में कुछ कहा और अपनी नाकदार, स्त्रैण आवाज़ में गाना शुरू किया, “मेरे जीवन में ओ पिरतमा तेरी याद का साया है!”

उनके पिरतमा कहने की शैली में कुछ था कि लोगों की हल्की हँसी छूट जा रही थी पर प्रियतमा की याद के मारे, निर्जन वन में बैठे पंडिज्जी हर किसी से बेज़ार थे। वे आधे घंटे से बेसुरा गाते हुए सुनने वालों को पका रहे थे। और इस बीच चंदू का लाया पेय पाँच बार उदरस्थ कर चुके थे। गाना आधा छोड़कर वे अचानक उठे और भागते हुए घर के बाहर सड़क पर चले गए। अब वे नाली में झुककर वाक्-वाक् कर रहे थे।

गोबर डाक्टर अनौपचारिक तरीक़े से भीतर के कमरों में आ-जा रहा था। बैठक वाले कमरे में हमारे पड़ोसी वैद्यजी नशे में आ चुके थे और ‘अहम लंबामि! अहम लंबामि!’ कहते हुए लफत्तू के पहले से लधरे पापा पर गिरे जा

रहे थे। घर से बुलावा आने पर मेरे बाबू, मुझे देर होने की स्थिति में लफत्तू के साथ वहीं सो जाने की हिदायत देकर जा चुके थे। हारमोनियम मुर्गादत्त मास्साब ने थाम लिया था और वे रामलीला का 'तेरा अभिमान सब जाता रहेगा ओ रावण! नए दुख रोज तू पाता रहेगा!' वाला विभीषण का डायलॉग गाने लगे थे।

इसे सुनकर वैद्यजी आवेश में आकर खड़े हो गए और नाचने लगे। उनकी आँखों से आँसू गिर रहे थे। गाना ख़त्म होते ही उन्होंने एक बार हकबकाकर मुर्गादत्त मास्साब को देखा फिर लफत्तू के पापा को। जैसे उन्हें कुछ याद आया और वे 'अहम लंबामि! अहम लंबामि!' कहते हुए अपनी पुरानी स्थिति में आ गए।

इस अफ़रा-तफ़री में खाना लगा दिया गया। खाने के बाद मेहमानों को विदा करने का समय आया।

"चलो बच्चो! चलो गमलू! चलो कुच्चू!" भीतर की तरफ मुँह करते हुए डाक्टर साब ने ज़ोर से कहा।

बिल्कुल भीतर वाले कमरे से लफत्तू की छोटी बहन के साथ बाहर निकलीं गमलू और कुच्चू हमारी आयु की दो बेहद सुंदर जुड़वा लड़कियाँ थीं। दोनों ने एक जैसी गुलाबी स्कर्ट पहन रखी थी, जिन पर नीली-पीली गुड़िया बनी हुई थीं। "पापू, थक गया मैं!" ये कहकर उनमें से एक अपने बाप के पैरों से लिपट गई।

सकीना प्रकरण के बाद यह मेरी दूसरी मौत थी!

सबके जाने के बाद जब परिवार वालों ने भी खाना खा लिया, लफत्तू के पापा के इसरार पर चंदू भइया ने हारमोनियम सँभालकर एक शायरी गाना शुरू किया- "सूकड़ होता है इंसा ठूकड़े खाने के बाद।"

उसे सुनते हुए मैंने ख़ुद को एक रूहानी आवेश की गिरफ़्त में पाया। मैं अगले सौ बरसों तक मुहब्बत की ठूकड़ें खाते हुए सूकड़ बनने की जद्दोजहद में फँसे अपने मुस्तक़बिल को साफ़ देख पा रहा था।

मोम का ऐ तो मोमबत्ती बनाऊँ थाले की

एक रोज़ फुच्ची के पापा की रेडीमेड कपड़ों की रेहड़ी दिखनी बंद क्या हुई कि लफत्तू अनंत नॉस्टेल्जिया में मुब्तिला हो गया। उसने स्कूल की छुट्टी के बाद घर से निकलना बंद कर दिया। यह मनहूस बखत बहुत लंबा खिंचा। फुच्ची के परिवार के कहीं चले जाने के बहुत बाद तक मेरे तसव्वुर में फुच्ची की उस प्रेमिका की असंख्य तस्वीरें बनती-बिगड़ती रहीं जिसे संबोधित कर मैंने उस दिन बौने के ठेले पर दोहा लिखा था। ये वही दिन थे जब अपनी मासूम नफ़ासत के कारण संसार की सारी सकीनाओं और मधुबालाओं को पछाड़कर गमलू और कुच्चू नाम की जुड़वा लड़कियाँ हमारी फंतासियों की नायिकाएँ बना ही चाहती थीं। मुझे इस बारे में लफत्तू से सलाह-मशविरा करना था लेकिन उसके पास मेरे लिए समय ही नहीं था। यह दौर लंबा खिंचा।

फिर एक दिन किसी चमत्कार की तरह लफत्तू अपनी मनहूसियत से उबरा और उसने 'झूम बराबर झूम शराबी' की पैरोडी 'बाप छे जादा बेता हलामी' बनाकर क्रिकेट छत पर पेश की। इस दौरान सहूलियत के लिए उसने गमलू-कुच्चू के बाप का नाम गोबर डाक्टर रख दिया था।

गोबर डाक्टर की बेटियाँ शंकर चाटवाले के ठेले से पानी के बताशे पैक करवा के ले जातीं तो मौक़े पर मौजूद चाट ठूँसती चटोरी स्त्रियों के पत्तल शर्माने लगते थे। लड़कियाँ उनसे कहती नज़र आती थीं कि देखो भले-संभ्रांत घरों के लोग सब कुछ घर के भीतर करते हैं- चाहे वह पानी के बताशे खाना ही क्यों न हो।

शंकर का ठेला हर शाम हरिया हकले के घर के साइड वाले छज्जे से लगता था। उसके यहाँ हर चीज़ बाज़ार से महँगी होती क्योंकि उसके पास पैट्रोमैक्स था। हरिया हकले को केवल हकला कहना उसकी अन्य प्रतिभाओं का अपमान होगा। पानी केवल शाम को आता था और तथाकथित बाथरूमों में सजे डामर

के तीन-चार ड्रम उसी समय भरे जाने होते थे। पानी आते ही हरिया के भीतर जलडमरूमध्य में भटक रहे किसी पुरातन जहाज़ी प्रेत की आत्मा क्रियाशील हो जाती और वह जितने पड़ोसी घरों में संभव हो 'मानी... मानी... मानी!' कहता पानी के आ चुकने की सूचना दे आता। मोहल्ले के परिचित घरों में सूचित कर चुकने के बाद उसे यही करते हुए जब्बार कबाड़ी के घर की तरफ़ भागते देखा जाता था।

पानी जाने वाला होता था जब शंकर के ठेले पर बहार आ जाती। अपने घरों में ड्रमभरीकरण कर चुकने के बाद भरसक प्रेज़ेंटेबल बन आई स्त्रियाँ तल्लीन होकर टिक्की, दही-भल्ले, कचरी और पानी के बताशों पर हाथ साफ़ किया करतीं। हरिया हकला अपना पूरा ध्यान पानी की टोंटी से लगाए रखता। पानी ख़त्म होने पर उसमें से सूँ-सूँ की आवाज़ निकलने लगती। वह उल्लसित स्वर में कहता, "मानी, मानी श्या!"

गोबर डाक्टर की बेटियों को शंकर के बताशों की और हमें उन्हें ताड़ने की लत लग गई थी। हरिया हकला हमारे इस काम में एक अकल्पनीय बाधा बनकर आया। अक्सर यूँ होता कि वह 'मानी, मानी श्या!' कर रहा होता और कुच्चू-गमलू बताशे बँधवा रही होतीं। स्कर्टधारी लड़कियाँ हरिया को देखकर यूँ मुस्करातीं जैसे उन्हें वैसी गुदगुदी कभी महसूस न हुई हो। हरिया, शंकर के हाथ से बच्चियों वाली पैकिंग लेकर पीछे आने का इशारा कर उनके घर की तरफ़ रवाना हो जाता। हाथों से इशारा भी करता जाता कि फ़िक्र न करें, माल सलामत है।

इधर मैं, लफत्तू और बंटू छत से ताकीकरण में लगे थे, उधर हकला, गमलू-कुच्चू को रिझा चुका था। पखवाड़े भर तक ऐसा चलता रहा। आख़िरकार एक दिन लफत्तू के सब्र का बाँध टूट गया। एक वयस्क तोतली गाली देकर उसने बहुत निर्णायक होकर कहा, "थाले हकले ने फाँत लिया तुमारी भाभी को!"

साथ वाला दोस्त किसी को आपकी भाभी कहे तो उसका क्या अर्थ होता है यह मुझे लफत्तू और फुच्ची कप्तान बिना बताए बता चुके थे। लफत्तू की बात बंटू को समझ में नहीं आई। बंटू को वहीं छोड़कर लफत्तू मुझे तक़रीबन घसीटता हुआ बाहर सड़क पर ले गया। हरिया हकले द्वारा उन दो आधुनिकाओं में से एक को फँसा लिए जाने की बात से दो तरह का सदमा लगा। पहला यह

कि सिर्फ़ तीन शब्द बोल सकने वाला कोई मंदबुद्धि हकला किसी लड़की को क्या कहकर फँसा सकता है? पिक्चरों में इस काम को करने में हीरो को आधी फिल्म तक मेहनत करनी पड़ती थी, गाना गाना होता था और गद्दार को पीटना होता था। दूसरा यह कि बाहर से इस क़दर अनुभवी और बदमाश दिखने वाले लफत्तू को भी किसी से इश्क़ हो सकता था।

"यार लफत्तू, तेरा दिल तो मोम का है!" मैंने अभी-अभी देखी गई किसी पिक्चर का आधा-अधूरा वाक्यांश बोलने की कोशिश की।

"मोम का ऐ तो मोमबत्ती बनाऊँ थाले की!" उसने किशमिश जैसा मुँह बनाया और बहुत ज़्यादा वयस्क गाली देते हुए सड़क पर थूका। "हकले थे फँत गई कुत्तू!"

मैं रोना चाहता था। लफत्तू के घर उस रात पहली बार देखने के बाद से मैं उनमें से किसी एक की मुहब्बत में गिरफ़्तार था। मेरी वाली कौन-सी थी इसे लेकर लगातार असमंजस रहता क्योंकि वे दोनों बहुत ज़्यादा जुड़वां थीं। हमेशा एक जैसे कपड़े पहनतीं, एक जैसे बस्ते लेकर स्कूल जातीं और जब वे अपने माँ-बाप को 'मम्मा! पापू!' कहकर पुकारतीं तो उनकी आवाज़ भी एक जैसी लगती।

उहुँ... उहुँ... दान्त तत माई बादी... उहुँ... उहुँ...

कुच्चू और गमलू में से एक पर मेरा और दूसरी पर लफत्तू का दिल आ गया था। मैं ख़ैर मनाया करता कहीं ऐसा न हो कि दोनों के लक्ष्य एक ही निकल पड़ें। हालाँकि ऐसा हो भी जाता तो कुछ ख़ास नुक़सान न होना था। दूसरी वाली से इश्क़ करने का विकल्प भी मैंने छोड़ रखा था। मुझ पैदाइशी बेवफ़ा और मुहब्बत के मारे को ख़ुद से ज़्यादा लफत्तू की चिंता होने लगी थी।

बस अड्डे के बाहर वाले धूल मैदान में नौटंकी लगी। पिछली नौटंकी के गीतों को कंठस्थ कर चुकने और घर पर उन्हें गा बैठने का अक्षम्य अपराध करने के बाद हुई अपनी धुनाई मुझे अच्छे से याद थी. 'लौंडा पटवारी का बड़ा नमकीन' अब भी मेरा फ़ेवरेट था। इस बार नौटंकी पार्टी अपने साथ बड़े-बड़े होर्डिंगनुमा पोस्टर लाई थी। इन पोस्टरों में फटा कुर्ता पहनने वाला एक बेहद भौंडा दढ़ियल होता था जिसके मुँह के एक कोने से ख़ून की लकीर बह रही होती। पोस्टर के सबसे आकर्षक हिस्से में लाल लिपस्टिक और सुनहरे बेलबूटों वाली लाल पोशाक धारण किए, गालों में लाली लगाए एक महिला बनी हुई थी जिसकी आँखों की कोरों पर आँसू की बूँदें थमी रहतीं। चेहरे के इतने प्रकट विवरणों के बावजूद कलाकार ने उस स्त्री में ऐसा तिलिस्म तैयार किया था कि वह सिर से कमर तक सिर्फ़ उरोजों की एक जोड़ी नज़र आती थी। यह और बात थी कि उस तरह की चीज़ों ने हमारी कल्पनाओं पर दस्तक देना अभी शुरू नहीं किया था।

नौटंकी पार्टी इस दफ़ा 'लैला-मंजूर' का खेल लेकर आई थी। लाउडस्पीकर पर बजने वाले उसके तमाम गानों से मुहब्बत, ख़ून-ए-दिल, बेवफ़ा और लख़्त-ए-जिगर जैसे शब्द टपकते रहते थे। खेल के बीच में इंटरवल होता। इंटरवल में मसख़रा 'डोंट टच माई बॉडी मोहन रसिया' नामक अश्लील गान सुनाकर श्रोताओं और दर्शकों की वाहवाही लूटा करता। लफत्तू ने 'उहुँ... उहुँ...

दान्त तत... उहुँ... उहुँ...' की टेक से शुरू होने वाले इस सुपरहिट का एक उससे भी अश्लील संस्करण तैयार करने में केवल एक रात लगाई। शाम के समय लफत्तू और मैं घासमंडी के एक कोने में छिपकर खड़े हो जाते और बंद तम्बू के अंदर चल रही नौटंकी के गीत और संवाद सुनते रहते।

एक शाम नौटंकी शुरू होने का इंतज़ार करते हुए लफत्तू, बंटू और मैं घासमंडी के कोने पर खड़े होकर पशु अस्पताल की दिशा में नज़रें गड़ाए हुए थे। अस्पताल परिसर के भीतर ही गोबर डाक्टर को सरकारी घर मिला हुआ था। पीछे से किसी ने लफत्तू को नाम लेकर पुकारा। लाल सिंह था।

लाल सिंह के पापा की घासमंडी में चाय-बिस्कुट की दुकान थी। उसके पापा बीमार थे और दुकान का काम इन दिनों उसके सुपुर्द था। उसने बड़े भाई का-सा लाड़ दिखाते हुए हम तीनों को गल्ले वाली जगह पर बिठाया और दूध-बिस्कुट खाने को दिया। हमने मौज लूटना शुरू ही किया था कि नौटंकी चालू हो गई।

लफत्तू पर इसका तुरंत असर हुआ और उसने नैसर्गिक लुच्चेपन के साथ 'उहुँ... उहुँ... दान्त तत... उहुँ... उहुँ...' गाना चालू कर दिया। लाल सिंह ने ठहाका लगाया और प्यार से 'साला हरामी' कहकर उसकी कला की दाद दी। बंटू शरीफ़ बच्चा था और 'पापा आ गए होंगे' कहकर भाग लिया। मैं लफत्तू का शिष्य था- न शरीफ़, न बदमाश।

लाल सिंह ने आँख मारकर लफत्तू से पूछा, "पसू अस्पताल में क्या देख रया था?"

"अपने माल का इंत्दाल कल्लिया था औल त्या!" वयस्क क़िस्म की बेपरवाही से लफत्तू ने जवाब दिया।

"कौन-से वाले माल का? छोटा कि बड़ा?" लाल सिंह का सवाल टेढ़ा था जिसका जवाब देने के लिए ज़रूरी ज्ञान न लफत्तू के पास था न मेरे पास। इस क़दर जुड़वां दो लड़कियों में कैसे बताया जाए कि बड़ी कौन-सी है और छोटी कौन-सी। लफत्तू उन सुंदर लड़कियों को माल कहता तो मुझे अजीब लगने लगता।

जब तक लफत्तू कोई जवाब सोचता, लाल सिंह ने काइयां तरीके से हँसते हुए कहा, "दोनों माल हरिया हकले से फँसे हुए हैं!" लफत्तू ने मुझे देखा।

मैंने लफत्तू को।

मेरा चोर मन कहता था कि हरिया द्वारा एक को फँसा लिए जाने के बाद एक अब भी ख़ाली थी। और उस ख़ाली वाली को चाहने का मेरा पूरा अधिकार था।

लाल सिंह और लफत्तू ने आपस में कानाफूसी करते हुए वयस्क बातें करना शुरू कर दिया था। लाल सिंह ने अपनी छाती पर दोनों हाथ ले जाकर कुछ इशारा किया जिसका मतलब भी वयस्क रहा होगा क्योंकि उसके ऐसा करते ही लफत्तू के चेहरे पर परमानंदावस्था टपकने लगी। वह उठ बैठा और 'उहुँ... दान्त तत माई बादी... उहुँ... उहुँ...' करता कूल्हे मटकाने लगा।

अगले तीन-चार दिनों तक नौटंकी के शाम वाले शो का समय हमने लाल सिंह की दुकान पर दूध-बिस्कुट का लुत्फ़ काटने, और 'लैला-मंजूर' के गीतों को कंठस्थ करने में व्यतीत किया। कुच्चू-गमलू केंद्रित चर्चा के लिए भी समय निकाला जाता। एक दिन हम उन्हीं की बातों का रस ले रहे थे कि दोनों लड़कियाँ हमेशा की तरह एक ही रंग की पोशाकें पहने दुकान के ठीक सामने आ गईं। वे मेरे घर की दिशा से आ रही थीं और अपने घर जा रही थीं। तमाम बातें करते हुए हमारी आँखें पशु अस्पताल की तरफ़ लगी रही थीं। विपरीत दिशा से आकर उन्होंने हमें हकबका दिया।

छिपने का जतन करते लफत्तू और मैं काउंटर के पीछे नीचे ज़मीन पर बैठ गए। मन हुआ धरती में गड़ जाऊँ। मुझे यक़ीन था कि कुच्चू-गमलू ने हमारी सारी गंदी बातें सुन ली थीं। वे हरिया हकले से नहीं भी फँसी थीं तो हमारा चांस अब ज़रा भी नहीं बचा था।

"बाहर निकल जाओ बे। गए माल।" लाल सिंह ने कहा तो लफत्तू बाहर आया। "इत्ते डरपोक साले! बड़े मंजूर बने फिरते हैं।"

विदा करने से पहले लाल सिंह ने बातों का लहजा बदलते हुए हमें लताड़ लगाई और पढ़ाई में मन लगाने की नसीहत दी। उसने कहा कि ऐसा न करने की सूरत में हमारी हालत भी उसके जैसी हो जाएगी। वह नहीं जानता था उसकी आत्मनिर्भरता से मुझे कितनी ईर्ष्या होती थी। ऐसी पढ़ाई किस काम की जब इच्छा होने पर इंसान को बमपकौड़ा तक खाने को न मिले।

घर पहुँचने से पहले बात करते हुए लफत्तू और मैंने पाया कि कुच्चू-गमलू को लेकर हम दोनों की आशंकाएँ एक थीं। मेरे लिए वह मुश्किल रात थी।

सुबह सोकर उठा तो लगा बहुत देर हो गई है। जब तक कुछ सोचता नीचे सड़क से 'बीयोओओई' की आवाज़ दो बार आई। मैंने सुना बड़ी बहन बाहर झाँककर लफत्तू को बता रही थी मैं बीमार होने की वजह से उस दिन स्कूल नहीं आने वाला हूँ।

मुझे बताया गया कि मुझे बुख़ार था और यह भी कि मैं रातभर सपने में कुछ बड़बड़ कर रहा था। डाक्टर के पास ले जाकर दवा दिलाई गई और मुझे बिस्तर पर लिटा दिया गया। पूरा दिन पिछली शाम के मनहूस विचारों और उनसे उपजी आशंकाओं में कटा। शाम को जैसे सपना घटा। गोबर डाक्टर, गोबर डाक्टरनी और कुच्चू-गमलू मुझे देखने आए। 'हैलो बेटे! अब कैसे हो ?' कहकर गोबर डाक्टरनी ने मेरे गाल दुलराए। खिलखिल करती गमलू-कुच्चू मेरे लिए गेंदे के दो फूल लेकर आई थीं और कॉपी से फाड़े गए एक पन्ने पर 'गेट वेल सून' लिखकर भी।

यह भी बताया गया कि दो दिन बाद कुच्चू-गमलू का जन्मदिन है। उनकी मम्मी बोली मुझे और लफत्तू को हर हाल में आना है। जाते-जाते गोबर डाक्टर ने आशा जताई कि मैं तब तक ठीक हो जाऊँगा।

उनके जाते ही मैं चंगा हो गया और जूता पहनकर यह समाचार लफत्तू को देने की नीयत से भागकर सड़क पर आ गया। लफत्तू ने मेरी बात का यक़ीन नहीं किया। लाल सिंह ने भी नहीं। उसी रात को लफत्तू की बड़ी बहन ने उसे बताया कि गोबर-कुटुम्ब उनके घर भी तशरीफ़ ले गया था।

कुच्चू-गमलू की बर्थडे पार्टी हम दोनों के जीवन की पहली दावत थी। उसमें क्या-कैसे होना होता है इत्यादि तमाम प्रश्नों-जिज्ञासाओं से लैस, बिना कोई तोहफ़ा लिए जब मैं पशु अस्पताल के गेट पर अचानक ग़ायब हुए लफत्तू का इंतज़ार कर रहा था, तभी वह कहीं से आया। उसके हाथ में बाँसी काग़ज़ की दो थैलियाँ थीं। "ले एक तेली।"

मैं थैली खोलने को हुआ तो उसने मुझे डाँटा, "किती के बद्दे में ख़ाली हात नईं जाते बेते। गित्त देते ऐं। मैंने पित्तल में देका ता। एक थैली तेला गित्त ऐ। अपनी भाबी ते कैना- हैप्पी बद्दे। थमदा बेते!" लफत्तू मेरी इज़्ज़त बचाने

की नीयत से एक नहीं दो थैलियों में टॉफ़ियाँ भरकर बर्थडे गिफ़्ट बना लाया था। मैं एहसान से दब गया।

बहुत सारे लोग जमा थे। बड़े और बेशुमार बच्चे। गोबर-कुटुम्ब मेज़ की एक तरफ़ खड़ा था। मेज़ पर केक, मोमबत्ती वग़ैरह धरे हुए थे। औरतें खुसफुस और बच्चे चीख़-पुकार में व्यस्त थे। गोबर डाक्टर ने मुझे देखा तो अपने पास बुला लिया। लफत्तू को भी। हमें बहुत शर्म आ रही थी। लफत्तू का चेहरा सुर्ख पड़ चुका था। यही मेरे चेहरे का रंग भी रहा होगा। हम दोनों की निगाहें ज़मीन से चिपकी हुई थीं। अचानक सब ख़ामोश हुए फिर तालियाँ पिटीं और 'हैप्पी बड्डे टुय्यू, हैप्पी बड्डे टुय्यू...' हवा में तैरने लगा।

केक बँट रहा था। गमलू या कुच्चू, किसी एक ने हम पिटे आशिक़ों के हाथों में केक का लिथड़ा-सा टुकड़ा थमा दिया था। माहौल के हिसाब से हमारे हाथों में रखीं टॉफ़ियों भरी दरिद्र थैलियाँ इतनी अटपटी महसूस हुईं कि हमने उन्हें अपनी जेबों के हवाले कर दिया था। जग और गिलास लिए हरिया हकला 'मानी... मानी...' सर्व कर रहा था। फिर डोंगे लिए कुछ औरतें रसोई के भीतर से अवतरित हुईं और 'लीजिए न, लीजिए न' के साथ डिनर शुरू हो गया।

माहौल में चपचप की आवाज़ें भरना शुरू हुईं तो मैंने आस-पास का जायज़ा लेना शुरू किया। लफत्तू के यहाँ हुई गीतों की संध्या के नायक मास्टर मुर्गादत्त, पंडित रामलायक निर्जन और दड़ी मास्साब एक गिरोह-सा बनाए कमरे के एक कोने में खड़े होकर दूसरे कोने में खड़े गोबर डाक्टर को इशारा-सा कर रहे थे जिसका मतलब था कि जो करना-कराना है, जल्दी कराओ, हम क्या यहाँ दही-भल्ले सूतने आए हैं। महिलाओं ने चाट की लूट मचा रखी थी। माँओं से बिछड़ गए तमाम छोटे बच्चे ज़मीन पर लोटते-रोते-खीझते कुछ कर रहे थे।

गमलू-कुच्चू मेरे नज़दीक आकर बोलीं, "कुछ खाओगे नहीं आप? अपने फ्रेंड को भी खाने को बोलिए न! उसके बाद हम आपको अपने कमरे में बुक्स दिखाएँगे। जल्दी कीजिए। हम अभी अपने रूम में जगह बनाकर आते हैं।"

अपना कमरा, रूम, बुक्स, आप, फ्रेंड- कैसे शब्द बोलकर वे हमें डरा रही थीं! लफत्तू के चेहरे पर पहली बार इत्मीनान आया। सारे मेहमान खा-पी रहे थे सो आवाज़ें थोड़ा कम हो गईं। दो-चार मिनट बाद स्कर्टधारिणी नायिकाएँ हम तक पहुँचीं और 'चलिए' कहकर ठेलती हुईं हमें अपने कमरे में ले गईं।

रूम बहुत साफ़-सुथरा था। किताबें क़रीने से लगी हुई थीं। हम दोनों को कुर्सियों पर बिठाया जा चुका था। गमलू-कुच्चू बहुत उत्साह से हमें अपनी पसंद की कॉमिक्स दिखाना शुरू कर चुकी थीं। कॉमिक्स में किसका मन लगना था। दिल का एक चोर कोना कहता था कि ये संभ्रांत लड़कियाँ क्यों कर हरिया हकले से फँसने लगीं! लफत्तू ने मुझे कोहनी से ठसका मारा और उनकी निगाह बचाकर मुझे आँख भी मारी। 'माल पक रहा है बेते! पकाए जाओ। भौत चांस है अभी।'

उधर नौटंकी में इंटरवल वाला गाना चालू हो गया। शराबमंडल कमरे में प्रविष्ट होने की तैयारी कर रहा था। लफत्तू के चेहरे पर कमीनेपन और ख़ुशी की आभा छा रही थी। लड़कियाँ उससे सटकर खड़ी थीं। मैं जानता था लफत्तू का दिल गा रहा था- 'उहुँ... उहुँ... दान्त तत माई बादी... उहुँ... उहुँ...'

मुर्गादत्त मास्टर के नेतृत्व में मद्यपों ने कमरे में प्रवेश किया। सबसे पीछे आए गोबर डाक्टर ने गमलू-कुच्चू से मुख़ातिब होकर कहा, "बेटा चलो, भैया लोगों को बिल्ली के बच्चे दिखाओ बाहर वाले बरामदे में..."

कायपद्दा, पुगत्तम और रत्तीपइयाँ

धूल मैदान पर से नौटंकी पार्टी गई और नुमाइश लग गई। छुट्टियाँ चल रही थीं। छत पर क्रिकेट खेलना कम हो गया था। नुमाइश की रौनक़ शाम को गुलज़ार हुआ करती। इधर लफत्तू की अगुवाई में हम दोस्तों ने घर के पिछवाड़े स्थित पीताम्बर उर्फ़ पितुवा लाटे के आम के बग़ीचे के भी पीछे बहने वाली छोटी नहर में दोपहरें गुज़ारने का कार्यक्रम चालू कर दिया था।

घर पर सुबह के किसी वक़्त पूरा खाना खा चुकते ही मैं नेकर-क़मीज़ पहनकर घासमंडी पहुँच जाता। वहाँ बंटू, बागड़बिल्ला, लफत्तू इत्यादि के साथ जल्दी ही पूरी टीम जुट जाती और कुछ भी अश्लील गाना गाते, कूल्हे मटकाते लफत्तू का अनुसरण करते हम नहर पहुँचते। काफ़ी खोजबीन के बाद हम लोगों ने तैरने के लिहाज़ से नहर के एक हिस्से को सबसे मुफ़ीद पाया था। उस जगह नहर के दोनों तरफ़ आम के घने पेड़ थे और थोड़ा-सा अंदर चले जाने पर सड़क पर चल रहा कोई भी व्यक्ति हमें नहीं देख सकता था।

बहता पानी देखते ही हमारी सारी शर्म-ओ-हया काफ़ूर हो जाती और हम सेकेंड से कम समय में दिगंबर होकर पानी में कूद पड़ते। इस कार्यक्रम के लिए हम लोग चड्ढी घर पर ही फेंक आया करते थे। बंटू थोड़ा ठसकेदार था सो नेकर के नीचे चड्ढी पहने रहता। पूरे कपड़े वह कभी नहीं उतारता था। इस नक्शेबाज़ी के एवज़ में बंटू को अतिरिक्त मेहनत करनी पड़ती। तैराकी समाप्त होने पर वह किसी झाड़ी की ओट में पहले चड्ढी उतारता, नेकर पहनता और चड्ढी को सुखाने के लिए किसी पत्थर पर फैला देता। पहली बार जब वह गीली चड्ढी के ही ऊपर नेकर पहनकर घर चला गया था तो गीली पड़ गई नेकर को जस्टीफ़ाई करने के लिए उसे कई सारी कथाओं का निर्माण करना पड़ा था, जो झूठ पर झूठ साबित होती गईं। उसके पापा ने उसे आगे से लफत्तू के साथ देखे जाने की सूरत में ज़िंदा गाड़ देने की चेतावनी दी और झाड़ू लेकर

उसकी पिछाड़ी को लाल बना दिया। बंटू के पापा नहीं जानते थे कि लफत्तू का आकर्षण अकल्पनीय था और लात-घूँसे-झाड़ू वग़ैरह से उसकी संगत का लुत्फ़ उठाने से देवताओं तक को नहीं रोका नहीं जा सकता था।

पानी के बहाव की रफ़्तार बहुत दोस्ताना होती थी। हम घंटों उसमें छपछप किया करते। पता नहीं किस तरह लफत्तू ख़ूब सारे मेंढक पकड़कर एक जगह इकट्ठा कर लेता और उन्हें हम पर निशाना लगाकर फेंका करता। गमलू-कुच्चू और मधुबाला इत्यादि को लेकर कई सम्मेलन तैरते-तैरते पूरे हो जाया करते थे। लफत्तू का दिल अभी तक उन्हीं में से एक को हमारी भाभी बनाने पर फँसा हुआ था जबकि बर्थडे पार्टी में गोबर डाक्टर द्वारा हमें उनका भइया बनाए जाने के बाद मेरा जी दोनों से उखड़ गया था। मैं फिर से मधुबाला में मन लगाने लगा था। लफत्तू का तर्क यह था कि हमें गमलू-कुच्चू का भइया कहकर पुकारा जाना गोबर डाक्टर का हरामीपन था और यह भी कि हर ज़िम्मेदार बाप अपनी लड़कियों की सुरक्षा के लिए ऐसे बाबा-आदम ब्रांड नुस्ख़े अपनाता ही है।

तैराकी के मज़े लूटने के बाद पीतांबर उर्फ़ पितुवा लाटे के आम के बग़ीचे की तनिक नीची दीवार फाँदकर वहाँ कायपद्दा नामक महान खेल खेला जाता। कायपद्दा में खिलाड़ियों में सबसे पहले एक चोर का चुनाव किया जाता था। चोर के चुनाव हेतु काम लाई जाने वाली तकनीक पुगत्तम कहलाती थी। यह चोर आम के किसी सघन और ढेर सारी टहनियों से भरपूर पेड़ के नीचे मिट्टी पर लकड़ी की मदद से एक गोल घेरा बनाता था। उसके बाद आम सहमति से क़रीब हाथ-भर लंबी लकड़ी को अड्डू बनाया जाता। चोर को छोड़कर सारे बच्चे पेड़ की टहनियों पर चढ़ जाते। खेल की शुरुआत में चोर अपनी एक टाँग उठाकर उठी हुई और स्थिर वाली दो टाँगों के बीच बनाई गई जगह के भीतर से अड्डू नामक लकड़ी को जितनी दूर संभव होता फेंक दिया करता।

इसके बाद चोर ने जल्दी से पेड़ पर चढ़कर किसी एक खिलाड़ी को छूना, छूकर वापस ज़मीन पर कूदना और भागकर अड्डू को वापस गोल घेरे में प्रतिष्ठित कर देना होता था। ऐसा करके ही वह चोर-योनि से मुक्त होकर खिलाड़ी-योनि में वापस लौट सकता था। इसमें पेंच यह होता था कि अगर इस दौरान कोई खिलाड़ी कूदकर चोर से पहले अड्डू को घेरे में रख दे तो चोर, चोर ही बना रहता।

सारे नियम चोर की नहीं खिलाड़ियों की सुविधा से बनाए गए थे, सो जो एक बार चोर बन जाता उसे तक़रीबन सारे खेल भर चोर बने रहता होता था।

कायपद्दा में थकान जल्दी लग जाती थी, सो उसे खेलने के बाद भुखाने-तिसाने हम एकाध रोटी खाने के लिए अपने-अपने घरों की तरफ़ चल पड़ते।

अल्मोड़ा, जहाँ हम लोग रामनगर आने से पहले रहा करते थे, पहाड़ी क़स्बा था। बड़े भाई ने वहाँ मेरे वास्ते कहीं से एक टायर का जुगाड़ किया हुआ था। एक छोटी-सी लकड़ी, जिसे अटल्ला कहते थे, लेकर मैं उसे ठेलता हुआ इस ढाल से उस ढाल चलाया करता था। रामनगर मैदानी क़स्बा था। यहाँ ढाल नहीं थे, सो टायर चलाने का रिवाज भी न था। यहाँ हमारे पास ट्रकों के बैरिंगों से बने छोटे गोले थे जिन्हें रत्तीपइयाँ कहा जाता था। रत्तीपइयाँ को चलाने हेतु लोहे के मज़बूत तार का एक लंबा और सीधा टुकड़ा इस्तेमाल में लाया जाता था। इस तार के एक सिरे को इस तरह से मोड़ा जाता था कि खड़ी अवस्था में रत्तीपइयाँ उसमें फ़िट हो जाए। रत्तीपइयाँ चलाने के लिए अपार कौशल और प्रतिभा चाहिए होती थी। उसमें मौज भी बहुत आती थी।

तैराकी और कायपद्दा के बाद रत्तीपइयाँ चलाते हुए सब्ज़ी मंडी तक का चक्कर काटना धर्म बन गया था। यहाँ भी लफत्तू हमारा नेतृत्व किया करता, हालाँकि उसके पीछे-पीछे रत्तीपइयाँ चलाते जाना मोहल्ले और बाज़ार के लोगों की निगाह में अपनी बची-खुची इज़्ज़त का भुस भरा लेने का सबसे आसान तरीक़ा माना जा सकता था। लेकिन लफत्तू की संगत के आगे क्या तो इज़्ज़त और क्या उसका ख़राब होना!

उस रोज़ हम लोग रत्तीपइयाँ कार्यक्रम निबटाने के बाद तार और रत्तीपइयाँ को गदा की तरह कंधों पर लटकाए घर लौट रहे थे। लाल सिंह ने हमें देखते ही चिल्लाकर पूछा, "तुम थे कहाँ बे हरामियो?"

पता चला अपनी नई कार का प्रदर्शन करता गोबर-कुटुम्ब दो घंटों से शहर में घूम रहा है। लाल सिंह ने आँख मारी, "क्या माल लग रये बेटा दोनों माल!"

लाल सिंह कुछ और बताने को था कि हमारे ठीक सामने पहुँच कर गोबर डाक्टर ने अपनी गाड़ी रोकी। खिलखिल करतीं कुच्चू-गमलू ने अपने गुलाबी रिबन लगे सिर बाहर निकाले और हमें पुकारा। रामनगर में कुल चार या पाँच कारें थीं। पहली बार किसी ने कार में बैठकर हमें पुकारा था। यह सनसनीख़ेज़

और चेतना को शिथिल बना देने वाला अनुभव था। इस हतप्रभावस्था में हमें गदा की तरह थामे हुए अपने रत्तीपइयाँ का ख़याल ही न रहा।

कुच्चू-गमलू वाक़ई माल लग रही थीं। मधुबाला की कुर्सी डगमग होने लगी। याद नहीं रहा वे कैसे हम दोनों को पीछे की सीटों पर अपनी बग़ल में बिठा चुकी थीं। होश आया तो अपनी हवाई चप्पलों और गंदी पड़ चुकी नेकरों पर उतनी शर्म नहीं आई, जितनी उन गदाओं पर। इसके बावजूद स्कर्टधारिणियाँ हमें ताके जा रही थीं। दो-तीन मिनट की सैर खिलाने के बाद गोबर डाक्टर ने गाड़ी अपने घर के अहाते में पार्क की और 'आ जाओ बाहर, बच्चो!' कहकर कार का दरवाज़ा खोल दिया।

"कैसे हो बेटे?" ये कहकर गोबर डाक्टरनी ने आदतन हमारे गाल दुलराए और अपनी पुत्रियों से मुख़ातिब होकर कहा, "बेटा, भइया लोगों के लिए केक लेकर आओ फ्रिज से।"

ईश्वर! फिर से भइया! मेरा मधुबाला-प्रेम एक झटके में वापस पटरी पर आ गया। लफत्तू अलबत्ता बेशर्म बन चुका था और हौले-हौले मुस्कराता, केक सूतता ईमानदारी से कुच्चू-गमलू को ताड़ने में लगा हुआ था। थोड़ा लिहाज़ बरतने के उद्देश्य से चेताने हेतु मैंने उसे ठसकाया तो उसने मेरी तरफ़ आँख मारी।

"ये अपना सामान ले लो बेटा!" कहकर गोबर डाक्टर ने गाड़ी की पिछली सीटों के नीचे पड़े हमारे रत्तीपइयाँ बाहर निकाले। हमने चोरों की तेज़ी से उन्हें अपने क़ब्ज़े में किया और खिसक पड़ने की जुगत देखने लगे।

"ये क्या चीज़ है?" एक स्कर्टधारिणी ने उत्सुकतावश पूछा तो मैंने थोड़ा शर्म महसूसते हुए कहा, "रत्तीपइयाँ!"

"मगर ये है क्या?"

इस सवाल का जवाब देने के बजाय लफत्तू ने अपने रत्तीपइयाँ-कौशल का नमूना दिखाते हुए बरामदे का एक चक्कर काटकर दिखाया।

"ग्रेट! और नाम भी कितना क्यूट है इसका!" वे उत्साह में बोलीं, "पापू से कहेंगे, हमें भी चाहिए ये चीज़।"

"इतको ले लो।" कहकर लफत्तू ने अपना रत्तीपइयाँ वहीं ज़मीन पर रखा और मेरा हाथ थामकर बाहर का रुख़ किया।

लाल सिंह के पापा की दुकान के पास आकर मैंने लफत्तू के चेहरे पर नज़र डाली। वह सुर्ख़ पड़ा हुआ था और उससे रत्तीपइयाँ बलिदान कर चुकने का दर्प टपक रहा था। उसकी आँखों में उम्मीदों से भरा एक चमकीला मुस्तक़बिल दिखाई देने लगा था। लफत्तू को वाक़ई मुहब्बत हो गई थी। सच्ची-मुच्ची की, लैला-मंजूर वाली असली मुहब्बत। मुझे डर लगा।

नुमाइश का विज्ञापन करता एक रंगबिरंगा ठेला सामने से गुज़रा। नुमाइश में आइए। मौत का कुआँ और आग का दरिया देखिए। छोकरों की भीड़ ठेले के पीछे-पीछे थी।

लफत्तू ने आँख तक उठाकर नहीं देखा। वह ख़ुद आग के दरिया को पार करने की जद्दोजहद में लगा हुआ था।

हुसन की मलका जीनातमान और टुन्ना झर्री के कारनामे

टुन्ना झर्री का बड़ा नाम था। एक बार उसने कोसी डाम पर लड़कियाँ छेड़ रहे, पीरूमदारा से आए दो बदमाश लौंडों को अकेले ठोक दिया था।

टुन्ना के पापा कॉलेज के सीनियर बच्चों को पढ़ाते थे। सारा शहर उन्हें नेस्ती मास्टर के नाम से जानता था। नागरजनों को उन पर अधिक लाड़ आ जाता तो वे उन्हें विलायती सांड नाम़ से भी संबोधित करते थे।

रामनगर की भाषा में गप्प मारने को झर पेलना कहते थे। टुन्ना द्वारा डाम पर दिखाए गए पराक्रम के तमाम गली-मोहल्लों के बच्चों ने अपने-अपने संस्करण बना लिए थे। इन कथाओं में उसकी बहादुरी को लेकर बेशुमार झरें पेली गईं जिसके नतीजे में टुन्ना ख़ुद झर्री के नाम से विख्यात हो गया।

हमारे साथ पढ़ने वाले जगदीश जोशी उर्फ़ जगुवा पौंक ने गर्व के साथ सूचित किया था कि टुन्ना बम्बाघेर में उसका पड़ोसी था। उसका कहना था कि टुन्ना ने उस दिन दो नहीं पाँच बदमाशों को पीटा था। घुच्ची-चैंपियन बागड़बिल्ला इस संख्या को सात-आठ तक पहुँचा दिया करता। लफत्तू कहता, "पीलूमदाला का एक बदमाछ लामनगल के दो बदमाछों के बलाबल ओता ऐ बेते। तुन्ना ने दोई बदमाछों को माला था। आप थमल्लें एक तुन्ना धल्ली और पीलूमदाला के दो-दो बदमाछ!"

धूल मैदान से आगे खेल मैदान पर किराये की साइकिलें चलाते वक़्त हम किंचित ईर्ष्या और भय से उस कोने को ताका करते जहाँ टुन्ना अपनी कैबिनेट मीटिंगें लिया करता था। लफत्तू ने बाद में मेरा ज्ञानवर्धन करते हुए बताया कि टुन्ना चाहे तो कहीं भी मीटिंग कर ले पर पीरूमदारा के लौंडे अक्सर स्थानीय बच्चों की साइकिलें छीन लिया करते थे। कोसी डाम पर परमवीर चक्र प्राप्त कर चुकने के बाद इसी तथ्य के चलते टुन्ना ने अपना सायँकालीन दफ़्तर खेल

मैदान पर शिफ़्ट कर लिया था कि देखें कौन भूतनी का साइकिलें छीनता है।

बड़ी मुश्किल से घरवालों ने लफत्तू और बंटू के साथ नुमाइश जाने की इजाज़त दी। घर से बहुत सारी हिदायतें और बहुत कम पैसे मिले। आग के दरिया और बिजली वाले झूले से दूर रहने के अलावा कच्चर-बच्चर भी नहीं खाना था।

शाम हो आई थी। नुमाइश की बत्तियाँ जल गई थीं। दर्जन भर लाउडस्पीकरों पर अलग-अलग अनाउंसमेंट हो रहे थे। कुछ भी साफ़ नहीं सुनाई दे रहा था। धूल-गर्द-हल्ला-हड़बड़ी का यह आलम था कि हम नुमाइश में घुसते ही एक-दूसरे से बिछड़ गए। एक पल को थोड़ी घबराहट महसूस हुई तो मैंने पलटकर देखा। घर की खिड़की नज़र आ रही थी यानी खो जाने का कोई डर न था। आत्मविश्वास लौटा तो लफत्तू और बंटू की तलाश में इधर-उधर निगाह डालना शुरू किया। थोड़ी मशक़्क़त के बाद बंटू की लाल हाफ़ पैंट नज़र आ गई। मैं भागकर उस तक पहुँचा। वह भी हकबकाया खड़ा था। हमने एक-दूसरे के हाथ थाम लिए और मिलकर लफत्तू की खोज में जुट गए। हमें वह दिखाई दे गया। अपने से दो हाथ लंबी बंदूक़ थामे एक खोखे पर गुब्बारे फोड़ने की मौज लूट रहा था। नाराज़ होने का नाटक करते हुए हम उस तक पहुँचे तो उसने डिस्टर्ब न करने को कहा।

मरियल बल्ब की रोशनी में सामने लगे गत्ते के बोर्ड पर चिपकाए गए क़रीब सौ गुब्बारे एक ही रंग का होने का आभास दे रहे थे। ख़ुद को जिम कॉर्बेट समझता लफत्तू निशाना लेता हुआ बोला, "अब देकना बेते। पीला वाला फोलूँगा।"

पहले कट्ट की आवाज़ आई फिर एक मरियल-सी फट्ट हुई। कोई एक गुब्बारा फूटा। "देका बेते, मेला तौंता!"

लफत्तू ने चार-पाँच गुब्बारे और फोड़े और प्रस्ताव दिया कि चाहें तो उसके ख़र्च पर हम भी मज़े ले सकते थे। हमें नुमाइश घूमने की जल्दी थी सो प्रस्ताव मुल्तवी कर दिया गया। मेरा मन आग का दरिया देखने का था। अगले खोखे पर लाल सिंह के पापा को चाय बनाते देखकर मेरे मन में आया कि लाल सिंह भी आस-पास ही होगा। वह था भी। "अबे हरामियो!" हमें देखते ही उसकी बत्तीसी खुल गई। वह चाय के ख़ाली गिलास इकट्ठा करके ला रहा था।

"यहीं रुको तुम।" इतना कहकर वह अपनी दुकान के पिछवाड़े जाकर ग़ायब हो गया। मिनट बीतने से पहले वह हमारे साथ था।

"डांस देखोगे? जीनातमान आई है इस साल नुमाइश में। एकदम माल है!"

प्रस्ताव चुनौतीपूर्ण और हमारे पौरुष को ललकारने वाला था। "इन बत्तों ते पूत ले याल लालथिंग। मैं तो पैले ई देक आया जीनातमान तो।"

लफत्तू की इस बात के बाद लाल सिंह के प्रस्ताव को नकारने का कोई मतलब नहीं था। लाल सिंह आगे और हम तीन पिद्दी उसके पीछे। लोहे के सरियों से बनाई गई एक बाड़ के अंदर गोल टेंट लगा हुआ था। चारों तरफ़ से बंद इस तम्बू की सज्जा हेतु प्रचार वाला वही पोस्टरनुमा पैनल लगा था। ज़मीन पर धरे एक छोटे से बोर्ड पैनल पर लिखा था- 'हुसन की दीलफरेब मलका हैलन का नाच। 2 रु.।' उसे देखते ही मैंने लाल सिंह से कहा कि मेरे पास तो कुल उतनी ही रक़म थी और अभी मैंने अपनी शॉपिंग भी नहीं की थी।

"बड़ा आया पैसा देने वाला!" लाल सिंह ने लाड़ से दुत्कार लगाई।

"जीनातमान?" बंटू के सवाल के जवाब में लफत्तू ने ठहाका लगाते हुए कहा, "एकी बात ऐ बेते। हैलन ई जीनातमान ऐ!"

डांस वाली दुकान का गेटकीपर लाल सिंह का दोस्त था। उसने तम्बू के पीछे वाले रास्ते से हमें तम्बू के अंदर कर दिया। बीड़ी-सिगरेटों का घना नीला धुआँ तैर रहा था। भीड़ थी और अँधेरा था। तनिक ऊँचे प्लेटफ़ॉर्म पर मंच बनाया गया था। मंच के बैकग्राउंड के परदे पर एक लड़की की अधनंगी तस्वीर बनी हुई थी- ठीक जैसी दुर्गादत्त मास्साब की किताबों के कवर पर हुआ करती थी। एक पल को मंच की बत्ती बुझी। उसके तुरंत बाद सारा मंच चटख नीली रोशनी से नहा गया। एक ठिगना और कलूटा आदमी हाथ में माइक लिए स्टेज पर आया तो भीड़ से गूँज उभरी- 'ओबे कलुवे! कलुवे ओये!' इस प्रोत्साहन का उत्तर उस ने हाथ हिलाकर दिया और एक चुटकुला सुनाया। बहुत से शब्द मेरी समझ में नहीं आए लेकिन भीड़ एक अश्लील हँसी में फटकर दोहरी हो गई। ठिगने का सांस्कृतिक कार्यक्रम क़रीब दस मिनट चला। उसके बाद मंच पर बत्ती के बुझने और जलने का सिलसिला दोहराया गया। बत्ती जलते ही और कर्कश लाउडस्पीकर पर 'साकिया आज तुझे नींद नहीं आएगी' बजना शुरू हो गया। लोग सीटियाँ बजाने लगे। बंटू चिल्लाकर मुझसे कह रहा था कि किसी

परिचित द्वारा देख लिए जाने से पहले हमें फूट लेना चाहिए।

हैलन उर्फ़ जीनातमान के मंच पर आते ही दर्शक पागल हो गए। उसने फ़िल्मों में मुजरा करने वालियों की चमचम करती लाल-नीली ड्रेस पहनी हुई थी। उसने झुककर सलाम किया।

'सुना है तेरी मैफ़िल में रतजगा है' की टेक से उसने नृत्य शुरू किया। लफत्तू ने मेरी बाँह पर हल्की चिकोटी काटी तो मैंने पलटकर देखा। उसने मुझे आँख मारी जिसका तात्कालिक अभिप्राय था कि बेटे मौज काटो। हम मंच से बहुत दूर थे इसलिए हमें वह लाल-नीली ड्रेस यदा-कदा हवा में ज़रा-सा उछलती नज़र आती। ऐसा होने पर वयस्क सीटियाँ और डायलॉग विसर्जित करता रामनगर का कलापारखी समाज पूर्णमुदित हो जाता। नाच शुरू हुए दो-तीन मिनट हुए थे कि लाल सिंह ने तक़रीबन घसीटते हुए हमें तम्बू से बाहर निकाल लिया। यह बात हमें नागवार गुज़री। लाल सिंह समझ गया। उसने थोड़ा आगे जाकर हमारे लिए बर्फ़ की सिल्ली पर रंधा फिराकर बनाई जा रही तिरंगी चुस्कियाँ ऑर्डर करते हुए कहा कि हमारी इज़्ज़त बचाने के लिए उसने वैसा किया।

हमें बेमन से चुस्कियाँ चूसते देखकर लाल सिंह बोला, "डांस छूट गया है अब देखना कौन-कौन बाहर निकलता है।"

बाहर निकलते लोग झेंपते हुए, जल्दी-जल्दी डांस तम्बू की सरहद से बाहर आ रहे थे। कुछ को हम ने कहीं-न-कहीं देखा हुआ था। आख़िर में निकलने वालों में हमारे कॉलेज का आधे से ज़्यादा स्टाफ़ था। मुँह में पान की पीक का महासागर भरे होने के बावजूद बोल पाने में सफलता प्राप्त कर पा रहे मुर्गादत्त मास्साब के नेतृत्व में दड़ी मास्साब, दुर्गादत्त मास्साब, चौहान मास्साब और रामलायक 'निर्जन' बाहर आ रहे थे। वे इतने आत्मविश्वास से आस-पास का मुआयना कर रहे थे जैसे उनका समूचा जीवन यही पुण्यकर्म करने में बीता हो।

यह मेरे लिए सदमा था। मैं चौहान मास्साब को अच्छा आदमी समझता था। इस हादसे पर विचार कर ही रहा था कि तम्बू के भीतर से गंगापुत्र उर्फ़ प्याली मात्तर नमूदार हुए। उनके चश्मे की सुतली खुल गई थी और उसकी इकलौती कमानी को कान से लगाए वे 'अले लुको बाई, लुको, लुको' कहते हुए अपने मित्रों के नज़दीक जाने का प्रयास कर रहे थे। खुली हुई सुतली दूसरी

तरफ़ लटक रही थी।

"मास्साब लोगों को पता चलता कि तुम लोग डांस देख रहे हो तो वो तुम्हारे घरों में शिकायत कर देते। उसके बाद घर वाले तुम्हारा बनाते हौलीकैप्टर और मास्साब लोग करते तुमें इमत्यान में फ़ेल । इज्जत नफ़े में खराब होती।" लाल सिंह सच कह रहा था। बंटू और लफत्तू के साथ मैंने भी हामी में सिर हिलाया।

पैसे अभी तक बचे हुए थे। आग का दरिया देखने की इच्छा भी बची थी। लाल सिंह ने कहा कि वह हमें मुफ़्त में वहाँ बिठवा कर दुकान चला जाएगा क्योंकि उसके पापा अकेले थे। नुमाइश का स्टाफ़ होने के चलते लाल सिंह के लिए सारी चीज़ों का मुफ़्त होना हमारे लिए डाह का विषय था।

धूल-गर्द-हल्ला-हड़बड़ी अब और ठोस होकर नुमाइश के आसमान पर जम चुके थे। दूर बिजली वाले झूले की बत्तियाँ जल-बुझ रही थीं और आकर्षित करने लगी थीं।

हाथों में चुस्कियाँ थामे, जीवन का पहला वयस्क काम कर चुकने का गर्व महसूस करते धीमे क़दमों से हम आग के दरिया की तरफ़ बढ़ रहे थे। लाल सिंह ने ठिठोली करते हुए हमसे हैलन उर्फ़ जीनातमान के बारे में कुछ अश्लील सवालात पूछे। बंटू और मुझसे जवाब देते न बना तो अलबत्ता लफत्तू बोल पड़ा, "किलमित की बौल दैते उतल लई ती याल जीनातमान। भौत्थई लौंदिया है बेते! भौत्थई!"

अचानक चीख़-पुकार मच गई। बड़े लड़कों में आपसी मारपीट शुरू हो गई थी। लाल सिंह ने हमसे वहीं खड़े रहने को कहा और घटनास्थल की तरफ़ भाग चला।

उसी रफ़्तार से वह वापस हम तक आया और बोला, "आग का दरिया बंद हो गया आज। तुम लोग जल्दी घर जाओ। पीरूमदारा के पाँच-पाँच लौंडे टुन्ना झर्री को आग के दरिया से बाहर निकाल के सूत रहे हैं!"

नेस्ती मास्टर, कैरमबोट की बारीकियाँ और जगुवा पौंक

बंटू के एक मामा विदेश में रहते थे। हफ़्ते-दस दिन के लिए उनका पूरा परिवार रामनगर आया। इस दौरान बंटू ने मुझे और लफत्तू को अपनी अनदेखी से ख़ूब ज़लील किया। एक शाम घुच्ची खेलने के उपरांत खेल मैदान की चारदीवारी पर विचारमग्न बैठे लफत्तू ने बंटू के परिवार की स्त्रियों को याद करते हुए आदतन ज़मीन पर थूकते हुए कहा, "थाला बंतू अपने को ऐते थमल्लिया जैते तत्ती कलने बी कोत-पैंत पैन के दाता ओगा।"

'तल' कहकर उसने मेरा हाथ थामा और खींचता हुआ बौने के ठेले की दिशा में ले चला। घुच्ची से बचे पैसों से उसने दावत कराई। बमपकौड़ा पहली बार बेस्वाद लगा। बंटू के प्रति लफत्तू की खीझ अभी कम नहीं हुई थी। उसने तीखी चटनी के अतिरेक से बह आई अपनी पिचकी नाक आस्तीन से पोंछी।

"बंतू का मामा हमेता लामनगल में ई थोली लैने वाला ऐ बेते! लात्त में गब्बल के पात ई तो लौतेगा ना। तब देकना यां पे बिथाऊँगा थाले को!" ये कहकर लफत्तू ने नेकर के गुप्त स्थान की तरफ़ इशारा किया और '...दान्त तत... उहुँ... उहुँ...' गाते, मटकते नाचने लगा। मुझे घर के बाहर छोड़कर उसने बंटू की खिड़की की तरफ़ मुँह उठाया और 'ओबे मामू बीयोओओई' का नारा बुलंद किया।

बंटू के मामा उसके लिए एक फ़ैंसी कैरमबोर्ड लाए थे- खरगोश-बिल्ली इत्यादि के आकर्षक कार्टूनों से सुसज्जित गोटियों का सेट और लाल स्ट्राइकर। इसके अलावा काला चश्मा, चॉकलेट, जैकेट, लाल पाजामा, माउथऑर्गन और न जाने क्या-क्या। दिन के किसी पहर बंटू मेरे पास आता, कोई नई चीज़ दिखाकर ललचाता और जैसे ही मैं उसे छूने को होता वह 'न्ना! तू तोड़ देगा! भौत महँगा है बता रहे थे मामाजी!' कहकर छलाँगें मारता वापस अपने घर,

बक़ौल लफत्तू अपने मामू के पास अपनी देह के क्षेत्रविशेष की हत्या करवाने चला जाता।

क्लास में अरेंजमेंट में एक रोज़ नेस्ती मास्टर उर्फ़ विलायती सांड यानी टुन्ना झर्री के बाप आए। नेस्ती मास्टर को देखकर लगता था जैसे एक करोड़ मक्खियों का अदृश्य दस्ता उनके मुखमंडल के चारों तरफ़ सतत भिन्नौटीकरण कर रहा हो। वे बम्बाघेर में जगुवा पौंक के पड़ोसी थे। भीतर आते ही उन्होंने जगुवा को पहचान लिया और बिना अटेंडेंस लिए उससे पूछा, "टुन्ना को देखा तैने?"

"नईं मास्साब।"

"अच्छा!" कहकर नेस्ती मास्टर ने कराह जैसी जम्हाई ली और कुर्सी पर लधर गए। उसी अवस्था में ही उन्होंने जगुवा से कहा, "रईश्टर में सब बच्चों के नाम के आगे उपस्थित लिख दीजो जगुवा।" और आँखें मूँदे क्लास को निर्देशित करते हुए चेताया, "अब चुपचाप बैठे रइयो सूअरो! और खबरदार जो तंग करा तो!"

ख़र्राटे लेते हुए भी नेस्ती मास्टर अपने स्थूल पृष्ठक्षेत्र को बाईं तरफ़ से ज़रा-सा उठाकर नियमित अंतराल में संगीतमय वायु विसर्जन करते रहे। बीच-बीच में आँख खोलकर वे अपना मुँह खिड़की की तरफ़ कर 'ख्वाक्क' की ध्वनि निकालते और थूक का एक परफ़ेक्ट गोला हवा में उछालते थे जिसकी ट्रैजेक्टरी उनकी वर्षों की तपस्या के बाद इतनी सध चुकी थी कि वह खिड़की के बाहर सीधी निकटतम नाली में गिरती।

यह सांस्कृतिक कार्यक्रम पूरे दो पीरियड चला।

"इत्ते खतलनाक मुजलिम का बाप इत्ता तूतिया बेते! बली नाइन्तापी ऐ दद थाब, बली नाइन्तापी ऐ! तुन्ना पता नईं कैते पैदा कल्लिया इत थुकैन-गनैन मात्तल ने! हता थाले को!" खिड़की से बाहर फाँदते हुए लफत्तू ने दबी आवाज़ में मुझसे कहा।

बाहर निकलकर उसने मुझसे भी कूद जाने का इशारा किया। मैंने निगाहें फेर लीं। कुछ देर बाद देखा वह खेल मैदान से होता हुआ बौने के ठेले तक पहुँच चुका था।

नेस्ती मास्टर के जाते ही घंटा बजना शुरू हुआ तो बजता ही रहा। सीनियर

लौंडे आकर बता गए कि किसी की डैथ हो गई है और सारे बच्चों को असेंबली मैदान पर जमा होना है।

धूल-हल्ले-चीख़-पुकार इत्यादि के बीच अंततः चीज़ें सामान्य हुईं और सारे बच्चे लाइन में खड़े हो गए। चौहान मास्साब ने लाउडस्पीकर पर बताया कि स्कूल के प्रयोगशाला सहायक चेतराम जी की जीवनसंगिनी परलोकवासी हो गई थीं। उनकी याद में हम लोग दो मिनट का मौन रखने जा रहे थे।

चौहान मास्साब चुप हो गए और उनकी निगाहें जूतों से चिपक गईं। हमसे भी यही उम्मीद की जाती थी। लफत्तू पता नहीं कब और किस रास्ते से वापस आकर मेरे ठीक पीछे खड़ा हो चुका था। मैंने निगाह उठाकर चारों तरफ़ देखा। ज़्यादातर लड़के सिर झुकाए थे। दो-तीन लड़के खीसें निपोरे शरारतों में व्यस्त थे। लफत्तू के सिवा कोई नहीं बोल रहा था। फुसफुस करते हुए उसने मुझे सूचित किया कि बंटू का अँग्रेज़ मामा वापस चला गया है और यह भी कि मौन के बाद छुट्टी हो जानी है। छुट्टी के बाद उसने मेरी तरफ़ से भी यह तय कर लिया था कि हम लोग सीधे वापस घर न जाकर पहले जगदीश जोशी के साथ बम्बाघेर जाएँगे। हुआ तो टुन्ना के दर्शन भी करेंगे। बंटू को नहीं ले जाया जाएगा क्योंकि वह दग़ाबाज़ है।

लफत्तू यह सब बता ही रहा था कि एक क़तार से किसी लड़के की हँसी छूटने की आवाज़ आई। उसका हँसना था कि तक़रीबन आधे लड़के अपनी दबी हुई हँसी पर क़ाबू न कर सके। दो-चार सेकेंड बीते और संभवतः दो आधिकारिक मिनट पूरे हो गए। जैसे छापामार दस्ते पहाड़ों के बीच अवस्थित दर्रों के बीच से अचानक प्रकट होकर लापरवाह पुलिसवालों की ठुकाई कर जाया करते हैं उसी अंदाज़ में सारे मास्टरों ने दो मिनट का मौन ख़त्म होते ही असेंबली मैदान को जलियाँवाला बाग़ में तब्दील कर दिया। बच्चों की धुनाई चल रही थी और स्वर्ग से इस दृश्य का अवलोकन कर रही चेतराम की स्वर्गीय पत्नी की आत्मा को शांति प्राप्त हो रही थी।

लफत्तू और मुझे भी संटियाँ खानी पड़ीं।

इस कांड की वजह से लगी चोटों के बावजूद लफत्तू ने निर्धारित कार्यक्रम में कोई तब्दीली नहीं की। जगुवा पौंक के नेतृत्व में मैं और लफत्तू बम्बाघेर में प्रवेश कर चुके थे। फ़िल्मी जासूस की अदा से मैं अपनी निगाहें चौकस बनाए

हुए था कि कहीं ऐसा न हो टुन्ना सामने से गुज़र जाए और हम पहचान न सकें।

उत्साहपूरित जगुवा रास्ते भर हमें टुन्ना के कारनामों के बारे में तीन-चार महाग्रंथों के बराबर कहानियाँ सुना चुका था।

लफत्तू के घर पर एक शानदार कैरमबोट था। सप्ताह में एक बार हम बच्चों को उस पर हाथ साफ़ करने का मौक़ा मिलता था। लफत्तू सलाहकार और कमेंटेटर का काम किया करता था। जगुवा से हमारी निकटता इसी कैरमबोट से जुड़ी हुई थी। एक दफ़ा वह अपने परिवार के साथ हमारे मोहल्ले में रहने वाले अपने किसी रिश्तेदार के घर जा रहा था। हमें सड़क पर कैरम खेलता देख उसने अपनी माँ से रिश्तेदार के घर जाने के बजाय हमारे साथ खेलने की इजाज़त ले ली। लफत्तू ने उसे एक टीम का मेंबर बना दिया।

खेल शुरू होते ही न खेलता हुआ भी लफत्तू क्वीन को लेकर गंभीर और भावुक हो जाया करता। खेल किसी भी अवस्था में हो, उसका मन होता तो वह एक ही सलाह देता, "क्यून कबल कल्ले बेते!" इस से होता यह था कि खिलाड़ियों की एकाग्रता भंग होती और खेल लंबा खिंच जाता।

बहुत तेज़ी से गोटियाँ पिल कर रहे जगुवा ने अपने कैरम-कौशल से हम सब की ऐसी-तैसी कर रखी थी। उसकी टीम की एक गोटी बची थी और हमारी चार या पाँच। क्वीन कवर की जानी बाक़ी थी।

"हनुमान्दी का नाम ले के क्यून कबल कल्ले बेते।" लफत्तू उत्साहातिरेक में उछल रहा था।

जगुवा ने स्ट्राइकर जमाया, कैरमबोट के कोने पर से फूँक मारकर पाउडर उड़ाया और निगाहें पिल से तक़रीबन चिपकी हुई क्वीन पर लगाईं। कोई बच्चा भी उसे भीतर डाल सकता था। कवर वाली गोटी भी पिल में ढुलक पड़ने को तैयार थी। जगुवा ने निशाना साधकर शॉट मारा पर स्ट्राइकर फ़ुस्स पटाखे जैसा रपटा और आधे कैरमबोट की दूरी भर पार कर सका। ख़ूब थू-थू की गई। एक राउंड के बाद स्ट्राइकर पुनः उसी के पास था और खेल की हालत कमोबेश वही थी। "पौंकना मती बेते।" ये कहकर लफत्तू ने उसका हौसला बढ़ाया। किसी भी काम की मंज़िल पर पहुँचने से ऐन पहले नर्वस होकर घुस जाने को रामनगर की भाषा में 'पौंक जाना' कहते थे। जगुवा का स्ट्राइकर इस बार भी फ़ुस्सा गया। राउंड हम लोग जीत गए और अच्छे भले जगदीश जोशी का नाम

जगुवा पौंक पड़ गया।

क्वीन कवर करने को लफत्तू एक दूसरे अर्थ में भी प्रयुक्त करता था। मुझे मेरी मोहब्बतों के लिए लाड़ से छेड़ता वह अपनी दो उँगलियों को एक ख़ास अंदाज़ में मोड़कर मुझसे कहता, "मदुबाला मात्तलनी की क्यून कबल कलेगा बेते।" फिर कमीनी हँसी हँसकर आगे जोड़ता, "जगुवा की तलै पौंकना मती!"

जगुवा पौंक हमें ज़िद करके अपने घर ले गया। उसकी माता ने हमें परांठे और पालक की सब्ज़ी खिलाई। उसका एक छोटा भाई भी था- परकास। परकास तरबूज़े का एक बहुत बड़ा टुकड़ा भकोसने में लगा हुआ था और हमें ताक रहा था। लफत्तू ने इशारा करके उसे अपने पास बुलाया तो जगदीश बोला "उसके पैर ख़राब हैं। चल नहीं सकता परकास।"

उसके बाद न मुझसे परांठा खाया गया न परकास की तरफ़ देखा गया। बाहर आए तो जगुवा ने क़रीब बीस मीटर दूर से हमें एक घर दिखाते हुए कहा, "वाँ रैता है टुन्ना झर्री!"

नेस्ती मास्टर बरामदे में बैठे थे। स्कूल से वापस आकर वे रामनगर के अधेड़ नागरों वाली औपचारिक राष्ट्रीय पोशाक अर्थात पट्टे का धारीदार घुटन्ना और दर्ज़ी द्वारा सिली गई तिरछी जेब वाली बंडी धारण कर चुके थे। बीड़ी पी रहे थे और प्रिंसिपल साहब के दफ़्तर के बाहर लिखे 'प्रैक्टिस मेक्स अ मैन परफ़ैक्ट' के नारे से प्रेरित होकर नाली में थूकने की विधा का रियाज़ कर रहे थे।

"हत! थाला पादू मात्तर!" अपनी हिक़ारत ज़ाहिर करते लफत्तू ने कहा, "तुन्ना के थामने इत मात्तर की हिम्मत ना होती होगी पादने की! थाला थुकैन मात्तर!"

सिर झुकाए टुन्ना घर के भीतर से बाहर अहाते में आया। हम पब्लिक नल की आड़ में हो गए। टुन्ना के हाथ में गिलास या कटोरी जैसा कोई बर्तन था जिसे उसने नेस्ती मास्टर को प्रस्तुत किया। नेस्ती मास्टर ने उसे टुन्ना के हाथ से तक़रीबन झपटा और झटके से ज़मीन पर दे मारा। टुन्ना उसे उठाने को नीचे झुका तो उसके पिताश्री ने उसकी पिछाड़ी पर एक लात धरी और 'ख्वाक्क!' ध्वनि के साथ फिर से थूका।

अपने घर में महानायक टुन्ना कुत्ते से गई गुज़री ज़िंदगी बिताने को विवश था। हम से आगे नहीं देखा जा सका।

"पिछले साल टुन्ना की भैन पीरूमदारा में रैने वाले एक नाई के साथ भाग गई थी। सालों ने उसका नाम बदल दिया कह रहे थे। एक महीना पहले टुन्ना की माँ भी मर गई। नेस्ती मास्साब तभी से पागल टाइप हो गए हैं। टुन्ना बिचारे को उन के लिए खाना भी बनाना पड़ता है। बिचारा खाना बनाए कि पीरूमदारा वालों को ठोकने डाम पे जाए। तू ई बता यार लफत्तू!" जगुवा स्पष्टीकरण दे रहा था।

ज्याउल, उरस की मूफल्ली, मोरम और ब्रिच्छारौपड़

सिंचाई डिपार्टमेंट में काम करने वाले एक इंजीनियर साहब बाबू के दोस्त थे। उनका बेटा और मेरा सहपाठी ज़ियाउल कभी-कभी हमारे साथ कायपद्दा खेलने आता था। बागड़बिल्ला उसे हर बार चोर बना देता। नतीजतन वह खेल भर पदता रहता। मेरी ही कक्षा में पढ़ने वाला होशियार ज़ियाउल मुझे अच्छा लगता था। उसके और मेरे सेक्शन अलग-अलग थे। अपने सेक्शन में हमेशा फ़र्स्ट आकर वह मास्टरों की नक़ली शाबाशी पा लेता था।

नक़ली इसलिए कि ज़्यादातर पार्टटाइम करने वाले इन मास्टरों में से कुछ के दुकानदारी जैसे अपने और धंधे थे। मोहसिन, महमूद, मोहम्मद और रज़्ज़ाक जैसे नाम वाले बच्चों से वे ऐसी हिक़ारत से पेश आते थे कि उनके मुँह पे थूक देने की इच्छा होती थी।

रामनगर आए जितना भी टाइम बीता था हर बखत हिंदू-मुसलमान हिंदू-मुसलमान सुनते-सुनते हम अघा गए थे। हमें ये बात बार-बार समझाई जाती कि महमूद महमूद होता है और अरविंद अरविंद। महमूद गंदा होता है, गाय खाता है, नहाता नहीं है और हम उसके घर जाएँगे तो शरबत पिलाएगा मगर पहले उसमें थूकेगा। हमारी समझ में सब आना शुरू हो गया था इसलिए लफत्तू ने भी ज़ियाउल को पसंद करना शुरू कर दिया था।

एक शाम वह कायपद्दा खेलने आया और बागड़बिल्ले ने उसे चोर बना दिया तो लफत्तू ने विरोध जताते हुए कहा, "ज्याउल नईं बनेगा आत चोल। आत का चोल मैं।" ज़ियाउल ने तनिक हैरत और संशय में सभी उपस्थित खिलाड़ियों को पल भर देखा लेकिन लफत्तू के कहने पर तुरंत आम के पेड़ पर चढ़ गया। क्या मजाल कोई ज़ियाउल की रफ़्तार का सामना कर पाता। बाद के दिनों में जब जगुवा पौंक एक बार चोर बना तो ज़ियाउल की रफ़्तार के आगे रोने-रोने

को हो गया था। असल में उस दिन के बाद ज़ियाउल कभी चोर बना ही नहीं। लफत्तू उसे अपनी वाली डाल पर बुला लिया करता। यह भी मेरे लिए कुछ दिन ईर्ष्या का कारण बना रहा।

लफत्तू और मैं अभी ज़ियाउल के पक्के दोस्त नहीं बने थे पर हमारे बीच आपसी समझदारी का संबंध बनना शुरू हो गया था।

एक रोज़ ज़ियाउल ने हम दोनों के घर पहुँचकर अपने घर आने का न्यौता दिया। दो-तीन दिन में उसका बर्थडे था।

शाम को लफत्तू के घर गया तो उसके बड़े भाई ने हमारा ज्ञानवर्धन करने की असफल कोशिश की। वह बताने लगा कि हर साल ईद से एक महीना पहले मुसलमान लोग किसी हिंदू के बच्चे को उठा ले जाते हैं। पहले उसे ख़ूब खिला-पिलाकर मोटा बनाते हैं और ठीक ईद के दिन चावल से भरे एक तसले में लिटाकर तलवार से उसके टुकड़े कर देते हैं। उसके बाद ख़ून रंगे चावलों को पूरे शहर में प्रसाद की तरह बाँटा जाता है। उसने ऐसा हैबतनाक चित्र खींचा कि लफत्तू की बहनों के चेहरे हैरत और हिक़ारत से सन गए।

लफत्तू के भाई ने यह भी तय कर दिया कि मैं और लफत्तू किसी भी क़ीमत पर ज़ियाउल के घर नहीं जा सकते क्योंकि वहाँ से हमारा वापस ज़िंदा लौटना नामुमकिन था।

बहस करना बेकार था। बेहतरी इसी में थी कि चुप रहें।

न्यौते वाले दिन मैंने घर पर झूठ बोला कि सिलाई क्लास के लिए सामान ले जाना था। सुई-धागों के लिए मिले पैसों से हमने किराये पर साइकिल ली और ज़ियाउल के घर की तरफ़ चल पड़े। देखें कौन रोकता है!

बर्थडे गिफ़्ट लेने के पैसे मेरे पास नहीं थे। लफत्तू अपनी बहन की घड़ी चुरा लाया था लेकिन बेचने की हम दोनों की हिम्मत नहीं पड़ी। "ज्याउल को येई दे देंगे याल। कौन थाला उतथे पूत लिया ऐ कि कितने दी। तेला-मेला बद्दे गिट्ट ऐ कै देंगे।"

घड़ी उसकी जेब में ही पड़ी रही। ज़ियाउल के घर क्या अजब मंज़र था! हर कोई एक-दूसरे को आप-आप कह रहा था। खाने की कैसी दिलफ़रेब ख़ुशबूएँ और क्या लकदक-चमचम औरतें-लड़कियाँ!

"आइए-आइए!" कहकर एक हमउम्र लड़की ने हमारा स्वागत किया।

उसका झिलमिल करते तारों वाला आसमानी लिबास ही हमें अधमरा कर देने को बहुत था। "आप ज़िया भाई के दोस्त हैं ना?" हमारा उत्तर आने से पहले ही 'ज़िया भाई, ज़िया भाई आपके दोस्त आए हैं!' कहता आसमानी लिबास उँगलियों के पोरों से ख़ुद को समेटता भीतर भाग चला।

ज़ियाउल ने हमें काजू पड़ी सिवइयाँ सुतवाईं और कुछ नमकीन चीज़ भी। भीतर ले जाकर अपने माँ-बाप से मिलवाया। न सूरत याद रही क़िसी की न लिबास। बस अम्मी, अब्बू, बाजी, ख़ाला वग़ैरह सुनाई देता रहा। न केक था, न प्लेटों में कुंतल भर चाट भर लेने वाली औरतें। खुसफ़ुस बहुत हो रही थी पर हमारी तरफ़ किसी ने भी ध्यान नहीं दिया। ज़ियाउल की अम्मी ने हमारे सिरों पर हाथ फेरा और दुआ दी।

साइकिल एक घंटे के किराए पर थी। हमने यह बात ज़ियाउल को बता दी।

ज़ियाउल कुछ प्रतिक्रिया देता उसके पहले ही उठता हुआ लफत्तू बोला, "तेले मम्मी-पापा कित्ते अत्ते ऐं याल ज्याउल!"

ज़ियाउल से विदा ली और 'तल बेते' कहकर उसने मुझे डंडे पे बिठा लिया। हवा बनकर साइकिल वाले के वहाँ पहुँचे। थोड़ी देर हो गई थी पर उसने ज़्यादा तवज्जो नहीं दी।

घर पास आया तो लफत्तू को जेब में पड़ी घड़ी की याद आई।

"अले याल ज्याउल का गिट्ट तो रैई गया!" अपने व्यवहार से वह कभी-कभी मुझे बच्चा बना देता था। उसने वही किया। बोला, "अपने घल दा तू।"

मेरे पूछने पर कि वह कहाँ जा रहा है, अपनी पारंगत उँगलियों को ख़ास अंदाज़ में मोड़ते हुए बोला, "वईं! क्यून कबल कलने!"

घासमंडी के मुहाने पर मैं असमंजस में खड़ा था। उसने आँख मारी और कहा, "किती ते कैना नईं बेते!"

***

पाकिस्तान की तरफ़ से बिला नागा हर सुबह दो हाथठेलों में, लाल रंग के दाग़ लगी चारख़ाने की तहमतों से ढका ढुलमुल करता गोश्त का ढेर न जाने कहाँ से कहाँ ले जाया जाता था। ठेला हमारे घर के आगे से गुज़रता और माँ खिड़की पर हुई तो बेचारी 'ईश्वर! ईश्वर!' कहते हुए परदे खींच देती। पाकिस्तान की तरफ़ हमारी हद शरीफ़ सब्ज़ीवाले की दुकान से सटी जब्बार

कबाड़ी की गुमटी तक तय की गई थी। उससे आगे एक अनजाना अनदेखा रहस्यलोक था जहाँ एक फ़कीर की दरगाह थी। उसके आगे क़ब्रिस्तान था फिर मिट्टी के ढूह, जंगल और इस सबके ऊपर सितारों वाला आसमान जो रात को सियारों की हुवाँ-हुवाँ से अट जाया करता।

मृत्यु और अंतिम संस्कार हमें सबसे ज़्यादा आकर्षित करते थे। हम दोस्तों में इस विषय पर अक्सर बातचीत हुआ करती।

सत्तू और जगुवा ने एक दफ़ा छिपकर पाकिस्तानी अंतिम संस्कार के प्रत्यक्षदर्शी होने का दावा किया पर लफत्तू उन्हें अपने एक सवाल से निरुत्तर बना दिया करता, "बेते, ये बताओ लाथ को बैथा के गालते हैं या खला कल के?"

"झाड़ी बहुत दूर थी। कुछ भी साफ़ नहीं दिख रहा था।" कहकर उन्होंने झूठमूठ बहाना बनाया और इधर-उधर देखने लगे।

"मुजे तो ज्याउल ने बताया था।" लफत्तू कहता और अध्यक्ष की भूमिका में आ जाता। उसने कहीं से पता लगा रखा था कि लकड़ी के बक्से में रखकर लाश को दफ़नाते वक़्त उसके साथ लोहे के पाइप का एक टुकड़ा भी रखा जाता है। मेरे इस बाबत सवाल पूछने पर उसने आँखें और छोटी बनाकर कहा, "जमीन के नीछे बौत अंदेला ओता ऐ बेते। मित्ती के अंदल लाथ दुबाला जिंदा ओ जाती है। इत्ते अंदेले में कोई देक तो कुच थकता नईं। इतलिए पाइप के तुकले को लकते हैं। लाथ... आप थमल्लें लोए के तुकले को आँक पे लगाती है औल उतको थब दिकने लगता ऐ बेते..." वह रुक-रुककर रहस्यनामा बाँधा करता।

लोहे के पाइप के टुकड़े वाली लफत्तू की थ्योरी मुझे काफ़ी हद तक सही लगती थी। रातों को कभी-कभी हम भाई-बहन एक-दूसरे को डराने के उद्देश्य से भूत-प्रेत की कहानियाँ सुनाया करते थे। एक चचेरे भाई ने क़सम खाकर बताया था कि जब वह अपने एक दोस्त के दादाजी के संस्कार में श्मशानघाट गया था तो वहाँ उसने यहाँ-वहाँ रखे लोहे के पाइप के कई टुकड़े देखे थे। मुर्दा जलते वक़्त अगर कोई आदमी पाइप के टुकड़े में आँख गड़ाकर देखे तो उसे श्मशान में रहने वाले सारे भूत दिख जाते हैं। "दद्दा तूने देखा था?" छोटी ने पूछा, तो उसने असमंजस में सिर हिलाते हुए हाँ-ना जैसा कुछ कहा।

ज़ियाउल की बर्थडे पार्टी से लौटने के बाद मैं कीचड़ खाकर लौट रहे पालतू कुत्ते की तरह घर में घुसा। किसी ने ध्यान नहीं दिया। पड़ोस की कुछ औरतें अगले रोज़ 'जै संतोषी माँ' देखने बनवारी मधुवन जाने की योजना बना रही थीं।

इधर इन स्त्रियों ने हर शुक्रवार को व्रत रखने और खट्टा न खाने का रिवाज बना लिया था। एक बार लफत्तू ने मुझे ख़ूब चटनी डलाया बमपकौड़ा खिलाया। नाक पोंछते, बातचीत करते हुए संतोषी माता वाली पिक्चर का ज़िक्र चला तो लफत्तू ने बताया कि उस दिन शुक्रवार था। मेरे कुछ कहने से पहले ही नक़ली शोक जताते हुए वह बोला कि संतोषी माता नाराज़ होकर हमें सारे इम्तहानों में फ़ेल कर देगी। थोड़ा डर लगा ज़रूर पर मैं फिर से क्लास में फ़र्स्ट आया। मैंने इसका यह अर्थ निकाला कि शुक्रवार को चटनी खा लेने से कुछ नहीं होता।

खाना खाते वक़्त माँ ने पूछा कि सुई-धागा ख़रीद लिया। मैंने सिर हिलाकर झूठी हामी भरी।

अगले दिन लफत्तू को स्कूल आने में काफ़ी देर हो गई। वह पहुँचा तो इंटरवल चल रहा था। लाल पड़ा उसका चेहरा बता रहा था वह कोई उल्लेखनीय काम करके आया था जिस की सूचना सार्वजनिक रूप से नहीं दी जा सकती थी। मैं बाक़ी बच्चों के साथ गुल्ली-डंडा खेल रहा था। वह लपककर मेरे पास आया और मुझे खींचता हुआ ऑडिटोरियम के पीछे ले गया। जेब से कुछ नोट निकालकर बोला, "बाला लुपे में बेच दी दीदी की घली।" एक पल को उसका चेहरा दर्प से चमका। मुझे डर लगा। फिर उसने बताया कि छुट्टी के बाद ज़ियाउल से मिलने का कार्यक्रम है।

छुट्टी होते ही हम ज़ियाउल वाले सेक्शन के बाहर जाकर खड़े हो गए। लफत्तू ने कसकर मेरा हाथ थामा हुआ था। ज़ियाउल बाहर आया तो लफत्तू ने आवाज़ देकर उसे पास बुलाया। उसके आते ही हम तेज़-तेज़ क़दमों से धूल मैदान के एक निविड़ कोने पर हो गए। लफत्तू ने अपना बस्ता खोला और उसके अंदर से चमचम करता लाल-पीले रंग का ज्योमेट्री बॉक्स बाहर निकाला। मेरी नज़र ख़ुद गुप्ता पुस्तक भंडार के शोकेस में लगे उस डबल डेकर बक्से को देखकर कई बार ललचा चुकी थी।

"अतोक औल मेली तलप छे ये तेला बद्दे गिट्ट ऐ याल ज्याउल।" लफत्तू की आवाज़ में अपनापा था। उसने एक बार दुबारा कहा, "ऐप्पी बद्दे तुइयू!"

ज़ियाउल कुछ कहता उसके पहले ही हम कोना छोड़ सार्वजनिक हो गए। घर के रास्ते में लफत्तू ने बताया कि गाड़ी मिस्त्री दस दे रहा था पर वह बारह लेने पर अड़ गया। मैंने पूछा कि अगर किसी को पता लग गया तो क्या होगा। उसने कहा उसका नाम भी गब्बर है। घर आने को ही था कि उसने अपना बस्ता दुबारा खोला और ठीक वैसा ही डबल डेकर डब्बा बाहर निकाला और जबरिया मेरा बस्ता खोलकर उसमें ठूँस दिया।

"एक तेले लिए बी लिया मैंने!" मुझे ख़ुशी और भय का संक्षिप्त दौरा पड़ा लेकिन मेरा घर सामने था। कपड़े बदलकर जल्दी छत पर क्रिकेट खेलने आने का वादा कर 'बीयोओओई' कहता वह अपने घर की तरफ़ चल दिया।

***

डबल डेकर बक्से को छिपाना मुश्किल काम था। डब्बा मुझे बहुत पसंद था पर लक्ष्मी पुस्तक भंडार से हर साल लिया जाने वाला ज्योमेट्री बॉक्स मेरे लिए कुछ सप्ताह पहले लिया जा चुका था और सलामत था। कुछ दिन पहले मैंने उस डबल डेकर के प्रति अपने अनुराग का ज़िक्र घर पर क्या किया सारे लोग झिड़कियों का झाड़ू लेकर मुझ पर पिल पड़े थे।

लफत्तू जानता था कि वह डब्बा मुझे पसंद था। उसे यह बात याद रही और जेब में रक़म आते ही वह मेरे वास्ते उसे ख़रीद लाया। इस तथ्य ने मुझे बहुत भावुक बना दिया। लेकिन अगर लफत्तू के घरवालों को पता लग जाए कि वह अपनी बहन की घड़ी बेच आया था तो उसका क्या हाल होना था यह सोच-सोचकर मैं थर्रा गया।

घर की दुछत्ती में लकड़ी का एक बड़ा बक्सा धरा रहता था जिसके भीतर पुरानी फ़ाइलें, टूटे हत्थों वाली एक कड़ाही, कुछेक पोटलियाँ और बिना ट्यूब वाले साइकिल के पुराने पंप जैसी अंडबंड चीज़ें रखी रहती थीं। दुछत्ती में जाने के लिए ख़ास मेहनत नहीं करती पड़ती थी क्योंकि उसका दरवाज़ा छत को जाने वाली सीढ़ियों से लगा हुआ था। क्रिकेट खेलने जाते वक़्त मैंने डब्बे को उसी बक्से के एक कोने में पोटलियों के नीचे छिपा दिया। उसके बाद हर सुबह-शाम एक बार अपने ख़ज़ाने की सलामती चैक कर लेने पर ही इत्मीनान मिलता।

कुछ दिन बाद जब वह स्थान भी असुरक्षित लगने लगा तो मैंने उसके लिए ढाबू की छत पर बने आले के नीचे धरे रहने वाले ईंट-रेत के ढेर के पीछे वाली गुप्त जगह को ही सबसे मुफ़ीद पाया जहाँ पिछले पाँच-छह माह से कर्नल रंजीत वाली वह फटी किताब सुरक्षित धरी हुई थी जिसे लफत्तू ने मेरे लिए प्रयोगशाला से चाऊ किया था।

ढाबू की छत का नामकरण बंटू, उसकी बहन और मैंने किया था। ढाबू का मकान असल में एक बुड्ढे का था। चूँकि बनने के बाद से उस मकान में रहने कोई नहीं आया था, हम उसकी छत पर अपना एकाधिकार समझते थे। एक बार हम तीनों वहाँ रेत के टीले पर लकड़ियाँ खुभाकर क़िला बनाने का खेल खेल रहे थे जब बुड्ढा पता नहीं कहाँ से आ गया। उसने हमें बहुत धमकाया। बंटू ने अपने पापा से शिकायत की कि बुड्ढा आकर हमें डाँट गया। बुज़ुर्ग को बुड्ढा कहने पर बंटू के पापा ने उल्टे बंटू को थप्पड़ जड़ा और ख़बरदार किया। छत पर वापस आकर हम तीनों ने फ़ैसला किया कि हमें बाक़ी बुड्ढों से कोई आपत्ति नहीं है पर इस वाले से है और हम उसे अपने हिसाब से संबोधित किया करेंगे। इस तरह बुड्ढा का उल्टा बना ढाबू। रामनगर में वह छत आज भी ढाबू की छत के नाम से विख्यात है।

घर से घड़ी ग़ायब हो चुकने का समाचार मिलने के बाद से लफत्तू के पापा उसकी तीन-चार बार धुनाई कर चुके थे। इतनी मारें खा चुकने के बाद लफत्तू ढीठ और बहादुर बन चुका था। वह मार खाता रहा और चूँ न बोला। पिछली बार तो उसे इतना ज़्यादा मारा गया कि पड़ोस में रहने वाली क्रूर सरदारनी उसे बचाकर अपने घर ले गई।

लफत्तू का बड़ा भाई हॉकी वग़ैरह लेकर मैकेनिक गली में 'एक-एक को देख लूँगा सालो' कहता हुआ एक चक्कर काट आया पर कोई भी मैकेनिक कुछ नहीं बोला।

मैं दिन में दो बार ढाबू की छत पर जाता और डब्बे को छूकर देख लेता। एक नज़र कर्नल रंजीत की किताब पर डालता और किसी के आ जाने से पहले-पहले वहाँ से हट जाता। लेकिन कोई चोर निगाह थी जो लगातार मुझे देखे जाती थी। डब्बा एक दिन वहाँ से ग़ायब था। तब तक के जीवन का यह सबसे बड़ा आघात था। दुर्घटना घटते ही मेरा शक सत्तू पर गया क्योंकि उसकी

छत ढाबू और हरिया हकले की छतों के एक तरह से बीच में पड़ती थी। किसी से कुछ भी पूछ सकने के लिए न मेरे पास कोई आधार था न हिम्मत थी। ज़रा-सी लापरवाही करता तो लफत्तू की जान को ख़तरा होता। अपनी ठुकाई अलग होती।

तिमाही का रिजल्ट आया। मैं पहली बार स्कूल में दूसरे नंबर पर आया। ज़ियाउल ने टॉप किया था। घर पर इस बात का हल्का-फुल्का मातम मनाया जा रहा था। मुझे पता था कि ज़रा-सी मेहनत से मैं भी टॉप कर सकता था लेकिन ज़ियाउल के फ़र्स्ट आने का मुझे कोई दुख नहीं था। दुख तो तब होता जब प्याली मात्तर का नाती ज्ञानेश अग्रवाल संस्कृत और हिंदी में बेमांटी से सौ में सौ दिए जाने पर हम दोनों से आगे निकाल दिया जाता।

घर में पहली दफ़ा ज़ियाउल के बारे में अच्छी बातें हुईं। बाबू ने कहा, "रहमान साब भी इतने बढ़िया पढ़े-लिखे आदमी हैं बेटा। ऐसे लोगों की संगत करोगे तो ज़िंदगी में कभी पछताओगे नहीं।"

गणित में सौ में सौ लाने के एवज़ में मुझसे कोई भी चीज़ माँगने को कहा गया तो मैंने झट से उसी डबल डेकर की माँग की। मुझे भाई के साथ भेजा गया। डबल डेकर के अलावा कोई किताब भी ख़रीद लेने की इजाज़त मिली थी। यूँ पहली बार राजन-इक़बाल नाम के दो जासूसों से अंतरंग परिचय की राह बनी। जब-जब कर्नल रंजीत उस फटी किताब के पन्नों में अकेला किसी होटल में किसी महिला के साथ होता था तो भीगी बिल्ली बन जाता था और अजीब अबूझ शब्दों में उनके प्राइवेट कारनामों का ज़िक्र होता। राजन-इक़बाल जो कुछ करते थे वह हम भी कर सकते थे। बल्कि अगर उन्हें टुन्ना झर्री का नाम मालूम होता तो वे शायद बेताबी से उसका शिष्यत्व ग्रहण कर रामनगर आ बसते।

तिमाही की छुट्टियाँ होने के साथ ही धूल मैदान से बस अड्डे का अस्थायी विस्थापन हुआ और मुन्ने फ़क़ीर के सालाना उर्स के लिए क़व्वाली और मेले की तैयारी शुरू हो गई। उर्स, जिसे आम बोलचाल में उरस कहा जाता था, के लिए हिंदू-मुसलमान दोनों मिलकर टोलियाँ बनाते और घर-घर, दुकान-दुकान जाकर चंदा इकट्ठा करते थे।

ज़ियाउल दो बार मेरे घर आ चुका था। उसकी सलीक़ेदार भाषा सुनकर मेरी माँ हैरत में रह जाती थी। उसे यक़ीन ही नहीं होता था कि वह मुसलमान

है। उसके लिए तो मुसलमान का मतलब शरीफ़ सब्ज़ीवाला या जब्बार कबाड़ी होता था। वह उनके पैर छूकर गया तो उसने दार्शनिक आवाज़ निकालकर कहा, "पिछले जन्म में हिंदू रहा होगा बिचारा!"

पिटाई खाने के एक हफ़्ते तक लफत्तू को कहीं देखा नहीं गया। मैं अकेला दुख में डूब गया। सारा मोहल्ला उसके पापा की थू-थू कर रहा था क्योंकि यह माना जा रहा था लफत्तू को गहरी गुम चोटें आई हैं। शुरू के दो-तीन दिन अपने सामने लगा खाना देखकर मेरे गले में जैसे कोई सूखा पत्थर फँस जाता। एक दिन मेरी बहन जो लफत्तू की बहन की दोस्त थी, ने घर पर सबको और ख़ासतौर से मुझे सुनाते हुए सूचना दी कि दो-तीन दिन में लफत्तू बिल्कुल ठीक हो जाएगा। वह ख़ुद अपनी आँखों देखकर आई है। मेरी उदासी और बढ़ गई।

उर्स से पहले दरगाह में जाकर मिन्नत माँगने का रिवाज था। उर्स के पहले दिन ज़ियाउल अपनी अम्मी के साथ दरगाह जाने वाला था। मैंने पिछली शाम उससे तक़रीबन भर्राए गले से गुज़ारिश की कि मेरी तरफ़ से दुआ माँग ले कि लफत्तू जल्दी ठीक हो जाए।

उर्स की शाम से क़व्वालियों का समाँ बँधा। समझ में न बोल आते थे न संगीत पर कोई चीज़ अंदर तक प्रवेश कर जाती और मन आह्लाद से लबालब हो जाता। मैं खिड़की पर बैठा सामने शामियाने के भीतर मेले की चहलपहल का जायज़ा लेता रहता, क़व्वाली अपना काम करती रहती।

दूसरे दिन मुझे ज़ियाउल के साथ उर्स के मेले में जाने की इजाज़त मिल गई। मेले में बच्चे ही बच्चे थे। मैंने कटारी-सफ़री बेचने वाले उन बच्चों को भी पहचान लिया जो मुझे डराया करते थे। उत्सव के इस माहौल में उनके तेवर भी बदले हुए थे। मेरी चोर निगाहें सकीना को खोजती थीं अलबत्ता अब उसका चेहरा भी मुझे ठीक से याद नहीं रहा था।

कोने में क़व्वाली का पंडाल लगा हुआ था जिसके भीतर फ़िलहाल तम्बू-कनात वाले थके मज़दूर इत्यादि विभिन्न मुद्राओं में विराजमान थे। बस अड्डे वाले हिस्से पर खाने-पीने की चीज़ों के ठेले और दुकानें सजाई गई थीं। जगुवा पौंक और गोलू भी हमें वहीं मिल गए। कुछ देर में बंटू और सत्तू भी। मौक़े का दस्तूर था कि घर से मिले पैसों को तुरंत तबाह कर दिया जाए। बमपकौड़े वाला बौना हमें देख बहुत उत्साहित हुआ। और बिना पूछे पत्तल बनाने लगा। पत्तल

बनाते-बनाते उसने बिना मेरी तरफ़ देखे पूछा, "बाबूजी नहीं आ रहे आजकल। लगता है बाहर गए हैं। आएँगे तो कहिएगा अबकी बार धरमेंदर का नया खेल लगा है!" उसकी बात सुन मैंने ख़ुद को शर्म, दुख और असहायता में डूबता पाया और मेरी आँखें ज़मीन से लग गईं।

ज़ियाउल ने पत्तल बौने से लेकर मेरी तरफ़ बढ़ाया ही था कि 'धिचक्याऊँ! धिचक्याऊँ! धिचक्याऊँ!' की तोतली आवाज़ कानों में पड़ी। पलटकर देखा, धीमे-धीमे दौड़ता लफत्तू हमारी तरफ़ आ रहा था। "थाले अकेले-अकेले था लये ओ हलामियो!"

मैं उसके गले लग गया। उसने आराम से मुझे अपने से दूर किया, "थूने में दलद होता है याल!"

ऐसा हर माहौल सदियों से लफत्तू के लिए ही रचा गया लगता था। सारी मनहूसियत ग़ायब हो गई। बौने ने लफत्तू का आत्मीय इस्तक़बाल किया। पहली बार उसके बमपकौड़े के पैसे मैंने दिए। मरियल सीनों को भरसक बाहर निकाले हमारा पिद्दी टोला घिसटते से चल रहे लफत्तू का अनुसरण करता दुकानों के मुआयने के लिए निकल चला।

छोटे बच्चों की भीड़ लगी देखी तो हम वहीं ठहर गए। पट्टे का पाजामा और फटी बंडी पहने बारह-तेरह साल का एक लड़का रुआँसा खड़ा था। वह सूरत से ही किसी पहाड़ी गाँव से आया लगता था। लफत्तू ने हमें कुछ दूर रुके रहने का आदेश दिया।

बच्चे लड़के से पूछ रहे थे, "क्या बेच रिया भैये?"

"का ना मूफल्ली है। कितनी बार पूछोगे?" उसका धैर्य टूटता-सा दिख रहा था और वह बस रोने को ही था।

"अबे मूफल्ली नईं कैते मूमफली कैते हैं!" बच्चा पार्टी हँसकर दोहरी हो गई।

"बता ना, क्या भाव लगा रिया?"

"भैया बार आने की पाव भर मूफल्ली।"

"मूफल्ली..." उसी के टोन में इस शब्द का उच्चारण करते बच्चों पर पुनः हँसी का दौरा पड़ा।

लफत्तू मामला समझ गया। वहाँ पहुँचा और बच्चों को हड़काते हुए बोला,

"थालो एक-एक की हद्दी तोल दूँगा। फूतो थालो! फूतो याँ थे!" एक बच्चे की पिछाड़ी पर उसकी लात भी पड़ी।

अब मूफल्ली विक्रेता छोकरा और हम आमने-सामने थे।

"काँ थे आया ऐ?" लफत्तू ने पूछा।

"भतरौंजखान से।"

"ये प्लेंत ऐ बेते। याँ नईं चलती मुपल्ली। मूम्पली नईं कै थकता?" उसके बोरे से दो-चार मूँगफलियाँ साधिकार निकालते उसने हिक़ारत से कहा।

"मुम्फल्ली।"

"हाँ।" कुछ सोचकर लफत्तू ने कहा, "ये तलेगा।" फिर पूछा, "अकेला आया ऐ?"

"नईं बाबू साथ आए रहे मुझको यहाँ बैठा गए कि अभी आ रहा हूँ करके। पता नईं काँ गए। लौंडों ने इतना दिक कर दिया। मैं जाता हूँ अब।"

वह अपना बोरा उठाने को हुआ तो लफत्तू ने उसे डपटा, "थाला बला आया बिदनत कलने वाला। गब्बल का नाम नईं छुना तैने। जो दल ग्या बेते वो मल ग्या। अब बैथ के बेत मूमफली। कोई तंग नईं कलेगा। गब्बल की गालंती ऐ।"

लफत्तू ने मुझसे चवन्नी माँगी और उससे मूँगफली ख़रीदी। उसकी तरफ़ आँख मारी और कहा, "दलना मती।"

मेले में घूमते काफ़ी देर हुई और हम मूँगफली टूँगते लगातार आपस में मूफल्ली-मूफल्ली कर हँसते रहे और ख़ूब ख़ुश हुए।

घर लौट रहे थे जब मैंने दबी ज़ुबान में लफत्तू से पूछा, "बहुत मारा ना पापा ने तुझे।"

"गब्बल को कौन माल छकता है बेते!" पुराना आत्मविश्वास उसकी आवाज़ से ग़ायब था। उसने मुझसे भी दबी ज़ुबान में मुझसे पूछा, "अपनी भाबी को देका तूने याल? कोई कै रा था गोबल दाक्तल का त्लांतपल हो ग्या।"

मेरी ज़ुबान पर गोंद चिपका हुआ था।

पहली बार उदास आवाज़ में वह बोला, "याल कुत्तू-गमलू लामनगर छे तले दाएँगे क्या?"

***

मेरे परिवार में यह बात किसी को मालूम न थी कि मैं और लफत्तू ज़ियाउल

के घर जा चुके थे। उस रात खाते समय जब मैंने अगले दिन ज़ियाउल के घर जाने की अनुमति माँगी तो उसे मिल ही जाना था क्योंकि पिताजी पहले ही मुझे उसके साथ दोस्ती बढ़ाने को कह चुके थे। माँ ने थोड़ा-सा मुँह बनाया और बोली, "यहीं क्यों नहीं बुला लेता है उसको ? ज़रूरी है उसके यहाँ जाना ?"

"अरे जाने दो यार! बच्चों को ऐसे ही दुनियादारी पता चलती है।" फ़ैसला मेरे पक्ष में सुना दिया गया।

अगले दिन तैयार होकर ज़ियाउल के घर जाने ही को था कि माँ ने कहा, "रुक एक मिनट को।"

वह भागकर मंदिर वाले कोने में गई और कुछ देर घंटी बजाने के बाद वापस आई। उसने मेरे माथे पर भभूत का टीका लगाया और गरदन के गिर्द काला धागा बाँध दिया, "वहाँ कुछ खाना-हाना मत। और डर लगेगा तो हनुमान चालीसा का जाप कर लेना। एक बजे तेरे बाबू आ के तुझे ले जाएँगे।"

लफत्तू बस अड्डे के पीछे खड़ा मिला। मेरे माथे पर भभूत लगी देखकर बोला, "अबी तू बत्ता ऐ बेते। थोता ता बत्ता।" उसकी मंशा अपमानित करने की नहीं थी पर मुझे ख़राब लगा। मैंने झटके में माथा उल्टी हथेली से साफ़ किया और उससे कहा कि माँ ने अपना काम किया मैंने अपना।

उसने मेरा हाथ थाम के कहा, "बुला नईं मानते याल!"

हिमालय टॉकीज़ पार करते ही उस पर पुरानी बहार आ गई। दो उँगलियाँ मुँह में डालकर सीटी बजाना भी उसने सीख लिया था। मैकेनिकों वाली गली के सामने से गुज़रते हुए उसने इस कला का प्रदर्शन किया और जल्द ही अपनी मटकदार चाल में चलने लगा। कभी-कभी उसे देखकर मैं हैरान हो जाता था। अभी-अभी पापा ने इसकी चमड़ी उधेड़ी है मगर डरता किसी से नहीं। उसके मुझ पर ऐसे-ऐसे एहसान थे लेकिन उसने एक बार भी किसी का हवाला देकर मुझे छोटा महसूस नहीं कराया था जैसा बंटू हर दूसरी बार किया करता था।

ज़ियाउल के घर पर हमारा इंतज़ार हो रहा था। आसमानी लिबास ने आज गुलाबी रंग चढ़ा लिया था। उसने हमें दूर से देख लिया। हमें उसका 'ज़िया भाई! ज़िया भाई!' कहते हुए भीतर जाते बोलना सुनाई दे गया। ज़ियाउल की अम्मी ने हमारे सिरों पर हाथ फिराये और आशीष दिया। गुलाबी लिबास ने हमें 'आदाब भाईजान' कहा और अंदर कहीं चला गया। ज़ियाउल हमें अपने कमरे

में ले जाते हुए बोला, "ये हमारी बाजी हैं।"

'बाजी' शब्द का मतलब पूछने की हिम्मत नहीं पड़ी- बस मन में दस-बीस सवाल भर उमड़े।

ज़ियाउल के पास बहुत सारी किताबें थीं। इतनी किताबें मैंने दुकान को छोड़कर कहीं नहीं देखी थीं। किताबें कुच्चू-गमलू के पास भी थीं पर ज़ियाउल का कलेक्शन अलग तरह की चीज़ था। ज़ियाउल ने हमें स्पैलिंग वाला खेल खेलने का प्रस्ताव दिया। लफत्तू ने एक कॉमिक निकाल लिया। वह कुछ भी खेलने के मूड में न था। "तुमी खेलो याल। मुदे नईं आती इंग्लित-फ़िंग्लित!"

स्क्रैबल क़रीब एक घंटा चला। इस दरम्यान हम शरबत, सिवई, समोसे इत्यादि का भोग लगा चुके थे। हमारे खेल को गुलाबी पोशाक वाली बाज़ी के रूप में एक अच्छा दर्शक मिल गया था। वे ज़ियाउल से एकाध साल बड़ी थीं। हर नई बात पर 'बहुत अच्छे भाईजान!' कहना उनका तकिया कलाम था।

'लोटपोट' पढ़ने में नक़ली व्यस्त लफत्तू ने अपना चेहरा इस क़दर छुपाया हुआ था कि अगर आधे घंटे बाद बाजी उससे 'आप नहीं खेलेंगे?' नहीं पूछती तो हम उसे भूल ही जाते। "लफत्तू को खेल पसंद नहीं है। उसे कॉमिक अच्छे लगते हैं।" मैंने लफत्तू का बचाव करते हुए कहा।

'कोई बात नहीं, कोई बात नहीं' कहकर उन्होंने हमारे उत्साहवर्धन में जुट जाना बेहतर समझा।

स्क्रैबल के बाद हम लोग बाहर बरामदे में आ गए। सामने नहर बह रही थी। थोड़ा आगे देखने पर टुन्ना की कर्मस्थली यानी कोसी डाम की झलक दिखती।

"आओ बच्चो! खाना लग गया!" भीतर से ज़ियाउल की मम्मी की आवाज़ आई तो मेरी फूँक सरक गई।

सिवई, समोसे, शरबत तक तो ठीक था पर पूरा खाना! अगर घर में माँ को पता लग गया तो? खाने में गाय जैसी कोई चीज़ हुई तब?

मैं कोई बहाना सोच रहा था कि लफत्तू ने मेरी बाँह थामी और अपने साथ भीतर डाइनिंग टेबल पर ले गया। बढ़िया साफ़ सफ़ेद तश्तरियाँ क़रीने से लगी हुई थीं। ज़ियाउल की अम्मी ने मटर की ख़ुशबूदार तहरी और दही के डोंगे खोले और बोली, "बच्चों के हिसाब से मिर्च बिल्कुल नहीं डाली है बेटे, लो।"

मुझे पता नहीं था मटर की तहरी जैसी सादा चीज़ भी उस क़दर स्वादिष्ट हो

सकती थी। उसे खाते हुए न माँ की बातें याद आईं न तहमत से ढके गोश्त-लदे ठेले की। स्वीटडिश में मुरादाबादी घेवर मिला।

जाने का समय होने को था और मैं पिताजी का इंतज़ार कर रहा था जब ज़ियाउल की अम्मी ने बताया कि ऑफ़िस से चपरासी आकर बता गया था व्यस्त होने के कारण बाबू हमें लेने नहीं आ सकेंगे। मुझे तसल्ली हुई वापसी में थोड़ी और मौज कर सकेंगे।

ज़ियाउल, उसकी अम्मी और बाजी हमें कॉलोनी के गेट तक छोड़ने आए। "आते रहना बेटा! ज़िया तो हर बखत किताबों में ही मुँह डाले रहते हैं। घर पर सब को हमारा सलाम कहना।"

मुसलमान घर में लंच कर चुकने जैसा अविश्वसनीय कारनामा कर चुकने का सदमा एकाध मिनट रहा जब लफत्तू बोला, "ज्याउल कित्ता अत्ता ऐ ना। उतकी बादी औल मम्मी बी।" मैंने मुसलमान घर में लंच कर चुकने के बारे में उसके विचार पूछे। "अले हता याल! इत्ते प्याल थे तो मेली मम्मी ने मुजे कबी नईं खिलाया। मेला भाई तूतिया है थाला। कुत नईं होता मुथलमान हुथलमान! बत घल पे मत बताना। ज्याउल ते मैं कै दूँगा कि तेले घल पे कुत नईं कएगा।"

घर पर छोटी बहनों के सिवा कोई न था। वे अपनी गुड़ियों के बचकाने खेलों में मुब्तिला थीं। मैंने इत्मीनान की साँस ली कि तुरंत खाना खाने को कोई नहीं कहेगा। गरदन तक स्वाद अटा हुआ था।

***

एक शाम हम क्रिकेट खेल रहे थे। बंटू हरिया हकले की छत पर पहुँचा दी गई गेंद लाने गया। इस बार गेंद असल में दूधिये वाली गली में चली गई थी। इन्हीं दिनों यह नियम लागू किया गया था कि सड़क या दूधिये वाली गली में गेंद पहुँचाने वाले को ही उसे लाना होगा। लफत्तू ने अपनी फ़ील्डिंग सेवा बंद कर दी थी।

बंटू नीचे गया तो मैं और लफत्तू छत की मुँडेर पर अपनी मुंडियाँ टिकाए नीचे झाँककर देखने लगे। बंटू को गेंद नज़र नहीं आ रही थी और वह इधर-उधर खोज रहा था। अचानक हमारे ऐन नीचे हरिया के घर का दरवाज़ा खुला और हमारी उम्मीदों को ग्रहण लगाता कुच्चू-गमलू का खिलखिल करते बाहर आना घटित हुआ। उनके पीछे-पीछे हरिया निकला और उसके बाद हरिया की

बहन और उसकी माँ।

"हो गई बेते तेली भाबी की थादी फ़ित्त हलिया के तात। मैं कै ला था ना थाले ने फंता लिया ऐ उतको।"

जब तक बंटू गेंद लाता, हम दोनों बौने के ठेले की तरफ़ निकल चुके थे। कुछ दिन पहले मेरे छोटे मामा घर आकर रहे थे। जाने से पहले सब की निगाहों से छिपा उन्होंने मेरी जेब में पाँच का नोट सरका दिया था सो पैसे की इफ़रात थी। बमपकौड़ा पेट में जाते ही हमारे दिमाग़ स्थिर हो जाते और विचारों में तार्किकता आने लगती थी। नेकर के पिछले हिस्से पर हाथ पोंछता लफत्तू बोला, "लालथिंग के पात तलते ऐं।"

लाल सिंह क़िस्मत से दुकान पर ख़ाली बैठा माचिस की तीली की मदद से कनगू निकाल रहा था। हमें देखते ही उसका चेहरा खिल गया, "इत्ते टैम से काँ थे बे हरामियो?"

दूध-बिस्कुट की मौज काटी गई। लाल सिंह ने तड़ से सवाल उछाला, "गोबर डाक्टर तो जा रहा हल्द्वानी। ट्रांसफ़र हो गया बता रहे थे। अब तेरा क्या होगा कालिया?" उसने प्यार से लफत्तू की ठोड़ी सहलाई।

"होना क्या ऐ! आपका नमक खाया है थलकाल।" अप्रत्याशित रूप से कालिया बन गया लफत्तू। फिर जल्दी से पाला चेंज करके गब्बर बनकर बोला, "ले बेते अब गोली खा!"

अपने नन्हे हाथों को जोड़कर उसने पिस्तौल की सूरत दी और अपनी ही कनपटी पर लगाकर कहा, "धिचक्याऊँ! धिचक्याऊँ! धिचक्याऊँ!" और मर गया। लाल सिंह हँसते-हँसते पगला गया था। "सालो जल्दी-जल्दी आया करो यहाँ। इत्ती बोरियत होती है।"

लफत्तू ने लाल सिंह को अपने अभिनय से प्रभावित कर लिया था लेकिन मैं जानता था वह अचानक आ गए अभूतपूर्व संकट से लड़ने के लिए ताक़त इकट्ठा करने की कोशिश कर रहा था। लफत्तू तो तब भी नहीं रोया था जब उसके पापा उसे सड़क पर नंगा करके जल्लादों की तरह पीट रहे थे।

***

ज़ियाउल के घर का खाना याद आते ही मुँह में पानी भर आता। एक बार मैंने ज़ियाउल से ऐसा कह दिया तो वह अगले ही दिन मेरे और लफत्तू के लिए

एक अलग टिफिन में मटर की तहरी बनवाकर लाया। उसने अपनी अम्मी का संदेश भी दिया कि हम जब चाहें तहरी खाने उनके घर जा सकते थे। बल्कि अगले ही इतवार को क्यों नहीं आ जाते।

दो इतवार हम लंच के लिए ज़ियाउल के घर गए। फिर चार दिन की छुट्टियाँ पड़ गईं। ज़ियाउल कुछ दिन के लिए अपनी ननिहाल यानी फ़र्रुखाबाद चला गया। उसके मामा की शादी थी।

इस तरह बिना पूर्वसूचना के मिल जाने वाली छुट्टियों में हमारा ज़्यादातर समय दिगंबर तैराकी और कायपद्दा जैसी गतिविधियों में बीतता। छुट्टी के पहले ही दिन चूर होकर हम घरों को लौट रहे थे जब बातों-बातों में बहस चल निकली कि छुट्टियाँ किस बात की चल रही थीं। गोलू ने अपने पापा के हवाले से बतलाया कि दो-तीन त्योहारों के एक साथ पड़ जाने और उनके बीच इतवार होने से ऐसा हुआ था। एक दिन बाद मुहर्रम था। मुहर्रम माने मुसलमान त्योहार। पिछले साल मुहर्रम के समय मैं अपने परिवार के साथ किसी शादी में रानीखेत गया था। उस मुहर्रम के ताजियों और ढोल-दमामों वग़ैरह की बाबत लफत्तू और बंटू ने मुझे इतने क़िस्से सुनाए थे कि उसका नाम सुनने भर से मुझे उत्साह महसूस हुआ।

उधर ज़ियाउल ऐसा गया कि फिर वापस लौटकर रामनगर नहीं आया। उसके परिवार के फ़र्रुखाबाद गए होने के दौरान ही उसके पापा का तबादला होने की ख़बर आई। वे लोग वहीं से सीतापुर शिफ़्ट हो गए। ज़ियाउल के पापा वहीं से ट्रक लेकर आए और रातोंरात सारा सामान ले गए। कुछ दिन लफत्तू और मुझे ज़ियाउल की बहुत याद आती रही लेकिन हमारे पास मसरूफ़ हो जाने की बहुत सारी चीज़ें थीं।

लफत्तू के व्यवहार में भी परिवर्तन आ रहे थे। उसने कायपद्दा खेलना बंद कर दिया था। हम आम के पेड़ों की डालियों पर चढ़े रहते और वह पानी में डूबा-अधडूबा रहता। उसने बोलना भी कम कर दिया। शामों को क्रिकेट खेलने भी नहीं आता था। लाल सिंह की दुकान पर हम हर शाम ज़रूर जाते थे। वहाँ जाते ही मेरी निगाहें पशु अस्पताल के गेट से लग जातीं लेकिन लफत्तू किसी दूसरे ग्रह पर चला गया था। लाल सिंह उसकी उदासी को ताड़ न ले यह सुनिश्चित करने के लिए वह यदा-कदा कोई अश्लील गाना या पिक्चर के

डायलॉग सुनाता।

उस्ताद का यह रूप मुझे क़तई पसंद नहीं आ रहा था। लेकिन मैं असहाय था। उसके लिए कुछ भी कर सकने की मेरी सामर्थ्य न थी। मैं हिम्मत कर गमलू-कुच्चू का नाम ले लेता तो वह 'हता थाले को याल' कहता सड़क पर पड़े पत्थरों को लतियाता दूर तक ठेलता ले जाता। कभी-कभी वह बिला वजह अपने आप से 'हत थाले की' कहता।

लेकिन मुहर्रम की सुबह वह पुनः 'बीयोओओई' करता सड़क पर से मुझे बुला रहा था। मैंने झटपट चप्पल पहनी। हम बौने के ठेले की तरफ़ चल पड़े।

"बेते पितले थाल इत्ते बले-बले धोल बज रये थे मोर्रम पे कि कान फूत गए। औल इते बले ऊँते-ऊँते तादिए... आप थमल्लें... तेले घल की थत तक। बंतू ते पूत लेना। दलना मती!"

हमने प्रिय व्यंजन पिरोया और बहुत दिनों बाद फ़र्श से चिपककर आधे घंटे कोई पिक्चर देखी।

शाम चार बजे से ही पाकिस्तान के किसी सुदूर हिस्से से मुहर्रम के ढोलों की आवाज़ें सुनाई देना शुरू हो गईं। समय के साथ उनकी थापें तेज़ होती गईं। क़रीब साढ़े छह बजे जुलूस सीमा पर था। हमारी छत पर दर्शकों का मजमा लगा हुआ था।

दूर तक लोगों का हुजूम नज़र आ रहा था। जुलूस में बीच-बीच में बड़े-बड़े और शानदार ताज़िए नज़र आ रहे थे। बेहतरीन कलाकारी के इन चमचमाते नमूनों को मैं जीवन में पहली बार देख रहा था। जुलूस में सबसे आगे बैंडवाली एक गाड़ी पर रखे दो बड़े-बड़े ढोल बजाए जा रहे थे। गाड़ी के आगे छातियाँ पीटते क़रीब बीस-तीस बड़े और बच्चे थे। छोटे बच्चे बार-बार गाड़ी के पास जाते। वहाँ से उन्हें कुछ मिलता जिसे अपने मुँहों में ठूँसकर वे सीना फोड़ने में जुट जाते। पीछे पता नहीं कितने सारे तो ताज़िए थे और कितने लोग। बैंडगाड़ी हमारे घर से दसेक मीटर दूर रह गई होगी जब ढोल बजाने वालों के भीतर जैसे कोई देवता घुस गया। खुले सीनों वाले चार-चार हट्टे-कट्टे आदमी ढोल पीट रहे थे और सचमुच घर की दीवारों की एक-एक ईंट बजती महसूस हो रही थी। ताज़िए बहुत ऊँचे थे. लगता था कि ऊपर टँगे बिजली के तारों में लिपझ जाएँगे।

ढोलों की आवाज़ कानफोड़ू थी। ऐसी उत्तेजना कभी महसूस नहीं हुई थी।

बैंडगाड़ी के पीछे बड़ी उम्र के पगलाए से लड़कों-आदमियों को अपने सीनों और पीठों पर रस्सियाँ-सोंटियाँ बरसाते हुए 'या अली या अली' कहते देखना अजब सनसनी भर देने वाला था। इस सारे कोलाहल को देखते कुछ भी सुनाई नहीं दे रहा था। मुझसे सटकर खड़े बंटू की कमेंट्री लगातार चालू थी। अलबत्ता लफत्तू ने जब कान से अपना मुँह सटाकर 'तल बेते' कहा तो उस पागलपन के बीच भी मैंने उसकी आवाज़ सुन ली। उसने आँख मारकर मुझे अपने पीछे आने को कहा।

***

लफत्तू और मैं हरिया हकले की छत फाँद ही रहे थे जब पीछे से बंटू की आवाज़ आई, "रुको मैं भी आ रहा हूँ यार।" ज़ीना उतरकर हम दूधिये वाली सँकरी गली में थे। सरदारनी के स्कूल की तरफ़ जाने के बजाय हम बाईं तरफ़ वाली गली में मुड़ गए जहाँ से हमें सीधे घासमंडी पहुँच जाना था। घासमंडी की तमाम दुकानों के आगे लोग मुहर्रम के जुलूस के वहाँ तक पहुँच जाने की प्रतीक्षा में थे। हम लाल सिंह की दुकान पर पहुँचे ही थे कि बंटू पर भय का दौरा-सा पड़ा। वह वापस घर जाने की बात करने लगा तो लफत्तू ने थूकते हुए कहा, "दलपोक थाला!"

डरपोक कहे जाने से बंटू का स्वाभिमान आहत हुआ और उसने वापस जाने की योजना मुल्तवी कर दी।

"अब यईं पल लुके लओ" लफत्तू साधिकार बोला।

जुलूस हमारे घर से आगे निकल रहा था और हम तक पहुँचा ही चाहता था। रात घिरने लगी थी। सीना पीट रहे छोटे बच्चों के उत्साह में कोई कमी नहीं आई थी। छत से मुहर्रम के जुलूस को देखना और बात थी, यहाँ उसे रू-ब-रू अपने नज़दीक आते देखना और। ढोलों की धमक जैसे हमारे पेटों से उठती हुई दिमाग़ तक पहुँचती लग रही थी। वे रोंगटे खड़े कर देने वाली आवाज़ें थीं।

गाड़ी की एक तरफ़ दो बड़ी-बड़ी देगचियाँ रखी हुई थीं। बच्चे देगची-इन्चार्ज के पास जाते, उसकी चिरौरी करते और मुट्ठीभर कुछ माल पा-खाकर फिर सीना फोड़ने लगते।

बैंडगाड़ी हमारे ऐन सामने थी। देगची-इन्चार्ज को मैंने और बंटू ने पहचान लिया। वह बंटू लोगों के घर चलती रहने वाली शाश्वत मरम्मतों का निर्देशन

करने वाला बहरा मिस्त्री था जो बार-बार बताए जाने के बावजूद कुछ-न-कुछ ऐसी वास्तुशिल्पीय गड़बड़ कर दिया करता था कि घर लौटने पर बंटू के पापा उसे काला चश्मा लगाए-लगाए ही डाँटना शुरू कर देते थे।

देगची-इन्चार्ज ने भी हमें दूर से ताड़ लिया और इशारे से नज़दीक बुलाया। बंटू ने एक पल की भी देर नहीं लगाई और हम बैंडगाड़ी की ऐन बग़ल में पहुँच गए। बहरे मिस्त्री ने ख़ूब बड़े-बड़े तीन पत्तलों में माल भरकर हमें थमाया। बिजली की रफ़्तार से भागते हुए हम घासमंडी की दूसरी तरफ़ पशु अस्पताल से सटे एक टीले की तरफ़ भाग चले।

पत्तलों में गरम-गरम जलेबी वाली बूँदियाँ भरी हुई थीं। बंटू ने बूँदी के मुसलमान होने का ज़िक्र किया तो लफत्तू ने हिक़ारत से उससे कहा, "मैंने का ता तुदते अपने थात आने को? तुदे वापत जाना ऐ तो जा। हता थाले को!"

बंटू वाक़ई डरपोक निकला और भागता हुआ वापस अपने घर चला गया। स्वादिष्ट बूँदी का स्वाद आना शुरू ही हुआ था कि खोपड़ी पर कर्रा तमाचा पड़ा। सँभल पाने से पहले दूसरा। दो सेकेंड के भीतर हम दोनों बाँकुरे ज़मीन पर थे। दो जोड़ी बड़े-बड़े हाथों ने हमारे पत्तल समेटकर कूड़े की तरह उछाल दिए।

एक लफत्तू का बड़ा भाई था एक उसका बीड़ीख़ोर दोस्त।

दूधिये वाली गली तक हमारे कान नहीं छोड़े गए। छत पर इकट्ठा भीड़ आख़िरी ताज़ियों को देखने में मशगूल थी। कान छोड़े गए तो लगा वे दो-दो हिस्सों में बँट चुके थे। लफत्तू के भाई ने मुझे चेताते हुए कहा कि मुझ होशियार बच्चे को लफत्तू जैसे आवारा से दूर रहना चाहिए। उसने यह भी कहा कि मुसलमानों के हाथ की बनी मिठाई खा चुकने के बदले में शायद अगले कुछ दिनों में हमारे हाथ झड़ जाएँगे। लफत्तू को आगे घर पर देख लिए जाने की चेतावनी भी मिली।

दर्द, अपमान और छोटा होने की विवशता के अलावा मुझे लफत्तू के बड़े भाई के अज्ञान और गधेपन पर तरस आया। हाथ झड़ने होते तो अब तक झड़ चुके होते। भाषण चल रहा था कि लफत्तू बिजली की तेज़ी से भाई की गिरफ़्त से निकला और 'हत थाले!' कहता आगे अँधेरों की तरफ़ भागता चला गया। दोनों बड़े उसे पकड़ने भागे तो मैंने अपने दुखते कान पर हाथ लगाया। वह सलामत था।

जुलूस की आवाज़ उतनी कानफोड़ू नहीं रह गई थी। चोरों की तरह हरिया हकले का ज़ीना चढ़कर मैं ढाबू की छत फलाँगता अपनी छत के क्रिकेट मैदान वाले हिस्से की तरफ़ आकर टंकी की ओट हो गया। रात के खाने की योजनाएँ बनातीं आपस में बतियातीं मंथर क़दमों से नीचे उतरती औरतें थीं। मैदान साफ़ था। मैंने थोड़ा ऊँची आवाज़ में कुछ गाना-सा गुनगुनाना शुरू कर दिया ताकि वे मेरी उपस्थिति से वाकिफ़ हो रहें।

"अभी कब तक छत पर रहेगा? चल हाथ-मुँह धो के किताब-हिताब पढ़! बहुत हो गया मुसइयों का ताजिया-फाजिया। कल से स्कूल भी जाना है।"

नींद रह-रहकर टूटती रही रात भर। मुझे कल्पना में दिखता था लफत्तू की धुनाई हो रही है और वह 'बचाओ-बचाओ' की गुहार लगा रहा है। सुबह वह अपना बस्ता थामे "बीयोओओई" का लफंटर-संकेत करता सड़क पर खड़ा था।

उसका चेहरा सूजा हुआ लग रहा था। मैंने उसके भाई द्वारा बाद में किए गए व्यवहार के बारे में जानना चाहा पर झेंप महसूस हुई। उसने मेरा हाथ पकड़कर आँख मारते हुए कहा, "हात तो नईं झला याल तेला मुथलियों के हात की बूँदी खा के बी!"

असेंबली के समय प्रिंसिपल साहब के साथ एक सज्जन खड़े थे। खाकी वर्दी पहने ये सज्जन पुलिस तो क़तई नहीं लग रहे थे पर एक तरह की अफ़सरी धज उनके भीतर से ज़रूर टपक रही थी। राष्ट्रगान के बाद प्रिंसिपल साहब ने कहना शुरू किया, "बच्चो, आज आप को जंगलात विभाग से पधारे सिरी डोबाल जी कुछ अच्छी-अच्छी बातें बताएँगे। पहले उनके स्वागत में आप लोग गीत गाएँ।"

मुर्गादत्त मास्टर ने हारमोनियम सँभाल लिया। इस तरह अचानक गीत गाने की हम में से किसी की तैयारी न थी। नतीजतन मास्टर देबानन मुर्गादत्त की कर्कश ध्वनि सबसे अलग सुनाई दे रही थी। हारमोनियम जैसे रेलगाड़ी की बग़ल में रेंग रही मालगाड़ी जैसा अलग स्वरमंजरियों का खौफ़नाक समाँ बाँधे था। हवा में क़रीब तीन हज़ार बच्चों के तीन हज़ार आरोह-अवरोह एक-दूसरे को काट-पीट-खसोट-नोच रहे थे- 'आपि का सुआगत है सिरीमान। आपि का सुआगत है सिरीमान...'

इस राग के द्रुततम ताल पर आने के उपरांत खाकी डोबाल जी ने एक-एक कर पहले तो सारे मास्टरों का नाम लेकर धन्यवाद कहा। फिर गला खखारकर क़रीब आधे घंटे हमारी ऐसी-तैसी की। समझ में इतना ही आया कि हमें पेड़ लगाकर धरा को बचाना है। और पेड़ लगाने का यह काम चौबीस घंटे, ताज़िंदगी करते जाना है। तभी धरा बचेगी।

खाकी डोबाल के माइक से हटने पर एक बार पुनः प्रिंसिपल साहब ने मोर्चा सँभाला। "डोबाल साहब के निर्देशन में आज कच्छा छह और सात के बच्चे ब्रिच्छारौपड़ हेतु कोसी डाम पे जाएँगे। ब्रिच्छारौपड़ के उपरांत बच्चे चाएँ तो स्कूल आ जावें चाएँ अपने घर चले जावें। कल को कच्छा आठ और नौ के बच्चे यही कारजक्रम करेंगे..."

यानी छुट्टी। ब्रिच्छारौपड़ शब्द का मतलब लफत्तू की समझ में नहीं आया तो उसने मुझसे पूछा। मैंने उसे बतलाया तो वह बोर होता हुआ बोला, "इत्ता-ता पौदा लगाने का इत्ता बला नाम? बली नाइन्तापी है दद ताब!"

चीख़ता-चिल्लाता, धूल उड़ाता हमारा काफ़िला डाम पर पहुँचा। डाम की बग़ल में बने बच्चा पार्क के दाएँ बने एक रास्ते पर हमें ऊपर चढ़ने को कहा गया। आगे लकड़ी का एक गेट था। गेट पर सूरत से ही कामचोर और चपरासी लग रहे क़रीब पाँच मनहूस आदमी खड़े थे। "एक-एक करके बे!" उन्होंने डपटकर हमें एक-एक पौधा थमाया। ज़्यादातर पौधों की पत्तियाँ सूखी हुई थीं और वे भयानक तरीक़े से मरगिल्ले लग रहे थे।

आधे-पौन घंटे में इन पौधों को जैसे-तैसे ज़मीन में दफ़नाकर हम नीचे पार्क में थे जहाँ खाकी डोबाल, मुर्गादत्त मास्टर और नेस्ती मास्टर उर्फ़ विलायती सांड कहीं से ले आई गई कुर्सियों पर विराजमान हो चुके थे। उनके सामने एक मेज़ धरी हुई थी। और आगे हम बच्चों के बैठने को दरी बिछा दी गई थी। जब सारे बच्चे सेटल हो गए और हल्ला-गुल्ला कम हुआ तो विलायती सांड खड़ा हुआ और प्रारम्भिक अनुष्ठान के तौर पर उसने पहले ख्वाक्क-ध्वनि के साथ थूक का गोला अपने पीछे उछाला, एक डकार जैसी ली और हमें सूचना दी- "अब सारे बच्चों को ब्रिच्छारौपड़ कारजक्रम के सटफिकट बाँटे जाएँगे।"

दो घंटों तक नाम पुकारे जाते रहे। बच्चा मेज़ पर जाता और खाकी डोबाल से सर्टिफिकेट ग्रहण करता। बाक़ी बच्चे ताली बजाते। शुरू के दस-पंद्रह बच्चों

तक उत्साह बना रहा, उसके बाद बच्चे अधमरे होना शुरू हुए। धूप अलग थी।

मेज़ पर धरी सर्टिफिकेटों की गड्डी ख़त्म होने को थी जब एक जीप आकर रुकी। पेटियाँ निकाली गईं और एक-एक कर बच्चों को एक केला और एक समोसा थमाते हुए अपना मुँह काला कर घर फूट लेने का आदेश दिया गया। लफत्तू इस सब से इस क़दर चट चुका था कि उसने पार्क से बाहर आते ही समोसा और केला नहर की तरफ़ 'हता थाले को!' कहते हुए उछाल दिए।

कोई और दिन होता तो लफत्तू ने मेज़-कुर्सी पर बैठी सतत चाय सुड़कती त्रयी के कितने ही मज़ाक़ उड़ा लिए होते लेकिन पिछले कुछ दिनों से वह किसी दूसरी आकाशगंगा के किसी दूसरे सौरमंडल के किसी सुदूर ग्रह में जा बसा था।

वृक्षारोपण कार्यक्रम के चौथे दिन असेंबली में गोबर डाक्टर की उपस्थिति ने हमारी दिलचस्पी को ज़रा-सी हवा दिखाई। उस दिन बारहवीं क्लास ने वृक्षारोपण करने जाना था। गोबर डाक्टर ने भी पेड़, पानी, धरती वग़ैरह के बारे में अपना ज्ञान बघारते हुए वृक्षारोपण की महत्ता को रेखांकित किया। बच्चों की नक़ली तालियों के बाद प्रिंसिपल साहब ने सूचित किया कि गोबर डाक्टर का स्थानांतरण हो गया है। उन्होंने नाटकीय स्वर में कहा कि सारा शहर उनकी याद में आने वाले कई सालों तक रोता रहेगा। पंडित रामलायक 'निर्जन' ने अपनी रची एक गीत-शृंखला सुनाई जिसका आशय यह निकलता था कि चाँद-सूरज तो तब भी रोज़ आते रहेंगे लेकिन रामनगर की सड़कें गोबर डाक्टर के बिना क़ब्रिस्तान में तब्दील हो जाएँगी। पहले से ही मनहूस इस असेंबली को मनहूसतर बनाने में रामलायक 'निर्जन' ने कोई कसर नहीं छोड़ी।

छुट्टी जल्दी घोषित कर दी गई। मैंने लफत्तू से बमपकौड़ा खाने चलने को कहा तो वह मान गया। मेरे पास थोड़े पैसे थे। बमपकौड़ा निबटाकर हम मंथर गति से घर जा रहे थे जब सामने से दौड़ता आता लाल सिंह दिखा।

"तुम यहाँ मौज काट रहे हो और वहाँ तुम्हारे माल हल्द्वानी जा रहे हैं। एक बार देख तो लो उनको हरामियो!"

नासमझ बदहवासी में भागते हुए हम पशु अस्पताल के गेट पर पहुँचे। ट्रक में सामान लादा जा चुका था। गोबर डाक्टर की गाड़ी की एक गतिमान झलक भर असफाक डेरी सेंटर के मोड़ पर नज़र आई। हम दोनों वहीं बैठ गए। लफत्तू का चेहरा सफ़ेद पड़ गया जैसे कि वह अब रोया, तब रोया। मैं नक़ली आशिक़

था। कुच्चू-गमलू के चले जाने का कोई उतना अफ़सोस नहीं हो रहा था। मुझे लफत्तू की सचमुच बहुत चिंता होने लगी।

ट्रक के बाहर निकलते ही हारे जुआरियों की तरह हम पशु अस्पताल के अहाते में प्रविष्ट हुए। कुच्चू-गमलू के घर के बाहर वीरानी छाई हुई थी। भीतर कोई झाड़ू कर रहा था। अगले डाक्टर के रहने के लिए तैयारी शुरू हो चुकी थी। बाहर पुरानी पेटियाँ, एकाध दरियाँ और कूड़ा-कचरा बिखरा था। लफत्तू ने अचानक कुछ देखा और भागकर कूड़े से उसने अपना रत्तीपइयाँ बाहर निकाला। ये वही रत्तीपइयाँ था जिसे उसने उस दिन कार की सवारी खाने के बाद 'हाउ क्यूट! हाउ क्यूट!' कहती एक स्कर्टधारिणी पर न्योछावर कर दिया था।

'हता थाले को! हता थाले को... हता!' कहते हुए आवेग में लफत्तू ने रत्तीपइयाँ के तार को बुरी तरह टेढ़ामेढ़ा बना दिया और उसे लेकर नहर की दिशा में भागा। मैंने उसका अनुसरण किया। मेरे पहुँचने से पहले ही वह रत्तीपइयाँ को नहर के हवाले कर चुका था। उसने एक रुआँसी निगाह मुझ पर डाली और भागता हुआ भवानीगंज की तरफ़ निकल पड़ा।

अगले दिन इतवार था। हमारा दिगंबरदल तैराकी कार्यक्रम के उपरांत कायपद्दा भी खेल चुका था। यानी घर जाकर कुछ खाने का समय हो गया था। लफत्तू पानी के भीतर नंगा निश्चेष्ट लेटा था। सब जा चुके तो मैंने उससे घर चलने को कहा।

"तू दा याल। मैं कुत थोत रा ऊँ।" कहकर उसने तेज़-तेज़ तैरना शुरू कर दिया जब तक कि वह मेरी निगाहों से ओझल न हो गया।

हाती हाती होता ऐ औल दानवल दानवल

लफत्तू की सतत उदासी और उसका ख़ामोश रहना बरदाश्त से बाहर हो गया था। तैराकी की मौज के बाद हम जब भी कायपद्दा खेलने की शुरुआत करते, लफत्तू बिना कोई नोटिस दिए नहर से बाहर आकर पिछले रास्ते से हाथीख़ाने की तरफ़ निकल जाया करता। हाथीख़ाना मुझे बहुत आकर्षित करता था लेकिन वहाँ तक जाने की मुझे इजाज़त नहीं थी क्योंकि वह पाकिस्तान के पिछवाड़े में स्थित था।

हमारे स्कूल जाने से पहले रोज़ सुबह एक हाथी अपने महावत के साथ घर के बाहर से गुज़रा करता। हाथी ज़ाहिर है वैसा ही था जैसा वह होता है। रामनगर के अपने बिल्कुल शुरुआती दिनों में मेरे और मेरी बहनों के लिए वह दुनिया का सबसे बड़ा अजूबा था। एकाध किताबों में मैं उसे देख चुका था लेकिन वह इतना बड़ा होगा, मेरी कल्पना से बाहर था। धीरे-धीरे वह रोज़मर्रा की ज़िंदगी का हिस्सा बन गया और हमें उसकी ऐसी आदत पड़ गई थी कि अपने ऐन बग़ल में गुज़रते हाथी को देखकर भी हम कभी-कभी उसे देखते तक नहीं थे। हाँ अगर चाचा या मामा वग़ैरह के बच्चे किन्हीं छुट्टियों में हमारे घर आते तो हम उन्हें सबसे पहले बताते कि हमारे घर के सामने से रोज़ सुबह हाथी गुज़रता है- सच्ची-मुच्ची का हाथी। ऐसा बताते हुए हमें अपार गर्व महसूस होता था। लगता जैसे वह हमारा अपना हाथी हो।

जंगलात डिपार्टमेंट के इस हाथी को लेकर उभरने वाली मेरी उत्सुकताओं के मुतल्लिक लफत्तू मुझे सामान्य ज्ञान से भरी अनेक जानकारियाँ मुहैया करवा चुका था। मसलन–

'हाती एक बाल में इत्ती तत्ती कलता ऐ बेते कि नगलपालिका का बमपुलिथ दो बाल भल जाए।'

'छुबै नाछ्ते में एक पेल खाता ऐ हाती।'

'हाती का दलाइबल हाती की पीथ पल ई थोता ऐ क्यूँकि दलाइबल के बिना उतको नींद नईं आ थकती।'

आख़िरी जानकारी को लेकर बागड़बिल्ले और लफत्तू में मतभेद था। बागड़बिल्ले का विचार था कि पहली बात तो हाथी सोते ही नहीं और अगर सोते हैं तो लेटकर और वह भी उल्टा लेटकर। ऐसे में महावत के उसकी पीठ पर सोने की बात तर्कसंगत नहीं लगती थी। बागड़बिल्ला यह भी कहता था कि अगर महावत का दिमाग़ ख़राब होगा तभी वह बैठकर सोने की नौकरी करेगा। वह भी एक जानवर की पीठ पर। एक बार इस बहस में लफत्तू हारने-हारने को था जब उसने अपनी प्रत्युत्पन्नमतिता का परिचय दिया। "बेते मैं तो बैथ के बी छो छकता ऊँ औल खले हो के बी।"

उस समय हम कायपद्दा खेल रहे थे। खेल को विराम देकर लफत्तू ने खड़े होकर आँखें मूँदीं और बाक़ायदा खर्राटे निकाले। मिनट भर यह नाटक करने के बाद वह एक पेड़ के ठूँठ पर जा बैठा और फिर से आँखें मूँदकर खर्राटे मारने लगा। जब तक बागड़बिल्ला कुछ नया तर्क सोचता लफत्तू चिल्लाकर आँख मारता हुआ बोला, "बेते हाती हाती होता ऐ औल दानवल दानवल... बीयोओओओई..."

लफत्तू के उदासीन हो जाने से बंटू भीतर ही भीतर प्रसन्न हुआ क्योंकि उसे मेरा साथ अधिक मिलने लगा। उसने अपने विदेशी मामा के लाए पुराने सामान में से एक टूटा हुआ विदेशी परकार मुझे बतौर उपहार दिया। इस टूटे परकार में पेंसिल फँसाने वाले हिस्से की कील टूट गई थी और कैसे भी जुगाड़ से उसकी मदद से किसी भी तरह का गोला नहीं बनाया जा सकता था। इस टूटे परकार की इकलौती विशेषता यह थी कि उसकी मूठ पर अँग्रेज़ी में 'मेड इन इंग्लैंड' लिखा हुआ था। मेरे व्यक्तिगत संग्रह में आई वह पहली इम्पोर्टेड चीज़ थी। इसी वजह से झेंप और ग्लानि के बावजूद मुझे बंटू का ऐसा करना अच्छा लगा। मैं जानता था लफत्तू इस कृत्य का हर हाल में सार्वजनिक विरोध करता।

बंटू के संसर्ग में अजीब तरह की चीज़ों में मन लगाना पड़ रहा था। इधर कुछ दिनों से मेरी पेंसिल की माँग ज़्यादा हो गई थी। हर रोज़ नई पेंसिल माँगने पर माँ सवालिया निगाहों से देखने लगी थी। मैं उसे पिछले ही दिन ली गई तक़रीबन ख़त्म हो चुकी पेंसिलें दिखाकर कहता उन्हें बार-बार छीलना पड़ रहा

था क्योंकि उनकी नोक कमज़ोर थीं। छीलते ही टूट जा रही थीं।

बंटू ने कहीं से यह वैज्ञानिक सूचना प्राप्त कर ली थी कि पेंसिल की छीलन को दो हफ़्तों तक पानी में डुबोकर रखा जाए तो वे रबर में तब्दील हो जाती हैं। हम दिन भर अपनी पेंसिलें छीलकर प्लास्टिक के टूटे डिब्बों में उनकी छीलन को इकट्ठा करते जाते। ये डिब्बे ढाबू की छत के एक सुरक्षित हिस्से में रखे जाते थे जहाँ जाकर हर शाम को उन का मुआयना होता। दस-बारह दिन में डिब्बे भर गए। डिब्बों में पानी डाला गया।

अगले दिनों कुछ भी खेल वग़ैरह के बाद घर जाते समय हम इन डिब्बों को नाक तक ले जाते और गहरी साँसों से सूँघा करते। दो-तीन दिन तक तो कोई ख़ास बू नहीं आई लेकिन उसके बाद छीलन सड़ने लगी। डिब्बों से गंदी बास आने लगी।

"मामाजी का लड़का बता रहा था कि शुरू में बदबू आएगी मगर पंद्रह दिन में उसका ख़ुशबूदार रबड़ बन जाएगा।" मैं असमंजस में सोचता रहता बंटू की बात का यक़ीन करूँ या नहीं।

लफत्तू ने न सिर्फ़ स्कूल आना बंद कर दिया था, वह हमारे साथ तैरने भी नहीं आता था। मुझे उसकी ज़रूरत महसूस होती थी इसीलिए उसकी बहुत याद आया करती।

एक दिन जब हम तैराकी के बाद कायपद्दा खेलने पितुवा लाटे के आम के बग़ीचे का रुख़ कर रहे थे मैंने लफत्तू को धीमी चाल से हरिया हकले की छत की तरफ़ जाते देखा। वह ख़ासा मरियल हो गया था। न उसकी चाल में वह मटक बची थी न शरारतों में उसकी कोई दिलचस्पी। वह हरिया हकले का ज़ीना चढ़ रहा था। मैंने बहाना बनाकर हरिया हकले के ज़ीने की राह ली। हरिया की छत पर पहुँचते ही नाक पर बदबू का हमला हुआ। मेरी निगाह लफत्तू पर गई जो हमारी छत की बजाय ढाबू की छत पर खड़ा बड़ी हिक़ारत से छीलन वाले डिब्बों को ध्यान से देख रहा था। उसने मुझे देखा तो उसके चेहरे पर ग़ुस्सा नज़र आया।

उसने मुझसे पूछा, "दब्बे में कुत्ते की तत्ती तूने लखी थी लबल बनाने को?"

दबी ज़ुबान में मेरे हाँ कहने पर उसने ज़मीन पर थूका और कहने लगा,

"तूतिया थाला! मैंने का ता ना कि बंतू के तक्कल में पलेगा तो बलबाद हो दाएगा।"

ढाबू की छत पर मेरे पहुँचने तक लफत्तू दोनों डिब्बों को लात मार चुका था। पेंसिलों की छीलन गोबर बनकर बिखर गई थी और उससे भभका उठ रहा था।

पीछे आ चुके बंटू की आवाज़ सुनाई दी, "ये किसने किया बे?"

बंटू को सुनते ही लफत्तू पलटा। बंटू बोल रहा था, "बस आज ही रात की बात थी बे। मामाजी का लड़का बता रहा था कि कल से इसमें ख़ुशबू आ जाती और बढ़िया रबर बन जाता।"

मामा का ज़िक्र आते ही लफत्तू फट पड़ा, "तेले मामा के इंग्लैन्द में बनाते होंगे कुत्ते की तत्ती छे लबल। गब्बल कोई तूतिया ऐ बेते! और छुन..." इतने दिनों तक अदृश्य रहे लफत्तू का यह रूप मुझे बहुत अच्छा लग रहा था। मन कर रहा था उसका हाथ थामकर सीधा बौने के ठेले तक भागता जाऊँ। लफत्तू ने नया सीखा डायलॉग जारी किया, "वो जमाने लद गए बंतू बेते जब गधे पकौली हगते थे।"

लफत्तू द्वारा बंटू को डाँटे जाने का सिलसिला कोई दो मिनट और चला और ज़रा-सी देर में हम दोनों बमपकौड़े के ठेले की तरफ़ जा रहे थे। मैं आश्वस्त था कि लफत्तू के पास पैसे ज़रूर होंगे। लफत्तू ने सिर्फ़ एक बमपकौड़ा मँगवाया, मेरे वास्ते। "याल मुदे मना कला ऐ दाक्तल ने। तू खा।"

पकौड़ा उसी दिव्य स्वाद से लबरेज़ था। लेकिन उससे मिली ऊर्जा के बावजूद मैं लफत्तू की बीमारी के बारे में उससे पूछने की हिम्मत नहीं जुटा पा रहा था और 'दोस्ती' फ़िल्म का कोई संवाद याद करने की कोशिश कर रहा था।

चुपचाप घर का रुख़ करते लफत्तू ने मुझे बताया कि उसे हर रात भयानक बुख़ार आता है और वह सो नहीं पाता। अगले दिन किसी बड़े डाक्टर को दिखाने उसे मुरादाबाद ले जाया जाने वाला है।

मुझे बहुत देर नींद नहीं आई। सुबह स्कूल जाने को सड़क पर उतरा तो देखा कि एक हाथठेले पर लिटाये गए लफत्तू को बस अड्डे की तरफ़ ले जाया जा रहा था। हाथ में गाँठ लगा थैला थामे उसके पापा आगे-आगे थे। ठेला धकेल

रहे पहलवान के पीछे सुबकती हुई उसकी दुबली माँ थी और उनके पीछे लफत्तू की बड़ी बहन। उनके ठीक पीछे एक और ठेला चला आ रहा था जिसमें रोज़ की तरह गोश्त ले जाया जा रहा था। शेर सिंह की दुकान के इस हिस्से से मंद गति से आ रहे हाथी की सूँड़ दिखाई देने लगी थी।

मैंने असहाय निगाहों से लफत्तू की तरफ़ देखा। वह बुरी तरह काँप रहा था और गर्मी के मौसम के बावजूद उसे कंबल ओढ़ाया गया था। मुझसे नहीं देखा गया। भर आई आँखों के किनारों को जल्दी-जल्दी पोंछता हुआ मैं स्कूल की तरफ़ भाग चला।

गब्बल थे बी खतलनाक कताई मात्तर

लफत्तू की हालत देखकर मेरा मन स्कूल में क़तई नहीं लगा। उल्टे दुर्गादत्त मास्साब की क्लास में कसाई मास्टर की अरेंजमेंट ड्यूटी लग गई। कसाई मास्टर सीनियर बच्चों को पढ़ाता था, लेकिन उसके कसाईपने के तमाम क़िस्से जूनियर बच्चों में भी ज़ाहिर थे। वह नज़दीक के एक गाँव बैलपोखरा में रहता था। दुर्गादत्त मास्साब के आने से क़रीब आधा मिनट पहले स्कूल के गेट से भीतर असेंबली में उसे बेख़ौफ़ घुसते देखते ही न जाने क्यों लगता था बाहर बरसात हो रही है। सरसों के रंग की उसकी पतलून के पाँयचे अक्सर पिंडलियों तक मुड़े होते थे और क़मीज़ बाहर निकली होती। उसे जूता पहने हमने कभी नहीं देखा। वह हवाई चप्पल पहना करता था। जाड़ों में उनका स्थान प्लास्टिक के बेडौल सैंडल ले लिया करते।

कसाई मास्टर की क़दकाठी किसी पहलवान सरीखी थी और दसवीं-बारहवीं तक में पढ़ने वाले बच्चों में उसका बड़ा ख़ौफ़ था। थ्योरी बुड्ढे और मुर्गादत्त मास्टर के धुनाई-कार्यक्रम कसाई मास्टर के विख्यात क़िस्सों के सामने बच्चों के खेल लगा करते। बताया जाता था कि कसाई मास्टर की पुलिस और सरकारी महकमों में अच्छी पहचान थी और उसके ख़िलाफ़ कुछ भी कह पाने की हिम्मत किसी की नहीं होती थी। लफत्तू के असाधारण सामान्यज्ञान की मार्फ़त मुझे मालूम था कि अगर कभी भी कसाई मास्टर का अरेंजमेंट में हमारी क्लास में आना होगा तो हमें बेहद सतर्क रहना होगा क्योंकि कसाई मास्टर का दिमाग़ चाचा चौधरी की टेक पर कंप्यूटर से भी तेज़ चलता था। यह अलग बात है कि कंप्यूटर तब केवल शब्द भर हुआ करता था- एक असंभव अकल्पनीय शब्द जिसके ओर-छोर का संभवतः भगवान को भी कोई आइडिया नहीं था। लफत्तू कहता था कसाई मास्टर को स्कूल के एक-एक बदमाश बच्चे का विस्तृत बायोडाटा ज़बानी याद था। "बला खतलनाक इन्छान है कताई मात्तर

बेते! बला खतलनाक! गब्बल थे बी खतलनाक!"

गब्बर सिंह से भी ख़तरनाक कसाई मास्टर की क्लास में एंट्री क़तई ड्रामाई नहीं हुई। उसने खड़े होकर आराम से ख़ुद ही अटेंडेंस ली और जब 'प्यारे बच्चो!' कहकर कुर्सी पर अपना स्थान ग्रहण किया, मुझे लफत्तू की बातों पर से अपना विश्वास एकबारगी ढहता-सा महसूस हुआ।

कसाईमुख को थोड़ा ग़ौर से देखने पर पता चलता था कि बागड़बिल्ले की भाँति उसकी दाईं आँख ढेणी थी। बाईं भौंह के बीचोबीच चोट का पुराना निशान उस मुखमंडल को ख़ौफ़नाक बनाता था। सतरुघन सिन्ना टाइप की मूँछें धारण किए, वह ख़ुद को ज़्यादा स्मार्ट समझने के कुटैव से पीड़ित था। प्रचुर तेललीपीकरण के बावजूद कसाई के अधपके बाल सूअर के बालों की तरह कड़े और सीधे थे। यह कल्पना करना मनोरंजक लगा कि केवल घुटन्ना पहने वह कैसा नज़र आएगा।

अटेंडेंस हो चुकी थी और 'प्यारे बच्चो!' कहते हुए कुर्सी में बैठकर कसाई मास्टर किसी विचार में तल्लीन हो गया। क्लास के बाक़ी बच्चों की तरह मैं भी अगले दो पीरियड के दौरान किसी भी स्तर के कैसे भी हादसे का सामना करने को तैयार था। अचानक कुर्सी से एक अधसोई-सी आवाज़ निकली, "पत्तल में खिचड़ी कितने बच्चों ने खाई है?"

कुछ समय से क्लास में बस कभी-कभी आ रहे लाल सिंह के सिवाय किसी भी बच्चे का हाथ नहीं उठा। लाल सिंह के उठे हुए हाथ को तवज्जो न देते हुए कसाई मास्टर ने अपनी बात शुरू की, "यहाँ से कुछ दूरी पर कालागढ़ का डाम हैगा। सोच रहा हूँ कि तुम सारे बच्चों को किसी इतवार को वहाँ पिकनिक पे ले जाऊँ। आशीष बेटे, ह्याँ कू अईयो ज़रा!" आशीष क्लास में नया-नया आया था। उसका बाप रामनगर का एसडीएम था। आशीष कसाई मास्टर की बग़ल में खड़ा हो गया। मास्टर का अभिभावकसुलभ प्रेम से भरपूर हाथ उसकी पीठ फेर रहा था। "आशीष के पिताजी रामनगर के सबसे बड़े अफ़सर हैंगे। कल मुझे इनके घर खाने पर बुलवाया गया था। व्हईं मुझे जे बात सूझी कि आशीष की क्लास के सारे बच्चों को कालागढ़ डाम पे पिकनिक के बास्ते ले जाया जाबै। और साहब ने सरकारी मदद का मुझे कल ही वादा भी कर दिया है। तो बच्चो, अपने-अपने घर पे बतला दीजो कि आने बालै किसी भी इतवार

को पिकनिक का आयोजन किया जावेगा। पिकनिक में देसी घी की खिचड़ी बनाई जावेगी और उसे पत्तलों में रखकर सारे बच्चे खावेंगे। खिचड़ी खाने का असल आनंद पत्तल में है।"

खिचड़ी, पत्तल, देसी घी, कालागढ़, डाम, साहब, आशीष, पिकनिक इत्यादि शब्द पूरे पीरियड भर बोले गए। कसाई मास्टर का हाथ लगातार आशीष की पीठ को सहलाता रहा। घंटी बजने ही वाली थी जब कसाई मास्टर ने 'ऐ लौंडे, तू बो पीछे वाले, ह्याँ आइयो तनी!' कहकर एक बच्चे को अपने पास आने को कहा।

पैदाइशी बौड़म नज़र आने वाले इस लड़के का नाम ज़्यादातर बच्चे नहीं जानते थे। उसकी पहचान यह थी कि उसके एक हाथ में छह उँगलियाँ थीं। कसाई मास्टर के स्वर से समझ में आया कि उसे कुछ खुराफ़ात करते हुए देख लिया गया था। वह मास्टर की मेज़ तक पहुँचा, कसाई ने एक बार उसे ऊपर से नीचे तक देखा, "ज़रा बाहर देख के अईयो धूप लिकल्लई कि ना।"

क्लास का दरवाज़ा खुला था और अच्छी-ख़ासी धूप भीतर बिखरी पड़ी थी। पैदाइशी बौड़म की समझ में ज़्यादा कुछ आया नहीं लेकिन डर के मारे काँपते हुए कक्षा के बाहर जाकर आसमान की तरफ़ निगाह मारने के अलावा उसके पास कोई चारा नहीं था। वापस लौटकर उसने हकलाते हुए कहा, "निनिनिकल्ल रही मास्साब।"

"तो जे बता कि धूप काँ से लिकला करे?" उसने फिर से हकलाते हुए कहा, "ससस्स्सूरज से मास्साब।"

"जे बता रात में क्या निकला करे?"

पैदाइशी बौड़म के उत्तर की प्रतीक्षा किए बिना कसाई ने कहा, "रात में लिकला करै चाँद। और चाँद की वजै से रात में तारे भी लिकला करै हैं। तारे वैसे तो दिन में भी लिकला करै हैं पर सूरज की वजै से दिखाई ना देते।"

उसके कंधे पर हाथ रखकर क्रूर आवाज़ में कसाई मास्टर बोला, "इस बच्चे को दिन में तारे देखने का जादै सौक हैगा सायद, जभी तो खीसें निपोर रिया था।"

बोलते-बोलते उसने अपनी क़मीज़ की जेब से एक नई पेंसिल निकाली और पैदाइशी बौड़म के छह उँगली वाले हाथ को ज़ोर से थामकर अपनी मेज़

पर रख दिया। किसी कुशल कारीगर की भाँति उसने उसकी उँगलियों के बीच एक ख़ास स्टाइल में पेंसिल फ़िट की और अगले ही क्षण अपने दूसरे हाथ से उसके हाथ को इतनी ज़ोर से दबाया कि उसकी आँखें बाहर आने को हो गईं। इन आँखों के कोरों से आँसुओं की मोटी धार बहना शुरू हो गई। क़रीब आधा मिनट चले इस जघन्य पिशाचकर्म को भाग्यवश पीरियड की घंटी बजने से विराम मिला। मास्साब ने पेंसिल वापस अपनी जेब में सँभाली और वापस लौटते पैदाइशी बौड़म की पिछाड़ी पर एक भरपूर लात मारते हुए हमें चेताया, "सूअर के बच्चो! मास्साब की बात में धियान ना लगाया और जादै नक्सा दिखाया तो एक-एक को नंगा करके लटका दूँगा।"

पैदाइशी बौड़म के प्रति किसी प्रकार की सहानुभूति व्यक्त करने का मौक़ा नहीं मिल सका क्योंकि तिवारी मास्साब क्लास के बाहर खड़े थे। तिवारी मास्टर उर्फ़ थ्योरी बुड्ढे ने गुलाबी तोता बनाने में हमें पारंगत बना चुकने के बाद इधर दो-एक महीनों से स्कूल जाती लौंडिया बनवाना चालू किया था। कंधे पर बस्ता लगाए और दो हाथों में गुलदस्ता थामे स्कर्ट-ब्लाउज पहनने वाली घुँघराले बालों वाली यह बदसूरत लौंडिया बनाना ज़्यादातर बच्चों को अच्छा लगता था। लफत्तू की रफ़ कॉपी स्कूल जाती लौंडिया के बेडौल अश्लील चित्रों से अटी पड़ी थी।

किसी तरह स्कूल ख़त्म हुआ। लफत्तू के बिना मैं मनहूसियत और परेशानी का जीता-जागता पुतला बन गया था। घर पहुँचकर बेमन से मैंने कुछ दूध-नाश्ता किया और कपड़े बदलकर नहर की तरफ़ चल दिया। मैं नहर की दिशा में मुड़ ही रहा था कि अपनी दुकान से आवाज़ लगाकर लाल सिंह ने मुझे बुलाया।

वह स्कूल की पोशाक में ही था। उसके पापा कहीं गए हुए थे और वह लफत्तू को लेकर चिंतित था। उसने मुझे लफत्तू का सबसे क़रीबी दोस्त समझा, इतनी-सी बात से ही मेरी मनहूसियत कुछ कम हो आई। सही बात तो यह थी कि मुझे पता ही नहीं था कि लफत्तू को असल में क्या हुआ था। वह बीमार था और बहुत बीमार था। बस। मैंने लाल सिंह को सुबह वाली बात बता दी कि कैसे मैंने लफत्तू के मम्मी-पापा को उसे मुरादाबाद वाली बस की तरफ़ ले जाते देखा था और कैसे वह काँप रहा था गर्मी के बावजूद।

लफत्तू के बारे में दसेक मिनट बातें करने के बाद मेरे मन से जैसे कोई बोझा उतरा। लाल सिंह ने दूध-बिस्कुट दिया। पेट भरा होने के बावजूद लाल सिंह की दुकान का दूध-बिस्कुट कभी भी खाया जा सकता था। मेरी निगाह पशु अस्पताल की तरफ़ गई। जब से गोबर डाक्टर कुच्चू-गमलू नामक हमारी प्रेयसियों के साथ हल्द्वानी चला गया था, उस तरफ़ देखने की इच्छा तक नहीं होती थी।

मुझे अनायास उस तरफ़ देखता देख लाल सिंह कह उठा, "ये नया गोबर डाक्टर अपने बच्चों को लेकर नहीं आनेवाला है बता रहे थे। नैनीताल में पढ़ती है इसकी लौंडिया। भौत माल है, बता रहा था फुच्ची।"

फुच्ची! यानी फुच्ची कप्तान! नैनीतालनिवासिनी कन्या की बात काटते हुए मैंने लाल सिंह से फुच्ची के बारे में पूछा।

"अबे कल ही रामनगर लौटा है फुच्ची। और काला हो गया है साला।" लाल सिंह की दी हुई सूचना मेरे लिए महत्त्वपूर्ण थी।

फुच्ची के रामनगर पुनरागमन के समाचार ने मुझे काफ़ी प्रसन्न किया। फुच्ची मेरे उस्ताद लफत्तू का भी उस्ताद था सो उसके माध्यम से लफत्तू के स्वास्थ्य के बारे में आधिकारिक सूचना प्राप्त कर पाने की मेरी उम्मीदों को बड़ा सहारा मिला।

लाल सिंह की दुकान से नहर की तरफ़ जाने के बजाय मैं अपने घर की छत पर पहुँच गया। मैं कुछ देर अकेला रहना चाहता था। बंटू को वहाँ न पाकर मुझे तसल्ली हुई। अपनी छत फाँदकर मैं ढाबू की छत पर मौजूद पानी की टंकी से पीठ टिकाए बैठने ही वाला था कि हरिया हकले वाली छत की साइड से बागड़बिल्ला आ गया।

लफत्तू और फुच्ची जैसे घुच्ची-सुपरस्टारों की ग़ैरमौजूदगी के कारण बागड़बिल्ला तक़रीबन बेरोज़गार हो गया था और आवारों सूअरों की तरह दिन भर यहाँ-वहाँ भटका करता। सरदारनी के स्कूल में ट्यूशन पढ़ने आए बच्चों को मधुबाला कोई इंग्लिश पोयम रटा रही थी। कुछ देर इधर-उधर की बातें करने के बाद बागड़बिल्ले ने असली बात पर आते हुए मुझसे आर्थिक सहायता का अनुरोध किया।

दरअसल उसे घर से अठन्नी देकर दही मँगवाया गया था। हलवाई की दुकान तक पहुँचने से पहले ही घुच्ची खेल रहे बच्चों को देखकर उससे रहा नहीं गया जहाँ वह पाँच मिनट में सारे पैसे हार गया। बागड़बिल्ले जैसे टौंचा उस्ताद का घुच्ची में हारना आम नहीं होता था। मेरे पास पच्चीस-तीस पैसे थे जो मैंने उसे अगले दिन वापस किए जाने की शर्त पर दे दिए, हालाँकि मैं जानता था कि बागड़बिल्ला किसी भी क़ीमत पर उन पैसों को वापस नहीं चुका सकेगा। उसका परिवार बहुत ग़रीब था और उसकी माँ इंग्लिश मास्टरनी के घर बर्तन-कपड़े धोने का काम किया करती थी। जाते-जाते उसने एक बात कहकर मुझे उत्फुल्लित कर दिया, "फुच्ची तुझे याद कर रहा था यार!" मेरे यह पूछने पर कि फुच्ची कहाँ मिलेगा, उसने अपनी चवन्नी जैसी आधी आँख को चौथाई बनाते हुए दोनों हाथों की मध्यमाओं को जोड़कर घुच्ची का सार्वभौमिक इशारा बनाते हुए कहा, "वहीं! और कहाँ!"

नीचे उतरकर भागता हुआ मैं साह जी की आटे की चक्की के आगे से होता हुआ घुच्चीस्थल पहुँचा, पर खेल बीत चुका था और खिलाड़ियों के बदले वहाँ नाली पर पंगत बनाकर बैठे छोटे बच्चे सामूहिक निबटान में मुब्तिला थे। ये इतने छोटे थे कि उनसे अभी-अभी संपन्न हुए खेल और खिलाड़ियों के बारे में जानकारी हासिल हो पाने का कोई मतलब नहीं था।

उसके आगे का जुगराफ़िया मेरे लिए अपरिचित था सो मैं मन मारे वापस घर की तरफ़ चल दिया। बस अड्डे पर आख़िरी गाड़ी आ लगी थी। और कोई दिन होता तो लफत्तू और मैं डिब्बू तलाशने वहाँ ज़रूर जाते। माचिस के लेबल इकट्ठा करने के शौक़ को किनारे कर हमने तीन-चार महीनों से डिब्बू यानी सिगरेट के ख़ाली डिब्बे इकट्ठा करने का नया शौक़ पाल लिया था। डिब्बू इकट्ठा करना माचिस के लेबल इकट्ठा करने की बनिस्बत ज़्यादा वयस्क काम माना जाता था क्योंकि उनके साथ भी घुच्ची जैसा एक जुए वाला खेल खेला जा सकता था।

मेरी निगाह बस से बाहर उतरते मनहूस सूरत बनाए लफत्तू के पापा पर पड़ी। बस से बाहर उतरने वाले वही आख़िरी आदमी थे। यानी लफत्तू और उसकी माँ वहीं मुरादाबाद में हैं। मेरा अनुमान ग़लत भी हो सकता था क्योंकि संभव था कि वे दोनों दिन के किसी पहर वापस लौट आए हों।

गाँठ लगा वही थैला लफत्तू के पापा के कंधे पर टँगा था। दिनभर की पस्ती और थकान उनके चेहरे और देह पर देखी जा सकती थी। मेरे लिए यह निर्णायक क्षण था। मैं लपकता हुआ उनके सामने पहुँचा और 'नमस्ते अंकल' कहकर उनके सामने स्थिर हो गया। उन्होंने अपना धूलभरा चश्मा आँखों से उतारा और मेरे सिर पर हाथ फेरते हुए मरियल आवाज़ में कहा, "जीते रहो बेटे, जीते रहो!"

"अंकल... लफत्तू?"

"भर्ती करा दिया बेटा मुरादाबाद में उसको। तेरी आंटी भी वहीं है।"

मुझे लफत्तू को अस्पताल में भर्ती कराए जाने की इमेज काफ़ी मेलोड्रैमेटिक और फ़िल्मी लगी और पिक्चरों में देखे गए सफ़ेद रंग से अटे अस्पतालों और मरीज़ों वाले सारे सीन याद आने लगे। मैं कुछ और पूछता, वे मेरे सामने से घिसटते से अपने घर की दिशा में चल दिए।

नागड़ा दंगल और जली को आग कैते ऐं

सियाबर बैदजी के रेज़ीडेंस-कम-औषधालय का बरामदा शामों को मोहल्ले के बड़े लोगों के बीड़ी फूँकने और गपबाज़ी का सबसे प्रिय अड्डा बन जाता था। इस स्थान से हमारा वास्ता बस तभी पड़ता था जब क्रिकेट की गेंद वहाँ चली जाया करती। बैदजी को देखकर लगता था जैसे वे पैदा भी गांधी टोपी पहनकर हुए होंगे। बड़ों की बातें सुनते हुए पता चलता था कि आज़ादी से कुछ साल पहले बैदजी अँग्रेज़ों से लड़ते हुए एक बार एक दिन के लिए जेल हो आए थे। इस बात से रामनगर भर में बैदजी का बड़ा रसूख था और आज़ादी के बाद से लगातार हर स्वतंत्रता दिवस पर उन्हें किसी न किसी स्कूल में मुख्य अतिथि बनाए जाने का रिवाज बना हुआ था। इतने सारे सालों के बाद भी मुख्य अतिथि बनने के उनके उत्साह में कोई कमी नहीं आई थी। रामनगर में पिछले कोई तीस सालों के दौरान पढ़ाई कर चुके हर किसी शख़्स को उनका भाषण क़रीब-क़रीब याद हो चुका था।

पिछले साल इस अवसर पर हमारे स्कूल में उनके आते ही समूचे स्टाफ़ और सीनियर बच्चों में ख़ौफ़नाक चुप्पी छा गई। प्याली मात्तर के जुड़वां भाई जैसे दिखाई देने वाले बैदजी की ज़बान भी ज़रा-सा लगती थी। उन्होंने हमारा ऐसीतैसीकरण कार्यक्रम चालू करते हुए बड़ी देर तक प्याले बच्चो, आदरणीय गुरुजन वग़ैरह किया और हमें बताया कि उस दिन स्वतंत्रता दिवस था और हम उसे मना रहे थे।

"ऐते बोल्लिया जैते आप छमल्लें हम कोई दंगलात से आए हैं। थब को पता ए बेते आद के दिन गांदी बुड्डा पैदा हुआ था।" फुसफुस ज़ुबान में लफत्तू सतत बोले चला जा रहा था। जब मैंने उससे कहा कि गांधी बुड्ढा दो अक्टूबर को पैदा हुआ था तो उसने मुझे डिसमिस करते हुए आधिकारिक लहजे में वक्तव्य जारी किया, "एकी बात ऐ बेते।"

अचानक बैदजी एकताल से द्रुत ताल पर आ गए, "बली-बली योजनाएँ बन रई ऐं बच्चो, देस के बिकास के लिए। हमाले पैले पलधानमंत्री नेरू जी ने देस के बिकास के लिए बली-बली योजनाएँ बनाईं। बली-बली मशीनें बिदेस से मँगवाईं। रेलगाड़ियाँ और मोटरें मँगवाईं। पानी के औल हवा के जआज मँगवाए। तब जा के हमाला बिकास हुआ।"

अचानक मैंने सीनियर लौंडसमुदाय के भीतर हो रही गतिविधि पर ग़ौर किया। लग रहा था वे किसी मनोरंजक बात का बेसब्री से इंतज़ार कर रहे थे। उनके मुखमंडल बतला रहे थे कि उन पर हँसी का दौरा पड़ा ही चाहता है।

"नेरू जी ने रामनगर में कोसी नदी पर डाम बनाया। और ऐसे ई कितने ई सारे डाम बनाए। यहाँ से बहुत दूर एक जगे पर उन्ने नागड़ा दंगल जैसा डाम बनाया। नागड़ा दंगल जैसा डाम हमारे देश में ई नईं साली दुनिया में नईं ऐ।" उनके आख़िरी वाक्य को दबी हुई आवाज़ों में एक साथ कई सारे सीनियर लौंडों ने बाक़ायदा दोहराया और हँसी के दौरे चालू हो गए।

मुझे लग रहा था कि अब सामूहिक सुताई का अनुष्ठान प्रारंभ होगा लेकिन मुर्गादत्त मास्टर और प्रिंसिपल साहब के अलावा सारे मास्टरों के चेहरों पर भी मुस्कराहट थी। इन अध्यापकों ने भी संभवत: यह भाषण इतनी दफ़ा सुन लिया था कि उनकी बला से बच्चे हँसें या रोएँ। बैदजी अपमान की सारी सीमाओं को पार कर चुके थे और नागड़ा दंगल जैसे कई दंगल जीत चुकने के बाद शायद गामा पहलवान से भी नहीं डरते थे।

बैदजी का भाषण और चला। दुर्गादत्त मास्साब ने बेशर्मी की हद पार करते हुए कर्नल रंजीत निकाल लिया। असहाय प्रिंसिपल साहब अपने मामू की स्थूल तोंद को उठता-गिरता देखने के अतिरिक्त कुछ भी कर पाने से लाचार थे। मौका ताड़कर बेख़ौफ़ लफत्तू बैठे-बैठे ही घिसटता हुआ ऑडिटोरियम से बाहर निकल चुका था और संभवत: अपने प्रिय गंतव्य की राह पर था। बैदजी के बैठ जाने के बाद मुर्गादत्त मास्टर ने हारमोनियम पर दोनों घिसे-पिटे गाने बजाए और हमने भी उनका यथासंभव बेसुरा साथ दिया। बाँसी काग़ज़ की तेल से लिथड़ी थैलियों में बूँदी के दो-दो लड्डू थमाकर मिष्टान्न वितरण हुआ और हम अपने घरों की तरफ़ निकल पड़े।

लफत्तू रास्ते में ही टकरा गया। उसकी बहती नाक और मिट्टी-सनी क़मीज़ बता रहे थे कि वह बमपकौड़े का भरपूर लुत्फ़ उठाने के बाद इधर लगी पिक्चर 'विश्वनाथ' देखकर आ रहा था। मुझे देखते ही उसने शत्रुघ्न सिन्हा का परम लफाड़ी पोज़ धारण कर लिया और एक हाथ से अपने बालों को तनिक सहलाते हुए सीरियस आवाज़ में कहा, "जली को आग कैते ऐं बेते औल बेते बुजी को लाक। और उथ आग थे निकले बालूद को विछ्छनात कैते हैं।" शत्रुघ्न सिन्हा से वह उन दिनों इस क़दर प्रभावित था कि जेब में हमेशा एक काली स्कैच पेन रखा करता और मौक़ा मिलते ही अपने होंठों पर उसी की शैली की मूँछें बना लेता।

नज़दीक आकर उसने मेरी पीठ पर धौल जमाई और मज़े लेते हुए पूछा, "बन गया बेते थब का नागलादंगल। तूतिया ऐं थब छाले।"

फिर उसने ज़मीन पर गिरा अखबार का एक टुकड़ा उठाया और उसे मोड़कर गांधी टोपी की तरह पहन लिया। बैदजी जैसा मनहूस चेहरा बनाते हुए उसने भाषण देना चालू किया, "बली-बली योदनाएँ बन लई ऐं। बले आए नेलू जी। बले बले दाम बन लए ऐं। तूतिया थाले नेलू जी। जाज खलीद लए ऐं। कूला खलीद लए ऐं। मेले कद्दू में गए छाले बैदजी और नेलू जी। तल तैलने तलते ऐं याल।" उसके चेहरे पर परम भाव आ चुका था और चाल में दान्त तत वाली ठुमक।

बैदजी के भाषण से मैं चटा हुआ था और ज़ोरों की भूख लगी हुई थी सो मैंने नहर जाने के उसके प्रस्ताव पर ध्यान नहीं दिया। अनमना-सा होकर घर में घुसा। लड्डू वाली थैली मेरी जेब में किसी मरे मेंढक का-सा आभास दे रही थी। ऐसे मरे हुए दो-तीन और मेंढक घर पर और धरे हुए थे जिन्हें मेरी बहनें अपने-अपने स्कूलों से लाई थीं।

बंटू के दादाजी के मर जाने की वजह से उसके मम्मी-पापा अपने गाँव गए हुए थे। इन दिनों बंटू और उसकी बहन हमारे ही घर खाना खाने आया करते। दोपहरों को मेरा ज़्यादातर समय बंटू लोगों के घर पर, रामनगर के हिसाब से काफ़ी आलीशान, उनके ड्रॉइंगरूम में सजी वस्तुओं को देखने और बंटू की ढेर सारी मिन्नतें करने के बाद रिकॉर्ड प्लेयर पर 'मुग़ल-ए-आज़म' के डायलॉग सुनने में बीतने लगा था। रिकॉर्ड के शुरू होते ही 'मैं हिन्दोस्तान हूँ' वाली

कमेंट्री चालू हो जाती और मन उर्दू की मीठी आवाज़ों में हलकोरें खाने लगता। कभी-कभी मैं उसके पापा के पुस्तक संग्रह पर निगाह मारा करता। अँग्रेज़ी की इन किताबों के कवर दुर्गादत्त मास्साब की किताबों से भी ज़्यादा ख़तरनाक हुआ करते थे। इन आवरणों को सुशोभित करती नारियों के बदन पर और भी कम कपड़े होते थे।

इस बाबत जब मैंने लफत्तू से उसकी राय पूछी तो उसने फिर सबकुछ ख़ारिज करने वाले स्वर में कहा, "थई आदमी नईं ऐं बंतू के पापा। आप थमल्लें काला तत्मा पैनने वाला आदमी कबी थई नईं हो थकता।

दैने बाले सिरी भगवान

हफ़्ते के एक नियत दिन खताड़ी और उसके आस-पास के मोहल्लों में भीख माँगने आने वाला एक बूढ़ा अपनी बेहद सड़ियल और भर्राई हुई आवाज़ में इतनी अधिक बार 'दैने बाले सिरी भगवान, दैने बाले सिरी भगवान' गाता हुआ बोर किया करता था कि उसका जाप सुनते ही लोग आटा-चावल इत्यादि के कटोरे लेकर अपने घरों से बाहर निकल आते ताकि वह जल्दी दफ़ा हो और कानों की खाल न उतार सके। लोगों की दयालुता को स्वीकारने और किसी प्रकार का आशीर्वचन इत्यादि देने में बूढ़ा विश्वास नहीं करता था। वह उसी असंपृक्त शैली में 'दैने बाले सिरी भगवान, दैने बाले सिरी भगवान' करता आगे बढ़ता जाता। उसके जल्दी मर जाने का मूक आशीर्वचन देते हुए नागरजन अपने किवाड़ बंद कर लिया करते।

लफत्तू को यह बूढ़ा बहुत पसंद था और उसके खताड़ी पार करते ही भागकर उसके पास जाता और ठिठोली करता, "क्यून कबल कलने चल्लिया?" बूढ़ा एक-दो बार उसकी बात सुनता लेकिन फिर उसका पारा चढ़ जाता। वह ज़मीन पर पड़े ढेले से लफत्तू की मुंडी को निशाना बनाने की असफल कोशिश करता। तब तक 'बीयोओओई' कहता लफत्तू अपने सुरक्षित इलाक़े में प्रवेश कर चुका होता।

उन जाड़ों में धरमेंदर और रामनगर में बमफटाका कहलाई जाने वाली माला सिन्हा की पिक्चर 'आँखें' लगी। लाल सिंह की अद्‌भुत सोशियल नैटवर्किंग के चलते हमें बाक़ायदा हॉल के भीतर स्क्रीन से आँखें सटाकर उसे देखने का फोकट सुअवसर प्राप्त हुआ। गेटकीपर लाल सिंह का जाननेवाला था। वही हमें एक गुप्त द्वार से भीतर ले गया और थर्ड क्लास की सबसे आगे वाली पांत में बिठाकर नड़ी हो गया। बिना टिकट पिक्चर देखने का आनंद द्विगुणित हो गया जब इंटरवल में लाल सिंह ख़ुद कोकोला और मूमफली लेकर आ पहुँचा। इंटरवल के बाद उसने हमारे बग़ल वाली ख़ाली सीट पर बैठकर अंत तक

पिक्चर देखी। पिक्चर बढ़िया चल रही थी। बमफटाका के आते ही लफत्तू मेरा हाथ कसकर थाम लेता और कुछ अंडबंड फुसफुसाने लगता। धरमेंदर हमेशा की तरह उतना ही हौकलेट था जैसा उसे होने का शाप मिला हुआ लगता था। कॉमेडी के दृश्य आते तो हम पर मस्ती छा जाती। पिक्चर में महमूद के अलावा टौंचे वाला मदनपुरी भी था और आँएयाँयाँ हाँहाँयाँयाँ करते रहने से रोगग्रस्त काइयाँ जीवन भी।

मौज का चरम तब आया जब महमूद और बमफटाका एक हाथगाड़ी में टेपरिकॉर्डर जैसा दिखने वाला एक बचकाना वैज्ञानिक उपकरण लेकर भीख माँगने का नाटक करते 'दे दाता के नाम तुझको अल्ला रक्खे' गाने लगे। पहला अंतरा ख़त्म हो चुकने पर लफत्तू की समझ में धुन बैठ गई और उसने अगले अंतरे के चालू होते ही अपनी सीट पर खड़े होकर कूल्हे मटकाने का कार्यक्रम शुरू कर दिया। पीछे की सीटों से विभिन्न शैलियों-गालियों में 'ओए बैठ जा बे लौंडे!' का उच्चार होने लगा। लाल सिंह ने डपटकर लफत्तू को सीट पर बिठाया लेकिन उसके बाद पिक्चर में मन लगना मुश्किल था। लफत्तू ने मुझे चिकोटियाँ काटते हुए बेवजह हँसना जारी रखा। पिक्चर जैसे-तैसे निबटी। लाल सिंह ने हमसे जल्दी-जल्दी फूट लेने को कहा ताकि कोई परिचित हमें वहाँ देख घरों में चुगली न कर बैठे।

हिमालय टॉकीज़ से बाहर निकलकर हम सीधे घर न जाकर बम्बाघेर की राह लग लिए। मेरे पूछने पर लफत्तू ने बस आँख भर मारी और 'दे दाता के नाम' का जाप जारी रखा। दस मिनट में हम जगुवा पौंक के घर के बाहर थे। निर्धन जगुवा इस मायने में हमसे ज़्यादा अमीर था कि उसके पास बैरिंग गाड़ी थी। ऐसी गाड़ी मेरे पास अल्मोड़े में थी पर रामनगर में हमारी मित्रमंडली में वह सिर्फ़ जगुवा के पास थी। लफत्तू इस गाड़ी को जगुवा से कुछ दिन उधार माँगने की नीयत से आया था। जगुवा ने एहसान मानते हुए ख़ुशी-ख़ुशी अपनी बैरिंग गाड़ी दे दी।

हमारी अगली कई शामें उसकी सवारी करने में बीतीं। घासमंडी के आगे अस्पताल की थोड़ी-सी चढ़ाई थी। लकड़ी के फट्टों और ट्रकों के बैरिंगों से बनी इस गाड़ी को साइड में दबाकर हम अस्पताल तक ले जाते और वहाँ से उसकी सवारी करते तेज़ रफ़्तार से सीधा घासमंडी के मुहाने पहुँच जाया करते।

बंटू इसे बहुत टुच्चा काम मानता था। हमें बैरिंग गाड़ी थामे देखते ही अपने घर में घुस जाता। उसे डर लगता था कभी भी कुछ भी आँय-बाँय कहकर लफत्तू उसकी इज़्ज़त ख़राब कर देगा। इस कार्यक्रम में यदा-कदा हमारे साथ बागड़बिल्ला, गोलू और मौक़ा निकालकर आया फुच्ची भी शामिल हो जाया करते। जगुवा ने हमें बैरिंग गाड़ी की तकनीकी जटिलताएँ सिखा दी थीं कि कैसे ज़्यादा स्पीड में गाड़ी के आते ही फट्टों के प्लेटफ़ॉर्म के आगे बने एक छेद से छोटी-सी लकड़ी को घुसा कर उसे सड़क पर छुआ देने से रफ़्तार कम की जा सकती है।

मैं गाड़ी थामे अस्पताल की चढ़ाई चढ़ रहा था जबकि लफत्तू घासमंडी पर अभी-अभी मौज काटकर मेरे सवारी करते हुए आने का इंतज़ार कर रहा था। अचानक उसे कुछ सूझा और उसने भागकर मेरे पीछे आकर कहा, "नीचे लक दे गाली।"

समझने से पहले ही उसने मेरे हाथ से छीनकर गाड़ी ज़मीन पर रखी और मुझे उस पर बैठ जाने का आदेश दिया। सकुचाता-सा मैं उस पर बैठा ही था कि उसने मुझे और गाड़ी को आगे को ठेलना शुरू किया। उस पर महमूद वाली मौज छा गई। वह गाने लगा, "दे दे, दे दे भगबान के नाम पे दे दे। इंतलनेथनल फकील आए ऐं। तुजको लक्के लाम तुजको अल्ला लक्के। अल्ला लक्के। अल्ला लक्के।"

आस-पास चल रहे लोगों में से कुछ ने अजीब-सी दिलचस्पी से हमारी तरफ़ निगाहें डालीं जबकि कुछ ने 'हरामी लौंडे' कहकर लफत्तू का उत्साहवर्धन और मेरा अपमानीकरण किया। जिस गति से मुझे ख़ुद को ठेले जाने का एहसास हो रहा था उससे ज़ाहिर था मुदित लफत्तू नाच भी रहा था। कुछ आवारा बच्चे भी हमारे टोले में शामिल हो गए। सामने से लफत्तू के बड़े भाई के आते ही हमारा कार्यक्रम समाप्त हो गया।

कार्यक्रम का अंत वैसा ही हुआ जैसा पहले होता आया था- लफत्तू की ठुकाई, मुझे उसके साथ न रहने की मनहूस सलाह और बैरिंग गाड़ी को उसके मालिक के पास तुरंत पहुँचाने का फ़रमान।

लुटे-पिटे से हम बैरिंग गाड़ी को थामे भवानीगंज पहुँचे ही थे कि बाज़ार वाली एक गली से 'दैने बाले सिरी भगवान' कहता हुआ लुच्चा भिखारी नमूदार

हुआ। लफत्तू को क्या सूझी, उसने अपनी जेब से दस-बीस पैसे निकालकर भिखारी से कहा कि वह उसे ये पैसे जभी देगा जब वह बैरिंगगाड़ी में बैठकर हमारे साथ बम्बाघेर तक चलेगा। भिखारी ने आँखें मिचमिचाकर लफत्तू और मुझे पहचानने का प्रयास किया और कुछ देर सोचने के बाद पैसे थामकर अपनी पोटली समेत गाड़ी में बैठ गया। लफत्तू ने भिखारी को ठेलने का प्रयास किया पर वह ख़ासा भारी था सो मुझे भी लगना पड़ा।

लफत्तू ने उसे सलाहें देना शुरू किया, "कित्ते दिन एकी बात कैता लएगा। बोल भौत कलता ए तू। ऐता कल मैं तुजे एक नया गाना थुनाता ऊँ। इतको याद कल्लेगा तो भौत पैते मिलेंगे।" अभी-अभी हुई सुताई को एकदम भूलकर उसने ज़ोर-ज़ोर से अपना कार्यक्रम फिर से शुरू किया, "तुजको लक्के लाम तुजको अल्ल लक्के।"

भवानीगंज के बढ़ई दुकानों से बाहर आकर इस दृश्य को देखकर ठठाकर हँसने लगे। लफत्तू का उत्साहवर्धन हुआ। उसकी आवाज़ में और जोश भर गया। अतीक बढ़ई हमें पहचान गया। बोला, "काए तंग कर रए हो बुड्ढे को हरामियो!" लफत्तू ने आँख मारकर उसके बड़े होने से डरे बिना कहा, "थबका अपना-अपना बिजनत ऐ बेते।"

भिखारी काफ़ी थक चुका था और ज़रा-सी चढ़ाई आने पर गाड़ी के ठहरते ही अपनी पोटली समेत भाग खड़ा हुआ। हम जगुवा की गाड़ी लौटाकर वापस घर लौट रहे थे। रास्ते में अतीक बढ़ई ने हमें एक मोटी गाली देते हुए चेताया कि वह दुर्गादत्त मास्साब से हमारी शिकायत करेगा कि हम कैसे एक बूढ़े भिखारी को परेशान कर रहे थे। लफत्तू ने निर्विकार भाव से जवाब दिया, "अपना-अपना बिदनेत ऐ बेते।" हाथ आए किसी ख़ज़ाने को मजबूरी में वापस लौटा आने का शोक हमारे बीच पसरा हुआ था। अचानक लफत्तू बोला, "बेते मौद आई?"

"हाँ यार आई लेकिन तेरा भइया बहुत हरामी है।"

"हलामी है थाला मगल गब्बल छे जादा नईं।" कहकर उसने जेब से पाँच का मुड़ातुड़ा नोट निकालकर दिखाया।

कई दिनों बाद इतनी बड़ी रकम देखी थी तो मुझे गश जैसा आया।

"इस बार क्या बेचा तूने?" मैंने जान-बूझकर बेपरवाह बनने का नाटक करते हुए उससे पूछा।

स्टेट बैंक ऑफ़ धकियाचमन

पाँच रुपये का वह नोट लफत्तू के भाई ने अपने पापा की जेब से चुराया था जिसे पराक्रमी लफत्तू उसी की जेब से अंटी कर लाया था। यह कल्पना ही मेरे लिए सिहरा देने वाली थी कि लफत्तू अपने जल्लाद भाई की जेब काट सकता था। इसमें दोहरा ख़तरा था लेकिन लफत्तू कहता था, "बेते बखत ई एता एगा दब कोई किती के कते पे पेताब बी फ़ोकत में नईं कलता।" गब्बल की तरह किसी से न डरने की उसकी ऐंठ तो थी ही।

लाल सिंह की दुकान आ गई। फुच्ची और गेटकीपर की संगत में वह बीड़ी पीना सीख चुका था। उसकी दुकान के बाहर स्कूल से सीधा घर न जाने वाले नौसिखिए बच्चों का घुच्ची गेम चल रहा था। लाल सिंह और उसके उक्त दोनों बीड़ीखोर दोस्त खेल देख रहे थे। बच्चों द्वारा ग़लती होती तो वे गालियों से सुसज्जित सलाहें देते- 'अबे ह्वाँ से खड़ा होके टौंचा लगा बे मिद्दू के।'

'मने ये ससुरे तो टुन्ना की ससुराल से आए हैं दिक्खे।'

गेटकीपर उम्र में इन तीनों में सब से सयाना था। उसकी एक आँख घुच्ची पर लगी थी लेकिन दूसरी से वह स्कूल से घर ही लौट रही लड़कियों को ताड़ रहा था।

बच्चे मासूम थे लेकिन उनमें जुआरी बन सकने की शर्तिया प्रतिभा थी। बेचारे इन वरिष्ठ खिलाड़ियों की बातें सुनते रहे। अचानक उनमें से सब से बड़ा और दबंग छोकरा इन सलाहों से आजिज़ आकर बोला, "अपनी बीड़ी सूतते रहो दद्दा और बतख के बच्चे को गोता लगाना ना सिखाओ। हम भवानीगंज से आए हैं और ये जो पिक्चर हॉल वाले दद्दा जो आसिकी कर रहे हैं उन्हें बता दीजो कि तुम्हारे खताड़ी वाले साईं बाबा को हमने जित्ते फत्तर मारे हैं उत्ते इन्ने जिन्नगी में टिकट ना काटे होंगे।"

यह एक अंतरमोहल्लीय युद्ध के शुरू होने लायक़ उकसावा था। यानी घुच्ची

के क्षेत्र में अरसे से चैंपियन माने जाने वाले भवानीगंज के स्कूली छोकरे अब खताड़ी आकर अपनी धौंस दिखा रहे थे और वह भी फुच्ची कप्तान और लाल सिंह जैसे वेटरनों के सामने।

'तेरी माँ की!' कहते हुए जैसे ही गेटकीपर उस बदकार लौंडे की तरफ़ बढ़ने को हुआ, भवानीगंज के सूरमा ने झुके-झुके ही मुट्ठीभर मिट्टी ज़मीन से उठाकर उसकी आँखों में झोंक दी। गेटकीपर अर्ध चित होकर गिरने को ही हुआ कि अपने पैसे उठाकर घुच्चीदल नहर की दिशा वाले शॉर्टकट से भवानीगंज की तरफ़ भाग चला।

उसी समय वहाँ पहुँचा लफत्तू सारे घटनाक्रम को निर्विकार भाव से देखता रहा। उसने एक बार भी अपनी प्रतिबद्धता ज़ाहिर नहीं की। लाल सिंह इस बात से आहत लग रहा था। गेटकीपर अर्धचित्तावस्था में ही एक-एक को देख लेने की बातें करता हुआ आँखें मल रहा था। लाल सिंह ने उसे लोटे में पानी दिया।

आँखें धोने के बाद 'चल बे' कहकर गेटकीपर फुच्ची को तक़रीबन घसीटता हुआ अपने साथ भवानीगंज के उसी शॉर्टकट की राह निकल चला। इस अप्रत्याशित वारदात के बाद जब माहौल सामान्य-सा हुआ तो लाल सिंह ने लफत्तू पर सवालिया निगाह डाली।

लफत्तू ने कुछ नहीं कहा। वह मेरा हाथ थामे दुकान के भीतर घुसा और पटरेनुमा बेंच पर बैठकर उसने लाल सिंह से कुछ न कहते हुए मंथर स्वर में ज़मीन से कहना चालू किया, "बीली पीना थई बात नईं ऐ बेते। औल ऊपल थे बीली पी के बत्तों को गाली देना भौत गलत। गेतकीपल का काम ऐ पित्तल तलाना औल गब्बल का काम ऐ दकैती दालना।" अपना प्रवचन बंद करते हुए उसने नेकर की भीतरी जुगाड़ जेब से पाँच का वही नोट लाल सिंह से समक्ष प्रस्तुत कर दिया।

"अबे हरामी! ये कहाँ से लाया?" हालिया घटनाक्रम को भूल लाल सिंह नोट को उलट-पुलटकर देखने लगा।

"चूलन वाला नईं ऐ बेते। अथली ऐ। औल बेते येल्ले।" इस दफ़ा उसने उसी गुप्त स्थल से दस का उससे ज़्यादा मुड़ातुड़ा नोट निकालकर मेरी और लाल सिंह दोनों की हवा सरका दी।

पंद्रह रुपए! उफ़! पिक्चर में बैंक लूट लेने वाले गद्दार की तरह हँसने की

इच्छा हो रही थी।

दुकान के सामने, पिछले हफ़्ते हुई बारिश की वजह से बन गए एक गंदले चहबच्चे में सूअर के कोई दर्जनभर बच्चे अपना मेकअप कर रहे थे। पंद्रह रुपये थामे लाल सिंह कभी हमें कभी सूअर के बच्चों को देखता। लफत्तू ने बैंक डकैती का खुलासा करते हुए बताया कि दस का वह अतिरिक्त नोट भी उसने घर की दुछत्ती में मौजूद अपने बड़े भाई के उसी ख़ज़ाने से ग़ायब किया था जिसे वह पापा की जेब काटकर भरा करता था।

"बला हलामी बनता ऐ थाला!" लफत्तू के मन में भाई के लिए हिक़ारत के सिवा कुछ नहीं रह गया था।

सवाल था इतनी बड़ी रक़म का किया क्या जाए। पिक्चर, बमपकौड़ा, किराए की साइकिल और घुच्ची वग़ैरह पर रईसों की तरह ख़र्च करने पर भी हद से हद दो-तीन रुपए फुंक सकने थे। लाल सिंह ने स्वयंसेवी बैंकर बनने का प्रस्ताव दिया तो लफत्तू ने तुरंत अपनी सहमति दे दी।

"हरामी तो हो मगर प्यारे बहुत ज़्यादा हो सालो!" कहते हुए लाल सिंह ने जताया कि सबकुछ ठीक-ठाक है और हमारे संबंध उतने ही मीठे बने रहने वाले हैं।

घर जाने से पहले दूध-बिस्कुट का भोग लगाते हुए लाल सिंह ने हमें कुच्चू और गमलू की बाबत छेड़ना शुरू किया लेकिन कुछ सोचकर चुप हो गया।

लफत्तू के घर के सामने वाले घर में जल्द ही किसी नए माल के आने का चर्चा छिड़ गया। रामनगर भर के छिछोरे इस नई बला के बारे में खुसर-फुसर करने लगे।

लफत्तू के घर की खिड़की से सामने वाले उस घर का विहंगम दृश्य दिखाई देता था। इसी महीने उस घर में रहने वाली दो प्रौढ़ तोंदियल दम्पत्ति-आत्माएँ ट्रांसफ़र होकर कहीं चली गई थीं। अगला किरायेदार जल्द ही आने वाला था। परिवार एक बार आकर मुआयना भी कर गया था। मुआयने के वक़्त मौक़े फुच्ची मौजूद था। उसने उक्त माल को देखा था और उसके बारे में बात करते हुए उसकी लार टपकने को हो जाती थी। उसकी वयस्क और अश्लील बातें हमें आकर्षित नहीं कर पाती थीं। हमें तो मुहब्बत करनी थी– सच्ची-मुच्ची वाली– हीरा खाकर जान दे देने वाली मुहब्बत!

लफत्तू की इस विषय में ज़रा भी दिलचस्पी न थी। बेहद अंतरंग बातचीत में जब भी मैं चोर मन से कुच्चू-गमलू का ज़िक्र करता, उसका चेहरा बुझ जाया करता। बाद में मैंने वैसा करने से गुरेज़ शुरू कर दिया।

घासमंडी के मुहाने के ठीक ऊपर जिस जगह पर मुहर्रम की बूँदी खाते हुए हमारी सुताई हुई थी, स्कूल की छुट्टी हो जाने के कारण उस दिन वहाँ हमारा पढ़ाई का खेल चल रहा था। पढ़ाई का खेल माने सबने एक अक्षर से शुरू होने वाली चीज़ों, फ़िल्मों, और शहरों-देशों-नदियों इत्यादि के नाम बताने होते थे। खेल में मेरे और लफत्तू के अलावा बंटू, जगुवा पौंक और नॉन-प्लेइंग खिलाड़ी के तौर पर फुच्ची कप्तान और उसके साथ आया उसका छोटा भाई मुन्ना खुड्डी मौजूद थे।

नियम यह था कि अपनी बारी आने पर जवाब न दे सकने वाले को पहले 'डी' की पदवी हासिल होती थी। दूसरी असफलता पर यह 'डी ओ' हो जाती और छह पराजयों के बाद 'डी ओ एन के ई वाई' यानी डंकी यानी गधे की पदवी मिलते ही खेल से बाहर हो जाना था।

'र' से रामनगर 'ब' से बम्बई जैसी आसान राहों से चलता खेल जब तक 'ज्ञ' से ज्ञानपुर जैसे पड़ावों तक पहुँचा तब तक मैं और जगुवा खेल से बाहर होकर गधे बन चुके थे। बंटू और लफत्तू के बीच 'ज' को लेकर चैंपियनशिप के फ़ाइनल की जंग जारी थी। हारने के कगार पर पहुँच चुके लफत्तू ने जब 'ज' से दंगलात यानी जंगलात कहा तो बंटू ने विरोध जताते हुए कहा कि ऐसी कोई जगह नहीं होती। लफत्तू का दावा था कि होती है। बंटू हारने से डरता था और उसने अपनी पुरानी टैक्टिक्स अपनाते हुए झूठ-मूठ रोने का बहाना करते हुए घर चले जाने की धमकी दी। लफत्तू ने अपनी हार मान ली और बंटू से वापस लौट आने को कहा। वह तुरंत लौट भी आया।

आगामी कार्यक्रम अर्थात पितुवा के बाग़ में चोरी के नींबू सानने को लेकर कोई बात चलती, उसके पहले फुच्ची का भाई मुन्ना खुड्डी बोला– "कोई हमसे मने खेल के दिखइए न। आप तो बहुत्ते बच्चा गेम खेलते हैं।"

इस चुनौती को लफत्तू ने अन्यमनस्क तरीक़े से स्वीकार किया। उस नए छोकरे को भी खताड़ी में प्रवेश दिए जाने से पहले सबक़ सिखाया जाना ज़रूरी था। कोई दस मिनट की कुलेल के बाद भी जब दोनों खिलाड़ी बराबरी पर थे

और बाक़ी के हम बोरियत से भर चुके थे, लफत्तू ने माहौल भाँपते हुए मुझे अस्थायी जज बनाकर एक निर्णायक सवाल पूछने को कहा।

दिमाग़ पर ख़ूब ज़ोर डालकर मैंने सबसे मुश्किल अक्षर यानी 'ढ' से शुरू होने वाले शहर का नाम बताने का चैलेंज फेंका। पहली बारी मुन्ना खुड्डी की थी। थोड़ी देर रुआँसा होकर वह बोला, "इससे कोई नाम होता ही नहीं। बेईमानी मत कीजिए न।"

लफत्तू ने ठठाकर कहा, "अबे याल धिकुली।" और वह जीत गया। मुन्ना की निराशा अकथनीय थी क्योंकि इन दिनों उसके पापा रामनगर से दसेक किलोमीटर दूर ढिकुली में ही बिजनेस कर रहे थे।

रुआँसे मुन्ना के बड़े भाई की हैसियत से फुच्ची ने एक और चुनौती दी, "अरे बच्चे को हरा के खुस होइएगा। तनी एक ठो नाम और बतइए जो जानें।"

"तू बता दे याल। मैं तो गब्बल ऊँ बेते।"

"अब टालिए नहीं न। कह दीजिए नहीं आता बात ख़तम।"

"तूतिया थाले। तुदे अपने ई गाँव का नाम नईं मालूम- धकियातमन!"

लफत्तू को याद था कि पिछले ही हफ़्ते फुच्ची ने हमें अपने गाँवनुमा क़स्बे ढकियाचमन के बारे में बताया था। दोनों ढकियाचमन-गौरव अपनी ही ज़मीन पर हार गए थे। इसके पहले कि उनका नैराश्य चरम पर पहुँचता लफत्तू ने सबको इस जीत की ख़ुशी में बमपकौड़ा खिलाने की दावत दी। फुच्ची ने तनिक संशय से पहले लफत्तू को फिर हम सब को देखा।

"अले भौत पेते एं बेते गब्बल के पात। औल गब्बल अपने पेते अब बैंक में लकता ऐ।"

फुच्ची कुछ नहीं समझा। लेकिन दावत हुई। बौने ने पैसे नहीं माँगे और 'ठीक है बाबू जी!' कहकर हमारे तृप्त शरीरों को विदा किया।

मैकेनिकों वाली गली के आगे से गुज़रते हुए उसने मुन्ना के कंधे पर हाथ रखकर कहा, "दलते नईं एं बेते। किती ते बी नईं। और आप थमल्लें इत्ता खलाब बखत तल्लिया दब कोई किती के कते पे पेताब बी फ़ोकत में नईं कलता। बीयोओओई।!"

भोर सुहानी चंचल बालक और जैहनुमान

लफत्तू मुरादाबाद में भर्ती था। उसकी तबीयत के बारे में न फुच्ची के पास कोई सूचना थी न लाल सिंह के। मेरी बहनें लफत्तू की बहनों की दोस्त थीं लेकिन उनसे कुछ भी पूछना मुझे गवारा न था क्योंकि हमारे घर में लफत्तू को चोट्टा समझा जाता था।

जब भी गाँठ-लगा थैला कंधे पर डाले लफत्तू के पापा मुरादाबाद जाने वाली बस के इंतज़ार में बस अड्डे पर खड़े नज़र आते मेरा कलेजा गले में फाँस की तरह अटक जाया करता। कायपद्दा, तैराकी, बैडमिंटन और क्रिकेट जैसी सभी गतिविधियों पर विराम लग चुका था। मन लगातार किसी आसन्न बुरी ख़बर से काँपा करता।

गर्मियाँ आया चाहती थीं और लंबी छुट्टियाँ भी। गर्मियों का मतलब होता था जुल्मी की बक्से वाली कुल्फ़ी, लाला की पिस्ते वाली लस्सी, पोदीने वाला गन्ने का रस, आम, तरबूज़ और लंबी दोपहरियाँ. और घर आने वाले मेहमानों की बाढ़ का बंद हो जाना।

मेरे घर पर जाड़ों भर रिश्तेदार-मेहमानों का ताँता लगा रहता जो पता नहीं कहाँ-कहाँ से आकर हमारे घर के अलग-अलग कमरों में अपनी-अपनी सुविधा के हिसाब से बसते-उजड़ते रहते थे। चूँकि घर से मेरा ताल्लुक़ सिर्फ़ खाने और सोने तक महदूद था, इन अतिथियों के समय-समय आते-जाते रहने से मुझे कोई दिक़्क़त नहीं होती थी। बस माँ और बहनों को बुरादे की अँगीठी के सामने बैठे-बैठे हर रात एक करोड़ रोटियाँ बेलते-सेंकते देखना नहीं भाता था।

हमारे एक ममेरे दद्दा थे जिनकी अड़तीस-चालीस रोटी की खुराक हुआ करती थी। एक चचा कहीं से आते थे और बड़े भाई को अहर्निश बस त्रिकोण-वर्ग-आयत कराते रहते थे। एक मामू थे जिनकी पीठ सदैव फोड़े-फुंसियों से भरी रहती थी और जिसके इलाज के लिए वे हर साल हफ़्ता-दस दिन रामनगर

के हर डाक्टर-वैद्य-हकीम के दर पर सवाली बने रहने के उपरांत थैला भर ट्यूबें, लेप, गोलियाँ, काढ़े वग़ैरह लेकर वापस अपने घर जाते थे।

बाबू के बचपन के एक दोस्त थे जो हर होली से हफ़्तेभर पहले घर के बैठकख़ाने पर पड़े तख़त को अपना अड्डा बना लेते। इस तख़त पर वे दिनभर अधमरे पड़े-लेटे रहते लेकिन शाम होने से लेकर सोने तक उनके भीतर पता नहीं कहाँ से कुंदनलाल सहगल की आत्मा घुस जाती और वे अपनी तनिक नक्कू और अचारी आवाज़ में 'भोर सुहानी चंचल बालक' और 'एक राजे का बेटा' जैसे सड़ियल क्लासिक गाने गाते रहते। बाबू वक़्त पर घर आ चुके होते तो उनके साथ बैठे बीच-बीच में 'वाह साब', क्या बात है' कहते फ़ाइलें निबटाते रहते। उन्हें देर हो जाती तो सहगल साब खुली खिड़की से बाहर बस अड्डे-खेल मैदान और आटे की चक्की का विहंगम दृश्य देखते 'प्रीतम आन मिलो' गुनगुनाया करते। इस दौरान लगातार उनके कमरे में पानी की सप्लाई की जानी होती थी क्योंकि उन्हें प्यास केवल शाम के बाद से लगना शुरू होती थी। स्टील के बिना हैंडल वाले जग में भर-भरकर पानी उन तक पहुँचाने की ज़िम्मेदारी बड़े भाई की हुआ करती।

कभी लफत्तू हमारे घर आता तो उन्हें लगातार तख़त पर बैठे देख कहीं से सीखी हुई एक कविता फुसफुसाकर बेक़ाबू हँसता हुआ दोहरा हो जाया करता –

आइए हुज़ुर
खाइए खजूर
बैठिए तख़त पर
पादिए बखत पर

एक बाबाजी आते थे जिनके आने पर हमें अपनी अँग्रेज़ी ग्रामर की किताबें निकालकर उनके सामने बैठ जाना होता था। वे घंटों हमें आईएनजी लगाने के नुस्ख़े सिखाया करते और टॉफियाँ दिया करते। कभी-कभार बाँसुरी निकाल लेते और उससे कुत्ते के रोने की आवाज़ें निकाला करते और हमसे साथ-साथ 'गोपाला, गोपाला' गाने को कहते। टॉफी और बाँसुरी के इस बेढब सामंजस्य

का आकर्षण एक बार लफत्तू को भी मेरे घर बाक़ायदा कॉपी-किताब समेत लेकर आया लेकिन उसी शाम को कायपद्दा खेलते हुए उसने बाबाजी को हौकलेट घोषित करते हुए मुझे चेताया कि बुड्ढा बाबा हमारे घर पर डकैती डालने की योजना बना रहा है।

लफत्तू का बीमार होकर यूँ मेरे संसार से मुरादाबाद चले जाना बहुत कचोटता था। उसके बिना रामनगर की हर शै आकर्षणविहीन हो गई थी। फुच्ची ने मेरे घर आकर मुझे अपने साथ ले जाने का कुछ दिनों से नियम बना लिया था। मैं उसके साथ केवल इस वजह से चला जाया करता कि उसके पास पैसे होते थे और मौक़ा-बेमौक़ा ग़म ग़लत करने को वह बमपकौड़ा खिलवा दिया करता था। लफत्तू के घर के सामने वाले मकान में नए किरायेदार आ गए थे जिनकी कॉलेजगामिनी लड़की का नाम फुच्ची ने कुछ प्रत्यक्ष कारणों से जीनातमान रख दिया था।

जीनातमान की दोस्ती रामनगर आते ही उसके घर के सामने स्थित पप्पी मांटेसरी स्कूल वाली मेरी पुरानी लौ अर्थात मधुबाला मास्टरनी से ही गई थी और ये दोनों हीरोइनें यदा-कदा साथ-साथ ज़ुल्मी के बक्से की कुल्फी खातीं, फिक्क-फिक्क हँसतीं अपने दुपट्टे सँभालतीं नज़र आ जाया करतीं। फुच्ची मुझे हर शाम लफत्तू के घर के सामने से होकर ही कहीं ले जाया करता। कई बार तो एक ही शाम हम उसके सामने से छह-सात बार तक गुज़रा करते। फुच्ची को जीनातमान में न जाने क्या नज़र आता था कि लार टपकाता वह उसके घर की तरफ़ इतनी बार देखने की नीयत से उसी रास्ते पर से गुज़रता हुआ भी बोर नहीं होता था। एक दिन जब हम साह जी की चक्की से फुच्ची के घर का आटा पिसवाकर लौट रहे थे, चौराहे के उस तरफ़ हाथीख़ाने की तरफ़ से जीनातमान और मधुबाला आती नज़र आईं। उनके आगे-आगे हाथी चल रहा था। फुच्ची ने धप से आटे का थैला नीचे धरा और मेरा हाथ थामकर हाथीख़ाने की राह लग लिया। हाथी हमसे क़रीब बीस मीटर दूर था और उसकी टाँगों के बीच से दोनों हीरोइनों को देखा जा सकता था। वे बेमतलब मटकती हुईं, गपियाती हमारी तरफ़ को आ रही थीं। मैंने एक निगाह फुच्ची के चेहरे पर डाली तो पाया कि उसकी लार वाक़ई में टपक रही थी। मुझे हँसी आने को हुई कि हाथी अचानक रुका और उसने बीच सड़क पर ढेर सारा गोबर कर दिया। फुच्ची का

सारा रोमांस हाथी के गोबर ने गोबर बना दिया. अचानक हुए इस सार्वजनिक गजगोबरीकरण से हकबकाया नायिकाद्वय अपने होंठों को दुपट्टे से ढाँपता वहीं बग़ल में रहने वाले पुरिया चोर के घर घुस गया।

ऐसे मनहूस समय में नसीम अंजुम का मेरे और मेरी बहनों की ज़िंदगानियों में आना किसी तिलिस्म की तरह घटा। उसके पापा जंगलात के अफ़सर थे और हाल ही में लखीमपुर से हमारे पड़ोस में शिफ़्ट हुए थे। नसीम अंजुम मेरी मझली बहन की क्लास में पढ़ती थी और हमारे घर पहली बार आने के पंद्रह मिनट के भीतर ही उसने अपनी ठसकेदार भाषा और मुस्कान से घर के हर सदस्य को अपना बना लिया था। वह ख़ुद को कभी भी केवल नसीम कहकर नहीं बल्कि नसीम अंजुम कहकर संबोधित करती थी और अपने बारे में इस तरह बोलती थी जैसे वह ख़ुद कोई और हो- "तो आंटी, अम्मी ने हमसे कहा कि नसीम अंजुम आपका दिमाग़ ख़राब हो गया है। अब नसीम अंजुम किसी को कैसे बताएँ कि हुआ क्या था। आप ही बताइए आंटी घर पर जब कोई मेहमान आया हो तो उसे बिना कुछ खिलाए-पिलाए कैसे जाने दे सकते हैं। तो अम्मी घर पे थी नहीं और हमने जोशी अंकल को चाय के साथ वो रात वाले समोसे गरम करके परोसने की ठान ली। अब नसीम अंजुम को क्या पता कि बिजली का हीटर कैसे चलता है। बस लग गया करंट। ये देखिए कित्ता तो बड़ा दाग़ लगा था।" ऐसा कहकर उसने अपनी नन्ही-सी कलाई को उघाड़कर लखीमपुर में तीन साल पहले लगे करंट के निशान को उरियाँ किया। "तो जब नसीम अंजुम अब्बू के साथ अस्पताल से वापस घर पहुँचीं तो अम्मी बोलीं नसीम अंजुम आपका दिमाग़ ख़राब हो गया है। बताइए ऐसे कोई बोलता है आंटी ? तो नसीम अंजुम ने फ़ैसला किया ..."

वह खिलखिलाती हुई बकबक करती जाती थी और सामने रखे बिस्कुटों को एक के ऊपर एक रखकर पहले कुतुबमीनार-सा बनाती फिर गिराती जाती। उसकी पतली-पतली सुंदर उँगलियों में से एक पर लगी चमचम करती छोटी-सी अँगूठी के नगीने पर जब-जब शाम की धूप सीधी पड़ जाती, उसकी नाक के नुकीले छोर पर सतरंगी दिपदिप झिलमिलाने लगती। वह उस वक़्त मुझे अप्रतिम सुंदर लगी लेकिन बाहर से फुच्ची का 'बीयोओओई' वाला संकेत दूसरी दफ़ा आते ही मुझे निकलना पड़ा।

फुच्ची के कोयला चेहरे पर पसीने की मोटी-मोटी बूँदें थीं और वह काफ़ी उत्तेज़ित और व्यग्र लगता था। मुझे देखते ही वह सीधा लाल सिंह की दुकान की दिशा में बढ़ चला। पीछे-पीछे मैं पहुँचा तो लाल सिंह पहले से ही बाहर खड़ा होकर बस अड्डे की तरफ़ निगाहें गड़ाए थे। मैंने भी उस तरफ़ देखा। पहलवान के ठेले पर लफत्तू के माँ-बाप लाल कंबल में लपेटे लफत्तू को लिटा रहे थे।

"मेरे ख़याल से लफत्तू लिकल्लिया!" लाल सिंह ने बेहद ख़तरनाक आवाज़ निकालते हुए थूक गटका।

"क्या मतलब बे!" यह फुच्ची था।

"मेरी ईजा को भी बाबू ऐसे ही लाए थे मुरादाबाद से।"

"तेरी ईजा तो बुड्ढी थी बे। लफत्तू ऐसे कैसे?"

"वही तो मैं कह रहा हूँ बेटे। देख कंबल जरा भी हिल नहीं रहा। गया लफत्तू।"

लाल सिंह दुकान के बाहर धरी बेंच पर अधपसर-सा गया। इस वार्तालाप को आगे सुनने की मेरे भीतर ताक़त नहीं बची थी और मैं खेल-मैदान की तरफ़ भाग गया। मेरी रुलाई फूट रही थी। चारों तरफ़ बच्चे साइकिल चला रहे थे। अभी लफत्तू होता तो उस छोटे से बच्चे को साइकिल सिखाने लगता जिससे गद्दी पर नहीं बैठा जा रहा था।

मैं भागता-भागता बौने के ठेले तक पहुँच गया जहाँ उसके दोनों अधनंगे बच्चे अख़बार के टुकड़ों से नाव और जहाज़ बनाने का खेल खेल रहे थे। बौना सरकंडों से बना टूटा पंखा झल रहा था और उसकी मैली बनियान पसीने से भीगकर भूरी पड़ चुकी थी। उसने मुझे देखा तो तुरंत हरकत में आ गया और मसालेदार आलू का गोला बनाने लगा।

जैसे ही मैं उसके ऐन सामने आया उसने मेरी बहती हुई आँखें ताड़ लीं और ख़ुशामदी लहजे में बोला, "सब ठीक तो है ना बाबूजी?"

"वो लफत्तू!"

इतनी बड़ी त्रासदी घट गई थी और बौना आलू के गोले को बेसन के घोल में डुबो रहा था।

"बहुत दिनों से बड़े वाले बाबूजी नहीं आ रहे।"

"उसी की बात तो बता रहा हूँ। लफत्तू मर गया आज।" यह कहते-कहते

मैं इतनी ज़ोर-ज़ोर से रोने लगा कि साइकिल चला रहे एकाध बच्चों तक ने मेरी तरफ़ एक निगाह डाली। बमपकौड़े अब गरम तेल की कड़ाही में खदबदाने लगे थे और आस-पास की हवा सुपरिचित गंध से भारी होती जा रही थी।

"ऐसे थोड़े ही होता है बाबूजी। बड़े बाबूजी के घरवाले हनूमान जी के भगत हैं। हनूमान जी ऐसे ही थोड़ी होने दे सकते हैं। बड़े बाबूजी को कुछ नहीं होगा। मुझे पता है।" बौना ज्ञान गाँठ रहा था और पत्तल बना रहा था।

मेरा रोना अब तक़रीबन बंद हो चुका था और बौने के हाथों में धरा पत्तल मेरे सामने था, "खाइए बाबूजी। पैसे की कोई बात नहीं।"

एक पल को असमंजस हुआ कि दोस्त के मरने पर इतना बेशर्म कैसे हुआ जा सकता है लेकिन बमपकौड़े की महक के आगे मेरी हार हुई और बौना जीत गया। इस फ़ोकट पार्टी के बाद मेरा चित्त थोड़ा शांत हुआ। मैंने पहली बार अकेले बौने के ठेले पर यह कारनामा अंजाम दिया था। अब दुख भी कम हो रहा था। पिक्चर देखने का मन कर रहा था। बौने ने एक बार उकसाया तो मैंने फ़ौरन फ़र्श पर अपना गाल टिकाया और हौकलेट धरमेंदर की कोई पिक्चर देखने लगा। पिक्चर बीसेक मिनट में धरमेंदर और मुच्छड़ पुलिसवाले के बीच हुई लंबी वार्ता और जीनातमान के साथ उसके गाना गाने के साथ ख़तम हो गई।

मैं कपड़े सही करने लगा तो बौना बोला, "चालीस पैसे हुए बाबूजी। अगली बार दे दीजिएगा। अब घर जाइए। हनूमान जी भली करेंगे।" बौने ने अपना सफल व्यापारी रूप दिखाया और जैहनूमान ग्यानगुनसागर गुनगुनाने लगा। दोस्त की मौत के बाद बमपकौड़ा खाना और पिक्चर देखना और वह भी उधार में– अपराधबोध से अटा हुआ मैं जब घर के दरवाज़े पर पहुँचा तो शाम धुँधला चुकी थी। एक निगाह लाल सिंह की दुकान की दिशा में डाली तो वहाँ कुछ भी उल्लेखनीय होता नज़र नहीं आया। मुँह में बीड़ी चिपकाए लाल सिंह के बाबू चाय की केतली के मुँह पर फँसे अदरक के टुकड़े को निकाल रहे थे। मेरे दोस्तों का नामोनिशान तक नहीं था। मैं समझ गया वे लफत्तू के घर गए होंगे।

मैं ज़ीना चढ़ ही रहा था कि माँ और मेरी दोनों बहनें एक साथ दरवाज़े से बाहर निकलीं।

"तू था कहाँ। हर जगह देख आए तुझे। चल अंकल जी के घर चलना है। लफत्तू की मम्मी बुला रही तुझको।"

लफत्तू के घर छोटा-मोटा मजमा लगा हुआ था जैसा बंटू के दादाजी के मरने पर लगा था। लफत्तू की बहनें एक कोने में खड़ी थीं और उसका जल्लाद भाई सियाबर बैदजी के कानों में मुँह सटाए ज़ोर-ज़ोर से कुछ कह रहा था। परसुराम मास्साब और विलायती सांड भी नज़र आ रहे थे। माँ ने मेरा और छोटी बहन का हाथ थामा हुआ था और वह वैसे ही हमें घसीटते हुए लफत्तू के घर के भीतर ले गई। बाहर के कमरे की कुर्सियों पर लफत्तू के पापा और कुछ पड़ोसी विराजमान थे। माँ हमें भीतर के कमरे में ले गई।

लफत्तू ज़िंदा था और उसकी नाक बह रही थी। उसकी मम्मी उसे मुसम्मी का शरबत पिला रही थी।

लफत्तू मरा नहीं था क्योंकि उसको बौने के हनुमानजी ने बचा लिया था।

वह बहुत बीमार और दुबला दिख रहा था। मुझ पर निगाह पड़ते ही उसके चेहरे पर हल्की-सी मुस्कान आ गई। उसकी मम्मी के इशारे पर मैं आगे बढ़ा और बिस्तर पर उसकी बग़ल में बैठ गया। मैं उसके गले लगकर और ख़ूब रोना-पीटना करके अपना जी हल्का कर लेना चाहता था। मैं अपने मन की सारी भावनाएँ उसके सामने उड़ेलकर उसका हाथ थामे रहना चाहता था लेकिन मैं पैदाइशी घुन्ना था। चुपचाप फ़र्श पर निगाहें लगाए औरतों की बातें सुनता दुखी होता रहा।

लफत्तू को अगले कई महीने स्कूल जाने की इजाज़त नहीं थी। उसे हर पंद्रह दिन पर मुरादाबाद ले जाया जाना था। उसके भोजन और दवा में हज़ार तरह की सावधानियाँ बरती जानी थीं।

"दो दिन की देर हुई होती तो हमारा बच्चा तो...।" लफत्तू की मम्मी मेरी माँ को बता रही थीं। "अब की सोमवार को गर्जिया माता के दरबार में हाजिरी लगानी है दिदी! अब तो माता का ही सहारा हुआ हमें।"

कंबल के नीचे से लफत्तू ने अपना हाथ बाहर निकाला तो कलाई पर चिपकी हुई प्लास्टिक की एक मशीननुमा चीज़ ने मुझे आकर्षित किया।

"इसी में डाल के हजारों इंजेक्सन लगाए मेरे बच्चे को जल्लादों ने। इसी में डाल के दिदी।" लफत्तू की माँ ने अब रोना शुरू कर दिया था। देखादेखी मेरी माँ ने भी वही काम शुरू कर दिया। ज़मीन पर बैठी दो अन्य औरतों ने भी इस कार्यक्रम में शरीक होना अपना फ़र्ज़ समझा और मिनट के भीतर-भीतर कमरे

में बक़ौल लफत्तू मुहर्रम का जलसा शुरू हो गया। बस औरतों के छाती पीटने की कमी बची थी। औरतों की इस फ़िज़ूल नाटकीयता के चक्कर में मैं लफत्तू को सीधे देख सकने की हिम्मत जुटा सका। मैं अपने चेहरे को भरसक मनहूस बनाने की कोशिश कर रहा था कि मौक़े का फ़ायदा उठाकर उसने इंजेक्शन से ज़ख़्मी अपने हाथ से मेरी पिद्दी पिछाड़ी पर ज़ोर की चिकोटी काटी और आँख मारकर मंद-मंद मुस्कराने लगा। उसने उँगली से मेरी क़मीज़ के आगे के उस हिस्से को छुआ जिस पर मेरे द्वारा अभी-अभी किए गए अपराध का सबूत चस्पा था। क़मीज़ पर गिरी हुई मिर्चीदार हरी चटनी अब तक सूखी नहीं थी जिसे देखकर उसने अपना पुराना डायलॉग फुसफुसाया, "थाले गब्बल के बिना मौद कात लए तुम थब।"

अब मुझे सच्ची-मुच्ची का रोना आ गया।

"तू जल्दी से ठीक हो जा यार लफत्तू। मेरा कहीं भी मन नहीं लगता।" ऐसे ही एकाध वाक्य मेरे मुँह से निकल सके। लफत्तू ने अपने घायल हाथ से मेरा हाथ थामा और कंबल के भीतर कर लिया। उसकी हथेली पसीने से भीग गई थी लेकिन उसने एकाध मिनट तक मेरा हाथ नहीं छोड़ा। उसकी पलकों के कोरों पर भी एक नन्हा-सा आँसू ठिठक-सा गया था। यह उस्ताद और शागिर्द के दरम्यान लंबे अरसे बाद हो रहा मूक लेकिन भावपूर्ण संवाद था जिसने आगे के दिनों में हमारी गर्मी की छुट्टियों और नए मुहब्बतनामों की दिशा तय करनी थी।

लफत्तू की तबीयत का हाल जानने को हमारी समूची मंडली कितनी व्याकुल थी इसका पता दूधिये वाली गली से लगातार आ रही 'बीयोओओओई' की बेचैन आवाज़ों से चल रहा था जो बताती थीं कि फुच्ची, मुन्ना खुड्डी, बंटू, लाल सिंह, जगुवा पौंक और बागड़बिल्ला वग़ैरह व्याकुल होकर लफंटर-यूथ बनाए मेरे बाहर आने की प्रतीक्षा कर रहे थे।

चुस्सू, तीन-दो-पाँच और गंगा की सौगंध

लफत्तू की तबीयत सुधर रही थी और परिवार के साथ उसके रिश्ते भी। यहाँ तक कि उसका जल्लाद भाई भी यदा-कदा उसकी मिजाज़पुर्सी में लगा दिख जाया करता। मुझे और पूरी मित्रमंडल को उसके घर पर हिक़ारत से नहीं बल्कि बहुत सम्मान के साथ देखा जाने लगा था और हमें वहाँ कभी भी जाने की छूट मिल गई। हम दिनभर लफत्तू के बिस्तर को अपना खेल का मैदान बनाए रखते – लूडो, साँप-सीढ़ी, कैरमबोर्ड जैसे सदाबहार खेलों के साथ-साथ उसके भाई ने हमें ताश की अब तक हमारे लिए वर्जित गड्डी के साथ जोड़पत्ती और पद जैसे खेल सिखा दिए। जोड़पत्ती बहुत बचकाना खेल था जबकि पद में सामने वाले को पूरी तरह चिलमनग्न बना देने का आकर्षण उसे एक महान खेल बनाता था। पद से चट चुकने के बाद हमने कोटपीस और दहल-पकड़ नामक राष्ट्रीय ख्याति के खेल भी सीख लिए जबकि रमी जैसे क्लासिक खेल के रामनगरीय संस्करण– चुस्सू– तक पहुँचने में हमें उसके बाद फ़क़त एक सप्ताह लगा और उसे बाक़ायदा जुए की सूरत देने में लफत्तू को चौबीस घंटे।

चुस्सू के खेल में खिलाड़ियों की संख्या के मुताबिक़ नौ से लेकर सत्रह पत्ते हरेक खिलाड़ी के हिस्से आते और उन्हीं के हिसाब से तीन-तीन पत्तों के तीन से लेकर पाँच हाथ बनाने होते थे। यह ख़ासा चुनौतीपूर्ण खेल था और उसे खेलने में बहुत दिमाग़ लगाना पड़ता था। लफत्तू लेटा-लेटा कमेंट्री करता रहता और बेबात ठहाके मारा करता। अपने सबसे नज़दीक बैठे खिलाड़ी के लिए वह सलाहकार का काम भी करता था और दो ही दिनों में यह मान लिया गया कि उसकी बग़ल में बैठा खिलाड़ी हार ही नहीं सकता। हार जाने पर जगुवा पौंक रुआँसा हो जाता और लफत्तू पर बेमांटी करने का झूठा इलज़ाम लगाता। लफत्तू की तरह ही फुच्ची भी खेल को नहीं खेलता था। वह अपने शाश्वत कुटैव अर्थात कप्तानी करने की आदत से बाज़ नहीं आता था और अपने को लफत्तू

के सामने बैठे दोस्तों की टीम का कप्तान बना लेता और बारी-बारी से सबके पत्ते देखा करता। तीसरे दिन ही लफत्तू ने आइडिया दिया कि क्यों न इस खेल के स्कोर बाक़ायदा कॉपी में लिखे जाएँ ताकि हार-जीत का सही-सही पता चल सके। लफत्तू ने स्वयं ही स्कोरर का पद भी सँभाल लिया और पहली शाम खेल ख़त्म होने पर जो नतीजा सामने आया उसके हिसाब से मुन्ना खुड्डी मुझसे तीन और जगुवा से सात हाथ आगे था। बंटू खेल के बीच में ही किसी बात पर ख़फ़ा होकर अपने घर चला गया था।

लफत्तू ने अपने घायल हाथ वाली कोहनी को मुन्ना खुड्डी की कमर में खुभोते हुए चुहल की, "आत्तो भौत तीनदोपाँत बना ला थे बे।"

चुस्सू के स्थानीय नियमानुसार पत्तों के क्रम में सबसे ऊपर ट्रेल होती थी। ट्रेल के बाद दूसरे नंबर पर तीन दो पाँच का नंबर आता था। यह तीन दो पाँच टॉप यानी इक्का बादशाह-बेगम से भी बड़ा होता था। इक्का, बादशाह, ग़ुलाम को टिमटॉम कहते थे जबकि इक्का, बेगम, ग़ुलाम को सिमसॉम। इक्का नहल-दहल को लँगड़ी माना जाता था और इक्का दुग्गी-तिग्गी को सबसे छोटी रन। ईंट की दुग्गी के बदले जोकर वाला पत्ता उठाया जा सकता था और सारे पत्ते जीतने पर फाड़ मानी जाती थी। किसी एक पत्ते के चारों रंग जैसे चार सत्ते या चार पंजे आ जाने को चौरेल कहते थे। फाड़ और चौरेल करने वाले को विशिष्ट इनामात और सुविधाएँ दिए जाने का प्रचलन था। सारे चव्वों को बाबाजी कहा जाता था जबकि चिड़ी के चव्वे को बिशम्भर बाबाजी के नाम से संबोधित कर विशिष्ट सम्मान दिया जाता। चिड़ी का ग़ुलाम पद्मादत्त कहलाता था जबकि पान की बेगम हैलन। पान की बेगम का नाम हैलन से बदलकर मालासिन्ना रख दिया गया। दो-तीन-पाँच को लेकर अक्सर बंटू भड़क जाता था। उसके हिसाब से उसके इंग्लैंड-निवासी मामा ही इस खेल के जनक थे और वे दो-चार-पाँच को ट्रेल के बाद मानते थे।

बंटू के मामा का नाम जब-जब आता लफत्तू बड़ी हिक़ारत से उसे देखता हुआ कहता, "तेला मामा गया बेते बित्तोलिया के यहाँ झालू लगाने। गब्बल के यहाँ खेलना ऐ तो गब्बल का ई लूल मानना पलेगा। बत्तों की तले लो मत बेते और खेलना ऐ तो खेल बलना लामनगल के धाम पे कू निकल्ले।" वह थ्योरी मास्साब की बढ़िया नक़ल बना लेता था। रामनगर के धामों का ज़िक्र चलने

पर हम सब थ्योरी मास्साब की इकट्ठे नक़ल बनाने लगते– "और रामनगर के चार धाम सुन लो सुतरो! इस तरफ़ कू खताड़ी और उस तरफ़ कू लखुवा। तीसरा धाम हैगा भवानीगंज और सबसे बड़ा धाम हैगा कोसी डाम।" हमारी समवेत हँसी फूटने को ही होती कि लफत्तू ज़ोर से चेताता- "औल जो थुत्ला तिवाली मात्ताब की नजल में इन चाल धाम पल आ गया, उतको व्हईं थलक पे जिन्दा गाल के लात्ता हुवाँ से बना दूँवाँ।" बंटू रुआँसा पड़ जाता और हम सब बेक़ाबू होकर अपने पेट थामे हँसी से दोहरे हो जाते।

चूँकि मुन्ना खुड्डी उस दिन मुझसे तीन हाथ से जीता था, लफत्तू ने तय किया कि अगले दिन का खेल मुन्ना के पक्ष में क्रमशः तीन और सात हाथ के एडवांटेज से शुरू होगा और गर्मी की छुट्टियाँ ख़तम होने तक हर रोज़ का स्कोर इसी तरह लिखकर अंत में चुस्सू चैंपियन को उचित पारितोषिक दिया जाएगा। पारितोषिक की बाबत कोई ठोस सूरत पेश न किए जाने पर खुड्डी उखड़ गया और बोला, "मने जीतने वाले को पतई नहीं कि उसने क्या जीता। ये तो बेमांटी है।" बात सही थी। लफत्तू ने कुछ देर सोचा और तय किया कि चार हाथ को एक बमपकौड़े के बराबर माना जाएगा। यानी छुट्टी ख़त्म होने पर अगर कोई चालीस हाथ से आगे रहता है तो उसे दस बमपकौड़ों का इनाम मिलेगा। यह एक ललचाने वाला प्रस्ताव था जिसके नतीजे में हम सब उन गर्मियों में चुस्सू में इतने पारंगत हो गए थे कि उसके बाद दिवाली वग़ैरह के टाइम बड़ों के असली यानी जुए वाले चुस्सू में खिलाड़ी कम हो जाने पर हम में से किसी को भी सुविधा के मुताबिक़ ससम्मान तलब कर लिया जाता और हमारे पैसे भी भरे जाते।

चुस्सू की बमपकौड़ा ट्रॉफी की डीटेल्स तय हो जाने पर लफत्तू बोला, "वो काँ ग्या थाला तीनदोपांत?"

मैंने नासमझी में उसकी तरफ़ देखा तो उसने अपनी आँख को चौथाई दबाते हुए कमीनगी के साथ कहा, "बोई तेला इंग्लैंदिया मुग्लेआदम। औल कौन!"

इस तरह मई-जून के उन गर्म महीनों के एक ऐतिहासिक दिन बंटू के दो-दो नामकरण किए गए। उसके बाद से उसे इंग्लैडिया मुग़ल-ए-आज़म और तीन-दो-पाँच के अलावा किसी और नाम से नहीं पुकारा गया। तीन-दो-पाँच का नाम उस पर बुरी तरह फ़बता भी था क्योंकि उसका क़द हम सब में छोटा था

और अपनी शातिर हरामियत के चलते वह बड़े-बड़े इक्के, बाश्शे, बेगमों को उल्लू बना सकने में पारंगत था और मैंने ग़ौर किया कि वह दिखता भी तीन दो पाँच जैसा ही था।

बनवारी मधुवन पिक्चर हॉल से आगे थोड़ी-सी उतराई थी जिसके बाद कोसी डाम से आने वाली नहर मिलती थी। नहर के ऊपर एक चौड़ी पुलिया थी जिस पर लफत्तू ने हमें बिना गाड़ी की गाड़ी चलाना सिखा रखा था। इस कार्यक्रम के लिए आपको पुलिया के किनारे पर लगी रेलिंग से लगे खड़े होकर अपनी निगाहों को बहते पानी पर एकटक लगा देना होता था। थोड़ी देर में पुलिया गाड़ी बन जाती थी और आप रफ़्तार के मज़े ले सकते थे। गाड़ी की रफ़्तार डाम से उस दिन छोड़े गए पानी की मात्रा पर निर्भर करती थी। कम पानी छोड़े जाने पर रफ़्तार बढ़ जाती थी क्योंकि नहर में पानी का स्तर छिछला होता था और उसकी रफ़्तार ज़्यादा। जिस दिन लबालब पानी छोड़ा गया होता, नहर पुलिया को तक़रीबन छूती हुई बह रही होती और ऐसे में मंद-मंद रफ़्तार पर गाड़ी चलाना एक दिव्य अनुभव होता था। लफत्तू ने हमें उस उम्र में मेडिटेशन करते हुए गाड़ी चलाना सिखा दिया था जब किसी के पास गाड़ी होने को विस्मय और तनिक ईर्ष्या के साथ देखा जाता था। पुलिया और उसके नीचे बहने वाली नहर हम सब की गाड़ी थी जिसे उस दिन चलाता हुआ मैं मुन्ना खुड्डी की प्रतीक्षा कर रहा था। हमने दिन भर लफत्तू के घर मौज की थी और मुन्ना ने मुझसे शाम के समय एक नई जगह दिखाने का वायदा किया था।

मेरे घर से यह पुलिया काफ़ी आगे पड़ती थी और मैं पहली बार इतनी दूर अकेला आया था।

गाड़ी का भरपूर लुत्फ़ उठा चुकने के बाद मैंने आँखें उठाकर बनवारी मधुवन की तरफ़ देखा तो बड़ा टायर चलाता मुन्ना खुड्डी तेज़-तेज़ आता दिखा। उसके हाथ में लकड़ी का छोटा-सा अटल्ला था जिसे वह एक्सीलेटर की तरह इस्तेमाल कर रहा था। बड़ा टायर चलाने के बारे में मैंने कभी सोचा नहीं था क्योंकि वह रत्तीपइयाँ के मुक़ाबले बहुत गँवार और घामड़ लगा करता था लेकिन जिस कौशल के साथ मुन्ना खुड्डी टायर का संचालन कर रहा था, मुझे वह आकर्षक लगा।

नक्शेबाज़ी और अदा के साथ टायर को नज़दीक लाकर तीन-चार बार टेढ़ा घुमाने के बाद वह स्थिर हुआ तो बहुत देसी अंदाज़ में बोला, "और गुरु, मजा?"

मैं भी उसी स्टाइल में बोला, "हाँ गुरु, मजा... मने भौते मजा।"

मुन्ना मुझसे लिपटने को-सा हुआ पर उसकी गंदी बनियान देखकर मैं पीछे हट गया। उसने बुरा नहीं माना। हमने पुलिया पार की और नहर की बग़ल वाली मुख्य चौड़ी सड़क पर आ गए। मैं सड़क पर पहुँचते ही डाम की दिशा में जाने को हुआ तो उसने मेरा हाथ पकड़ लिया और बोला, "गुरु, उधर नहीं, इधर... इधर।"

उधर मतलब पाकिस्तानियों के बग़ीचे में! मेरी फूँक सरक गई।

"अरे, आप मने डरिए मत। हम आपको वहाँ थोड़े ही ले जा रहे हैं। आप डरते बहुत हैं।" वह अपनी सुपरिचित टेरिटरी में ले जाने की धौंस से मुझे आतंकित करने का प्रयास कर रहा था। डाम की दिशा में जाने के बजाय हम थोड़ी दूर तक उल्टी दिशा में भवानीगंज की तरफ़ चले और बाईं तरफ़ नहर की दूसरी तरफ़ सीढ़ियाँ आने पर नीचे उतर गए। सड़क से यह हिस्सा नज़र नहीं आता था। बीसेक सीढ़ी उतरने के बाद एक रौखड़नुमा मैदान आया। बाँध का गेट बंद था और रौखड़ से थोड़ी दूरी पर नदी की दुबली-सी धारा बह रही थी। धारा के थोड़ा-सा आगे एक ऊँचा-सा टीला था। मुन्ना ने मुझे अपने पीछे आने का संकेत किया और उसी पतली धारा की तरफ़ बढ़ने लगा। उसने अपना टायर शिवजी के साँप की तरह गले में डाल लिया था और अपने धारीदार पाजामे के पाँयचे आधी जाँघों तक खींच लिए थे। हाफ़पैंट और पौलिएस्टर की क़मीज़ पहने बाबूसाहब बना हुआ मैं उसके पीछे चल रहा था। मुन्ना की देह थोड़ी बेडौल थी- उसके कूल्हे उसकी मरगिल्ली टाँगों के अनुपात के हिसाब से काफ़ी स्थूल थे और चाल में एक नैसर्गिक लेकिन भौंडी लचक थी।

मैंने पलटकर देखा– नहर वाली सड़क काफ़ी पीछे जा चुकी थी। इक्का-दुक्का लोग टहलते दिखाई दे रहे थे। बाईं तरफ़ निगाह डालने पर ज़ियाउल के घर वाली कॉलोनी की छतें नज़र आ रही थीं और उनकी और बाईं तरफ़ डाम।

सामने रूखी पथरीली ज़मीन थी और मैं मुन्ना खुड्डी के नेतृत्व में कहीं जा रहा था। अचानक डर लगना शुरू हुआ और शर्म आने लगी कि मैं कल ही रामनगर आए इस छोकरे के कहने पर किसी अनजान जगह पर जा रहा हूँ।

घर में इस बाबत पूछे जाने पर मैं क्या उत्तर दूँगा– इस सवाल से भी भय लग रहा था। मैं ठिठक गया मगर जब मुन्ना ने मुझे रुका हुआ देखकर अपनी दो उँगलियों से मुझे अपमानित करने की कोशिश करता परिचित रामनगरी इशारा किया, मैंने फ़ैसला कर लिया कि चाहे जो हो, खुड्डी से पहले टीले तक पहुँच जाऊँगा। आगे जो होगा देखा जाएगा।

मैंने चप्पलें हाथों में थामीं और धारा की तरफ़ दौड़ चला। मुन्ना के पास पहुँचा तो उसने भी दौड़ना शुरू कर दिया। धारा में बस टखनों की ऊँचाई तक का बहुत शीतल पानी था जिसे पार करने में हमें कोई आधा मिनट लगा। अब हम दोनों हँस रहे थे और धारा के उस तरफ़ थे। टीले की जड़ हमारे सामने थी। एक ठूँठनुमा पेड़ के तने के निचले हिस्से पर किसी ने ढेर सारा काजल पोत दिया था। नियमित रूप से धूप-अगरबत्तियाँ जलाए जाने के अवशेष और दर्जनों हुक्के, चिलमें और मिट्टी की बहुत छोटी सुराहियाँ इधर-उधर बिखरी हुई थीं। यह थोड़ा आकर्षक और पर्याप्त रहस्यमय माहौल था। नाटकीय अंदाज़ में मुन्ना ने पेड़ के तने पर लगे काजल पर अपना काला अँगूठा फिराया और उससे लगी कालिख को अपने काले ही माथे पर किसी टीके की तरह लगा लिया। वह अजीब हौकलेट नज़र आने लगा था। उसकी देहभाषा अचानक बदली और वह पास में ही पड़े एक बड़े से पत्थर पर जाँघ पर जाँघ धरे उसी तरह बैठ गया जिस तरह रामलीला में रावण का पार्ट खेलता लफत्तू ढाबू की छत पर बैठा करता था।

"चंबल क्या करने आए हो ठाकुर? ये जीवा का इलाक़ा है! और जीवा ने गंगा की सौगंध खाई है कि जसवंत सिंह की बोटी-बोटी चील-कौवों को खिलाकर ही अपनी माँ की मौत का बदला लेगा।"

मुन्ना खुड्डी मौज के चरम पर आकर किसी पिक्चर के डायलॉग की कॉपी कर रहा है- इतना तो समझ में आया पर यह पता नहीं चला कि किस पिक्चर का।

"मैंने आपका नमक खाया है मालिक!" और गोली खाने का इंतज़ार करता हुआ मैं गब्बर का नालायक़ कालिया डाकू बन गया।

खुड्डी पाए से उखड़ता बोला, "मने आप रामनगर वाले हर बात में गब्बर सिंह को पेल देते हैं। हम अमीताबच्चन का डायलॉग कह रहे हैं तो आपको

चाहिए कि आप पराण नहीं तो कम-से-कम शेट्टिया तो बन ही न सकते हैं। हैं मने।"

अपने को रामनगर वालों से श्रेष्ठ समझने की उसकी इस फौंस पर मैंने उससे वापस लौटने की बात करना शुरू कर दिया। इस पर गब्बर और शेट्टी की बात तुरंत भुलाकर वह मेरा हाथ थामे टीले के उस पार लेकर गया।

एक पथरीला मैदान था जो टीले की बनावट के कारण किसी भी और जगह से नज़र नहीं आता था। मैदान पर पुरानी निर्माण सामग्री बिखरी पड़ी थी– खस्ता हो चुकीं पत्थर ढोने वाली दसियों छोटी-छोटी दुपहिया गाड़ियाँ, सीढ़ियाँ, सीमेंट के विशालकाय चौकोर स्लैब और सीमेंट की परत लगी बाल्टियाँ और भी जाने क्या-क्या।

"ये है हमारा चंबल गुरु। यहीं ठोका था टुन्ना झर्री ने उनको। तब से यहाँ आने की अपने अलावा किसी की हिम्मत नहीं होती।" उँगली की कैंची बनाकर आँख मारते मुन्ना ने कहा।

मैंने ढंग से जगह का मुआयना किया। जगह अद्‌भुत ग्लैमर से भरपूर थी। डाकुओं के अड्डे से किसी भी सूरत कम नहीं। लेकिन देर हो रही थी। मुझे शाम ढलने से पहले घर पहुँचना होता था– यह बात मुन्ना को भी मालूम थी। जल्द ही फिर सारी टीम के साथ यहाँ आने की योजना बनाते हम वापस लौटे। बनवारी मधुवन तक आते-आते मुन्ना खुड्डी ने मुझे हिमालय में लगी नई पिक्चर 'गंगा की सौगंध' की पूरी कहानी सुना दी थी।

"कल सुबे चलते देखने यार मुन्ना। पैसे नहीं हैं मगर मेरे पास।" मुझे बौने के चालीस पैसे के उधार की बात भी याद थी।

"अरे पैसे की अपन को कब कमी हुई उस्ताद! चलिए थोड़ा-सा काम निबटा लेते हैं घर जाने से पहले!" मुन्ना मुझे ठेलते हुए दाईं तरफ़ कटने वाली गली में घुस गया। एक चहारदीवारी के अंदर गेरुआ पुते हुए बरगद के पेड़ को देखते ही मालूम पड़ जाता था कि वह कोई मंदिर है। मैंने उस मंदिर को पहले नहीं देखा था।

मुन्ना और मैं मंदिर के अहाते में थे। एक छोटे-से मकाननुमा मंदिर के अहाते में घुटने टेढ़े किए हुए अधलेटा एक दढ़ियल बुड्ढा पंखा झल रहा था। गेरुआ कपड़े धारे एक बूढ़ी अम्मा बर्तन धो रही थी। जहाँ-तहाँ घंटे टँगे हुए थे।

बाहर खुले बरामदे में बरगद के पेड़ के नीचे ख़ूब कालिख और तेल-सनी गाद दिखती थी जिसके बीचोबीच एक दिया जल रहा था।

मुन्ना वहां के जुगराफ़िए से परिचित लग रहा था। सीधा बुड्ढे के पास गया और उसके पैर छूकर बोला, "पाँय लागी बाबाजी।" वहाँ से उड़ता हुआ-सा वह बर्तन धोती अम्मा के पास पहुँचा और वहाँ भी उसने पाँयलागी किया और बुढ़िया को माई कहकर पुकारा। सेकेंड से पहले वह फिर से बुड्ढे के पास था। मैं वहीं चहारदीवारी के पास ठिठका खड़ा था। मैं हैरान था कि बुड्ढे-बुढ़िया ने अब तक मुझे देखकर कोई प्रतिक्रिया नहीं दी थी।

"बैठो भगत! बहुत दिनों बाद आए! जय-जय गर्जिया माता! जय भोले! जय बम! बम-बम! जय-जय! हरिओम हरिओम।" ऊटपटांग बोलता, डकार लेता बुड्ढा अपने हाथों से जिस तरह सामने की ज़मीन टटोल रहा था मुझे तुरंत पता चल गया कि वह अंधा है। यही बात मैंने बुढ़िया को ग़ौर से ताड़ते ही समझ ली। वह भी अंधी थी। बाबा मुन्ना के सर पर हाथ रखकर उसे आशीष देता और डकारें लेता जाता था। बुढ़िया भी अब तक वहाँ आ चुकी थी और मुन्ना पर लाड़ से हाथ फेर रही थी।

पाँचेक मिनट बाद 'घर पर परसाद दे देना भगत!' कहते हुए बुड्ढे ने अपने सर के नीचे धरी पोटली की गाँठ खोलकर उसमें से थोड़े से परवल के दाने और गुड़ का एक टुकड़ा निकालकर मुन्ना के हाथ में थमा दिए। "अब घर जाओ भगत, संध्या की वेला हो गई!"

मैं तब तक बरगद की छाँह में आ गया था। मैंने चोर निगाह से पेड़ के तले रखे दिए के नीचे पड़े कुछ सिक्के ताड़ लिए थे। लेकिन वह भगवानजी का घर था।

मुन्ना ने सधे हुए तरीक़े से दुबारा चरण-स्पर्श कार्यक्रम किया और मेरे पास आ गया। बिजली की फुर्ती से उसने वे सारे सिक्के अपनी हथेली में दबोचे और किसी कुशल चोर की तत्परता से मंदिर परिसर से बाहर निकल आया।

भगवान जी घर में किए गए पाप में बीस फीसदी की हिस्सेदारी कर चुकने के अपराध की वजह से मेरी घिग्घी बँधी हुई थी। मुन्ना की बत्तीसी खिली हुई थी और वह सिक्के गिन रहा था, "गंगा मैया की सौगंध! आज खजाना लूट लिया जीवा ने!"

तत्ती मात्तर की ज़हरीली साँस और अँगूठी वाली लड़की से आशिक़ी

शहर में हमारे स्कूल के अलावा दसवीं तक का एक सरकारी स्कूल भी था जिसे नॉर्मल स्कूल कहा जाता था। बहुत मोटे काँच का चश्मा पहनने वाले छोटे क़द के मथुरादत्त जोशी वहीं प्रिंसिपल थे और अँग्रेज़ी पढ़ाते थे। मेरे पिताजी की उनसे पुरानी जान-पहचान थी और ज़माना उन्हें टट्टी मास्साब कहता था। इस नाम के पीछे एक छोटी-सी कथा थी जिसे रामनगर का बच्चा-बच्चा जानता था। कई बरस पहले यूँ हुआ कि उनके पढ़ाए सारे बच्चे हाईस्कूल बोर्ड में अँग्रेज़ी के परचे में फ़ेल हो गए। उन्होंने असेंबली से पहले इन सारे बच्चों को धूप में मुर्ग़ा बनाया और बाद में उन्हें सार्वजनिक फटकार लगाते हुए एक लंबा-सा लेक्चर पिलाया जिसका अंत इस ब्रह्मवाक्य में हुआ, "तुम सालों ने मेरी सालभर की मेहनत को टट्टी बना दिया।"

तब से टट्टी मास्साब का ये हाल बन गया था कि रामनगर बाज़ार में वे जहाँ भी जाते कोई न कोई शरारती लड़का उनके पीछे से आकर कहता 'टट्टी' और भाग जाता। वे पलटकर देखते, मोटे काँच के पीछे से अपनी छोटी-छोटी आँखों को मिचमिचाते और दुर्वासा का पार्ट खेलना शुरू कर देते। ऐसा करते हुए वे उस लड़के के ख़ानदान की महिलाओं को बहुत शिद्दत से तब तक याद करते रहते जब तक कि कोई शरीफ़ आदमी उन्हें किसी दूसरे काम में न उलझा लेता।

फ़िलहाल पिछले कुछ दिनों से मैं देख रहा था कि रात का खाना खाते समय माँ पिताजी से बार-बार मेरी आगे की पढ़ाई और भविष्य को लेकर कोई न कोई बात छेड़ देती। मुझे नैनीताल के किसी हॉस्टल में डालने की बात भी चला करती। इसी का परिणाम हुआ कि टट्टी मास्साब मुझे ट्यूशन पढ़ाने आने लगे।

पहली शाम उन्होंने ग्रामर का जो चैप्टर पढ़ाना शुरू किया वह मुझे पहले

से ही आता था। मैंने हूँ-हाँ करते हुए बड़ी मुश्किल से पूरा घंटा बिताया। मैंने पाँच मिनट के अंदर ताड़ लिया कि उनकी निगाह बहुत कमज़ोर थी। वे मुझसे लिखने को कहते तो मैं कॉपी में आड़ी-तिरछी लाइनें खींचता रहता। सबसे बड़ी दिक्कत उनकी साँस से थी जिसकी स्थायी तुर्शी नित्य एक क्विंटल प्याज़ का सेवन करने से अर्जित की गई थी। मैं भरसक ख़ुद को उनकी साँस से दूर रखने की कोशिश करता रहा लेकिन वह भभका किसी ज़हरबुझे तीर की तरह तमाम सुरक्षा दीवारों को भेदता हुआ नथुनों के भीतर घुस जाता।

घर से उनके बाहर निकलते ही मैंने लफत्तू के घर की तरफ़ दौड़ लगा दी।

लफत्तू अकेला लेटा हुआ पंखे को तक रहा था। मुझे देखकर उसने उठने की कोशिश की लेकिन एक कराह के साथ उसका सिर तकिए पर ढह गया। मैंने ग़ौर से उसे देखना शुरू किया। तेज़ बुख़ार की वजह से उसका चेहरा लाल पड़ा हुआ था। मरियल टहनियों की तरह उसकी बाँहें उसकी क़मीज़ से बाहर निकली हुई थीं। मैंने उसका हाथ थामा और इधर-उधर देखते हुए पूछा, "आंटी लोग कहाँ हैं?"

"पता नईं बेते। अबी तक तो यईं थे थब।"

औपचारिकता करना कभी किसी ने नहीं सिखाया था। यह भी नहीं पता था कि मरीज़ से उसका हाल कैसे पूछा जाता है। मैं अचानक बहुत रुआँसा हो गया और तक़रीबन सुबकते हुए मैंने अपने दूसरे हाथ को उसके गाल पर लगाया। वह तप रहा था।

उसने मेरे हाथ पर अपना जलता हुआ, हड़ियल हो चुका हाथ रख दिया। मेरी रुलाई फूट पड़ी।

"क्या कल्लाए बेते। पलेथान क्यों होला। गब्बल भौत जल्दी बित्तल से भाल आके थाकुल के कुत्तों के तुकले-तुकले कल देगा। दल मत मुजे कुच नी होगा।"

मैं और ज़ोर से रोने लगा और सुबकते हुए उसे बताने लगा कि मुझे नैनीताल हॉस्टल भेजने की तैयारी चल रही है और यह भी कि आज शाम से मुझे टट्टी मास्साब ने ट्यूशन पढ़ाना भी शुरू कर दिया है।

दो-तीन मिनट हम दोनों चुप रहे। उसकी पलकें गीली होने लगी थीं। उसने गाल पर धरे मेरे हाथ को अपने हाथ से ख़ूब कस लिया। थोड़ी देर बाद उसके

गला खंखारते हुए किसी अभिभावक की तरह मुझे समझाना शुरू किया- "तू तो वैतेई इत्ता होत्याल है बेते। तत्ती मात्तल बी कोई मात्तल है। जो बुड्डा अपनी तत्ती बी साफ़ नईं कल थकता, वो गब्बल के दोत्त को क्या खा के पलाएगा। औल..." वह श्रमपूर्वक उठ बैठा और अपनी लय में आता हुआ बोला, "... नैन्ताल कोई थाला इंग्लित मात्तलनी के बाप के जो क्या है कि कोई लामनगल वाला वाँ नईं जा सकता। जाके उत लाल बैलबातम की भेल पे दो लात माल के कैना कि बेते भौत नक्तेबाजी ना झाल, गब्बल तेले नैन्ताल को लूटने आने वाला है। बत के लइयो।"

नैनीताल जाकर इंग्लिश मास्टरनी और उसके भाई के साथ पुराना हिसाब चुकता करने की संभावना से मैं थोड़ा ख़ुश हुआ और ग़ौर से लफत्तू का चेहरा देखने लगा। बीमारी ने उसके चेहरे को क्लांत बना दिया था लेकिन उसकी पिचकी नाक और चमकती आँखों की नक्शेबाज़ी ज़रा भी कम नहीं हुई थी।

मुझे कुछ काम याद आया और मैं जाने के लिए उठा।

"ओये!" मैं दरवाज़े पर पहुँचा ही था कि लफत्तू ने मुझे आवाज़ दी, 'बीयोओओई' कहकर वह आँख मार रहा था।

'बीयोओओई' कहकर मैंने भी उस्ताद का अनुसरण किया।

बाहर लफत्तू की माँ और उसकी दोनों बहनें खड़ी थीं। उनके माथे पर लगा ताज़ा टीका बता रहा था कि वे किसी मंदिर से वापस आ रही थीं। मुझे देखकर उसकी माँ ने मुस्कराते हुए मेरे सिर पर हाथ फिराया और कहा, "दिन में एक बार तो आ जाया कर अपने दोस्त का हाल पूछने। मम्मी कैसी हैं तेरी?"

लाल सिंह चाय के गिलास धोने में मसरूफ़ था। दुकान के सामने से मुझे गुज़रता देखते ही वह चिल्लाया, "तेरे घर पे माल आया है बे और तू यहाँ घासमंडी में डोल रहा है। जल्दी जा तेरा भाई तेरे बारे में पूछ रहा था अभी।"

मेरे घर पर कौन आया हो सकता है, यह सोचता हुआ मैं वापस घर का ज़ीना चढ़ने लगा। मुझे अभी मुन्ना खुड्डी से मिलने जाना था। बहुत दिन बीत जाने पर भी उसने लूट का मेरा हिस्सा अभी तक नहीं दिया था।

दरवाज़ा खुला हुआ था और बैठक के कमरे से आवाज़ें आ रही थीं। बिल्ली की तरह दबे पाँव अंदर घुसा ही था कि नाक में रसोई से आती ख़ुशबू घुसी। ऐसी ख़ुशबू बहुत ख़ास मौक़ों पर आती थी। जब भी घर में कोई महत्त्वपूर्ण

मेहमान आया होता, माँ बाज़ार से डबलरोटी मँगवाकर ब्रेड पकौड़े बनाया करती। कुंदन दी हट्टी से दही-इमरती भी मँगाई जाती।

मैं बैठक में जाने के बजाय रसोई में चला गया। तीनों बहनें माँ की मदद करने के नाम पर भीड़ बनाए खड़ी थीं। ट्रे में कप-प्लेट सजाकर रखे हुए थे।

"था कहाँ तू? इतनी देर से तुझे ढूँढ़ रहे हैं सारे मोहल्ले में। कितनी सारी चीज़ें लानी थी बाज़ार से!" मुझे घुड़कते हुए माँ ने कहा, "और ये भिसौण जैसी शकल बना के कहाँ से आ रहा है। चल जल्दी से हाथ-मूँ धो के बैठक में जा। तेरे बाबू के जंगलात वाले कोई दोस्त आए हैं। जा के अच्छे से नमस्ते कहना उनको। ऐसे ही मत बैठ जाना गोबर के थुपड़े जैसा।"

मेरे दिमाग़ में दस तरह की चीज़ें चल रही थीं और माँ मुझे हाथ-मुँह धोने को कह रही थी। मैं अनमना होकर फिर से बाहर निकलने की फ़िराक़ में था कि बैठक से पिताजी की आवाज़ आई, "अरे ज़रा अपने लाड़ले को भेजो तो!"

इसके पहले कि माँ दुबारा से डाँट लगाती मैं ख़ुद ही नज़रें झुकाए बैठक की तरफ़ चल दिया। अब होना यह था कि नए मेहमानों के सामने मेरी नुमाइश की जानी थी और मुझसे बहुत सारी चीज़ें सुनाने को कहा जाना था जिसके बाद मेहमानों ने 'आपका बच्चा तो बहुत होशियार है पाण्डे जी!' कहते हुए ब्रेड पकौड़ों पर हाथ साफ़ करते जाना था। हर दो-चार महीनों में होने वाले इस कार्यक्रम से मुझे ऊब होती थी। मैं होशियार हूँ तो क्या। मेरे कद्दू से!

बैठक में घुसते ही मुझे काठ मार गया। मेरी बहनों की नई-नई बनी दोस्त नसीम अंजुम लाल रंग का घेरदार फ्रॉक पहने, बाप जैसे दिखाई देते एक आदमी और हेमामालिनी जैसी दिखाई देती एक औरत के साथ चुपचाप बैठी थी। पिताजी उन्हें कुछ बता रहे थे।

मैं अपनी घर की पोशाक यानी निक्कर और पौलिएस्टर की क़मीज़ पहने था।

"आओ पोंगा पंडित!" मेरी सार्वजनिक भद्द पीटनी होती तो पिताजी मुझे इसी नाम से पुकारा करते। बहुत ग़ुस्सा आता था।

मैं सकुचाता हुआ तख़त के कोने पर बैठ गया और फ़र्श पर निगाह गड़ाए अपनी नुमाइश लगाए जाने का इंतज़ार करने लगा। पिताजी मेरे बारे में कुछ भी आँय-बाँय बोलते इसके पहले ही माँ और बहनें चाय-नाश्ते की ट्रे लेकर आ गईं। भीड़ की वजह से अचानक माहौल बदल गया। 'अरे भाभीजी', 'अरे

भाईसाब', 'लो बेटे' जैसे शब्दों से बैठक का कमरा गुंजायमान हो गया। मैंने मौक़ा ताड़ा और बाहर सटकने की तैयारी करने लगा।

उठते हुए मैंने एक नज़र नसीम अंजुम पर डाली। वह मुझे ही देख रही थी। उसने अपने हाथ में ब्रेड पकौड़ा थामा हुआ था और उसकी अँगूठी का वही ज़ालिम नगीना खिड़की से आती धूप में जगमगा रहा था और उसकी चमक उसकी नाक की ऐन नोक के ऊपर स्थापित थी। वह मुझे देख रही थी और उसके चेहरे पर शरारत भरी मुस्कराहट थी। मैंने ग़ौर किया वह बहुत ख़ूबसूरत थी। रामनगर और पिक्चर वाली दोनों मधुबालाओं से अधिक ख़ूबसूरत। सकीना से और कुच्चू-गमलू से अधिक ख़ूबसूरत। मैं हैरान हो रहा था कि जब पिछली बार वह हमारे घर पर आई थी तो इस बात पर मेरा ध्यान क्यों नहीं गया। सेकेंड के एक हिस्से में मुझे अपने दिल का फिर से चकनाचूर होना महसूस हुआ। पहली नज़र की मुहब्बत का तकाज़ा था कि मुझे वहीं बैठे रहना चाहिए था लेकिन मैं उस नाज़नीना के सामने किसी भी क़ीमत पर अपनी बेइज़्ज़ती नहीं कराना चाहता था। मौक़ा देखते ही मैंने दौड़ लगा दी और बाहर सड़क पर आ गया।

मुन्ना वहीं मिला जहाँ उस वक़्त उसे होना था। वह और फुच्ची अपने बाप के ठेले पर खड़े गाहकी निबटा रहे थे। उसके पापा ने स्टील के कपों का धंधा शुरू किया था जो चल निकला था। उनके अपने गाँव ढकियाचमन से थोड़ा आगे मौजूद हापुड़ की किसी फैक्ट्री में बनने वाले ये कप समूचे भारत की रसोइयों में फैल गए थे। मेरे घर में भी आधा दर्जन आ चुके थे। ये कप कम हुआ करते थे धोखा ज़्यादा। पहली बार ऐसे कप में चाय दिए जाने पर मेहमान कहता था, "अरे इतनी सारी!" इन्हें बनाने वाले वैज्ञानिकों ने स्टील की चादर को इस तरह कप की सूरत में ढालने का कारनामा अंजाम दिया था कि दो परतों के बीच ढेर सारी हवा होती थी। नतीजतन मुख्य कप का आयतन बाहर से दिखने वाले कप के आयतन का एक-चौथाई हुआ करता था। उसमें उतनी ही चाय आती थी जिसे दो घूँट में निबटाया जा सके। हाँ पेश किए जाते समय वह अपनी असल मात्रा से कई गुना नज़र आती। इसके अलावा पीने वाली जगह पर जहाँ कपों की दो परतों के बीच जोड़ होता था, चाय डालने के बाद छोटे-छोटे बुलबुलों की खदबद भी शुरू हो जाती थी। यह वैज्ञानिक प्रक्रिया

होती थी जिसे देखना दुर्गादत्त मास्साब के मुझ क़ाबिल चेले के लिए ख़ासी दिलचस्पी पैदा करता था।

मुन्ना ने मुझे देखा और आँख मारकर इशारा किया कि मैं बौने के ठेले पर उसका इंतज़ार करूँ। मैं वहाँ जाने के बजाय नज़दीक ही खेल मैदान की चहारदीवारी पर बैठ गया और दिनभर में घटी चीज़ों की बाबत सोचने लगा।

टट्टी मास्टर से पढ़ने में ज़रा भी मज़ा नहीं आया था। माँ-पिताजी से जल्दी ही इस बारे में निर्णायक बातचीत करनी पड़ेगी वरना प्याज़ की बदबू के कारण मेरी मौत तय थी। बीमार लफत्तू की शकल सामने घूमने लगी तो मैंने उससे ध्यान हटाने की कोशिश की। मैदान का मेरी तरफ़ वाला हिस्सा किराए की साइकिल का लुत्फ़ लूट रहे बच्चों से भरा हुआ था। घुटे सिर वाला मेरी उम्र का एक लड़का केवल धारीदार पट्टे का पाजामा पहने बड़ों की साइकिल पर कैंची चलाना सीख रहा था। मैंने ग़ौर से उसे देखना शुरू किया। साइकिल चलाना मुझे लफत्तू ने ही सिखाया था। दिमाग़ लौटकर वापस उसी के बारे में सोचने लगा। अगर लफत्तू सचमुच में मर गया तो मेरा क्या होगा, इस विचार के आते ही मैं व्याकुल हो गया और झटपट अपनी जगह से उठकर बौने की शरण में पहुँच गया।

मैं दूसरा बमपकौड़ा दबा रहा था कि सामने से लचम-लचम चलता आता मुन्ना नमूदार हुआ।

"क्या गुरु मने अकेले-अकेले?" उसने आँख मारने की रामनगरी अदा सीख ली थी।

उसने पहले तो मेरे पैसों से एक बमपकौड़ा सूता और जब डकैती के पैसों के बँटवारे की बात आई तो कहने लगा, "देखिए हम भूल गए थे और सुबह जब अम्मा ने हमारा पाजामा धोने के लिए लिया तो हमें ख़याल ही नहीं रहा। पहले तो अम्मा ने जेब से सारी रक़म निकाल ली और उसके बाद बाबू को बता दिया। बहुत मार खाए हैं क़सम से सुबे-सुबे।"

वह साफ़ झूठ बोल रहा था लेकिन मेरे पास मन मसोसकर रह जाने के अलावा कोई चारा न था। मैं तय कर चुका था कि इस मामले में सुनवाई करवाने के लिए हाईकोर्ट यानी लाल सिंह के पास जाना पड़ेगा।

झूठ बोलने की मक्कारी वाली टोन को जारी रखते हुए उसने मुझसे पूछा,

"चंबल चलिएगा?"

पैसों का नुक़सान होने के कारण मेरा मूड उखड़ गया था। होमवर्क करने का बहाना बनाकर मैंने मुन्ना खुड्डी को टरका दिया। सूरज के ढलने में अभी बहुत समय था। मैदान के दूर वाले छोर पर पहुँचते ही मैंने घर की दिशा में देखा। लफत्तू की और मेरी बहनें छत पर बैडमिंटन खेल रही थीं, बैठक के कमरे की बत्ती जली हुई थी और बस अड्डे के बीचोबीच खड़े बरगद के पेड़ पर घर लौटते हज़ारों कौओं की काँव-काँव ने आसमान को पाट रखा था।

मुझे थकान महसूस हुई। मैंने घर जाना तय किया। घर में घुसते ही पिताजी ने धर लिया। आदर्श पुत्र के गुणों और सामाजिक आचरण के नियमों के विषय पर ढेर सारे लेक्चर पिलाए गए और अंत में सूचित किया गया कि कल से टट्टी मास्साब के साथ मेरे साथ नसीम अंजुम भी ट्यूशन पढ़ा करेगी क्योंकि उसे भी नैनीताल के हॉस्टल में भेजा जाने वाला है।

"दिमाग़दार लड़की है। उसके साथ कुछ दिन पढ़ाई करोगे तो थोड़ा शऊर आ जाएगा तुम्हें, वरना..." मुझे फिर से पोंगा पंडित कहा जा रहा था लेकिन मैंने सिर्फ़ नसीम अंजुम सुना।

अब मुझे सचमुच एकांत चाहिए था। माँ-पिताजी की निगाहों से किसी तरह बचता-बचाता मैं पीछे के रास्ते से सीधा ढाबू की छत पर पहुँच गया।

'नसीम अंजुम! नसीम अंजुम! नसीम अंजुम!' हर क़दम के साथ मेरा दिल धप-धप कर रहा था। मुझे ख़ुद नहीं पता था मेरे हरजाई दिल के भीतर का वास्तविक प्रेम इसी अपूर्व सुंदरी के लिए कहीं छिपा हुआ था। वह बहुत बातूनी थी लेकिन उससे ज़्यादा ख़ूबसूरत थी। उसका ऊँचा ख़ानदान और कपड़ों के चयन में उसकी नफ़ीस पसंद उसे मेरे लिए आदर्श प्रेमिका बनाते थे। अगले कुछ दिन उसके साथ ट्यूशन पढ़ने का मौक़ा मिल रहा था और मेरे पास ऊँचे दर्जे की इस दुर्लभ मुहब्बत को सैट कर लेने का सुनहरी मौक़ा था। इस उपलब्धि के लिए हर रोज़ एक घंटे तक टट्टी मास्साब की ज़हरीली दुर्गंध झेलने का पराक्रम दिखाना होगा।

लफत्तू के पापा अक्सर हमें आधे-पौन घंटे का उपदेश देने के बाद उपसंहार करते हुए कहा करते थे, "मरे बिना स्वर्ग जो क्या मिल सकने वाला हुआ रे बौड़मो!" उनकी बात पहली दफ़ा समझ में आ रही थी।

जीनातमान की चिट्ठी और मुन्ना खुड्डी की दग़ाबाज़ी

पिछले कुछ दिनों से हर दोपहर सजने वाली चुस्सू महफ़िल में भाग लेने की नीयत से मैं लफत्तू के घर पहुँचा। उसका मूड उखड़ा हुआ था और उसने मुझसे कोई बात नहीं की। लेटा-लेटा अपने सिरहाने धरी दवाइयों की शीशियों को उलट-पुलटकर व्यस्त होने का दिखावा करता रहा।

मैं उसे अपनी नई मुहब्बत और मुन्ना खुड्डी की बेईमानी के बारे में बताना चाहता था लेकिन वह किसी भी तरह की बात करने के मूड में नहीं था।

दो-चार मिनट की ख़ामोशी के बाद उसने अनमनी-सी आवाज़ निकालकर मुझसे कहा, "आज बंतू औल दगुवा नईं आने वाले ऐं। तू बी अपने घल जा और पलाई कल। तुदको नैन्ताल जाने की तइयारी कलनी ऐ। यहाँ आके तैम बलबाद मत कल।"

मैंने उसकी बात को सुने बग़ैर ही कहना शुरू किया, "याल लफत्तू, कल शाम क्या हुआ ना... वो नसीम अंजुम नहीं है नसीम अंजुम..."

"मेले कद्दू में गई नतीम अंदुम फतीम अंदुम। तू अपने घल जा। मुदको बुखाल आ ला थुबे थे। पल्छान मत कल।"

मैं समझ गया वह किसी बात को लेकर उखड़ा हुआ था। रुआँसी सूरत बनाते हुए मैं उसके कमरे से बाहर जाने लगा।

"कहाँ जा रहा है बेटा? खीर बना रही हूँ तुम लोगों के लिए।" आंटी रसोई से कह रही थीं। बाहर वाले कमरे में लफत्तू की दोनों बहनें साँप-सीढ़ी खेल रही थीं।

मैं बाहर निकल आया। मुझे तुरंत लाल सिंह के पास पहुँचकर अपना दुख सुनाना था। ट्यूशन शुरू होने में काफ़ी समय था। घासमंडी के चबूतरे पर लकड़ी-घास के गट्ठर बिकने के लिए धरे जा चुके थे। जंगल से उन्हें

इकट्ठा करके लाईं औरतें गपिया रही थीं। पशु अस्पताल के बाहर परित्यक्त पड़े खोमचे के नीचे रहने वाली चितकबरी कुतिया ने कुछ समय पहले बच्चे दिए थे। महीनेभर के हो चुके ये आधा दर्जन पिल्ले दुनियाभर के खेल खेलने में मसरूफ़ रहते थे। फ़िलहाल वे कहीं से हासिल किए गए एक फटे कुरते को नेस्तनाबूद करने का काम कर रहे थे।

लाल सिंह दुकान पर नहीं था। मैंने दूर से देख लिया मुँह में बीड़ी लगाए उसके पापा गिलास धो रहे रहे थे। मैं सोचने लगा संकट की उस घड़ी में किसके पास जाया जा सकता था।

झूठा मुन्ना खुड्डी मेरे पैसे नहीं दे रहा था, शाम को एक घंटे टट्टी मास्साब की दुर्गंध झेलनी थी, नसीम अंजुम ने दिल की लपट में सुबह से ही अपनी हाँडी चढ़ा दी थी और घरवाले मुझे सुबह-शाम उपदेश देने से बाज़ नहीं आ रहे थे। ऊपर से लफत्तू नाराज़ हो गया था। रोने का मन करने लगा।

सड़क पर ठिठका खड़ा मैं कुछ तय करता कि खिड़की से मुँह बाहर निकाले बंटू की आवाज़ आई, "ऊपर आ जा। पापा बरेली से शोले का रिकॉर्ड लाए हैं। जल्दी आ जा। आइसक्रीम भी है।"

जिस तरह एक सच्चा आशिक़ अपनी महबूबा की उसी गली का फेरा मारने जाता है, जहाँ उसे बार-बार लतियाया-दुत्कारा जाता है, 'शोले' के रिकॉर्ड का नाम सुनते ही मैं भी सबकुछ भूलकर बंटू के घर की सीढ़ियाँ चढ़ने लगा। रिकॉर्ड की सुई थामे बंटू उसे काले चक्के पर रख रहा था।

डायलॉग शुरू हुए और दस मिनट के भीतर मैं गब्बर के रामगढ़ पहुँच गया था। रिकॉर्ड का खोल थामे बंटू लगातार कमेंट्री कर रहा था, "इसमें अमीताच्चन और धरमेंदर ने भौत अच्छा काम किया है, पापा बता रे थे। और जो ये सफ़ेद साड़ी वाली जया भादुड़ी है ना, इसने भी। तुझे पता है अमीताच्चन और जया भादुड़ी सच्ची-मुच्ची वाली शादी करके अब रामगढ़ में ही रहते हैं। और जो ये ठाकुर है न ठाकुर मतलब संजीव कुमार बिलकुल इसके जैसा ही कुरता मामाजी लखनऊ से लेकर आने वाले हैं मेरे लिए। आजकल इंडिया आए हुए हैं ना।"

रिकॉर्ड भी बंटू का था और उसका खोल भी। मैंने एक बार खोल दिखा देने की याचना की तो उसने मुझे ख़ारिज करते हुए कहा, "गंदा हो जाएगा पापा कह रहे थे।"

बेइज़्ज़ती के बावजूद मैं डायलॉग सुनता रहा। मुझे उस क्षण का इंतज़ार था जब गब्बर ने सांभा से पूछना था, "कितने आदमी थे?"

काशीपुर के चैती मेले में तक 'शोले' को आए एक साल बीत गया था लेकिन रामनगर में वह तब तक नहीं लगी थी। लफत्तू ख़ुद को गब्बर कहता ज़रूर था लेकिन सच यह था कि उसने ही नहीं मेरे दोस्तों में से किसी ने भी उसे परदे पर नहीं देखा था।

इधर-उधर से अर्जित ज्ञान के आधार पर हम जानते थे कि 'शोले' में बहुत भयंकर फ़ाइटिंग थी और एक गब्बर सिंह था जिसके नाम का सिक्का पूरे देश में ऐसा चल गया था कि दारा सिंह भी उसके आगे बच्चा नज़र आता।

कुछ महीने पहले, जब लफत्तू उतना बीमार नहीं हुआ था, हमने हिमालय टॉकीज़ के भीतर बैठकर 'रोटी कपड़ा और मकान' तीन बार देखी थी। इस पिक्चर के दो बड़े आकर्षण थे।

पहला यह कि जिन दिनों 'रोटी कपड़ा और मकान' लगी थी, सदा काली बेलबॉटम धारण करने वाले साईंबाबा का हमारी उम्र का एक रिश्तेदार लड़का मुरादाबाद से आया हुआ था। कभी-कभी वह सत्तू के साथ हमारी छत पर क्रिकेट वग़ैरह खेलने आ जाया करता। अपनी नवेली बातों से वह हमें लगातार इस दीनताबोध से भरा करता कि उसके मुरादाबाद के सामने हमारे रामनगर की औक़ात एक गाँव से ज़्यादा नहीं थी। 'शोले' वह नौ बार देख चुका था। उससे हमारी दोस्ती होने की इकलौती वजह पिक्चरों का वह कीड़ा बनी जिसने उसे भी उसकी देह में उसी गुप्त जगह पर काटा था जहाँ हम पहले ही से नासूर पाले बैठे थे। उसी ने बताया कि 'रोटी कपड़ा और मकान' नई पिक्चर थी और उसने नहीं देखी थी। हमारे लिए यही बहुत बड़े सम्मान की बात थी क्योंकि रामनगर के पिक्चर हॉल मालिक तीन-चार साल पुरानी फ़िल्मों को नई पिक्चर कहकर प्रचारित करते थे और साल में दो-दो बार 'मुग़ल-ए-आज़म', 'लैला मजनू' और 'मंगू' जैसी पिक्चरों को चलाने की गंदी आदत से लाचार थे। नतीजतन ये तीन फ़िल्में हमें रट गई थीं। रामनगर के हिसाब से 'रोटी कपड़ा और मकान' काफ़ी नई पिक्चर थी।

दूसरा आकर्षण यह था कि उसमें रामनगर के हर छोकरे की महबूबा जीनातमान थी। उसमें मदन पुरी भी था जिसके हरामीपन के हम सब मुरीद थे

और जब तक वह स्क्रीन पर रहता हमारे भीतर मीठी ऐंठन जैसा कुछ लगातार चुभता रहता। असल में हम जीनातमान के आशिक़ होने के साथ-साथ मदन पुरी के ग़ुलाम भी थे।

हमने हमेशा की तरह पिक्चर के मज़े लूटे और सारे गाने याद कर लिए। साथ होने पर हम दोस्त उन्हें गाया करते। 'हाय हाय ये मजबूली' गाता हुआ लफत्तू अपनी जाँघों, सीने और माथे पर थाप मारता हुआ ऐसा कैबरे करता था कि उसके शुरू होने पर हमें शरमाकर मंडली में से अपने से छोटी उम्र के बच्चों को बाहर चले जाने को कहना पड़ता। वे शिकायत करते तो हम उनसे कहते, "बच्चों के मतलब का आइटम नहीं है बेटे!"

एक दिन जब यह कार्यक्रम चल रहा था, फुच्ची कप्तान ने गाने को बीच में टोककर लफत्तू से उस लाइन का मतलब पूछा जिसमें जीनातमान दो टकियाँ दी नौकरी में अपने लाखों के सावन के जाने का उलाहना देती हुई भारत कुमार को लपलपा रही होती है।

ज़ाहिर है न लफत्तू को न हम में से किसी और को दो टकियाँ और लाखों के सावन का अर्थ आता था। इतना ऊँचा काव्य समझने लायक़ बालिग़ अभी हम नहीं हुए थे। लंबे विचार-विमर्श के बाद तय हुआ कि चूँकि मैं अपनी क्लास के सबसे होशियार बच्चे के तौर पर स्थापित हो चुका था, अगले दिन स्कूल में टोड मास्साब से मुझे इस सवाल का जवाब पूछना होगा।

मास्साब ने अटेंडेंस ली ही थी, मैंने हिम्मत करके पूछ ही लिया। अपना चश्मा उतारकर टोड मास्साब ने मुझे और आगे की सीट पर बैठे बच्चों को इतना मारा कि उनकी संटी टूट गई। वे काँपते हुए चीख़ रहे थे, "एक तरफ़ जो है इंद्रा गांधी ने इमरजेंसी लगा रखी है और तुम पिद्दियों की पिछाड़ी में सावन की आग लग रही है हरामजादो! अपने माँ-बापों से पूछना सालो।" वे गालियाँ बकते जाते थे और संटियाँ मारते जाते थे।

ज़ाहिर है अपने माँ-बापों से क्या इस ख़तरनाक गाने का अर्थ किसी से भी पूछने की हिम्मत हम में से किसी की भी न थी। हाँ कई हफ़्तों तक हम इस एक बात को लेकर असमंजस में रहे कि हमारी जानेमन, हमारे ख़्वाबों की मलिका जीनातमान ऐसा लुच्चा गाना गाने को राज़ी कैसे हो गई जिसका ज़िक्रभर करने से टोड मास्साब जल्लाद में बदल गए।

"तोद मात्ताब और इंदला गांधी सई लोग नईं ऐं बेते!" लफत्तू ने फ़ैसला सुनाया था।

'शोले' का रिकॉर्ड बज रहा था और मेरा दिमाग़ लफत्तू के साथ बीते समय की स्मृतियों में गोते खा रहा था। गब्बर का 'जो डर गया वो मर गया!' वाला डायलॉग आने पर जैसे मेरी तंद्रा टूटी।

पिछले कुछ समय से इस डायलॉग पर सिर्फ़ लफत्तू का कॉपीराइट था। मुझे बेचैनी होने लगी। बंटू की कमेंट्री चालू थी, "मामाजी बता रे थे जब ठाकुर और धरमेंदर-अमीताच्चन वाले सीन की शूटिंग चल रही थी तो वहाँ इतनी भीड़ इकट्ठी हो गई थी कि सरकार को डर के मारे दिल्ली से दो हजार पुलिसवाले बुलाने पड़ गए थे।"

मेरे व्याकुल मन के भीतर बंटू लगातार मट्ठा डाल रहा था। मैं उकताने लगा था जब भाग्यवश सड़क से 'बीयोओओई' का हाँका लगा। मैंने झटपट खिड़की से झाँककर देखा। अपनी आधी आँख को चौथाई मारता बागड़बिल्ला खड़ा था और बाहर आने का इशारा कर रहा था।

मैं जाने लगा तो बंटू बोला, "रुक ना। इतनी गर्मी में कहाँ जा रहा है! अभी मम्मी लोग आ जाएँगे तो आइसक्रीम खिलाऊँगा। पापा कह रहे थे।"

मैंने मन-ही-मन बंटू की आइसक्रीम को अपने कद्दू पर बिठाया और मिनट से पहले बागड़बिल्ला और मैं लाल सिंह की दुकान पर बैठे दूध-बिस्कुट का आनंद लूट रहे थे। बाज़ार से सौदा-पत्तर निबटाकर लाल सिंह लौट आया था और मुझे छेड़ रहा था, "बड़ा कैरी माल आया था बे कल शाम तेरे घर में। कौन थी वो नई लौंडिया?"

मुझे लाल सिंह पर ग़ुस्सा आने लगा। वह मेरी माशूक़ा को लौंडिया कह रहा था। मैंने अधखाया बिस्कुट चीकट मेज पर रखा और बाहर निकलने लगा, "लौंडिया नहीं है तेरी बहू है यार लालसिंग। हर बात में इतना मजाक ठीक नहीं होता हाँ!"

"अबे हरामी!" लाल सिंह ने उसी मुहब्बत से मुझे पुचकारा जिसके चलते वह मुझे अपने माँ-बाप से ज़्यादा अपना लगता था। "इधर आ के बैठ और अपना बिस्कुट ख़तम कर। ऐसे मेरी बात का बुरा मानेगा तो हो गया तेरा काम।"

बागड़बिल्ले ने जेब से काग़ज़ का एक टुकड़ा निकालकर मुझे दिया। देखते

ही मैं फुच्ची कप्तान की हैंडराइटिंग पहचान गया।

"क्या है?" मैंने उखड़ते हुए पूछा।

"चिट्ठी है। फुच्ची ने कहा है, तू ठीक कर देना।"

"किसको लिखनी है?" मैंने पूछा तो उसने दो उँगलियों की मदद से किया जाने वाला वही अश्लील संकेत किया और लार टपकाता, मुदित होता हुआ बोला, "जीनातमान को। और किसको!"

मैंने ग़ौर किया जीनातमान का नाम आते ही लाल सिंह चौकन्ना हो गया। उसने मेरे हाथ से काग़ज़ छीना और उसका मज़मून देखने के बाद बागड़बिल्ले को लताड़ लगाई, "और कोई काम नहीं अशोक के पास कि साले उस देसी लौंडे फुच्ची के लिए लवलेटर लिखता रहे? बिचारे को पढ़ाई करनी है। इम्त्यान देना है। नैनताल के हौस्टिल में जाना है। फुच्ची का क्या है। आज अपने बाप के साथ कप-पलेट बेच रहा है कल कच्छे-बंडी बेचने लगेगा। हुँह! कबी मधुबाला के लिए चिट्ठी कभी उस बिचारी लड़की के लिए।"

लाल सिंह की आवाज़ में कुछ था जिससे मुझे शक होने लगा हो न हो जीनातमान वाला मामला एक फूल दो माली टाइप का है।

"अब देख लेना यार..." चिट्ठी वापस जेब में रखता बागड़बिल्ला जाने लगा, "फुच्ची कोई मेरा ई दोस्त थोड़ी है। और काम तो मुझे भी भतेरा करना है। भवानीगंज जाना है। बाबू ने दो हप्ते से एक खाट दे रक्खी थी रिपेर करने को। बढ़ई साला बना के नईं दे रहा तब से।"

बागड़बिल्ला नज़रों से ग़ायब हुआ तो लाल सिंह मेरी बग़ल में आकर बैठ गया।

"देख यार। तू होशियार लौंडा है। कुछ दिन ढंग से पढ़-हढ़ ले और जा नैनताल के हौस्टिल। इस साले रामनगर में रखा ही क्या हुआ। भूसा हुआ साला भूसा। यहाँ रहेगा तो आगे जाके मेरी तरह कप-पलेट धोएगा। और कुछ नहीं। और जरा ये फुच्ची-बागड़बिल्ले टाइप के लौंडों से दूर रहा कर। मैं अभी लफत्तू के घर से आ रहा हूँ। उसकी मम्मी ने बकरी का दूध मँगाया था। बड़ी मुश्किल से लखुवा में मिला।"

इसके बाद लाल सिंह ने मुझे सूचित किया कि लफत्तू मुझसे नाराज़ था। जगुवा पौंक और बागड़बिल्ले की चुगलख़ोरी की पुरानी आदत की वजह से

लफत्तू को पता चल गया था कि मैंने और मुन्ना खुड्डी ने उस दिन चंबल भ्रमण के बाद मंदिर लूटा था और यह भी कि लूट की रक़म में से मुझे अपना हिस्सा नहीं दिया गया था।

"और ये बहू वाला क्या चक्कर है बे?" उसने मेरी पसलियों को कोंचते हुए हँसकर पूछा।

जीवन हज़ार आशंकाओं और भयों से भर रहा था। कुछ ही देर में टट्टी मास्साब ट्यूशन पढ़ाने आने वाले थे। नसीम अंजुम के आने से पहले मुझे अपने आपको भरसक स्मार्ट बना लेना था। उधर लफत्तू बिना बात के नाराज़ हो गया था।

मेरी निगाह सामने पशु अस्पताल के गेट पर चली गई। खेलने से थक चुके पिल्ले अपनी माँ से चिपके हुए दूध पी रहे थे। और भीतर देखने पर वह घर नज़र आता था जिसमें कुच्चू और गमलू रहती थीं। कुच्चू और गमलू जिनमें से एक के लिए इतने महीनों बाद भी बीमार लफत्तू का दिल अब तक धड़कता था।

मैं लगातार स्वार्थी होता जा रहा था। मैं अपने उस्ताद की बातों पर कम ध्यान दे रहा था। अभी तीन दिन पहले ही तो वह उदास होकर मुझसे पूछ रहा था, "कुत्तू-गम्लू क्या कल्ले ओंगे याल हल्द्वानी में। काँ ओंगे बिताले?"

मैं अचानक ओट में जाने को मजबूर हो गया। एक चमकदार तितली से सजे बालों का जूड़ा बनाए, हाथों में दो कॉपियाँ लिए, नीले रंग का स्कर्ट-टॉप पहने टक-टक करती नसीम अंजुम मेरे घर की तरफ़ जा रही थी।

लाल सिंह भी उसे ही देख रहा था।

पीरूमदारा वाली पुस्पा का भूत, नारवे की राद्धानी और टट्टी मात्तर का पूत

दूधिये वाली गली से सीधे न जाकर दाएँ हाथ को पड़ने वाले बेहद सँकरे शॉर्टकट को पकड़ने पर एक डेड एंड मिलता था। यहाँ पर अवस्थित खंडहर चहारदीवारी के पीछे बरसों से अधबने छोड़े गए एक खंडहर दुमंज़िले मकान के बारे में मशहूर था कि उसमें भूतों का डेरा है। कान में तब तक पड़ी उड़ती-उड़ती बातों से इतनी जानकारी मिली थी कि पीरूमदारा में खेती करने वाले एक अमीर परिवार ने इस मकान को उस साल बनाना शुरू किया था जब हिमालय टॉकीज़ में राजेंदर कुमार-मीनाकुमारी की 'दिल एक मंदिर' की सिल्वर जुबली मनाई गई थी। दूसरी मंज़िल का लिंटर डाला जा रहा था जब भवनस्वामी की इकलौती बेटी पुस्पा का पैर सरिया में लिपझा और ऊँचाई से सड़क पर गिरने के कारण उसकी मौत हो गई। कुछ बरस थमे रहने के बाद निर्माण का काम फिर से चालू होने के साथ ही तब तक भूत बन चुकी पुस्पा ने कामगारों को इतना तंग किया कि कुछ ही समय बाद पीरूमदारा वालों की कोठी का नाम सुनते ही रामनगर तो क्या मुरादाबाद-रामपुर तक के मिस्त्री-मज़दूर डर के मारे हाथ खड़े कर देते।

पीरूमदारा वालों की इस कोठी में पुस्पा के अलावा कुल कितने भूत रहते थे इस बाबत रामनगर में अनेक मत चला करते थे। मोहल्ले के सबसे पुराने माने जाने वाले सियाबर बैदजी के हवाले से बताया जाता कि पुस्पा की मौत के दस-बारह बरस बाद उसके माँ-बाप भी भगवान के प्यारे होने के बाद भूत बनकर अपनी बेटी के साथ रहने आ गए। अपने लखुवा निवासी मामा को उद्धृत करता बागड़बिल्ला बड़े आत्मविश्वास से बताता था कि जिस दिन पुस्पा मरी थी, कपड़े की दुकान पर काम करने वाले उसके प्रेमी ने उसी दिन सबके सामने ज़हर खाकर आत्महत्या कर ली थी और वह भी पीरूमदारा वालों की कोठी

में आ बसा था। बाद में इस प्रेतयुगल का ब्याह हुआ और उनके भूतिया बच्चे पैदा हुए। पुस्पा के माँ-बाप के दुनियाभर के रिश्तेदार-परिचितों पर तरह-तरह के एहसान थे जिन्हें तारने की नीयत से जो जब-जहाँ मरता गया तब-वहाँ से भूत बनकर सीधा खताड़ी मोहल्ले में आकर बसता गया। यों भूतों की आबादी एक से लेकर साठ-सत्तर तक बताई जाती थी।

एक बार हम कंचे खेल रहे थे जब जगुवा पौंक ने फुसफुस आवाज़ में बताकर हमें डराने की कोशिश की थी कि उसके पापा ने पिछली रात उस भुतहा कोठी में लाइटें जली देखकर चहारदीवारी के भीतर जाकर देखा था। अंदर दावत चल रही थी, "बाबू कैरे थे सौ से कम आदमी तो क्या ही होगा।"

जगुवा की बात को हवा में उड़ाते हुए लफत्तू ने कहा था, "थबते पैली बात तो आप थमल्लें पीलूमदाले वाले भूत खाना नईं खाते। बिताले तत्ती कलने काँ जाएँगे? औल क्यों जाएँगे? औल दूथली बात ये कि भूत लाइत देखते ई छुप जाते ऐं। आँखों में खुजली हो जाने वाली हुई बितालों को।"

जगुवा इन अकाट्य तर्कों का जवाब सोच ही रहा था कि दार्शनिक मुद्रा धारण करता लफत्तू बोला, "दब थब थालों ने भूती बन्ना था तो मकान बनाने की क्या जलूअत थी। मैदान केई एक कोने में पले लैते। जब मन कलता पित्तल देक आते, दब मन कलता बमपकौला थूत आते। कोई पैते थोली माँगता बितालों से।"

नसीम अंजुम मेरे घर पहुँच चुकी थी जबकि लाल सिंह की दुकान में टँगी धुआँ-खाई, टूटे काँच वाली घड़ी की सुइयाँ बता रही थीं कि टट्टी मास्साब को आने में अभी पूरा एक घंटा बाक़ी था। ज़ाहिर था वह मेरी बहनों के साथ गप्पें मारने की फ़ुरसत में आई थी। उसके लिए दिल में समाई हुई मेरी मुहब्बत आँखों के रास्ते बयान हो गई होगी जिसे लाल सिंह ने तुरंत ताड़ लिया।

"भौस्सई दिख री जे लौंडिया बे! जेई हैगी मेरी बहू?" लाल सिंह जानता था मैं शरमा जाऊँगा। "अब जा क्यों ना रिया अपनी लेला के पास। यहाँ दुकान के धोरे खड़ा रेगा तो रामनगर की जो पब्लिक है ना भौत जालिम है साली। भले-भालों को फत्तर मार-मार के मजनू बना दिया करे बेटे।"

लाल सिंह की हर मीठी झिड़की और छेड़ में मुहब्बत ठुँसी होती थी। उस पल मुझे एक बार मन हुआ सब कुछ छोड़-छाड़कर लाल सिंह के घर शिफ़्ट

हो जाऊँ। नसीम अंजुम के साथ शादी कर लाल सिंह की सेवा करने में अपना जीवन बिता देने जैसा फ़िल्मी विचार भी आया।

रामनगर आने के बाद पहली बार यह हुआ था कि अपना कोई रहस्य मैंने लफत्तू से साझा नहीं किया था। मैंने उसे नसीम अंजुम के बारे में बताने की कोशिश की तो थी लेकिन उसने सुनने से साफ़ इनकार कर दिया था। मन में अब तक वही फाँस अटकी हुई थी। मुझे किसी भी तरह अपने गुरु लफत्तू की शरण में जाना था।

थोड़ा संजीदा होकर मैंने लाल सिंह से पूछ ही लिया, "ये लफत्तू जो बिना बात नाराज हो रहा मेरे से उसका क्या करूँ यार लाल सिंह?"

"करना क्या है! सीधा उसके घर जा और बता दे उसको अपनी और मुन्ना खुड्डी की करतूतों के बारे में। मंदिर से भी कोई पैसे चुराता है क्या बे? और हाँ।" उसने सामने धरे एक मर्तबान को खोलते हुए उसमें से एक परचा निकाला और मुझे थमाते हुए कहा, "जाएगा तो लफत्तू से कहना इसमें उसके बैंक का हिसाब लिखा हुआ है। ब्याज लगा के पूरे उन्नीस रुपे सत्तर पैसे बन गए फरवरी के लास्ट तक।"

मैंने अचरज में भरकर इतनी लंबी-चौड़ी रक़म की तफ़सीलों वाले काग़ज़ को फैलाकर देखा। एक जगह मेरा नाम लिखा था और उसके आगे दो रुपये और कुछ पैसे लिखे हुए थे। मेरे कुछ पूछने से पहले ही लाल सिंह बोला, "बौने के यहाँ जो तेरा हिसाब था वो किलियर किया मैंने इसमें से।" यानी मैं लफत्तू का देनदार बन चुका था।

'हूँ' कहकर मैंने परचा जेब में डाला और लफत्तू के घर की तरफ़ बढ़ चला। पता नहीं मन में कौन-सा चोर बैठा हुआ था कि वहाँ जाने के बजाय मेरे क़दम दूधिये वाली गली की तरफ़ मुड़ गए। पिछवाड़े के रास्ते से मैं पहले हाथीख़ाने पहुँचा और वहाँ से नहर वाला शॉर्टकट लेकर भवानीगंज।

भवानीगंज के निषिद्ध इलाक़े में घुसते ही मेरा मन हमेशा एक अजीब-सी उत्तेजना से भर जाया करता था। ढंग से सोचा जाए तो वह दुश्मन का इलाक़ा था जहाँ अकेले पाए जाने पर हमारे मोहल्ले वाले लौंडों की बात-बेबात ठुकाई किए जाने की परंपरा थी।

मुझे ख़ुद समझ में नहीं आ रहा था कि वहाँ गया ही क्यों था। अब भयभीत

होने की वेला थी। मेरे क़दमों में सुरक्षित ठिकाने तक पहुँचने की बेचैनी और घबराहट आ गई। सड़क पर आँख गड़ाए मैं थाने के नज़दीक पहुँचने को ही था जब कानों में एक वयस्क आवाज़ पड़ी, "ओये हरी निक्कर वाले लौंडे!"

हरी निक्कर मैंने ही पहनी हुई थी। डरते-डरते मैंने आवाज़ की दिशा में देखा। अपनी दुकान के बाहर बुरादे और लकड़ी की छीलन को कट्टों में भरता एक बढ़ई मुझसे मुख़ातिब था।

"वो काणी आँख वाला लौंडा तेरा दोस्त है ना?" वह बागड़बिल्ले के बारे में पूछ रहा था।

"हाँ तो!" मैंने भरसक आवाज़ में मज़बूती लाते हुए जवाब दिया।

"एक महीने से खाट दे के गया हुआ है रिपेरिंग के लिए। लेने ना आया अब तक। मिलेगा तो उस्से कहियो उठा के ले जाए फ़ौरन से पैले। रामनगर की दीमकें अपनी पे आ गईं ना तो बारूदा बी ना बचेगा उसकी खाट का। कह दीयो उससे।"

अब मुझे बागड़बिल्ले पर ग़ुस्सा आने लगा। एक तो उसके चक्कर में लफत्तू मुझसे उखड़ गया था ऊपर से दो कौड़ी का एक बढ़ई चौराहे पर उसके नाम से मेरी बेइज़्ज़ती कर रहा था। उत्तर दिए बिना मैं तेज़ क़दमों से चलता हुआ असफाक डेरी सेंटर तक आ पहुँचा। यहाँ से घासमंडी दिखना शुरू हो जाती थी यानी अपना इलाक़ा। ट्यूशन का समय हो रहा था। अब मुहब्बत पर ध्यान देना शुरू करना था।

घर पहुँचा तो कोहराम मचा हुआ था।

टट्टी मास्साब अपने पूरे कुनबे के साथ ट्यूशन पढ़ाने के समय से आधा घंटा पहले घर पर पधार चुके थे। उनके साथ गुरुमाता और डेढ़ साल का गुरुपुत्र मिंकू थे। मुझे याद आया पिछली शाम टट्टी मास्साब के घर से निकलते हुए मेरी माँ उनसे कह रही थी, "कभी भाभीजी को भी घर लाइए जोशी जी।"

जोशी जी उर्फ़ मथुरादत्त जोशी उर्फ़ टट्टी मास्साब ने मेरी माँ की इच्छा पूरी करने में ज़रा भी देर नहीं लगाई। उनके लिए चाय-नाश्ता बन रहा होगा जब मिंकू ने अपने पाजामे में टट्टी कर दी थी और सबकी निगाह से बचता-बचाता क़रीब दस मिनट तक बग़ैर पैजनिया बजाए इस कमरे से उस कमरे ठुमक चलत रामचंद्र करता रहा। जब तक उसके इस नैसर्गिक कर्म के भभके की

भनक माँ-बहनों को लगी तब तक समूचा घर लिथड़ चुका था।

घर में घुसते ही मैंने पाया कि हाथ में पोंछा लिए ज़मीन घिसती एक अजनबी औरत के नेतृत्व में मेरे घर की सभी स्त्रियाँ कहीं-न-कहीं, एक हाथ से नाक दबाए दूसरे से पोंछा लगाने में मसरूफ़ थीं।

"यहाँ भी हाँ थोड़ा-सा दिदी।" लोहे की अलमारी की तरफ़ इशारा करती अजनबी औरत माँ से कह रही थी। नसीम अंजुम भी अपनी नाक दबाए हकबकाई हुई एक कोने में सिमटी खड़ी थी। टट्टी मास्साब के हाथों में पिद्दी पिछाड़ी उघाड़े उनका अभिमन्यु उल्टा स्थापित था और वे हाथ में उसका गंदा पाजामा थामे 'पानी कहाँ मिलेगा भाभीजी पानी?' पूछ रहे थे।

सारे घर में मिंकू-निर्मित खट्टी दुर्गंध फैली हुई थी। मैं अंदर घुसता उसके पहले ही बड़ी बहन ने मुझे घुड़की देते हुए कहा, "अभी वहीं रह बाहर।" उसने मुझे ऐसी निगाह से देखा जैसे कि सबकुछ मेरे ही कारण घटा हो जो एक लिहाज़ से सच भी था। टट्टी मास्साब मुझे ही तो पढ़ाने आए थे। मैंने तार्किक होकर सोचना शुरू किया तो पाया कि इस घटना के लिए मेरे माता-पिता ज़िम्मेदार थे। न उनके मन में मुझे हॉस्टल भेजने का ख़याल आता न ट्यूशन जैसी वाहियात चीज़ होती।

बड़ी बहन के कहने पर अब नसीम अंजुम भी दरवाज़े से बाहर आकर मेरे साथ खड़ी हो गई। मिंकूगंध के ऊपर से तैरता हुआ मुलायम ख़ुशबू का एक झोंका अचानक मेरे आस-पास की हवा में आकर ठहर गया। एक पल को मैं घर के भीतर चल रहे धत्कर्म को भूल गया। एक पल को यह भी भूल गया कि मैली हरी निक्कर, बेलबूटों वाली आसमानी पौलिएस्टर क़मीज़ और हवाई चप्पल पहने मैं अप्सरा सरीखी नसीम अंजुम की बग़ल में सकपकाया, शर्मिंदा खड़ा कैसा भुसकैट लग रहा होऊँगा।

"देखिए, नसीम अंजुम को आइडिया आया है कि जब तक आंटी लोग सफ़ाई कर रहे हैं आप और मैं नीचे जाकर कल के लेसन को रिवाइज़ कर लेते हैं।" मुझे याद आया वह ख़ुद को नसीम अंजुम कहकर संबोधित करती थी और अपने बारे में इस तरह बोलती थी जैसे ख़ुद कोई और हो और नसीम अंजुम कोई और।

मैंने चौंक कर हाँ-हूँ किया तो बोली, "अरे कोई क़तल करने को थोड़े ही

कह रहे हैं आपसे। चलिए दो मिनट को नीचे चलते हैं।" उसने मेरा हाथ थामा और सीढ़ियाँ उतरती हुई मेरी माँ को सुनाते हुए कहने लगी, "आंटी हम नीचे खड़े हैं। कल का लेसन रिवाइज़ कर लेते हैं ज़रा-सा।"

हम ज़ीने के सामने वाले ऊँचे चबूतरे पर खड़े थे जिसके ठीक सामने सड़क थी। बाईं तरफ़ सकीना का मोहल्ला था जबकि दाईं तरफ़ देखने पर घासमंडी और उसके सामने लाल सिंह की दुकान नज़र आती थी। नसीम अंजुम की कोमल गिरफ़्त से अपना हाथ छुड़ाकर मैं दरवाज़े की आड़ हो गया कि कहीं लाल सिंह देख न ले।

"देखिए अंकल ने हमें बताया था कि आप बहुत ज़्यादा होशियार हैं। कल हमने आपकी वो वाली कॉपी भी देखी थी जिसमें आप ने पोयट्री लिख रखी थी। हम तो कहते हैं नसीम अंजुम ने आज तक ऐसी हैंडराइटिंग किसी की नहीं देखी। माशाअल्लाह आप तो आर्टिस्ट हैं।"

मैं शर्म, अपमान और झेंप से ज़मीन में गड़ता जा रहा था। मेरी वह कॉपी मेरी माशूक़ा को दिखाने की पिताजी को ऐसी क्या जल्दी थी। मुझे मालूम था मेरी पोयट्री बहुत बचकानी थी और नसीम अंजुम अवश्य ही मेरा मखौल उड़ाने की नीयत से ऐसा कह रही थी।

"अच्छा हम बकबक बंद करते हैं अपनी। हमारी आदत ही ऐसी है ना। क्या करें। ये बताइए कल सर ने क्या पढ़ाया? अम्मी बता रही थीं कि नसीम अंजुम नैनीताल के स्कूल में एडमिशन का इम्तहान बहोत-बहोत मुश्किल होता है। हर किसी को नहीं मिल जाता एडमिशन। दुनियाभर के बच्चे आते हैं दुनियाभर के!"

वह एक-दो मिनट ऐसे ही बोलती रही। साँस के थोड़ा सामान्य होते ही मैंने आँख उठाकर कुछ पल को नसीम अंजुम का चेहरा देखा। वह कल से भी ज़्यादा ख़ूबसूरत लग रही थी। उसके घुंघराले बालों की एक लट बार-बार उसके माथे पर ढुलक आती जिसे वापस करने के लिए वह बड़ी अदा से अपनी अँगूठी लगी उँगली का इस्तेमाल करती। कलेजा हलक में आ गया था और मुँह से बोल नहीं फूट पा रहे थे। एक-एक क़दम फूँक-फूँककर उठाना होगा। यह खेल कुच्चू-गमलू वाले खेल जैसा सित्तिल नहीं होने वाला है गब्बर! मन मुझे चेता रहा था। मिमियाता-सा कुछ कहने लगा कि माँ की आवाज़ आई, "आ जाओ नसीम बेटे। आ जाओ तुम दोनों। सब साफ़ हो गया है अब।"

आँखें मिचमिचाते टट्‌टी मास्साब ने अपना आसन ग्रहण कर लिया था। गुरुपत्नी और गुरुपुत्र ग़ुसलख़ाने में मुब्तिला थे जहाँ से चपत लगाए जाने और गुरुपुत्र के ट्याँ-ट्याँ रोने की ध्वनियाँ रिसकर आ रही थीं।

टट्‌टी मास्साब ने हमसे कॉपियाँ निकलवाकर फ़िज़ूल चीज़ें लिखवाना शुरू किया, "नारवे की राद्धानी है ओसिलो, जिम्बाब्वे की राद्धानी हरारी। कनेडा की मुदरा है डालर और जापान की मुदरा येन।"

"आजकल जन्नल नॉलेज पर बड़ा धियान दे रही सरकार तो जिस बच्चे ने सारी दुनिया की राद्धानियाँ और मुदराएँ रट लीं उसका आधा एडमीसन तो समझो वैसे ही हो गया।" स्वयं पर मुदित होते, इस्लामाबाद-वियेना लिखवाते हुए वे अपने आप को आश्वस्त करते जाते थे। मुझे यह सब पहले से ही रटा हुआ था। घर पर बड़े भाई-बहनों के लिए आने वाली कंपटीशन की किताबों में हर महीने इस लिस्ट से सामना होता था। बोर होकर मैंने कॉपी में स्कूल में सीखी चित्रकला का रियाज़ करते हुए स्कूल जाती हुई लड़की का वही चित्र बनाना शुरू किया जिसे बनाने में अब तक मुझे महारत हो गई थी।

गंभीर होने का नाटक करते हुए मैं कॉपी को मेज़ के नीचे घुटनों पर धरे था। आँख उठी तो पाया नसीम अंजुम का ध्यान मेरी ड्रॉइंग पर था। उस एक पल में मैंने उसकी आँखों में प्रशंसा का भाव भी देख लिया। उसने मुझे ख़ुद को देखता हुआ देखा तो सकपका गई और टट्‌टी मास्साब को देखने का नाटक करने लगी।

सतत रो रहे गुरुपुत्र की ट्याँ-ट्याँ धीरे-धीरे प्वाप्वा-प्वाप्वा में बदलती जा रही थी और घर की हवा में पार्श्वसंगीत का काम कर रही थी। झल्लाकर क्लास को रोक टट्‌टी मास्साब अपनी पत्नी से मुख़ातिब होकर चिल्लाए, "अरे मार डालोगी क्या मिंकुवा को? लाओ यहाँ लेकर आओ।"

मिंकुवा को उसकी अनावृत पिछाड़ी समेत लाया गया। प्वाप्वा की गोदी में आते ही वह चुप हो गया। उसकी बड़ी-बड़ी काजल लगी आँखों के कोरों पर बड़े-बड़े आँसू ठहरे हुए थे और वह टुकुर-टुकुर हम दोनों को देखने लगा। पुत्र के गोद में आते ही टट्‌टी मास्साब का पितृप्रेम जाग उठा और वे हमारी क्लास रोककर उससे तुतलाकर बोलने लगे, "त्या तिया बदमाथ बत्ते ने? तत्ती कल दी तत्ती। बदमाथ बत्ता दाँ बी दाता है तत्ती कल देता है। इत बत्ते की हम भौत

पित्तीपित्ती कलेंगे। तत्ती कलता है बदमाथ।"

पूत और पूत की तत्ती के प्रति उनके प्रेम का झरना सूरदास के भजनों की तरह अनवरत बह रहा था। मैंने मन-ही-मन रामनगर के हरामी लौंडों की आदमी पहचानने की प्रतिभा को दाद दी। ऐसे वाहियात और मनहूस आदमी का नाम टट्टी मास्टर के अलावा कुछ और धरा गया होता तो ब्रह्मांड का संतुलन बिगड़ जाना था।

गुलाबी पेंसिल की नोक चमकीले दाँतों के बीच दबाए नसीम अंजुम मुझे देखकर हौले-हौले मुस्करा रही थी। क्या हुआ अगर अपनी माशूक़ा के साथ इतने क़रीब होने का मौक़ा पहली बार तब मिल रहा है जब घरभर में मिंकू की टट्टी की दुर्गंध फैली हुई है। क्या हुआ अगर मैं हरी निक्कर, आसमानी पौलिएस्टर क़मीज़ और हवाई चप्पल पहने हुए उस राजकुमारी के सामने हौकलेट नज़र आ रहा हूँ। मेरा चांस बन रहा था। बक़ौल लफत्तू खिचड़ी को अभी देर तक पकाते रहने की ज़रूरत थी।

जेम्स बॉन्ड और लौंदियों के तक्कल में बलबादी

लाल सिंह की तमाम हिदायतों पर रातभर विचार करने के उपरांत अगली सुबह नाश्ता वग़ैरह समझकर मैं लफत्तू के घर की तरफ़ लपका। उसकी संगत के बग़ैर मेरे सारे जीवन की ऐसी-तैसी हो जानी थी सो मामले के थोड़ा भी बिगड़ने से पहले मैं उससे माफ़ी माँग लेना चाहता था।

सियाबर बैदजी की दुकान के अहाते में रातभर के थके कोई दर्जनभर आवारा कुत्ते लापरवाह सो रहे थे। उनकी तरफ़ एक निगाह मारकर मैं छलाँगों में चलता हुआ शेर सिंह के खोखे तक आ पहुँचा था। जैसे ही वहाँ से मुड़ा मैंने देखा लफत्तू के सामने वाले मकान के आगे मनहूस सूरतें बनाए आठ-दस लोग भीड़ बनाकर खड़े थे। इस मकान में फुच्ची की जीनातमान रहती थी। कुछ भी आगे सोचने के पहले ही ठिठक जाना पड़ा क्योंकि अचानक भीतर से दो-तीन स्त्री आकृतियाँ बाहर आकर बाक़ायदा ज़ोर-ज़ोर से रोने लगीं। रोने वालियों में जीनातमान भी थी। उसने विचित्र-सी काट वाला वही झबला पहना हुआ था जो इधर के महीनों में मेरे मोहल्ले की औरतों के बीच सबसे लोकप्रिय घरेलू पोशाक के रूप में स्थापित हो चुका था। मैक्सी कहे जाने वाली इस बेहद चकरघिन्नी टाइप पोशाक को पहने औरतें फूले हुए गुब्बारों जैसी नज़र आया करती थीं। ख़ुद मेरी माँ कभी-कभार उसे पहनने लगी थी और जब-जब वह ऐसा करती मैं उसे सीधी आँख से नहीं देख पाता था। नाक को एक हाथ से ढके जीनातमान सुबक रही थी और उसे देखते ही लगता था उसके घर में कोई अनिष्ट घट गया है।

कुछ देर असमंजस में खड़े रहने के बाद मैंने बजाय लफत्तू के घर जाने के, शेर सिंह के खोखे की आड़ हो रहना बेहतर समझा। कुछ-न-कुछ सनसनीखेज़ ज़रूर घटा था और मौक़े पर मौजूद रहकर मैं इस घटना का प्रत्यक्षदर्शी बनना चाहता था। मेरी पूरी मित्रमंडली हमेशा ऐसी सनसनीखेज़ कहानियों-ख़बरों की प्रतीक्षा में रहती थी अलबत्ता उन्हें लेकर आने का ठेका अमूमन लफत्तू, फुच्ची

कप्तान या बागड़बिल्ले का होता था। लाल सिंह की दुकान पर अक्सर ऐसे समाचारों का पारायण और पोस्टमार्टम करते इन फसकी-गपोड़ियों को देखकर मुझे अपने रूखे अनुभवहीन जीवन को लेकर कोफ़्त होती थी। मेरे पास कभी भी ऐसी कोई कहानी नहीं रही थी। यह मौक़ा था।

भीड़ बढ़नी शुरू हो गई थी और मनहूस आकृतियों की संख्या दो दर्जन के आस-पास पहुँचने को थी। फिर लफत्तू की मम्मी का आना हुआ जो कुछ कहती हुईं जीनातमान और रोती औरतों को घर के भीतर ले गईं। दूर हाथीख़ाने वाले मोड़ पर तीन-चार लोग आते दिखाई दिए। वे तेज़ क़दमों से घटनास्थल के पास पहुँचने ही वाले थे जब मैंने देखा उनका नेतृत्व लफत्तू के पापा कर रहे थे। भीड़ ने देखा तो उन्हीं की दिशा में लपकी।

लफत्तू के पापा ने भीड़ से जल्दी-जल्दी कुछ कहा और मेरी तरफ़ आने लगे। मैं थोड़ा और दुबक गया। उन्होंने मुझे देखा ही नहीं और जल्दी-जल्दी डग भरते हुए घासमंडी के मोड़ और उससे भी आगे तक पहुँच गए। मनहूस भीड़ छितर चुकी थी। उसमें शामिल तीन-चार आदमी लफत्तू के पापा का अनुसरण करते दिखाई दिए। घर की स्त्रियाँ एक बार फिर से बाहर सड़क पर आ गई थीं और लफत्तू की मम्मी के समझाने के बावजूद उस गतिविधि में लिप्त हो गई थीं कोर्स में लगने वाली एक कहानी में जिसे बुक्का फाड़कर रोना बताया गया था।

यानी घटनास्थल यहाँ नहीं है– मेरे चालाक मस्तिष्क ने सूचना दी। घटनास्थल वहाँ है जहाँ लफत्तू के पापा गए हैं। लेकिन कहाँ?

मन में ढेर सारी उत्सुकताएँ भरती जा रही थीं जिनके जवाब शेर सिंह के खोखे की बग़ल में बह रही नाली में तो मिलने से रहे। मैं घासमंडी की तरफ़ मुड़ ही रहा था कि ऊपर घर की खिड़की से आवाज़ आई। माँ बुला रही थी।

ज़ीने की सीढ़ियों पर ही माँ से मुलाक़ात हो गई। उसके क़दमों की तेज़ी बता रही थी कि वह भी जीनातमान के घर जा रही थी। सेकेंड के एक लाखवें हिस्से भर की उस मुलाक़ात में भी माँ ने मुझे एक डाँट पिला ही दी, "अपनी किताबें ढंग से नहीं सँभाल सकता! कोई काम तो ठीक से कर लिया कर।"

घर में घुसते ही छोटी बहनों ने उँगली के इशारे से दालान के उस हिस्से की तरफ़ मेरा ध्यान दिलाया जहाँ रोशनदान से आ रही कड़ियल धूप के एक बड़े से चौकोर में मेरी किताबें सूखने को फैलाई गई थीं।

"तूने लोहे वाली अलमारी के नीचे अपना बस्ता डाला हुआ था। कल जब वो तेरे ट्यूशन वाले सर का बच्चा आया था ना तो उसके जाने के बाद फ़र्श को धोया था मम्मी ने। अभी ठहर जा वापस आकर तेरी क्या हालत करती हैं!"

मैं हैरान होकर सोच रहा था कि क्या मेरे हर संकट और हर त्रासदी का मखौल उड़ाने और उनका मज़ा लूटने वाली अपनी इन सगी कुटुंबिनियों से बड़ा भी मेरा कोई शत्रु हो सकता है।

छत की तरफ़ जाने लगा तो बीच वाली बहन ने निस्पृह भाव से जैसे हवा को सूचित करते हुए कहा, "लफत्तू लोगों के सामने नहीं रहते वो नए वाले किरायेदार। उनका अभी सुबह एक्सीडेंट हो गया। काशीपुर से यहाँ आ रहे थे बस से। एक ट्रक से टक्कर हो गई हिम्मतपुर के नज़दीक। सात लोग मर गए। सबको रामनगर के अस्पताल में ला रहे हैं बंटू के पापा बता रहे थे।"

नाली की बास सूँघने को मजबूर छुपे हुए, जेम्स बॉन्ड बने हुए मौक़े पर मौजूद रहते हुए मुझे इतनी बड़ी सूचना का एक रेशा तक छूने को नहीं मिला था जबकी घर में बैठीं, पराठे बेलतीं, गुट्टे खेलतीं मेरी बहनें उस सूचना की इतनी मोटी रस्सी बटकर उस पर न जाने कब से झूल रही थीं। ढाबू की छत पर अवस्थित अपने गुप्त ठिकाने पर मैंने हाल ही में जुगाड़ किए गए कर्नल रंजीत के एक और पुराने जासूसी उपन्यास के फटे पन्ने जमाकर रखे थे। बंटू उन्हीं में से एक का मज़ा लेने में व्यस्त था जब मैं वहाँ पहुँचा। बहनों के माध्यम से अभी-अभी अर्जित किए गए सूचना भंडार को बाँटने का मौक़ा था।

"वो लफत्तू लोगों के सामने जो जीनातमान रहती है ना उसके पापा आज सुबह एक्सीडेंट में मर गए। काशीपुर से बस में आ रहे थे। ट्रक ने ठोक दिया ट्रक ने। बारह-पंद्रह लोग मर गए मेरे पापा बता रहे थे।"

बंटू ज़रा भी इम्प्रेस नहीं हुआ। लुगदी-पन्ने पर आँख गड़ाए-गड़ाए बेपरवाही से बोला, "मरा-वरा कोई नहीं है। पापा गए थे सुबह-सुबह मोटरसाइकिल लेकर। थोड़ी चोट वग़ैरह आई है बता रहे थे।"

मेरी पहली सनसनीखेज़ रिपोर्टिंग बुरी तरह फ़ेल हो गई थी। मैं झेंपता हुआ छत की मुँडेर पर चला गया और बाहर देखने लगा। लाल सिंह की दुकान में पाली बदलने का समय हो रहा था। उसके पापा बाहर निकलते हुए लाल सिंह को कुछ हिदायत दे रहे थे। लाल सिंह ने धुली हुई कप-प्लेटें काउंटर पर लगाना

शुरू कर दिया था। मेरे प्राण में प्राण आए।

मैं हरिया हकले वाली चोर सीढ़ी से निकलने लगा तो बंटू बोला, "ठहर ना। मैं किताब ख़तम कर लूँ तो आइसक्रीम खाने घर चलते हैं।" उसकी आइसक्रीम का मतलब मैं समझता था और अपनी और बेइज़्ज़ती करवाने के मूड में न था।

"बाद में आऊँगा" कहकर मैं उतरने को ही था कि बंटू ने किताब पढ़ते हुए ही पूछा, "ये सुडौल का क्या मीनिंग होता है बे?"

मैं समझ गया उसके हाथ किताब का सबसे मज़ेदार हिस्सा लग गया था और अपने जन्मजात परमपन के चलते वह उसे समझने से लाचार था। मन-ही-मन इस बात को समझकर मुदित होते हुए मैंने उसके सवाल की अनदेखी की और भागता हुआ लाल सिंह के पास पहुँच गया।

"अबे हरामी, आ बैठ", मुझे देखते ही उसने मुझे एक बिस्कुट दिया और गिलास में दूध-शक्कर डालकर उसे चम्मच से हिलाना शुरू कर दिया।

"कैसी चल रही बेटे आसिकी? कब करिया क्यून कवर?" वह नसीम अंजुम को लेकर मुझे छेड़ने के मूड में था। वह आगे कुछ कहता उसके पहले ही मैंने सनसनी फैलाई, "जीनातमान के पापा का आज सुबह एक्सीडेंट हो गया। काशीपुर से बस में आ रहे थे। ट्रक ने ठोक दिया बिचारों को। बाबू बता रहे थे बीस-पच्चीस लोग मर गए।"

लाल सिंह के चेहरे पर आए भावों ने मुझे बता दिया कि वह घटना से अनभिज्ञ था। मैंने अपना सुबह का अर्जित अनुभव बढ़ा-चढ़ाकर बाँटना शुरू किया ही था कि दुकान के सामने से घासमंडी की तरफ़ जाती आठ-दस बदहवास औरतों की भीड़ गुज़री। मेरी और लफत्तू की माँओं के अलावा उनमें जीनातमान भी थी। उसने अब भी वही झबला पहना हुआ था।

"ओत्तेरी!" कहता लाल सिंह लपककर काउंटर फाँदता हुआ सड़क पर खड़ा हो गया। "तू यहीं बैठ ज़रा। मैं पाँच मिनट में आया।" वह भागता हुआ औरतों से भी आगे निकल गया।

लाल सिंह ने वापस आने में आधा घंटा लगाया। क़िस्मत से उस पूरे अंतराल में सिर्फ़ एक ही ग्राहक आया जिसे दही चाहिए था। काउंटर पर दही न देखकर मैंने उसे मना किया तो अपना चश्मा कनपटियों के ऊपर खोंसते हुए उसने मुझे कुछ देर घूरकर देखने के बाद पूछा, "जो लौंडा यहाँ रोज बैठा करे वो तेरा

बड़ा भैया हैगा?"

हाँ में सिर हिलाते हुए मैंने अपनी नसों में ग़ौरव और ख़ुशी की मीठी झुरझुरी को बहता महसूस किया। मैंने अपने सपनों में लाल सिंह को ही अपना बड़ा भाई माना था। आज उसकी स्वीकारोक्ति भी कर ली।

"पड़ाई-लिखाई में धियान दिया करै बेटे इस उमर में। सरौसती मैया की पूजा किया करैगा तो लछमी मैया अपने आप तेरे धोरे आ जांगी। सिकायत करूँगा तेरे बाप से मैं।" अकेला बच्चा देखते ही हर कोई भाषण पिलाने का मौक़ा तलाश लेता है– मैंने तय किया अब से बड़ों से कभी कोई बात नहीं की जाएगी।

मेरे बखत के ज़्यादातर बड़े अश्लील और श्रीहीन थे।

लाल सिंह के आने के बाद स्थिति स्पष्ट हुई। एक्सीडेंट हुआ था। और जीनातमान के पापा बस में बैठकर काशीपुर से रामनगर आ रहे थे। पीरूमदारा के पास चाय-पानी के लिए गाड़ी ठहरी। वे उतर रहे थे जब बग़ल से गुज़र रहे एक दूधिये की मोटरसाइकिल उनसे टकरा गई। पैर टूट गया था। दस-बारह टाँके लगे थे और दो दिन में उन्हें अस्पताल से छुट्टी मिलने वाली थी।

"बस्स!" मैंने तनिक निराश होकर पूछा, "कोई डैथ-वैथ नहीं हुई?"

"अबे डैथ-हैथ होती होगी उस अँग्रेज मास्टरनी के शहर में। ये रामनगर है बेटे रामनगर।" उसने मेरी खोपड़ी पर एक प्यारभरी चपत लगाते हुए आँख मारी, "और साले ये नहीं बोल सकता कि अच्छा हुआ तेरे ससुर जी बच गए लाल सिंह!"

मैं कुछ समझने की कोशिश करता उसके पहले ही उसने दो उँगली वाला अश्लील निशान बनाते हुए कहा, "अभी चुप कराके आ रहा हूँ तेरी भाभी को! बिचारी सुबह से रो-रो के आधी हो गई थी।"

जीनातमान के लिए लाल सिंह की मुहब्बत मेरे लिए ख़बर नहीं थी। मेरा शक ग़लत नहीं था लेकिन वह उसके लिए प्रसन्न होने और जश्न मनाने का समय था। मेरे विचार किसी दूसरी दिशा में मुड़ चले।

तीन-चार दिन पहले ही फुच्ची कप्तान ने भी वही अश्लील निशान बनाते हुए जीनातमान को मेरी भाभी बनाने संबंधी अपने इरादे से वाक़िफ़ कराया था।

मैंने नक़ली मुदित होते हुए लाल सिंह को अपनी होने वाली भाभी को लेकर काफ़ी देर तक छेड़ा। जब वह पर्याप्त छिड़ गया और जब लाज उसके होंठों

पर झेंपभरी हँसी बनकर कनपटियों तक पसर गई तो मेरे भीतर हमेशा बैठा रहने वाला चोट्टा दार्शनिक मोड में आ गया।

पिक्चरों से सीखा था कि हीरोइनें चाय वालों से मुहब्बत नहीं करती थीं। वे फुच्ची जैसे सांवले लड़कों से भी मुहब्बत नहीं करती थीं। जीनातमान के सामने लाल सिंह और फुच्ची कप्तान की दाल गलने वाली नहीं थी। बिना प्रेम के वह बिचारी अपना जीवन कैसे काटेगी। उसके साथ जंगल में गाने कौन गाएगा।

मैं देख रहा था कि मैंने सुबह से एक बार भी नसीम अंजुम के बारे में नहीं सोचा था। मधुबाला स्मृति से ग़ायब होने को थी। जहाँ तक गोबर डाक्टर की बेटियों की बात थी अगर वे अभी सामने आ जाएँ तो भी कुच्चू-गमलू के चेहरों में मुझसे फ़र्क़ नहीं हो सकेगा। मुझे अपने नक़ली आशिक़ होने पर जो भी शक था वह छँट रहा था। सच तो यह था कि मैंने लाल सिंह की अनुपस्थिति में सिर्फ़ और सिर्फ़ जीनातमान के बारे में सोचा था।

यह भी सच था कि जीनातमान के आगे अभी मैं बच्चा था। मैं छठी में था और वह शायद कॉलेज पूरा कर चुकी थी। लेकिन जिस तरह एक पिक्चर में हीरो-हीरोइन उम्र में बड़ा अंतर होने के बावजूद शादी करके ख़ुशी-ख़ुशी जीवन बिता ले जाते थे, वैसे ही अगर कभी उसकी-मेरी शादी हो गई तो मैं सबसे पहले उसके लिए एक हीरे की अँगूठी ख़रीदूँगा और उसकी उँगली में पिरोते हुए उससे कहूँगा, "देखो ये झबला मत पहनना कभी। तुम पर सूट नहीं करता। तुम्हें मेरी क़सम है जीनातमान्, झबला कभी मत पहनना।"

लाल सिंह से कुछ बहाना बनाकर मैं अस्पताल के बाहर तक पहुँच गया। हालाँकि मुझे पता था कि मेरे और लफत्तू के मम्मी-पापा वहीं थे और उनको दिखाई दे जाने पर फटकार पड़ने का चांस था अलबत्ता मुझे उम्मीद थी कि मुझे झबलाधारिणी जीनातमान दिख जाएगी और उसे एक दफ़ा ढंग से देखकर मैं अपनी भावनाओं की सही-सही तौल कर सकूँगा।

अस्पताल के सामने स्थित बीज भंडार की फैली हुई इमारत का एक कोना छिपने के लिए मुफ़ीद जगह थी। मैं जगह देख ही रहा था कि रानीखेत जाने वाली सड़क की ओर से फुच्ची कप्तान आता नज़र आया। इसी का मुझे भय था। मैंने कार्यक्रम में तुरंत परिवर्तन किया और उसकी नज़र बचाकर सीधा बौने के ठेले पर मौज लूटने चला गया। बमपकौड़े ने रूह और जिस्म को तरावट

पहुँचाई और आगामी योजना की बाबत विचार करता मैं घर की राह लग लिया।

पिछले दिन की तरह टट्टी मास्साब के आने से एक घंटे पहले ही नसीम अंजुम घर पहुँच चुकी थी और मेरी माँ-बहनों से बतिया रही थी।

"हम क्या बताएँ आंटी, आज सुबह क्या हुआ कि हमारी नींद थोड़ा पहले खुल गई। पापा-मम्मी सोए हुए थे और नसीम अंजुम जाग गईं। अब हमने याद करने की कोशिश की कि हमने ऐसा कौन-सा ख़्वाब देखा था जिसकी वजह से हम इतना जल्दी उठ गए। दिमाग़ पे ज़ोर डाला तो याद आया कि हम तो सपने में स्कूल जा रहे थे अकेले-अकेले। तो आंटी क्या हुआ ना कि हम जा रहे थे तो सामने से ये इतना बड़ा बब्बर शेर आ के खड़ा हो गया। हमें तो बहुत डर लगा। अकेले थे ना। तो नसीम अंजुम करे तो क्या करे।"

मैं घुसा तो उसकी बकर-बकर चल रही थी। मैंने चोर निगाहों से उसकी दिशा में देखा। मेरा मुँह खुला का खुला रह गया। वह सुर्ख़ फ्रॉक पहले साधना कट बाल काढ़कर आई थी। वह हमेशा उस जगह बैठती थी जहाँ उसके चेहरे पर धूप पड़े। फिर वह अपनी अँगूठी वाली उँगली से अपनी नाक या गाल को सहलाती ताकि उसके नगीने से प्रतिबिंबित होकर जादुई रोशनी निकले और किसी पतंगे की तरह मैं उसमें क़ैद कर लिया जाऊँ।

यह असह्य था। आँखें चौंधिया गई थीं और अब मैं जीनातमान के नहीं नसीम अंजुम के बारे में सोच रहा था। मैंने भीतर घुसते ही बाहर का रुख़ किया तो माँ ने घुड़का, "अब कहाँ चले साहबजादे!"

मैंने बताया कि मुझे लफत्तू से कुछ काम है और यह भी कि मैं ट्यूशन से पहले-पहले लौट आऊँगा।

लफत्तू के साथ संबंध ठीक करने में आधा मिनट लगा। उसे पिछली कोई भी बात याद नहीं थी। उल्टे उसने मुझे दो दिन तक उसकी ख़बर न लेने के लिए लताड़ा। हम जैसे ही अकेले हुए मैंने उसके सामने पिछली सारी चीज़ें उगल दीं– मुन्ना खुड्डी, चंबल, मंदिर की लूट, टट्टी मास्साब का बेटा, फुच्ची का कमीनापन, जीनातमान के बाप का एक्सीडेंट, लाल सिंह की मुहब्बत और आख़िरकार अपने मन में चल रही नसीम-जीनातमान कशमकश।

"पलाई में मन लगा बेते। बलबाद हो दाएगा लौंदियों के तक्कल में!" गुरु होने का फ़र्ज़ निभाते हुए उसने सलाह दी।

नसबंदी और लकड़ी का रैक

जाड़े के मौसम में हमारे घरों में पहाड़ी नींबुओं की इफ़रात हो जाती। पहाड़ से नाते-रिश्तेदारों का आना लगा रहता था। कट्टों में भर-भरकर इन नींबुओं को लेकर, टोलियों में आने वाले, दानवीर कर्ण के अनुयायी इन संबंधियों के पास तमाम दुखों-मुसीबतों से भरी अपनी-अपनी थैलियाँ-पोटलियाँ भी होतीं जिनके साथ वे घर के सबसे बड़े कमरे पर क़ाबिज़ हो रहते।

ऐसे कट्टे लफत्तू के घर भी आते और बंटू के भी। हम सब के घर की औरतें इन नींबुओं को अपने बच्चों से भी ज़्यादा मुहब्बत करती थीं। उन्हें देखते ही उनके अक्सर मुरझाए रहने वाले चेहरों पर पानी आ जाता। इन नींबुओं को चरबरे मसालों और दही-मूली वग़ैरह के साथ सानकर वे एक दैवीय व्यंजन बनाती थीं। दाल-भात पका-खिला-खा चुकने और घर के पुरुषों के काम पर चले जाने के बाद अड़ोस-पड़ोस की दो-चार महिलाएँ इकट्ठा होतीं, चद्दर बिछाकर घाम तापने बैठतीं और सौलकठौल करती हुईं इस अनोखे सुस्वादु कारनामे को अंजाम देतीं। अमूमन पुरुषों को न मिलने वाला यह सना हुआ नीबू उनकी अधिकतर व्याधियों का समाधान होता था जिसे खाते हुए अनुपस्थित महिलाओं की निंदा करना ज़रूरी होता था।

हफ़्ते-दस दिन में एक बार मेरी और लफत्तू की माँएँ आपस में मिलकर नींबू साना करतीं। उनके ऐसा करते समय आस-पास बने रहने के बड़े लाभ थे। खाने को माल मिलता और छिपकर उनकी बातें सुनने से मोहल्लेभर की ख़बरें। लफत्तू की तबीयत के बारे में सबसे पुख़्ता जानकारी भी हासिल हो जाती थी।

वहीं से पता चला कि मुरादाबाद के अस्पताल में लफत्तू का इलाज साल भर और चलने वाला था। चेकअप के लिए उसे हर हफ़्ते ले जाया जाना होता जहाँ कभी दवाएँ बदली जातीं कभी इंजेक्शन लगाए जाते। स्कूल में उसका एक पूरा साल बिगड़ने जा रहा था। अगले सत्र से मैं उससे एक साल सीनियर हो जाता।

क्लास में उसकी उपस्थिति के बग़ैर रहना पहले से ही मुश्किल हो रहा था, अब इस नई सूचना का मतलब था हम कभी साथ नहीं पढ़ सकेंगे। यानी थ्योरी बुड्ढे जैसे खड़ूस मास्टरों की झिड़कियों से मुझे बचाने वाला कोई न होगा! हर सुबह बस्ता झुलाते साथ स्कूल जाने वाला भी कोई नहीं! बात स्कूल और मास्टरों तक ही होती तो कोई बात न थी लेकिन लफत्तू असल में मेरी ज़िंदगी का इकलौता चिराग़ था और मुझे हर जगह हर समय उसकी ज़रूरत होती थी।

उस दिन नींबू सानती महिलाओं की बातचीत पिछले डेढ़ साल से लगी इमरजेंसी पर केंद्रित थी। हम जानते थे कि उसे देश की प्रधानमंत्री इंदिरा गांधी ने लगाया था जो किसी भी क़ीमत पर देश का विकास करने को कटिबद्ध थीं। उनकी इस कटिबद्धता के चक्कर में इस दौरान हमारे पड़ोस में रहने वाले एक भले वकील साहब को पुलिस पकड़कर ले गई थी और रोडवेज़ की सारी बसों के ऊपर एक राष्ट्रव्यापी नारा लिख दिया गया था– दूरदृष्टि, पक्का इरादा, अनुशासन।

दूरदृष्टि, पक्के इरादे और अनुशासन के इस फ़ॉर्मूले का असर था कि मेरे और लफत्तू के पिता जैसे सरकारी कर्मचारियों को हर सुबह नौ बजे तक दफ़्तर में पहुँच जाना अनिवार्य हो गया था जहाँ से देर शाम से पहले छुट्टी नहीं मिलती थी। उस दिन किराए की साइकिल चलाते-चलाते लफत्तू और मुझे देर हो गई। घर लौटते हुए रात घिरने लगी थी। मेरे घर के सामने अड्डे पर रुकी एक बस की ओट में पेशाब करते समय लफत्तू ने पढ़ना शुरू किया, "दूल द्लीत्ती पक्का इलादा अनूथातन।" मैंने मतलब पूछा तो ठहाका लगाता हुआ बोला, "थब तूतिया बना लए ऐं थाले!"

नींबू सानती-गपियातीं महिलाएँ इमरजेंसी को अच्छा भी कह रही थीं बुरा भी। इंद्रा गांधी ने आटा-चावल-तेल सस्ता कर दिया था लेकिन नसबंदी के चक्कर में कितने ही घर बर्बाद भी कर दिए थे।

महिलाओं द्वारा दबे स्वरों में की जा रही बातचीत में नसबंदी शब्द का प्रयोग हुआ तो मैं चौकन्ना हो गया। उस शब्द के मायने हम में से किसी की भी समझ में नहीं आते थे अलबत्ता उसे लेकर हमसे थोड़ी अधिक उम्र के लौंडे एक-दूसरे के साथ अश्लील मज़ाक़ किया करते थे। एक दफ़ा जब मैंने लफत्तू से नसबंदी का मतलब पूछा था तो वह बोला, "तू अत्ता बत्ता ऐ। तेले मतलब की बात नईं

ऐ। बत आप थमल्लें इन्दुला गांदी बलबाद होने वाली ऐ।"

औरतों की बातें सुनता हुआ मैं किताब में मुँह घुसाए पढ़ने का दिखावा कर रहा था। वार्ता को नया आयाम देने की नीयत से पड़ोस की गोयल आंटी ने वक्तव्य दिया, "दीदी, ये बता रहे थे बिचारी इंद्रा गांधी को ये सब मुसलमानों के चक्कर में करना पड़ रहा है!"

तभी नीचे सड़क से पिताजी का नाम लेकर कोई आवाज़ देने लगा। माँ ने आदेश दिया देखकर आऊँ कौन था। बसों में सामान चढ़ाने का काम करने वाला मुस्तफ़ा पहलवान था। उसके ठेले पर लकड़ी का एक विशालकाय रैक बाँधकर लाया गया था। मज़दूरों जैसे दिखाई दे रहे दो-तीन लोग ठेले को थामे खड़े थे।

बाबू अक्सर कहते थे कि हमारे घर के कोने-कोने में बिखरी रहने वाले किताबों को एक जगह क़रीने से रखने के लिए एक बड़े रैक की ज़रूरत थी। उनके एक पुराने दोस्त जंगलात में ठेकेदारी करते थे। बाबू के कहने पर भवानीगंज के किसी बढ़ई द्वारा बनाया गया, मुहर्रम के ताज़िये जितना ऊँचा वह रैक उन्होंने ही भिजवाया था।

थोड़ी ही देर में सड़क पर एक छोटा-मोटा सेमीनार शुरू हो चुका था जिसका विषय था दूसरी मंज़िल पर स्थित हमारे घर के भीतर रैक को पहुँचाया कैसे जाए।

घर में प्रवेश करने के लिए केवल एक सँकरा ज़ीना था। शुरू में मुस्तफ़ा ने उसी रास्ते से उसे भीतर घुसाने की कोशिश की लेकिन वह टेढ़ा होकर अटक गया। क़रीब आधे घंटे की मशक़्क़त के बाद उसे बड़ी मुश्किल से वापस सड़क पर रखा जा सका। इस दौरान बाबू भी दफ़्तर से आ गए। अगल-बग़ल के घरों की औरतों ने अपनी खिड़कियों का इस्तेमाल पिक्चर हॉल की बालकनी की तरह करना शुरू कर दिया था।

रैक को सड़क पर लावारिस छोड़ मुस्तफ़ा रस्सियाँ और अतिरिक्त मज़दूर लाने चला गया। अब उसे खिड़की के रास्ते भीतर लाए जाने का फ़ैसला हुआ था। रस्सियाँ आ गईं तो रैक को बाँधे जाने का कार्यक्रम शुरू हुआ। किसी भी तरह का संकट देखते ही भीड़ लगा लेनी चाहिए वाले राष्ट्रीय सिद्धांत का अनुसरण करते राहगीरों ने सड़क पर मजमा लगा लिया। भीड़ देख वहाँ से

गुज़र रहे एक मूँगफली वाले ने एक तरफ़ को अपनी रेहड़ी खड़ी कर ली और धंधा करने लगा।

बाँधने का काम निबटा तो मुस्तफ़ा ने कुछ मज़दूरों को छत पर भेज दिया। आगे की कार्रवाई का बेहतर मुआयना करने की नीयत से मैं उनके पीछे-पीछे चल दिया। बंटू, उसकी बहन और मेरी बहनें पहले से ही रेलिंग से सटकर खड़े नीचे झाँक रहे थे।

मुस्तफ़ा और उसकी टीम ने बड़ी मुश्किल से रैक को उठाया और छत वाले मज़दूरों ने उसे खींचना शुरू किया। इंच-इंच उठता जब वह खिड़की के सामने पहुँचा मुस्तफ़ा ने मज़दूरों से ठहर जाने को कहा और ख़ुद भागकर भीतर आ गया।

रैक वाक़ई विशाल था और उसे किसी भी तौर से खिड़की के रास्ते भीतर ला सकना संभव न था। लंबे विचार-विमर्श के बाद तय हुआ कि उसे पहले छत पर पहुँचाया जाए और फिर रोशनदान के रास्ते घर के भीतर। इस काम के लिए और रस्सियाँ चाहिए थीं।

रैक को रस्सियों के सहारे हवा में लटका छोड़ मुस्तफ़ा घटनास्थल से पुनः ग़ायब हो गया। मैं छत से देख रहा था, सड़क पर लगा मजमा बड़ा होता जा रहा था। हर नया आने-जाने वाला कौतुहल के साथ पहले हमारी खिड़की की तरफ निगाह डालता और फिर जाँच-पड़ताल में जुट जाता।

अड्डे पर काशीपुर से आने वाली आख़िरी बस आ लगी तो एहसास हुआ शाम हो गई थी। मुस्तफ़ा का पता नहीं था। मजमा बिखर चुका था और समूचे रामनगर को हमारी खिड़की पर लटके रैक की ख़बर लग चुकी थी।

पिताजी के दफ़्तर के चार-पाँच लोग भी आ चुके थे। फ़िलहाल उन्हें बाहर के कमरे में चाय-समोसे परोसे जा रहे थे। मैंने देखा बाबू के माथे पर बल पड़े हुए थे।

टट्टी मास्साब और नसीम अंजुम के घर संदेशवाहक भेजकर हमारे ट्यूशन की छुट्टी कर दी गई थी। संदेशवाहकों का एक और दल मेरे बड़े भाई के नेतृत्व में मुस्तफ़ा की तलाश में भी भेज दिया गया था। सबकी नज़रों से बचता-बचाता मैं लाल सिंह की दुकान पहुँच गया। वहाँ से देखने पर हमारा घर बहुत ही दयनीय दिखाई दे रहा था। रैक के आकार को लेकर लाल सिंह ने एक-दो

मज़ाक़ किए। मुझे अच्छा नहीं लगा। बाबू पर ग़ुस्सा भी आया।

उसी उखड़े मूड में मैंने लाल सिंह से विदा ली और दूधिये वाली गली के शॉर्टकट से होता हुआ लफत्तू के घर पहुँचा। उसकी मम्मी सब्ज़ी लेकर लौट रही थीं।

"रैक अंदर चला गया बेटा?" मेरे नमस्ते करते ही उन्होंने पूछा। मुझे थोड़ी शर्म आई। उन्हें यथासंभव जानकारियाँ देकर मैं लफत्तू के पास पहुँचा तो देखा वह अकेला लूडो खेल रहा था।

मुझे देखते ही उसके बीमार चेहरे पर मुस्कराहट आई। तुरंत बोला, "आजा बेते! लाल गोती तेली, नीली वाली मेली।"

लफत्तू जादूगर था। उसकी संगत मिलते ही मैं रैक के बारे में सबकुछ भूल गया और लूडो खेलने लगा। थोड़ी देर में सत्तू और बागड़बिल्ला भी पहुँच गए। चार खिलाड़ी हो गए थे सो खेल नए सिरे से शुरू हुआ। सबसे पहले गोटियों के रंग आवंटित किए जाने थे। इसके लिए सबने एक-एक बार पासा फेंकना होता था। सबसे बड़ी संख्या लाने वाला सबसे पहले रंग चुन सकता था। गोटियों के रंगों को लेकर सत्तू कहीं से एक बचकानी कविता सीख लाया था।

हरी हरावे
लाल जितावे
पीली-नीली
घर को जावे

लफत्तू की मम्मी हमारे लिए दूध और पराठे ले आईं। फिर काफ़ी देर तक आनंद छाया रहा जिस पर पहला ग्रहण लगाते हुए बंटू मुझसे मुख़ातिब हुआ, "कल रात पापा मम्मी को बता रहे थे कि अगले हफ़्ते नैनीताल में इम्त्यान है तेरा। मेरे मामाजी भी उसी स्कूल में पढ़ते थे जहाँ तुझे भेज रहे हैं।"

बंटू की बात सही भी हो सकती थी। बड़े अपने को बहुत बड़ा समझते थे और बच्चों को बहुत छोटा। हमें कुछ भी बताने की ज़रूरत नहीं समझी जाती थी। सारे फ़ैसले ले लिए जाने के बाद हम से बस उन पर अमल कराया जाता। मुझे इस बात से बहुत चिढ़ मचती थी। मिसाल के तौर पर रैक बनवाने से पहले

बाबू एक बार मुझसे भी पूछ सकते थे। मैं उनसे कहता कि तीन रैक बनवाएँ। एक अपनी किताबों के लिए, एक माँ की रसोई के लिए और एक हम भाई-बहनों की किताब-कॉपियों के लिए। मैं उनसे यह भी कह सकता था कि मैं नैनीताल नहीं जाना चाहता। मुझे लफत्तू के साथ रहना था और बड़े होकर लाल सिंह के जैसी दुकान खोलनी थी।

मुझे खोया हुआ देख लफत्तू ने छेड़ा, "नैनताल जाकल नतीम अंदुम थे ब्या कल्लेगा औल बला लातथाब बन जाएगा अतोक। है ना बेते!"

इस विचार पर ख़ुद ही ज़ोर से हँसता हुआ कहने लगा, "फिल लाल बैलबातम के साथ हैपी नूई कलेगा थाला!"

झूठ नहीं कहूँगा नैनीताल जाकर नसीम अंजुम और लाल बेलबॉटम के साथ नए साल की दावत करने की लफत्तू की कल्पना से मुझे गुदगुदी हुई।

बागड़बिल्ले की चारों गोटियाँ घरों में पिल हो चुकी थीं और वह हरी गोटियों से खेलने के बावजूद जीत गया था। फ़िलहाल वह उचाट होकर हमें खेलता हुआ देख रहा था। "फुच्ची बता रहा था वो लोग भी कल-परसों में रामनगर छोड़ के अपने गाँव जा रहे। उसके पापा ने वहाँ पक्की दुकान बना ली है।" अचानक याद आया तो उसने हमें सूचित किया।

मतलब मुन्ना खुड्डी भी चला जाएगा! महीनों बीत जाने के बाद भी उसकी धोखाधड़ी को मैं नहीं भूल सका था। लफत्तू ने जैसे मेरा मन पढ़ लिया। निर्णायक स्वर में बोला, "भौत बदमात हैं थाले फुत्ती औल मुन्ना!"

जिस फुच्ची को मैं लफत्तू का उस्ताद मानता था, वह ख़ुद उसकी नज़रों से गिर गया था। मेरे चेहरे पर आ गए सवालिया भावों को देखकर सत्तू ने पिछले महीने का क़िस्सा सुनाया कि किस तरह फुच्ची ने बौने और लाल सिंह की दुकानों पर लफत्तू के नाम से काफ़ी उधार ले रखा था जिसे माँगे जाने पर वह मुकर गया। एक बार उसने लाल सिंह के साथ हाथापाई भी की थी।

"आजकल भवानीगंज भी बहुत जा रहे फुच्ची गुरु..." बागड़बिल्ले ने आगे जोड़ते हुए कहा, "कुछ लौंडिया का चक्कर बता रहे थे।"

सियाबर बैदजी के औषधालय में पुड़िया बाँधने वाला कंपाउंडर हर शाम लफत्तू को इंजेक्शन लगाने आता था। उसी के आने का समय हो गया था। उसकी मम्मी ने बताया तो देखा बाहर अच्छी-ख़ासी रात हो आई थी।

दौड़ता हुआ घर पहुँचा। बाहर तमाशा जुटा हुआ था। इस बार मुस्तफ़ा और उसके साथी रैक को छत से नीचे उतार रहे थे। मेरी अनुपस्थिति में उसे एक बार छत पर चढ़ाया जा चुका था। वह रोशनदान के रास्ते भी भीतर नहीं जा सका। बहुत परेशान दिखाई दे रहे बाबू, उनके दफ़्तर के आधा दर्जन लोग और बंटू-लफत्तू के पापा के अलावा पहचान में आ रहे कुछ दर्शक टकटकी लगाए रैक को नीचे उतारा जाता देख रहे थे। मेरी तरफ़ किसी का ध्यान ही नहीं गया। मौक़ा ताड़कर मैं घर जाने के बजाय लाल सिंह की दुकान की तरफ़ बढ़ गया।

जब मैंने लाल सिंह को फुच्ची और मुन्ना के रामनगर छोड़कर जाने की ख़बर दी तो उसने बेपरवाही से कहा, "मुझे पता है। सुबह बागड़बिल्ले ने बता दिया था। अच्छा हुआ जा रहे हैं। शहर की हवा बिगाड़ रखी थी सालों ने।" उसने केतली में पानी चढ़ाया और गल्ले के पैसे निकालकर गिनने लगा। अचानक बोला, "बंटू बता रहा था तेरे इम्त्यान की तारीख भी आ गई करके। नैनताल कब जा रहा है तू?"

नैनीताल में होने वाले इम्तहान की ख़बर मेरे अलावा सबको थी। मन फिर से रोने को हो आया। दूध-बिस्कुट पकड़ाते हुए लाल सिंह ने मेरा चेहरा पढ़ लिया होगा। "क्या हुआ? आज सुबे से देख रहा हूँ तेरी शकल पे बारह बजे हुए हैं। बता क्या हो गया?"

उसका हाथ अपने कंधे पर महसूस होते ही मेरे आँसू गिरना शुरू हो गए। मैं उसके सामने अपने सारे दुख खोल देना चाहता था लेकिन मुँह से बोल नहीं फूटा। लाल सिंह ने ख़ूब पढ़ाई करने और आगे बढ़ने के बारे में अपना घिसा हुआ भाषण देना शुरू किया ही था कि बाहर से 'टूट गई, टूट गई' की आवाज़ें उठीं। बाहर आकर देखा रैक को बाँधने वाली रस्सी एक तरफ़ से टूट गई थी और वह ख़तरनाक तरीक़े से एक तरफ़ को लटक गया था। बाबू के नेतृत्व में सड़क पर खड़े लोग किसी तरह उसे गिरने से बचाए थे।

"तेरे बाबू भी जाने कहाँ से ताजमहल बनवा के लाए हैं यार!" लाल सिंह ने मुझे हँसाने की कोशिश की।

कुछ देर बाद मुस्तफ़ा ने हाथ खड़े कर दिए और जैसे-तैसे रैक को सड़क पर लिटाकर अपनी मेहनत के पैसे लेकर मौक़े से चला गया। तब तक बाबू के वही ठेकेदार दोस्त भी वहाँ आ गए। उन्हीं के कहने पर कोई भवानीगंज जाकर

एक बढ़ई बुलवा लाया।

पिताजी, ठेकेदार और बढ़ई में काफ़ी देर तक बातचीत चलती रही। घर के भीतर पहुँचा तो देखा माँ और बहनें खिड़की से लगी हुई थीं। सड़क से मजमा उजड़ चुका था। रैक सड़क के एक तरफ़ लिटा दिया गया था। ठेकेदार और बढ़ई के जाने के बाद बाबू ज़ीना चढ़ रहे थे।

तय यह हुआ था कि बढ़ई उक्त रैक के तख़्ते अलग कर उसे खिड़की-दरवाज़ों के आकार के हिसाब से छोटा बनाएगा और बाक़ी बची लकड़ी किसी और काम लाई जाएगी। रैक के दानवी आकार की कल्पना इस बात से की जा सकती है कि अगले तीन दिन तक बढ़इयों की टीम उस पर जुटी रही। मूल रैक को काट-पीटकर उसमें से ठीकठाक आकार के तीन रैकों के अलावा एक बड़ा तख़त भी बना लिया गया। बची हुई लकड़ी से मेरे लिए बल्ला और माँ के लिए कपड़े धोने में काम आने वाली मुंगरी बनाने के बाद भी लगभग एक गट्ठर जलाने लायक़ लकड़ी बची। बुरादे और छीलन के अनेक कट्टे हमने अलग से भरे। माँ ने अगले कई साल तक बाबू को उस रैक की याद दिलाकर शर्मिंदा किया।

पटरी का चुंबक और फुटकन्नी की सब्ज़ी

रामनगर का रेलवे स्टेशन आवारागर्दी की हमारी तय सरहद से बहुत आगे मौजूद था। भवानीगंज से आगे जंगलात का लकड़ी-टाल था। टाल से आगे जामुन के पेड़ों का जंगल था और उसके आगे स्टेशन। होली जलाने के वास्ते टाल की लकड़ी चुराने के लिए हम से एक पीढ़ी आगे के लौंडे हर साल उस तरफ़ जाते थे।

स्टेशन से लालकुआँ और मुरादाबाद जैसे नज़दीकी स्टेशनों को जाने वाली दो रेलगाड़ियाँ चलती थीं जिनकी सीटियाँ सुनकर हूक उठा करती। कभी-कभी यह सीटी तय समय के अलावा भी बजती थी। हमारे खेलते समय ऐसा होता तो बागड़बिल्ला बोल उठता, "कोयले वाली मालगाड़ी आ गई बंबई से!"

बागड़बिल्ला रेलवे स्टेशन के नज़दीक रहता था सो उसके पास हमें सुनाने को रेलगाड़ियों के अनेक क़िस्से होते थे। पिछली होलियों में टाल की तरफ़ जाते अपने भाई का छिपकर पीछा करने गए लफत्तू को ही उसके घर जाने का सौभाग्य मिला था। बागड़बिल्ले ने लफत्तू को स्टेशन पर खड़ी रेलगाड़ी भी दिखाई थी जिसके आकार के बारे में वह बहुत बढ़ा-चढ़ाकर बताता था, "आप थमल्लें दड़ी मात्ताब की दुकान से बमपकौले के थेले तक तो लंबी होगी ई!"

एक बार विज्ञान की कक्षा में दुर्गादत्त मास्साब एक बड़ा-सा चुंबक लेकर आए। कई दिन तक उन्होंने हमें उसकी मदद से लोहे की तमाम चीज़ों को खींचने का खेल खिलाया। तब से चुंबक बहुत आकर्षित करने लगे थे। मुझे अपने संग्रह के लिए एक चुंबक चाहिए था लेकिन यह नहीं मालूम था वह मिलेगा कहाँ से।

चुंबक की आख़िरी क्लास के एक-दो दिन बाद बंटू ने अपने मामाजी के बेटे के हवाले से बताया कि अगर रेलगाड़ी के आने से पहले पटरियों पर बीस पैसे का पीतल वाला सिक्का रख दिया जाए तो ऊपर से रेलगाड़ी के गुज़र

जाने के बाद वह चुंबक में बदल जाता है। जितना बड़ा चुंबक चाहिए हो उसी हिसाब से सिक्के।

मामाजी के इस बेटे ने ही पेंसिल की छीलन से ख़ुशबूदार रबड़ बनाने का नुस्ख़ा भी बताया था, जिसके चक्कर में मुझे लफत्तू की नाराज़गी का सामना करना पड़ा था। इसके बावजूद मैं इस वैज्ञानिक जानकारी से प्रभावित हुआ।

अपने चुंबक के लिए मुझे कम-से-कम चार सिक्के चाहिए थे। मैं उन दिनों अपने घर आई बड़ी मौसी की चमचागीरी में लगा हुआ था। इसके एवज़ में वापस जाते समय उन्होंने मेरे हाथ में एक रुपया थमाया। छोटी बहनों को चवन्नियाँ मिलीं। एक बमपकौड़ा खाने के बाद मैंने बौने से कहा कि बचे हुए अस्सी पैसों के बदले बीस-बीस के चार सिक्के दे दे। वहाँ से सीधा घुच्ची मैदान पहुँचा जहाँ बागड़बिल्ला छोटे बच्चों को घुच्ची सिखा रहा था। मुझे देखते ही वह खेल छोड़कर आ गया।

बागड़बिल्ले को अपने आगामी प्रयोग की योजना में राज़दार और पार्टनर बनाने का फ़ैसला मैंने इसलिए किया था कि वह रेलवे स्टेशन के नज़दीक रहता था। मैंने न बंटू को बताया न लफत्तू-लाल सिंह को। बागड़बिल्ला ख़ुश हुआ। आने वाले इतवार की दोपहर का समय तय हुआ।

वह मुझे भवानीगंज में मिला।

"किसी को बताया तो नहीं तूने?" चोरों की तरह इधर-उधर देखते हुए उसने पूछा। मैंने मुंडी हिलाई। उसने मेरा हाथ थामा और जामुन के जंगल की तरफ़ घसीटता-सा ले चला। जंगल वाक़ई बहुत दूर था। वहाँ पहुँचने तक मैं थक गया।

परिचित इलाक़े में पहुँचते ही बागड़बिल्ले की चाल में नक्शा आ गया। उसने पूछा, "जामुन खाएगा?"

मैंने रेलगाड़ी के आ जाने के बारे में कुछ कहा तो उसने बताया कि उसमें देर थी। मेरे जवाब देने से पहले ही वह किसी लंगूर की तरह जामुन के पेड़ पर चढ़ा और ढेर सारे जामुन तोड़ लाया।

जामुन बहुत मीठे थे। मैंने उससे कहा तो वह बोला, "रानी बिट्टोरिया तक हर साल रामनगर आती है यहाँ के महसूर गोल जामुन खाने बेटा!"

रेलवे स्टेशन आ गया था।

बागड़बिल्ले ने मुझसे सिक्के दिखाने को कहा। मैंने चारों सिक्के उसे दे दिए। उसने उन्हें देर तक अपनी हथेली में फैलाकर देखा और जेब के हवाले करते हुए बोला, "स्टेशन पर तो भीड़ दिख रही। चल आगे चलते हैं।"

मेरे मन में रेलवे स्टेशन की जो छवि बनी थी वह उससे बिल्कुल फ़र्क़ साबित हुआ। मैंने सोचा ज़रूर था कि वह रामनगर के बस अड्डों से थोड़ा बड़ा होगा पर इतना बड़ा होगा उम्मीद न थी। प्लेटफॉर्म पर आठ-दस लोग थे। रेल आने में बीस मिनट थे।

बागड़बिल्ला मुझे प्लेटफ़ॉर्म से काफ़ी आगे तक ले गया। उसकी ईंटों की दीवार फाँद हम जंगल में आ गए। पटरियाँ धूप में चमक रही थीं। कुछ देर तक उनकी बग़ल में चलने के बाद एक जगह खुले छोटे मैदान जैसी ज़मीन थी। वहाँ से कुछ दूर तक पटरियाँ दिखाई दे रही थीं। आगे ऊँची घास वाला एक घुमावदार मोड़ था। हम पटरियाँ छोड़ मैदान के कोने में आ गए।

"यहीं बैठ जाते हैं। यहाँ कोई देख भी नहीं सकता हमको।" कहकर बागड़बिल्ले ने मेरे कंधों पर हाथ रखा और मुस्कराया, "गाड़ी भी आने वाली होगी।"

मैं घास पर बैठ गया। भय और उत्तेजना के मारे दिल पहले से ही धुकधुका रहा था, रेलगाड़ी का नाम सुनकर वह भागने लगा। बागड़बिल्ले ने जेब से सिक्के निकाले और पटरियों के आगे जाकर बैठ गया। मैं उठने को हुआ तो चिल्लाकर बोला, "तू वहीं बैठा रह। मैं मंतर मार के आता हूँ।"

उसने जेब से निकालकर सिक्के ज़मीन पर रखे। फिर पटरी पर हाथ फिराया और उँगलियों की बंद मुट्ठी बनाकर होंठों पर ले गया। 'जय काली कलकत्ते वाली, तेरा बचन न जाए खाली' कहकर उसने तीन बार मुट्ठी में मंत्र फूँका और सिक्कों के ऊपर फिराया। मैं बागड़बिल्ले की प्रतिभा से प्रभावित हो गया।

पटरी पर सिक्कों की स्थापना करने के बाद वह वापस मेरी बग़ल में आकर बैठ गया। चमकती पटरी पर रखे पीले सिक्के साफ़ सिखाई दे रहे थे। रेल के आने की प्रतीक्षा थी।

रेल नहीं आ रही थी। मैं बार-बार बागड़बिल्ले से पूछता, "कब आएगी ?" इंतज़ार में जैसे एक युग बीता। घर पर मेरी खोज-ख़बर शुरू हो गई होगी। भय के साथ-साथ थकान भी लगने लगी।

आख़िरकार दूर से आती हुई लंबी सीटी की आवाज़ सुनाई दी- "आ गई।" वह बोला। दिल के धड़कने की रफ़्तार फिर बढ़ गई। कुछ देर में सीटी के साथ खड़खड़ की भारी ध्वनि भी सुनाई देने लगी। लगातार नज़दीक आती यह दूसरी आवाज़ धीरे-धीरे फूल रही थी और आस-पास की हवा को भरती जा रही थी। फिर इंजन का धुआँ दिखाई देने लगा।

आख़िरकार ऊँची घास के परदे के पीछे से धुआँ उगलता काला इंजन दिखना शुरू हुआ। वह रफ़्तार से हमारी तरफ बढ़ रहा था। मैंने सोचा वही रेलगाड़ी होता होगा। तब उसके पीछे से लाल-भूरे रंग का पहला डिब्बा नज़र आया। खिड़की से बाहर देखते लोग थे। खिड़की की डंडियों पर दूध के गैलन, थैले और साइकिलों जैसी चीज़ें लटकी हुई थीं। उसके बाद एक और डिब्बा। फिर एक और। इंजन हमारे सामने से जा रहा था। निगाहें डिब्बे गिन रही थीं... एक और... एक और...

पूरी रेल निकल गई तो तंद्रा टूटी। अपने वहाँ होने का प्रयोजन याद आया। देखा बागड़बिल्ला पटरी तक पहुँच चुका था। मन-ही-मन नए चुंबक के साथ अनेक प्रयोग करता, भागता हुआ मैं उसके पीछे गया। वह झुका हुआ था। पटरी चमक रही थी। सिक्के ग़ायब थे। रेलगाड़ी सबकुछ उड़ा ले गई थी। कहीं कोई चुंबक नहीं था।

हमने आपस में वादा किया कि इतनी बड़ी रक़म गँवा चुकने की शर्मनाक घटना के बारे में किसी को नहीं बताएँगे। बागड़बिल्ले की आँखों में निराशा थी। तेज़-तेज़ क़दमों से वापस लौटते हुए उसने कम-से-कम दो बार कहा, "मैं तो स्कूल भी नहीं जाता। सोच रहा था कम-से-कम तू होस्यार होगा। तू तो मुझसे भी ज्यादा बौड़म निकला ।"

घर पहुँचा तो नसीम अंजुम की बकबक सुनाई दी, "नैनीताल में ना आंटी, नसीम अंजुम की बड़ी फुफ्फी रहती हैं। हम तो टेस्ट से दो दिन पहले चले जाएँगे। भाईजान बता रहे थे बहोत ठंडी होती है वहाँ!" वह ठिठुरने का नाटक करने लगी।

मेरे क़दमों की आहट सुनकर माँ ने कहा, "आ गए नवाब साब! अब जल्दी से हाथ-मुँह धो लो। मास्साब के आने का टाइम हो रहा है।"

बैठक के कमरे में ट्यूशन शुरू होने से पहले नसीम अंजुम ने मुझे सूचित

किया कि हमारी प्रवेश परीक्षा की तारीख़ आ गई है और जल्द ही हम उसके पापा की गाड़ी में बैठकर नैनीताल जाने वाले हैं।

टट्टी मास्साब ने एक घंटे तक कुछ लिखवाया। मैंने उनके कार्टून बनाए। कभी नसीम अंजुम से आँखें टकरातीं तो वह मुझे ही देखती मिलती। मैं शर्माता तो वह मुस्करा देती और अँगूठी वाली अपनी उँगली को धूप के आगे कर देती।

ट्यूशन के बाद मैं सीधा लफत्तू के पास गया। जब मैंने उसे नसीम अंजुम की हरकतों के बारे में बताया तो हँसता हुआ कहने लगा, "तुछ्छे अपनी क्यून कबल कलाने ले जाली नैनताल बेते!"

जिस दिन लफत्तू लोगों की रसोई में मांस पकता वहाँ से ऐसी दिलरुबा ख़ुशबुएँ उठा करतीं कि लार टपकने को हो जाती। हमारे घर में यह सब वर्जित था। मांस के अलावा हमारे घर में फुटकन्नी भी नहीं पकती थी। जंगलों और ख़ासतौर पर कुछ मील दूर स्थित कोटाबाग के जंगलों में मिलने वाले मशरूमों को रामनगर में फुटकन्नी कहा जाता था। लफत्तू की मम्मी की पकाई फुटकन्नी की सब्ज़ी के दिव्य स्वाद के आगे बौने का बमपकौड़ा परास्त हो जाता था। घर से उसे खाने की इजाज़त मिली हुई थी, मांस खाने की नहीं।

उस दिन फुटकन्नी पक रही थी। हमेशा की तरह लफत्तू की मम्मी ने मुझे हिदायत दी मैं अपने घर जाकर बता आऊँ कि खाना वहीं खाऊँगा।

घर से लौटा तो पाया बंटू और बागड़बिल्ला भी पहुँच चुके थे और लूडो लगा रहे थे। मेरे पहुँचते ही बागड़बिल्ले ने नक़ली आश्चर्य जताते हुए कहा, "अरे बहुत दिन से दिखा नहीं यार तू!" अपनी पतलून की कमर में हाथ घुसाकर उसने एक मैगज़ीन निकाली और मुझे देता हुआ बोला, "अभी ऐसे ही रेलवे स्टेशन गया था तो देखा कोई इसको बेंच पर भूल गया था। तेरे लिए उठा लाया!"

चमचमाते कवर वाली, 'क्रिकेट संसार' नाम की उस पत्रिका को मैंने अक्सर लक्ष्मी पुस्तक भंडार के बाहर टँगा देखा था। वह हमारे बजट से बाहर होती थी और दो रुपये की मिलती थी। हालाँकि बागड़बिल्ले को देखकर मुझे अपने अस्सी पैसे याद आए थे, मैगज़ीन थामते ही मैं अपना नुक़सान भूल गया।

लूडो खेलते हुए मैं मैगज़ीन में छपे फोटो भी देख रहा था। सफ़ेद पतलून-क़मीज़, धारी वाले स्वेटर, पैड और दस्ताने पहनकर खेलने वाले खिलाड़ी

किसी और नक्षत्र के बाशिंदे लगते थे। रामनगर के खेल-मैदान पर कभी-कभी ही कोई क्रिकेट मैच होता। खिलाड़ी घरेलू कपड़ों में ही खेलते थे। सफ़ेद कपड़े सिर्फ़ चौहान मास्साब के पास थे और वे अपनी टीम के कप्तान भी होते थे। वे सिर्फ़ बल्लेबाज़ी करने उतरा करते क्योंकि कमेंट्री भी उन्हें ही करनी होती थी।

उनके पास सफ़ेद जूतों के अलावा पैड और दस्ताने भी थे। लंबे क़द के छरहरे चौहान मास्साब जब क्रिकेट की पूरी पोशाक पहने खेलने निकलते थे तो लगता जैसे कोयले की खदान में काम करने वाले मज़दूरों के बीच कोई अँग्रेज़ साहब निरीक्षण करने आया हो। वे आते तो लखनपुर इलेवन का विकेटकीपर शिब्बन तालियाँ बजाकर उनका स्वागत करता था। शिब्बन विकेटकीपिंग के दस्तानों का काम दो ईंटों से लिया करता।

मैदान में प्रवेश करने से पहले चौहान मास्साब माइक पर अनाउंस करते, "इसके साथ ही रामनगर क्लब का स्कोर हुआ दो विकेट पर बत्तीस और अब मैदान पर उतर रहा है आपका सेवक रविवर्मा चौहान।"

कमेंट्री करना किसी और को आता ही नहीं था इसलिए उनकी बल्लेबाज़ी के दौरान माइक पर रफ़ी का एक ही रिकॉर्ड बजा करता जिसकी एक तरफ़ 'बहारों फूल बरसाओ मेरा महबूब आया है' था और दूसरी तरफ़ 'बाबुल की दुआएँ लेती जा'। चौहान मास्साब के स्क्वॉयर कट देखने की चीज़ हुआ करते। उन्हें खेलते देखने को गाड़ी-मैकेनिक तक काम बंद कर अपनी दुकानों से बाहर निकल आया करते। जब वे आउट होकर लौटते, रिकॉर्ड बंद कर दिया जाता और माइक से आवाज़ आती, "रामनगर क्लब के कप्तान रविवर्मा आउट होकर पैविलियन में आ चुके हैं और स्कोर है छियासठ रन पर चार विकेट। गेंदबाज़ी कर रहे हैं टिल्लू गोयल। उनके सामने हैं बदरी दत्त। लेफ्ट आर्म राउंड द विकेट।"

सारे अन्य मास्टरों की तरह रविवर्मा चौहान मास्साब भी थे तो जल्लाद ही लेकिन उनकी कमेंट्री ने मुझे उनका दीवाना बना रखा था। छत पर क्रिकेट खेलते हुए रौ में आता तो मैं कहने लगता, "बंटू जोशी राइट आर्म राउंड द विकेट! बबलू पाण्डे एट द क्रीज़। थ्री स्लिप्स एंड टू गलीज़।"

लूडो निबटने के बाद जब बंटू और बागड़बिल्ला चले गए, लफत्तू ने मेरी दुखती रग छेड़ी, "कब जा ला तू नैनताल?"

नसीम अंजुम से प्रवेश परीक्षा के बारे में जो भी जानकारी मिली थी मैंने उसे दे दी। उसके चेहरे पर उदासी खिंचने लगी। "नैनताल थे हल्द्वानी कित्ती दूल होगा?" उसने पूछा।

"पता नहीं। क्यों पूछ रहा है?"

"गमलू-कुत्तू का घल है ना हल्द्वानी में। ऐतेई कैला था।"

लंबे समय से बीमार होने के बाद भी उसका दिल गोबर डाक्टर की लड़की के लिए धड़क रहा था जबकि गमलू-कुच्चू लोगों के रामनगर से चले जाने के बाद से मैं कम-से-कम दो नई मोहब्बतें कर चुका था।

कंपाउंडर उसे इंजेक्शन लगाने आ गया था। मैं उठकर बाहर जाने लगा तो उसने मेरा हाथ थाम लिया, "दलता ऐ बेते! इतना दलेगा तो नैनताल जाके लाल बैलबातम थे कैथे ललेगा। बैथ जा।"

मुझे इंजेक्शन देखकर डर लगता था। लफत्तू ने तंज़ किया तो मैंने बहादुर बनने का नाटक किया और वाक़ई बैठ गया।

कंपाउंडर के भीतर आते ही उसने अपनी नेकर का बटन खोला और उल्टा होकर लेट गया। कंपाउंडर ने सुई तैयार की और उसकी नेकर नीचे की। महीनों सुइयाँ घोंपे जाने से लफत्तू की पिद्दी पिछाड़ी लाल पड़ी हुई थी। क़मीज़ ऊपर की तरफ़ उठ जाने से उसकी पसलियाँ दिखने लगीं। मुझे अपना गला रुँधता लगा लेकिन मुझे हिम्मत दिखानी थी। उसे दो सुइयाँ लगाई गईं। उसने बिना हरकत किए दर्द बर्दाश्त किया और रुई का फाहा दबाए-दबाए ही उठ बैठा। उसकी आँखों में दो आँसू अटके हुए थे। आँख दबाकर बोला, "मदा आ गया थाला।"

फुटकन्नी की सब्ज़ी और पराठे का डिनर शानदार था। लफत्तू के लिए अलग से दाल-रोटी बनी थी। अभी उसे लंबा परहेज़ करना था।

मेरे घर जाने से पहले उसने अगले दिन की छुट्टी के प्रोग्राम के बारे में पूछा। मैंने उसे बताया कि मेरी लाल सिंह और सत्तू वग़ैरह के साथ आमडंडा के जंगल जाने की योजना थी। तेंदू के पेड़ फल से लद चुके थे। उन्हीं की सालाना दावत मनाने की हमारी मंशा थी।

तेंदू के ये अत्यंत मीठे फल भालुओं के भी प्रिय होते थे इसलिए इस कार्यक्रम में अच्छा-ख़ासा जोखिम हुआ करता था। एक लड़का पेड़ पर चढ़ता,

फल तोड़ता और उन्हें नीचे फेंकता। नीचे खड़े लड़कों के साथ लाए गए थैले भर जाते तो जेबें भरी जाने लगतीं। एक लड़के का काम चारों तरफ़ देखते हुए पहरेदारी करने का होता था कि कहीं भालू न आ रहा हो।

पिछले साल तेंदू-पार्टी में हमारे साथ लफत्तू भी था और पहरेदार बना था। जंगलात की चौकी पर बैठे गार्ड को चकमा देकर हम किसी तरह जंगल में घुस गए। लाल सिंह को आमडंडा के जंगल का चप्पा-चप्पा मालूम था। वह जानता था सबसे मीठे तेंदू किन पेड़ों पर लगते थे। फल भरने के लिए थैले भी वही लाया था। पेड़ पर चढ़ने का काम बागड़बिल्ले को सौंपा गया। बेचारा बागड़बिल्ला फल तोड़ने ही जा रहा था कि लफत्तू ने, "उधल थे भौत बला भालू आ ला ऐ बेते!" कहकर उसे ऐसा डराया कि वह नीचे गिरता-गिरता बचा। लाल सिंह ने लफत्तू को डाँटकर कहा कि उसे वैसा नहीं करना चाहिए लेकिन ठहाके मारता हुआ लफत्तू ज़मीन पर लेट चुका था, "तूतिया बना दिया थालों को!"

जंगल से निकलने के बाद हम भागते हुए खेल मैदान के वीरान किनारे पर पहुँचे जहाँ भरपेट तेंदू खाए गए। तेंदू का थोड़ा भी कच्चा फल खा लेने से गले में किरकिरी हो जाती थी इसलिए अनुभवी लाल सिंह ने हमें छाँट-छाँटकर तेंदू दिए। बचे हुए फल उसने अपनी दुकान में बेचने के लिए सँभाल लिए।

इस बार तेंदू अभियान में लफत्तू नहीं होने वाला था। उसकी कमी खलने वाली थी। मैंने उससे वादा किया उसके लिए सबसे मीठे तेंदू लेकर आऊँगा। वह ख़ुश हुआ।

मैं जाने लगा तो उसने हँसते हुए चेताया, "अगल कईं भालू ने तुम थब की क्यून कबल कल्ली तब क्या कलोगे बेते?"

झील का जादू और ठेंगा लाइन का नाइटसूट

तीन दिन बाद मुझे हॉस्टल वाले स्कूल की प्रवेश परीक्षा देने नैनीताल जाना था। नसीम अंजुम पहले ही चली गई थी जहाँ उसकी फुफ्फी रहती थीं। मैं देख रहा था कुछ दिनों से मेरे घरवालों का व्यवहार मेरे लिए बदल गया था। उनकी सदाशयता मेरे लिए अचरज की बात थी। मेरे कहने पर टट्टी मास्साब का ट्यूशन बंद करवा दिया गया था। मुझे किसी भी बात के लिए डाँटा नहीं जा रहा था। उल्टे कॉमिक्स वग़ैरह ख़रीदने के लिए पैसे मिल रहे थे। अतिरिक्त पैसों को मैं लाल सिंह के बैंक में जमा करा आता था क्योंकि मेरी तरफ़ लफत्तू की थोड़ी-सी देनदारी बची हुई थी।

बंटू तक मुझे लेकर बहुत उदार हो गया था। उसने मुझे अपने ख़ज़ाने में से एक रंगीन पेंसिल और ब्रश वाला एक बिल्कुल नया ख़ुशबूदार रबर भी दिया। उसके पापा-मम्मी किसी काम से पहाड़ गए हुए थे और जैसा कि ऐसी परिस्थितियों में होता था, वह और उसकी बहन खाने-सोने को हमारे ही घर आते थे।

शाम को बंटू मेरे साथ लफत्तू के घर भी आया। बातचीत के दौरान उसने प्रस्ताव दिया कि मेरे नैनीताल जाने से पहले दोस्तों ने मुझे एक विदाई दावत देनी चाहिए जैसा इंग्लैंड में उसके मामा के बेटे के दोस्तों ने किया था। इस दावत के लिए उसने अपने घर की रसोई प्रस्तुत कर दी। उसका घर ख़ाली था और हमें रोकने-टोकने वाला कोई न था। प्रस्ताव लफत्तू को भी पसंद आया।

मुझे मीठी चीज़ें बहुत अच्छी लगती थीं। माँ से कई बार इच्छा व्यक्त कर चुका था कि उसने मेरे लिए चीनी की सब्ज़ी बनानी चाहिए। वह हर बार हँसकर टाल देती। सो जब मुझसे बंटू ने मेरी प्रिय सब्ज़ी के बारे में पूछा तो मैंने चीनी की सब्ज़ी का ज़िक्र कर दिया।

लफत्तू ने प्रस्ताव पर मोहर लगाते हुए कहा कि मेरे विदाई समारोह में चीनी की सब्ज़ी ही बनेगी और यह भी कि उस कार्यक्रम में वह ज़रूर शामिल होगा।

अगले दिन बंटू की रसोई में चीनी की सब्ज़ी बनाई गई। मिट्टी के तेल वाला स्टोव जलाना मुझे घर में सिखाया जा चुका था सो वह कोई समस्या न थी। मैंने स्टोव जला दिया और बंटू ने कड़ाही चढ़ा दी।

लफत्तू को एक घंटे के लिए बाहर जाने की छुट्टी मिल गई थी। वह बैठक के कमरे में बैठा रिकॉर्ड प्लेयर पर 'शोले' के डायलॉग सुन रहा था। बंटू एडवेंचर को अकेला ही अंजाम देना चाहता था सो मुझसे बोला, "तू भी जा के लफत्तू के साथ बैठ। फ्रिज से चॉकलेट निकाल लेना।"

चॉकलेट के नाम से मेरी जीभ ललचा गई।

चॉकलेट खाते हुए हम गब्बर के संवाद सुनने में रम गए। कुछ देर में बंटू भी आ गया और हमारे साथ बैठकर रिकॉर्ड सुनने लगा। उसने सब्ज़ी चढ़ा दी थी जिसने थोड़ी देर में पक जाना था। गब्बर के संसार में खोए हुए हम कुछ देर को सबकुछ भूल गए। अचानक बंटू 'अबे यार' कहता बाहर निकला और उसी रफ़्तार से लौटकर बदहवास भीतर आकर 'आग लग गई आग!' कहता हुआ रोने-रोने को हो गया।

मैं झटके में उठा तो देखा रसोई के भीतर से जलने की बास के साथ धुआँ निकल रहा था। घबराकर मैंने लफत्तू को पुकारा। बाहर आकर जैसे ही उसने धुआँ देखा वह बिना डरे रसोई में घुस गया। उसके पीछे-पीछे हम भी घुसे। स्टोव से लपटें उठ रही थीं और कड़ाही से काला धुआँ। लफत्तू ने पास में धरी बाल्टी उठाई और पूरा पानी स्टोव पर उड़ेल दिया।

आग तो बुझ गई लेकिन धुएँ की बदबू पूरे मकान में फैल गई। नतीजा यह हुआ कि थोड़ी देर में मेरी माँ और बहनें मौक़े पर पहुँच गईं। माँ ने हमारे साथ जो सुलूक करना चाहिए था, वही किया।

बंटू ने कड़ाही गर्म कर उसके भीतर चीनी का पूरा डिब्बा डाल दिया था। थोड़ा पानी डालने और मिक्सचर को करछी से हिलाने के बाद वह हमारे साथ आ गया था। ध्यान न दिए से चीनी की सब्ज़ी ज्यादा पककर काली पड़ गई थी। जब वह थोड़ी और ज़्यादा पक गई उसने आग पकड़ ली।

बाबू ने डाँटा नहीं लेकिन इतना अवश्य कहा, "इसीलिए तुम्हें हॉस्टल भेज

रहे हैं।"

अगले दिन बंटू के मम्मी-पापा गाँव से लौट आए। अगले कई दिन जब भी उसकी मम्मी ख़ाली होतीं, चीनी की सब्ज़ी वाली कड़ाही को साफ़ करने लगतीं। पहले थप्पड़ की आवाज़ आती और उसके तुरंत बाद बंटू के रोने की।

मैं और बाबू बस से नैनीताल पहुँचे। रामनगर से पहले कालाढूंगी और वहाँ से नैनीताल। रामनगर वाला बस अड्डा मुख्य नैनीताल नगर से ख़ासी दूरी पर है। वहाँ उतरकर न तो कोई तालाब दिखा न होटलों की वह क़तार जिसके बारे में नसीम अंजुम और बंटू मुझे कितने ही क़िस्से सुना चुके थे।

हमने उतरना शुरू किया। हल्का कोहरा था। काफ़ी देर तक उतरने के बाद पहले एक सँकरा बाज़ार आया और उसे पार करने के बाद एक विशाल रेतीला मैदान।

"वो देखो!" पिताजी ने सामने दिखाते हुए कहा।

मैंने सामने देखा तो मैदान ही दिखाई दिया। मैंने कंधे उचकाए तो उन्होंने मुझे बाँहों में उठाया और थोड़ी खीझ से बोले, "सामने इतनी बड़ी झील नहीं दिख रही तुम्हें पोंगा पंडित?"

उसे देखते ही मैं हक्का-बक्का रह गया। इतनी ख़ूबसूरती! दो हरी पहाड़ियों के बीच धरा पानी से भरा हुआ एक बड़ा-सा कटोरा। किनारे खड़े ऊँचे पेड़ और पानी पर तैरता-उड़ता कोहरा।

सबसे पहले इंग्लिश मास्टरनी की याद आई। उसके बाद लाल बेलबॉटम की! इतने सुंदर शहर के रहने वाले नक्शेबाज़ी नहीं दिखाएँगे तो क्या लफत्तू-सत्तू दिखाएँगे! यूँ ही तो नहीं लाल बेलबॉटम हमें पिछड़ा समझता था।

चलते-चलते हम होटल की क़तारों वाली माल रोड पहुँचे। फिर वहाँ से रिक्शा लेकर झील के किनारे-किनारे होते हुए तल्लीताल जहाँ हमारे मामा हमारी प्रतीक्षा में थे। थोड़ा आगे जाने पर मामा ने बग़ल वाली पहाड़ी की चोटी की तरफ़ इशारा करते हुए कहा, "वो इस पहाड़ के सबसे टॉप में है तेरा स्कूल।" मैंने उस तरफ़ निगाह की लेकिन सिर्फ़ मकानों के झुंड दिखाई दिए।

"अच्छा!" मैं इतना ही कह सका।

मामा ने हमें एक रेस्तराँ में समोसे और रसगुल्ले खिलाए। फिर कहीं किसी स्कूल में इम्तहान हुआ। बीच में एक बार मुझे नसीम अंजुम का ध्यान आया

कि वह भी किसी वैसी ही जगह में परीक्षा दे रही होगी।

इम्तहान देकर बाहर निकला तो कोहरा और घना हो गया था। हलके छींटे पड़ने लगे थे। बाबू ने इम्तहान के बारे में पूछा और मेरा उत्तर सुने बग़ैर बोले, "जल्दी चलना पड़ेगा। साढ़े तीन पर आख़िरी बस जाती है।"

वापसी में केवल जल्दीबाज़ी थी। इतनी जल्दीबाज़ी कि झील तक को देखने की याद न रही। पहले भीगते हुए पैदल, फिर रिक्शे में और उसके बाद फिर भीगते हुए पैदल चढ़ाई के बाद मैं इतना थक गया था कि बस में बैठते ही नींद आ गई।

एक हफ़्ते बाद प्रवेश परीक्षा का परिणाम आया। दाख़िला हो गया था। स्कूल से ज़रूरी सामान की लिस्ट आ गई थी। बिस्तरबंद, गद्दा, रज़ाई, संदूक़, इतने जोड़ी मोज़े, इतने जोड़ी कच्छे-बनियान, इतनी पतलूनें, इतने जूते और जाने क्या-क्या।

माँ-बाबू अक्सर उस लिस्ट को खोलकर बैठ जाया करते और योजना बनाते कि क्या चीज़ कहाँ से ख़रीदी जाएगी।

लिस्ट में दो जोड़ी नाइट सूट भी लिखे हुए थे। यानी सोने के कपड़े। रामनगर में सिर्फ़ दो तरह के कपड़े होते थे– स्कूल के कपड़े और घर के कपड़े। हद से हद घर वाले कपड़ों की एक साफ़-सुथरी जोड़ी को सँभालकर रखा जाता था जिसे दूसरों के घर, पिक्चर देखने या डाक्टर के पास जाते समय पहना जाना होता था। रामनगर में हमारे परिचितों के दायरे में सोने के कपड़े कोई भी नहीं पहनता था– न बच्चा, न बड़ा। उसी को लेकर असमंजस बना हुआ था।

बिल्कुल वैसी ही तैयारी नसीम अंजुम के घर भी चल रही थी। वह कभी-कभी मेरे घर आती तो उन्हीं तैयारियों के बारे में विस्तार से बताती रहती, "देखिए आंटी, साफ़ बात सुखी इंसान। नसीम अंजुम ने तो अपने अब्बू से कह दिया कि स्पोर्ट्स शूज़ तो हम बस चमड़े वाले पहनेंगे। कपड़े वाले स्पोर्ट्स शूज़ से हमको एलर्जी हो जाती है। देखिए ना उस दिन छब्बीस जनवरी को पहनकर गए थे गाइड परेड में, अभी तक फुंसियाँ निकल रही हैं।" वह अपने मोज़े उतारना शुरू करती और मेरे लिए ख़रीदे गए सामान की पड़ताल करने लगती, "अच्छा ब्लू होल्डॉल! हमने तो अब्बू से कहा कि हमें या तो ब्लैक दिलाएँ या रेड। अब नसीम अंजुम को ये कलर अच्छे लगते हैं ना तो अम्मी बोलीं कि

ठीक है अगले हफ़्ते मुरादाबाद से ले आएँगे। यहाँ रामनगर में तो एक ढंग की दुकान तक नहीं है। बताइए क्या तो करें और क्या ना करें।"

नसीम अंजुम की जिन बातों पर कुछ समय पहले तक मैं अपने प्राण निछावर कर सकता था अब वे मुझे बोदी और उबाऊ लगने लगीं। लफत्तू की तरह मैं भी सच्ची मोहब्बत करना चाहता था। मैं तय कर चुका था कि सतत बकबक करती रहने वाली वह लड़की मेरी माशूक़ा नहीं हो सकती थी।

रामनगर छोड़कर जाने का विचार मेरी बर्दाश्त के बाहर होता जा रहा था। लफत्तू, लाल सिंह, बंटू और बागड़बिल्ले के बिना जीवन बिताने की कल्पना नहीं हो सकती थी। घर से बाहर निकलता तो हर मिलने वाला पूछता, "हॉस्टल कब जाना है?" मैं चीख़कर कहना चाहता था, "मुझे नहीं जाना नैनीताल! मुझे रामनगर में ही रहना है!"

मेरा रामनगर ब्रह्मांड की सबसे आदर्श जगह थी। घर के सामने बस अड्डा। घर के सामने स्कूल। घर के सामने खेल मैदान। खिड़की से बाहर देखो तो एक तरफ़ सब्ज़ी वाला, एक तरफ़ चक्की, एक तरफ़ नहर और एक तरफ़ पिक्चर हॉल। खाने को बौने का बमपकौड़ा और कुंदन की रबड़ी। इतने सारे मज़े और उन्हें लूटने को लफत्तू जैसे यार की संगत और लाल सिंह जैसे अभिभावक का लाड़। इसके अलावा ज़िंदगी में क्या चाहिए होता है!

बंटू वग़ैरह के साथ खेलने के बाद घर पहुँचा तो बिना नाराज़ हुए माँ ने जल्दी तैयार होने को कहा। नसीम अंजुम ने उन्हें रामनगर के उस इकलौते दर्ज़ी का पता बता दिया था जिसे तमीज़ का नाइट सूट सीना आता था। बाबू के आने से पहले वह लिस्ट का एक काम निबटा देना चाहती थी।

सबसे पहले कपड़े वाले लाला के पास गए और उससे नाइट सूट का कपड़ा दिखाने को कहा गया। लाला को भी नाइट सूट का ज़्यादा अंदाज़ा नहीं था। माँ ने अपने हिसाब से कपड़ा छाँटा और त्रिलोक दर्ज़ी का पता पूछा।

"बहन जी किसी से भी ठेंगा लाइन पूछ लेना! वहीं है त्रिलोक की दुकान।"

रामनगर के भूगोल से अच्छी तरह वाक़िफ़ हो चुकने के बावजूद इस लाइन का नाम न मैंने सुन रखा था न माँ ने। मुख्य बाज़ार की दो लाइनों के बीच मौजूद एक बेहद सँकरी गली में चार दुकानें थीं। इसी गली को ठेंगा लाइन कहा जाता था। बताए जाने पर त्रिलोक दर्ज़ी ने नसीम अंजुम का नाइट सूट सिल चुकने

की तस्दीक़ की और मेरी नाप ली। माँ ने कपड़ा निकालकर दिया तो वह बोला, "ये तो लेडीज डिजाइन वाला कपड़ा उठा लाईं आप बहन जी!"

माँ ने उसकी बात को ख़ारिज किया और जल्दी से जल्दी सिल देने को कहा। कनखियों से मैंने देखा सफ़ेद बैकग्राउंड वाले कपड़े पर गुलाबी दिल का डिजाइन बना हुआ था। मैं विद्रोह करना चाहता था लेकिन वह बच्चों की बात सुने जाने का ज़माना न था।

एक शाम बाबू दफ़्तर से जल्दी लौट आए। साथ में उनके तीन-चार सहकर्मी भी थे। उनके चेहरे बताते थे उन्हें कोई बहुत बड़ी ख़ुशी नसीब हुई थी। घर आते ही माँ से चाय-पकौड़ी का बंदोबस्त करने को कहा गया। बड़े भाई को जलेबी लाने कुंदन की दुकान भेज दिया गया। खिड़की से लगकर खड़े मेहमान बाहर देखने लगे।

भाई लौटकर भी नहीं आया था कि बाहर सड़क पर जुलूस की शक्ल में लोग उतर आए थे। मिठाइयाँ बँट रही थीं। माँ रसोई छोड़कर छत की तरफ़ जा रही थी। पीछे-पीछे मैं भी गया। छत पर पड़ोस की तीन-चार महिलाएँ पहले से ही इकट्ठा थीं। बंटू की मम्मी के हाथ में लड्डू की प्लेट थी। मेरी माँ को देखते ही बोलीं, "लो दिदी मुँह मीठा करो।" उनके पीछे मुझे आया देख उन्होंने एक लड्डू मुझे भी दिया, "ले तू भी खा ले बेटा! इमरजेंसी खतम हो गई! इंद्रा गांधी हार गई!"

पिछले कुछ महीनों से दबी-छिपी आवाज़ों में हर जगह यही दो शब्द सुनाई देते थे– इमरजेंसी और इंद्रा गांधी। समझ में कुछ नहीं आता था। किसी से कुछ पूछता तो जवाब मिलता, "पढ़ाई में ध्यान लगाओ बेटे! ऐसी बातें करने की तुम्हारी उम्र नहीं है अभी।"

महिलाएँ उत्तेजित स्वरों में बोल रही थीं। खेल मैदान की तरफ़ से एक और बड़ा जुलूस निकलता दिखाई दिया। मुझे लफत्तू के पास जाना चाहिए था।

बिना किसी को कुछ बताए मैं ढाबू की छत के रास्ते से दूधिये वाली गली पहुँचा और वहाँ से लफत्तू के घर। बाहर मुस्तफ़ा ठेले वाला खड़ा था। भीतर गया तो देखा हलचल का माहौल था। बैठक वाली कुर्सी पर बैठे लफत्तू के पापा हाथों में सर थामे बैठे थे। उसकी बहन ने मुझे देखा तो 'अंदर है लफत्तू' कहकर मुझसे भीतर जाने का इशारा किया। सियाबर बैदजी लेटे हुए लफत्तू पर

झुके हुए थे और उसकी मुँदी हुई आँखों को खोलकर कुछ देखने की कोशिश कर रहे थे।

"सुबह से दो बार बस पतली खिचड़ी खिलाई थी बैदजी। शाम से उल्टी कर रहा है। अबी तो खून भी निकलने लग गया।" हिचकियों में बात करती लफत्तू की मम्मी कह रही थी।

बैदजी ने जेब से एक गोली निकाली और उसे पानी में घोलकर देने को कहा। 'शिव-शिव!' कहते हुए बैदजी बाहर निकल आए। लफत्तू की मम्मी उनके पीछे गईं। मैंने लफत्तू का हाथ थामा। एकदम ठंडा था। उसने आँखें खोल दीं। वह मुझे देखकर मुस्कराया। मेरी आँखें भर आईं।

"लोते नईं बेते!" वह कमज़ोर आवाज में फुसफुसाया।

जुलूस अब ज़ोर-ज़ोर से नारे लगाता हुआ लफत्तू लोगों के घर की तरफ़ आ रहा था।

"तुझे हुआ क्या है लफत्तू?" मेरे मुँह से निकला।

"कुथ नईं हुआ याल। मुलादाबाद जा ला ऊँ पुकनिक मनाने। दल्दी आ दाऊँगा।"

उसकी बात पूरी होने तक जुलूस घर के आगे पहुँच गया। उसने सवालिया इशारा किया। मैंने बंटू की मम्मी से सुनी बात दोहरा दी, "इमरजेंसी खतम हो गई! इंद्रा गांधी हार गई!"

उसके चेहरे पर हँसी की झलक भर आई। मेरा हाथ दबाते हुए बोला, "जैते फुत्ती मदुबाला के तक्कल में बलबाद हुआ वैतेई इन्द्‌ला गांदी बी बलबाद हो गई नतबंदी के तक्कल में। मैंने पैलेई का था बेते!"

तुम-सा इस जहाँ में कोई महबूब न था

"बीयोओओई!" बस्ता लटकाए सड़क पर खड़ा लफत्तू मुझे स्कूल चलने के लिए बुला रहा था। मैंने जल्दी-जल्दी बस्ता सँभाला और ज़ीने की तरफ़ लपका। दरवाज़ा बाहर से बंद था। मैंने माँ-बाबू को आवाज़ लगाई लेकिन वे भी घर पर नहीं थे। मैं छत के रास्ते होता हुआ बंटू लोगों के घर की तरफ़ से बाहर निकलने के इरादे से सीढ़ियों की तरफ बढ़ा। वहाँ भी दरवाज़ा बंद था। मैंने उसे ज़ोर से भड़भड़ाना शुरू किया।

इस मौक़े पर मेरी आँख खुली और सपना टूट गया।

मैं रामनगर में नहीं नैनीताल के अपने स्कूल की जूनियर डॉरमेट्री में चालीस बच्चों के साथ सो रहा था।

बरसातों के मौसम में जिस दिन बाबू मुझे स्कूल छोड़ने आए, नैनीताल में घना कोहरा लगा हुआ था। बस अड्डे से मेरा संदूक़-अटैची और बिस्तरबंद एक नेपाली कुली ने उठाया। उसके बाद मैं न जाने कितनी देर तक बाबू के पीछे-पीछे पहाड़ी रास्ते पर चढ़ता-उतरता रहा। स्कूल बहुत दूर, बहुत ऊँचाई पर बनाया गया था। आख़िरकार जब वहाँ पहुँचे तो चारों तरफ़ सिवा कोहरे के कुछ नज़र नहीं आ रहा था।

स्कूल का विशाल परिसर जूनियर और सीनियर हिस्सों में बँटा हुआ था। जूनियर हॉस्टल में मुझे सामान सहित जमा करवाकर बाबू चले गए तो मैंने पाया जिस हॉल में वे मुझे छोड़ गए थे वहाँ मुझ जैसे कोई आधा दर्जन बच्चे रुआँसे बैठे हुए थे।

एक बड़ा बच्चा कहीं से आया और हमें हॉस्टल में रहने के नियम-क़ायदे बतलाने लगा। फिर मेट्रन दीदी आईं और उन्होंने बहुत प्यार से एक-एक कर हमसे हमारे नाम वग़ैरह पूछे।

डॉरमेट्री में ले जाकर हमें बेड अलॉट किए गए और बिस्तर लगाना सिखाया

गया। कई तरह के बच्चे कई तरह की गतिविधियों में लगे हुए थे। उन्होंने कुछ देर तक हमें उत्सुकता से देखा फिर अपने कामों में लग गए।

अकेला होते ही मैं खिड़की से बाहर देखने लगा। गीली हवा, लाल टीन की छतों और चीड़-देवदार के सोते हुए पेड़ों के आगे हर चीज़ कोहरे में लिपटी हुई थी। मुझे घर से दूर अकेला छोड़कर बाबू रामनगर जा चुके थे। पहला एहसास यह हुआ कि मुझे कोहरे के समुद्र में किसी निर्जन द्वीप पर रहने की सज़ा दे दी गई थी, "इसीलिए तुम्हें हॉस्टल भेज रहे हैं।"

दीवारघड़ी चार बजा रही थी। लाल सिंह की दुकान पर दूध-बिस्कुट सूतते हुए बंटू और बागड़बिल्ला मेरे बारे में बातें कर रहे होंगे। मुरादाबाद के अस्पताल में लेटा लफत्तू मुझे याद कर रहा होगा। घर पर माँ रो रही होगी। रुलाई छूट गई। वहाँ चुप कराने वाला कोई न था।

सबसे ज़्यादा याद लाल सिंह की आई जो मुझे विदा करने बस अड्डे तक आया था। छत पर चढ़े मुस्तफ़ा को संदूक़ और बिस्तरबंद भी उसी ने पकड़ाया था। मेरे बस में चढ़ने से पहले उसने मेरे हाथ में पाँच रुपये का नोट थमाया। "अच्छे से रहना यार!" आँखें पोंछता वह मेरी तरफ़ देखे बिना वापस लौट गया था।

हॉस्टल की दिनचर्या का पालन किया जाना था जिसमें सुबह साढ़े चार बजे उठने से रात साढ़े आठ बजे सोने के बीच सैकड़ों तरह के काम होते थे। उतनी ही बार अटेंडेंस भी होती। दो-तीन दिन में उसकी आदत पड़ गई।

नियम के मुताबिक़ इतवार को नाश्ते के बाद हमें अपने घरवालों को चिट्ठी लिखनी होती थी। सारे बच्चों को एक-एक ख़ाली अंतर्देशीय पकड़ाया गया। माँ-बाबू को संबोधित कर मैंने चिट्ठी में अपनी दिनचर्या के बारे में विस्तार से लिखा और बताया कि मैं ख़ुश था। चिट्ठी के आख़िर में मैंने लफत्तू की तबीयत के बारे में पूछा।

नैनीताल के स्कूल में न नहर थी, न आम का बग़ीचा। खेल के तीन मैदान ज़रूर थे लेकिन किसी की भी बग़ल में न बौने का ठेला लगता था न कोई पिक्चर हॉल था। हर हफ़्ते स्कूल के विशाल ऑडिटोरियम में पिक्चर दिखाई जाती और नाश्ते में हफ़्ते में तीन बार साबूदाने की खीर मिला करती। स्कूल के अलावा हॉस्टल की लाइब्रेरी में भी दुनियाभर की किताबें और पत्रिकाएँ थीं

जिन्हें ख़ाली समय में पढ़ा जा सकता था।

हम कोट-टाई पहनकर क्लास पढ़ने जाते, निक्कर-टीशर्ट में खेलते और नाइटसूट पहनकर सोया करते। डॉरमेट्री में नंगे पैर देख लिए जाने की सूरत में पिछाड़ी पर एक डंडा पड़ने की सज़ा नियत थी। दिन में दो पीरियड हॉबी के होते थे जिनमें मिट्टी के खिलौने बनाने से लेकर तबला बजाना तक सीखा जा सकता था।

हमारी दिनचर्या में इतने सारे काम ठूँसे गए थे कि घर की याद करने का समय तक निकालना पड़ता था।

पिताजी की पहली चिट्ठी आई। उन्होंने घर के हाल लिखे थे और लफत्तू के पिताजी के हवाले से बताया था कि उसकी तबीयत सुधर रही थी और वह जल्दी वापस रामनगर लौटने वाला था।

घर चिट्ठी लिखने और पिताजी का जवाब आने के इस साप्ताहिक सिलसिले की एकरसता टूटती जब किसी और की लिखी चिट्ठी पहुँचती। कभी मेरी कोई बहन चिट्ठी भेजती कभी कोई मामा या चाचा। पिताजी किसी चिट्ठी में लफत्तू की तबीयत का हाल लिखते, कभी भूल जाते।

ख़ूब सारे नए दोस्त बन गए थे। मैंने उनके बीच लफत्तू को एक सर्वशक्तिमान नायक के तौर पर स्थापित कर दिया था। वे सब लफत्तू से मिलना चाहते थे।

स्कूल में मेरा तीसरा महीना चल रहा था जब लफत्तू की चिट्ठी आई। लिफ़ाफ़े के ऊपर उसकी टेढ़ी-मेढ़ी हैंडराइटिंग को मैं देखते ही पहचान गया। चिट्ठी बहुत छोटी थी और उसने नहीं उसकी बहन ने लिखी थी। लिखा था लफत्तू मुरादाबाद से ठीक होकर लौट आया था और उसने स्कूल जाना भी शुरू कर दिया था। उसे मेरी याद आती थी और वह छुट्टियों में मेरे रामनगर आने का इंतज़ार कर रहा था।

पेट के भीतर से ख़ुशी उठती महसूस हुई। लफत्तू लौट आया था। मैंने कई बार चिट्ठी को पढ़ा।

नवंबर के आख़िरी सप्ताह में जाड़ों की तीन माह लंबी छुट्टियाँ पड़ती थीं। लफत्तू की चिट्ठी मिलते ही मैं उससे मिलने को बेचैन हो गया। मैंने डायरी निकालकर दिन गिने। चालीस-बयालीस दिन बचे थे।

इतवार को मैंने एक अतिरिक्त अंतर्देशीय माँगा और लफत्तू को लंबा जवाब

लिखा। नए स्कूल की बातें बताईं।

छुट्टियों से पहले छमाही इम्तहान होने थे जिनकी तैयारी में बार-बार कोर्स दोहराया जाना होता था। जाड़े आने पर स्कूल की दिनचर्या में यह बदलाव हुआ कि सुबह की पीटी बंद हो गई और हम उस समय भी पढ़ाई किया करते।

एक बार छोटी बहन की चिट्ठी आई जिसमें बताया गया था कि कुछ दिन पहले जीनातमान की शादी हो गई थी। बरात कहीं पहाड़ से आई थी और दावत में ख़ूब आइसक्रीम खाने को मिली थी। यह भी कि नसीम अंजुम ने उसे चिट्ठी भेजी थी और मेरा पता माँगा था। बहन ने उसका पता भी लिख भेजा था।

नसीम अंजुम और जीनातमान के ज़िक्र से मेरे भीतर बसने वाली मजनू की आत्मा ने जागने की कोशिश की लेकिन इम्तहानों के दबाव और नैनीताल की कड़क ठंड ने उसे फिर से सुला दिया।

आख़िरकार इम्तहान निबट गए। अगले दिन घर जाना था। पिछली चिट्ठी में बाबू ने बता रखा था कि व्यस्तता के चलते वे मुझे लेने नहीं आ सकेंगे। नैनीताल में रहने वाले मामा को जिम्मा सौंपा गया था कि मुझे रामनगर जाने वाली बस में बिठा दें।

स्कूल से बस के टिकट और रास्ते के ख़र्च के लिए पैसे मिले। असेंबली में प्रिंसिपल साहब ने बताया कि घर जाते हुए हमें रास्तेभर अपने व्यवहार से स्कूल की इज़्ज़त का ध्यान रखना था। असेंबली के बाद मुझे मामा के सुपुर्द कर दिया गया। सारा सामान भी साथ लेकर जाना होता था।

हमें स्कूल की यूनिफ़ॉर्म पहनकर यात्रा करने की हिदायत थी। सो मैं बैज लगा नीला कोट, सलेटी पतलून, काले जूते और टाई पहनकर बस में बैठा। मामा ने रास्ते पर सावधानी बरतने को लेकर छोटा-मोटा भाषण दिया और बस के ड्राइवर-कंडक्टर से मेरा ध्यान रखने को कहा।

घने जंगलों से होकर गुज़रने वाले नैनीताल-कालाढूंगी मार्ग में अनगिनत घुमाव पड़ते थे। उनकी वजह से पहले पेट चकराया लेकिन बाद में नींद आ गई। बस रुकी तो देखा कालाढूंगी आ गया था। वहाँ से रामनगर तक का रास्ता मैदानी था और घंटेभर के भीतर बस रामनगर के बस अड्डे पर लग गई। बाबू लेने आए थे।

बाबू को देखते ही आँखें छलक गईं। उन्होंने मुझे अपने से चिपका लिया।

ठेले वाले ने छत से मेरा सामान उतारकर लाद लिया था। बाबू ने उसे अपने पीछे आने का इशारा किया।

बस अड्डे वाली सड़क छोड़ते ही खेल मैदान दिखाई देना शुरू हो गया। असंख्य बच्चे असंख्य तरह के खेल खेल रहे थे। कुछ किराए की साइकिलें चला रहे थे। मेरी निगाहें लफत्तू को खोजती थीं।

मेरी स्कूल यूनिफ़ॉर्म से आकर्षित होकर कुछ बच्चे खेलना छोड़ जुलूस की शक्ल में मेरे पीछे चलने लगे। मैंने निगाह उठाकर उनकी पोशाकों और पैरों को देखा। उनके मुक़ाबले मैं वाक़ई अजनबी लग रहा होऊँगा।

घर दिखने लगा था। मैं उन कहानियों को मन-ही-मन दोहराने लगा जिन्हें मैंने आने वाले दिनों में अपनी माँ-बहनों और दोस्तों को सुनाना था।

अचानक लफत्तू दिखा। वह मैदान के बीच वाले हिस्से में एक छोटे बच्चे को साइकिल पर कैंची चलाना सिखा रहा था। मैंने बाबू से उसके पास जाने की इजाज़त माँगी। उन्होंने मना नहीं किया।

तेज़ क़दमों से चलता हुआ मैं अचानक उसके सामने जा खड़ा हुआ। वह हकबका गया।

"ओ ब्बेते!" कहते लफत्तू ने साइकिल छोड़ दी। शागिर्द बच्चा कैंची चलाता आगे निकल गया।

फिर बिना कुछ बोले वह कुछ देर तक मुझे देखता रहा। अपार ख़ुशी उसके चेहरे के कोनों तक पसर गई थी। मेरा चेहरा भी वैसा ही हो रहा होगा।

उसने मेरे कोट पर लगे बैज को छुआ। फिर टाई को।

"ओ ब्बेते! नैनताल दाके बला अंगलेज बन गया थाले!"

मैंने ग़ौर से देखा वह ख़ासा कमज़ोर हो गया था लेकिन आँखों की चमक वैसी ही थी। उसकी पिचकी नाक टपकने को तैयार थी। आस्तीन से उसे पोंछकर उसने कहा, "इथको बाहल निकाल के दे!" वह मेरी टाई की तरफ इशारा कर रहा था।

मैंने टाई निकालकर उसके गले में बाँध दी।

"ये बी दे।" अब कोट की बारी थी।

गंदी पड़ चुकी नेकर-क़मीज़ और हवाई चप्पल के ऊपर उसने कोट भी पहन लिया। हमारे चारों तरफ़ लड़कों की भीड़ जुटना शुरू हो गई थी। साइकिल

वाला छोटा बच्चा संभवत: उसका नवीनतम शागिर्द था। साइकिल चलाना रोककर वह भी हमें ताक रहा था।

"ये मेला थब थे पक्का दोत्त ऐ बेते। नैनताल में पलता है, नैनताल में!"

लफत्तू ने बच्चे के हाथ से साइकिल ली और तेज़ी से गोल-गोल चक्कर काटने लगा। उसकी पहनी टाई हवा में लहराने लगी। उसने ख़ुश होकर उन्हीं दिनों लोकप्रिय हुए एक गाने की पैरोडी गाना शुरू कर दिया- "नैनताल थे आया मेरा दोत्त... दोत्त को छलाम कलो।"

सारे बच्चे हँस रहे थे। लफत्तू ख़ुश था। मैं ख़ुश था। सारा संसार ख़ुश था।

गोल चक्कर काटता लफत्तू अपनी पुरानी रौ में आकर 'उहुँ-उहुँ' करने लगा था। अगर ख़ुशी का कोई ठोस रूप होता था तो वह मेरे सामने था। मुझे अपना समूचा अस्तित्व रुई की तरह हल्का होता महसूस हुआ।

सामने से बत्तीसी दिखाता, भागता लाल सिंह आ रहा था। बागड़बिल्ला, बंटू, जगुवा और सत्तू उसके पीछे थे।

आसमान से फूल झरने लग गए थे।